고수, 후궁으로 깨어나다

四

고우, 후궁으로 깨어나다

四

코양희 장편소설

블라썸

차례

20장

마음이 변한 걸까

"네가 날 구했다며."

"좀 꼬이긴 했지만."

"일단 고마워."

"난 언제나 널 구하러 갈 거야, 넝넝."

타천천을 상대할 때 꼭 유의해야 할 사실이 있는데, 그가 아무리 아련한 눈빛을 보내도 절대로 그 눈빛을 순순히 받아들여선 안 된단 거다.

"내 이름은 넝넝이었던 적도 없고, 별명으로도 넝넝이라곤 못 불러."

"보고받았어. 그럼 이젠 소소라 할까? 아니면 영영?"

"마마라 불러."

"그 호칭이 마음에 든 모양이네."

타천천은 입술을 누르며 눈웃음을 짓더니, 점소이를 불러 차를 가져오게 했다. 점소이가 매화차를 가져와 내려놓고 가자, 타천천은 내 앞에 놓인 잔에 차를 따라 주고서 흐뭇하게 웃었다.

"이렇게 마주보고 있으니 좋다. 그렇지?"

"물어보고 싶은 게 있어서 왔어."

"얼마든지 물어봐, 넝넝. 난 네가 질문하면 뭐든지 털어놓게 되는 그대의 꼭두각시니까."

"비원에게도 물어본 건데. 진짜 천소여 영혼은 어디로 간 거야?"

"사라졌어. 착하게 살았으면 극락에 갔겠고, 아니라면 환생했겠지."

"확실해? 천소여도 어딘가에서 부활했을 가능성은 없어?"

"전혀 불가능하진 않을걸. 내가 알기론 혼령술을 할 수 있는 사람은 더 없지만, 무림에는 늘 은거고수들이 숨어 있다 나타나니까."

"그렇지."

"하지만 확률이 낮을 거야. 혼령술을 할 수 있는 사람도 있을까 말까 한데, 그 사람이 힘든 혼령술을 해서 굳이 총애 받지 못하던 후궁을 부활시킬 것 같진 않거든."

"그런가."

"애초에 그 몸으로 네가 들어간 것도 일종의 사고였잖아, 녕녕."

'사고였잖아'라고 말해봤자 내가 어떻게 알아? 난 그냥 죽었다 깨어나니 이 몸이었을 뿐인데.

"기타 다른 이유도 있지만 그건 내 고유의 능력 같은 거라. 비밀로 할게. 이 정도라도 답은 됐을 테니."

그래도 타천천은 빼는 대신 나름 설명을 잘 해주었다.

나는 그가 준 매화차를 홀짝이며 창밖과 계단을 번갈아 보았다. 혹시 개원이 돌아오는 것 같으면 바로 원래 자리로 가야 하니까.

"그럼 지금 내 몸 안에는 누가 있어? 없단 소린 하지 마. 누가 안에 있으니까 이상한 행적 얘기가 계속 들어오는 거잖아. 요즘 내 몸이 너희랑 다닌다며?"

"우리 단체 사람."

타천천은 어깨를 으쓱하고는 날 보며 묘한 미소를 지었다.

"하지만 걱정 마. 그댈 원래 몸으로 돌려놓기 위해 노력하는 중이니까."

"그거야 그렇다 치고. 내 이름은 왜 멋대로 사용하는 거야?"

"너도 마찬가지잖아."

나도…… 마찬가지긴 하지. 천소여 평판은 내가 들어오고서 갑자기 확 높아졌으니까. 할 말이 없네.

나는 입을 꾹 다물고서 괜히 타천천을 쏘아보았다. 하지만 타천천이 날 보면서 계속 웃기만 했으므로, 쏘아봤자 소용이 없는 것 같아 그것도 그만두고 의자에 등만 기대었다.

어쨌든 타천천에게 가장 중요한 질문을 했고 답을 얻었으니 됐어. 일단, 천소여가 다시 이 몸을 차지할 일은 없단 거잖아? 그게 중요하지.

몸을 돌려받으러 올 사람이 없다면 이 몸으로 계속 지내도 된다. 천년비 몸으로 깨어나 봤자 날 기다리는 건 원수들뿐이고, 제대로 조용한 삶을 살 수도 없다.

타천천 하는 걸 보니 사하비단에 들어가게 된다면 아군이 좀 생길 수도 있겠지만, 자기 사상과 맞지 않는 단체에 몸을 담으면 피로하기만 할 뿐이다. 나 같은 인재를 그냥 놀고먹게 둘 리도 없으니, 사하비단에 들어가 봐야 그들을 위해 무공을 써야만 할 거고.

그럴 바에는 천소여 몸으로 편히 지내는 게 좋지 않을까? 복수를 하고 나면 정말 편안하고 안락하게 지내면서?

"녕녕."

생각을 마치기도 전에 타천천이 날 불렀다.

나는 무의식중에 만지작거리던 찻잔에서 손을 뗐다.

"왜?"

타천천은 아까와 달리 변태처럼 웃고 있지 않았다. 그는 신중한 표정을 하더니, 상체를 조금 내 쪽으로 숙이면서 작게 속삭였다.

"조심해. 네 영혼이 후궁의 몸에 들어간 걸 개원이 알고 찾고 있다."

뭐야? 나는 놀라서 앞에 놓인 찻잔을 엎을 뻔했다.

"개원이 어떻게? 왜 찾는데?"

"왜 찾는진 나도 몰라. 하지만 내가 가지고 있는 네 몸, 그러니까 가짜 천년비를 보더니 바로 네가 아닌 걸 알아차린 거 같아."

"알아차렸다고 해서 어떻게 불똥이 후궁으로 튀었는데?"

"난 그와 네가 연인이었다 알고 있었으니까…… 알려줬지. 다는 아니고. 후궁 몸에 있단 정도로만."

"!"

개원 그 자식. 왜 갑자기 밖에 나가자면서 여기에 데려왔나 했더니. 내가 타천천과 있는 걸 보고 천년비인가 아닌가 확인하려 한 거구나!

그 너구리 같고 음흉한 자식! 나한테 사모하니 어쩌고저쩌고하면서 속으로는 날 죽일까 말까 고민하고 있던 거였어!

기가 막힌다. 그는 천소여를 연모하게 된 것도 아니었다. 그는 천소여 안에 내가 있는 게 아닌가, 확인하고 이용하려던 것뿐이었다.

개원은 천년비를 다루 3층으로 데려가기 이틀 전. 먼저 41천도에 있던 타천천을 찾아가 사정을 설명하고 그에게 부탁했다.

"천년비가 후궁 몸 안에 들어갔다고 했소?"

"그랬지요."

"혹시 그 후궁이 천빈이오?"

"저도 거기까진 몰라서."

"내 생각엔 천빈 같소. 하지만 확신할 순 없어."

"그렇습니까?"

"42천도 행궁 근처에 있는 다루로 오시오. 정확한 장소와 시각은 나중에 알려주지. 거기에 와 있으면 내가 천빈을 데리고 갈 테니 한 번 살펴주시오. 천빈 안에 천년비가 있는지 아닌지."

개원은 약속대로 했고 타천천은 다루로 나왔다. 개원은 잠시 자리를 피했다가 타천천과 천빈이 대화하는 모습을 먼발치서 지켜보려 했다. 자신이 곁에 있으면, 천빈이 자신의 진짜 모습을 안 드러낼지도 모른단 생각 때문이었다.

그러나 잠깐 자리를 비웠을 때 예상치 못한 일이 벌어졌다. 먼 곳에서 험악하게 싸우는 소리가 나서 가보니, 아유정과 어떤 무림인 사이에 시비가 붙은 것이다.

"죽어라 천년비!"

아무래도 아유정, 정확히는 '천년비 몸'의 얼굴을 알아본 무림인 몇 명이 그녀에게 공격을 퍼붓는 상황 같았다.

개원은 아유정이 알아서 해결할 거라 여기면서도 그 자리를 바로 뜨지 못하고 상황을 살폈다. 아유정이 자체적으로 해결하고 간다면 다루로 돌아갈 생각이었으나, 그게 아니라면…….

'천년비의 몸을 완전히 활용하지 못하는군.'

그러나 천년비의 몸을 사용해도 그 몸을 사용하는 사람이 다르기 때문일까. 아유정은 천년비의 독문무공을 사용하지 못하고 뒤로 밀렸다. 강시의 몸이기에 신체는 우위를 점했으나, 상대의 무기에 제대로 반응하지 못하고 있었다.

아유정이 약해서가 아니라, 뜻밖에도 마주친 정파인들이 고강한 무공을 사용하고 있어서였다. 그러다 정파인의 검이 아유정의 쇄골부터 어깨까지를 길게 베는 순간. 결국 개원은 참지 못하고 나서고 말았다.

눈 깜짝할 사이 그는 아유정과 정파인의 사이로 달려가 둘의 무기를 빼앗고서, 각자의 무기를 각자의 코앞에 들이밀며 서늘하게 경고했다.

"궁 근처에서 소란을 피우지 마라."

정파인이 씩씩거리며 물러가자, 아유정은 베인 옷자락을 움켜잡고서 그에게 고개를 끄덕해 보였다. 천년비와 꼭 같은 얼굴로.

"……."

그 모습에 고통스러워진 개원은 자신의 겉옷을 벗어 그녀에게 걸쳐 주고는, 말없이 돌아서서 빠르게 다루로 돌아갔다. 가짜란 걸 알면서도 그 얼굴을 보면 천년비의 죽은 모습이 떠올라 심장이 미어지는 것 같았다.

그러나 이 소동을 벌이고 돌아왔을 때. 이미 천빈은 돌아간 후였고, 타천천은 혼자서 차를 마시고 있었다.

"천빈은?"

개원이 다가가 묻자 타천천은 그에게 맞은편에 앉으란 손짓을 하고서 힘없이 대답했다.

"살펴봤는데. 아무래도 아닌 것 같았습니다."

"아니라고?"

개원은 실망감에 사로잡혀 되물었다.

타천천은 어깨를 으쓱하더니, 그의 앞에 빈 잔을 주고 매화차를 따라 주었다.

"확실한 건 아닙니다. 제 눈에 그랬단 거니까요."

"말하는 모습, 필체, 성격이 천년비와 흡사한데. 정말로 아니었다고?"

"오호. 그렇게 많이 흡사하던가요?"

"그래."

개원이 매화차를 한 모금 마시자, 타천천은 눈이 가느다래지도록 웃으며 교활하게 혀를 놀렸다.

"그럼 역시 아닐 겁니다."

"역시 아니라니?"

"녕녕이 대인에게 자신을 드러낼 마음이 있었더라면 진작 드러냈을 테죠. 안 드러낸단 건 드러낼 마음이 없단 거니까요."

"무슨 소리지?"

"대인에게 자기가 녕녕이란 걸 알리고 싶지 않다면 필체나 말투 같은 건 다 바꾸지 않았을까요?"

"!"

"그러니 오히려 천빈은 천년비가 아닌 거죠."

타천천은 '천년비는 그렇게까지 깊게 생각하는 사람이 아니다'는 답안지를 뻔히 알면서도 그 얘기는 꺼내지 않았다.

그는 개원이 천년비가 마셨던 매화차를 마시는 모습을 지켜보며 속으로 즐겁게 웃었다.

아유정을 이용해 개원을 붙잡아 둔 건 그였다. 아유정에게 정파인이 달려든 건 예상하지 못한 일이지만, 정파인이 달려들지 않았더라도 아유정은 개원을 붙잡아두었을 것이다. 무슨 수를 써서든.

'유감입니다, 개 대인. 하지만 난 그쪽이 녕녕을 찾아내는 건 원하지 않거든. 애매하게 추측만 하고 있으세요.'

타천천은 속으로 희미하게 웃고서, 개원의 빈 잔에 차를 따라주었다.

"매화 향이 좋죠?"

"한 번 배신한 사람은 두 번 배신할 수 있어."

내가 식사를 하다가 중얼거리자, 부성이 황급히 엎드리고서 억울한 표정으로 외쳤다.

"저 아무것도 안 했어요, 마마!"

"어?"

뭐야. 왜 네가 갑자기 무서워해?

아아……. 그래. 부성이도 천소여를 배신한 적이 있지. 완전히 배신이라기엔 좀 애매한 구석이 있지만 어쨌든.

"네 얘기 아냐."

손을 휘젓자 부성은 몸을 일으키긴 했지만, 그래도 찔리는지 내 눈치를 살피다가 힘없이 밖으로 나갔다.

원웅은 건너편 의자에서 운문비단으로 잠옷을 만들다가 어리둥절해서 물었다.

"무슨 일이 있었어요, 마마?"

있었지. 개원이 자식이 천소여에게 반한 줄 알았는데, 반한 게 아니라 이용하려고 눈에 불을 켜고 있었단 걸 알아버렸거든. 그래서 고민이다.

"무공을 계속 배워야 하나 말아야 하나 고민 중이야."

개원이 아무리 대단하다고 해도 내가 무공 수업을 그만둬 버리면 이제 우리는 만날 일이 없다. 하지만 그렇게 되면 복수도 요원한 일이 돼.

어떻게 하는 게 좋을까? 그의 속내를 알지만 그래도 모른 척 가까이 지내면서 복수를 기다려야 할까, 아니면 복수를 포기해야 할까?

'복수를 포기하다니. 그건 절대로 이 천년비가 할 짓이 아니지.'

은혜도 잊지 않지만 원한도 잊을 수 없어.

"좋아. 고민 끝났어."

"벌써요?"

"계속 배울 거야."

개원이 놈이 날 유혹하려 든다고? 해보라 해! 나도 그놈을 유혹할 생각이었으니까! 누가 먼저 유혹당하는지 한 번 두고 보자고!

난 황제까지 사로잡은 몸이야. 떡돌이가 나한테 매달린다고! 주위에 매력적인 후궁들이 많은 떡돌이도 나한테 반했는데, 개원이라고 다르겠어?

마음을 먹었으면 당장 처리해야 한다.

다음 수업 때. 나는 개원이에게 화난 마음을 싹 감추고서, 평소보다 화사하고 아름답게 차려입고 나갔다.

자, 봐라. 천소여는 가만히 있으면 우울한 인상이지만 꾸미고 나면 아련하고 청순해 보인다고! 봐라, 황제가 반한 모습을!

마침 개원이가 무표정한 얼굴로 수련용 목검을 닦고 있기에, 나는 그 앞으로 다가가 당당하게 서서 허리 위에 어깨를 올렸다.

"?"

하지만 개원이는 날 봐도 여전히 무표정했다. 그러다가 던진 한마디.

"옷을 갈아입고 오시지요. 그런 차림으론 검을 휘두를 수 없습니다."

요따위다.

게다가…… 착각일까? 나한테 사모한다며 굴 때는 늘 나긋하게 웃던 놈이, 오늘은 표정이 영 좋지 않았다. 개시시의 생일에 이 몸으로 처음 만났을 때처럼.

오호라. 타천천이랑 내가 만나게 수작을 부렸는데도 아무 성과가 없으니, '천빈은 천년비가 아닌가보다' 생각하게 된 거로구먼?

에라이, 이 속 보이는 놈아. 내가 혀를 끌끌 차자, 개원이 검을 닦다 말고서 나를 보고 인상을 찡그린다.

기분 나쁘다 이거지. 하지만 왜 혀를 찼는지 설명해주는 대신, 나는 챙겨온 영약병을 내밀었다.

"같이 산책을 다녀오면 영약을 먹게 해주겠다 해서 가져왔어. 오늘 이

걸 먹을 거다."

개원은 그 말을 듣고서야 들고 있던 검을 내려놓았다. 말리고 싶단 것처럼. 하지만 자기가 한 말이 있기 때문인지 말리진 못하고, 눈살만 찌푸린 채 내가 병뚜껑 따는 모습을 지켜보기만 했다.

"꼭 지금 드셔야 합니까? 어차피 마마의 물건이니 뺏어 먹을 사람은 아무도 없습니다."

"한 입으로 두말할 셈이냐?"

"마마를 위해 드리는 말씀입니다. 영약은 잘못 섭취하면 효과도 보지 못하고 괜히 몸만 앓을 수도 있습니다. 약을 잘못 쓰면 그게 독입니다."

그래, 넌 독에 대해 잘 알아서 좋겠다 자식아. 입 밖으로 튀어나오려는 말을 집어넣고서, 나는 떡돌이가 한 방에 넘어간 백만금짜리 미소를 지어준 다음 한 방에 영약을 들이켰다.

"마마!"

개원이 놀라 손을 뻗었지만 원체 약병이 작은지라 영약은 이미 내 식도로 돌진한 후였다.

나는 방긋 웃고서 약병 뚜껑을 닫은 다음, 주머니에 병을 넣고 그를 향해 두 팔을 벌리며 외쳤다.

"자 봐. 아무렇지……!"

"마마!"

천빈이 웃는 상태로 고꾸라지자 개원은 황급히 그녀를 받쳐 들었다.

"마마? 마마!"

놀란 그는 천빈의 호흡을 확인한 뒤 손목을 짚어 맥과 기를 확인했다.

"젠장."

작게 욕이 나왔다. 우려했던 대로였다. 아직 기반이 제대로 닦이지 못한 몸에 무작정 영약부터 때려 붓자, 혈맥이 그 기운을 감당하지 못하고 있었다.

세상에 이런 사고뭉치가 있나. 개원은 속으로 탄식하면서 주위를 살폈다. 마침 귀자라는 무공 익힌 태감이 사태가 좋지 않은 걸 발견하고 기겁해 달려오고 있었다.

"무슨 일입니까?"

"마마께서 영약을 한입에 털어 넣으셨습니다."

"아니, 무슨 영약을요?"

"모르겠습니다. 그냥 자랑하더니 갑자기 드셨으니까요."

"말리셔야지요!"

"병이 작았습니다. 뱉고 뭐고 할 틈도 없을 정도로요. 그리고 지금 그게 문젭니까?"

개원은 귀자의 등에 천빈을 업히며 물었다.

"의원은 어디 있습니까?"

귀자는 대답 대신 직접 그 방향으로 뛰기 시작했다. 개원은 그 곁에서 속도를 맞추어 달렸다. 하지만 귀자도 개원도 알고 있었다. 몸에 넘치는 영약을 먹어서 생긴 이런 일은 일반 의원이 다스릴 수 없다는 걸. 이런 문제는 무공을 익힌 의원이나 무공에 뛰어난 고수가 직접 살피고서 문제된 점이 무엇인지 살펴야 했다.

"공공께서 직접 천빈 마마를 봐주실 수 있겠습니까."

의원이 있는 곳으로 뛰어가며 개원이 작은 목소리로 묻자, 귀자가 고개를 끄덕였다.

"일단 그러겠습니다."

두 사람이 천빈을 업고 의원이 있는 부지에 도착하자, 의원들은 신선처럼 느긋하게 돌아다니다가 화들짝 놀라 다들 허둥지둥 뛰쳐나왔다.

"이게 무슨 일입니까?"

"천빈 마마십니까?"

"무슨 일이지요?"

귀자는 환자용으로 마련된 방으로 들어가 천빈을 침상에 눕히며 빠르게 설명했다.

"마마께서 영약을 삼키셨는데, 좀 과한 걸 삼킨 모양입니다."

귀자는 천빈의 손목을 짚고 눈을 감았다. 곧 그의 입에서 "이런." 하는 탄식이 새어 나왔다.

개원은 곁에서 걱정스럽게 상황을 지켜보다 물었다.

"왜 그럽니까?"

"내공이 날뛰고 있습니다. 과한 정도가 아니라 너무 엄청난 영약을 드신 모양입니다. 대체 어디서 구하신 건지."

"제가 봐도 되겠습니까?"

개원이 나서자 의원들은 움찔했지만, 귀자는 그러라고 했다.

"일으켜 세워 주십시오."

귀자와 궁의들이 천빈이 상체를 일으켜 앉도록 해주자, 개원은 그녀의 등 뒤에 가부좌를 틀고 앉아 손을 얹었다. 눈을 감고 있자니 몸 안을 마구잡이로 날뛰고 있는 기의 덩어리들이 보였다. 갑자기 먹고 기절할 때부터 알아봤지만. 일반적으로 먹는 그런 영약의 수준이 아닌 걸 털어 넣은 게 분명했다.

당장 처치해야 했으나 상대가 후궁이란 걸 인식한 개원은 일단 손을 내리고서 귀자와 궁의들에게 다급히 말했다.

"빨리 내공을 안정시켜야 합니다. 아니면 정말로 위험해집니다."

위험하다는 말에 총태감이 쫓겨난 일을 떠올린 의원들이 벌벌 떨자, 귀자가 얼른 나서서 개원에게 청했다.

"천빈 마마를 구하는 게 우선입니다. 이런 걸 해결하려면 무공이 고강한 고수가 나서서 해야 하는데, 천빈 마마께서 대체 뭘 드신 건지 모르겠지만 지금 마마의 상태는 제가 나설 상태가 아닙니다. 대인께서 나서주신다면 참으로 감사하겠습니다."

의원들에게 어쩔 수 없는 상황이란 걸 설명해주려다 보니 설명이 좀 긴 감이 있었으나, 지금은 아무도 그런 걸 신경 쓰지 않았다.

개원은 귀자와 눈을 맞추고 고개를 끄덕인 다음 다시 눈을 감고 제대로 천빈에게 집중했다. 천빈의 몸 안에 들어간 영약은 제멋대로 날뛰는 말, 아니 용 같았다. 난동을 부리는 용.

용은 혈관 안을 제멋대로 돌아다니면서 '이곳은 내가 있을 그릇이 아니다!'고 외치는 듯했고, 이곳을 벗어나 하늘로 가고 싶어 하는 듯 몸의 주인을 마구잡이로 괴롭히기까지 했다.

'말썽쟁이 같으니라고.'

개원은 이를 악물고서 천천히 그의 내공을 풀어 천빈의 혈도를 찾아 슬금슬금 들어갔다. 그런데 멋대로 날뛰는 영약의 기운을 진정시키면서 차츰 차츰 단전으로 가다 보니, 이상한 점이 발견되었다.

"?"

개원은 눈살을 찌푸렸다.

'이게……?'

천년비와 함께 지낼 적. 두 사람은 서로의 내공을 살피지 않았다. 살필 필요가 없었으니까. 그들은 이미 자신의 무공에서 높은 성취를 이루었고, 심마에 빠지지도 않았다.

연인 간이라 해도 상대의 내공을 멋대로 파악하는 건 절대 안 될 일이기에, 둘은 손을 잡아도 맥은 살피지 않았다.

그러다 단 한 번. 개원이 천년비의 내공을 살핀 적이 있었다. 천년비가 정파인들은 내공이 정순하다던데 정말이냐고 묻기에, 서로 보여주자고 말했다가 벌어진 일이었다. 분위기가 미묘해져서 무공을 살피는 일은 곧 몸을 살피는 일로 넘어갔지만.

여하튼 그는 천년비의 내공을 딱 한 번 보았다. 그런데…….

'흡사하다.'

단전에 형성된 내공의 형태가 천년비와 천빈이 몹시 흡사했다. 보통의 내공이라면 그냥 이렇게 살핀다고 해서 내용의 깊이나 양, 정순함 정도나 알 수 있다. 하지만 천년비가 익힌 무공은 굉장히 독특해서, 내공이 쌓인 방식이 다른 이들과 전혀 달랐다. 천년비 본인은 몰랐던 눈치였지만.

그런데 지금 천빈의 내공 형태가 그랬다. 당시의 천빈에 비하면 쥐꼬리만큼 쌓여 있는 내공이지만, 분명 그가 느끼기엔 그랬다.

'내공의 양이 많았더라면 확실하게 비교할 수 있을 텐데.'

개원이 반사적으로 눈살을 찌푸리자, 지켜보던 귀자와 의원들이 겁이 나서 달달 떨었다.

"혹시 문제가 생긴 걸까요? 개 대인이 왜 저러는 거죠?"

"나도 모르겠습니다. 일단 조용히 합시다."

들려오는 목소리에 개원은 표정을 펴고서 우선 내공을 진정시키는 데 온 정신을 집중했다. 그러나 마음이 혼란스러워 잘되지 않았다.

그의 심장이 제멋대로 요동치기 시작했다.

천년비. 너냐.

이 약해 빠진 몸 안에 들어가 있는 게……

정말 너인 거냐.

꿈을 꿨다. 꿈이란 걸 알 수 있는 꿈을.

개원과 내가 두 번째로 만난 날이었다. 나는 그날도 쫓기고 있었고, 빌어먹을 정파놈들은 또 내 뒤를 쫓고 있었다. 숨이 차도록 뛰고 또 뛰다가 나는 물 안으로 숨어버렸다.

"악적 천년비! 그 목숨도 오늘이 마지막일 거다!"

"아버지의 원수! 죽어라!"

"찾아!"

내가 네 아버지의 원수가 아니라 네 아버지가 내 원수였다, 개자식들아. 물 안에서 이렇게 외쳤던 것 같다.

하지만 그들이 나간 뒤에도 나는 밖으로 나가지 않았다. 숨이 가쁘도록 물 안에 그렇게 잠긴 채, 멍하니 하늘만 바라보았다.

나는 살고 싶었다. 아주 어릴 때부터 나는 그냥 살아 있고 싶었다.

그런데 딱 그 한순간. 문득 내가 살아가는 의미가 무엇일까, 하는 생각이 들었다. 그때 뿌연 눈물 너머로 누군가 머리를 들이밀었고, 나는 반사적으로 검을 꺼내 그자의 목을 찔렀다. 조금 전까지 살아갈 이유를 생각하고 있었으면서도.

이전의 적들과 달리 그는 내 검을 교묘하게 피했다. 하지만 자신은 공격을 퍼붓지 않았다.

그는 검을 피하고는, 손수건을 꺼내 내게 내밀었다.

나는 그자가 독을 뿌리는 줄 알았다가, 뒤늦게 그걸 보고 주춤했다.

경계심이 가득한 눈길로 쳐다보자, 그는 마치 말 못 하는 짐승을 대하듯 다시 손수건을 건네는 시늉을 했다. 받으라는 듯.

그 얼굴이…….

꿈에서 깨어나자 다시 내 앞에 있었다.
그때처럼 걱정 가득한 얼굴로 나를 바라보며.

개원의 얼굴을 마주 보았을 때, 나는 순간적으로 이게 옛날 일인지 지금 일인지 파악하지 못했다. 내가 천빈이 된 걸 알면서도 그게 꿈이고 지금 나는 천년비의 몸이란 생각이 들어 혼란스러웠다.

"마마."

그가 나를 '마마'라고 부른 뒤에야 나는 내 영혼이 천소여에게 들어온 일이 사실이란 걸 확실하게 깨닫고, 얼른 손을 뻗어 그의 얼굴을 밀었다.

"마, 마마."

곁에 있었는지, 귀자는 황급히 다가와서 내게 작게 알려주었다.

"개 대인이 마마를 구했습니다. 마마의 내공이 마구 진탕하고 있어서 도움을 주었어요."

귀자는 개원이 날 도왔다는 것에 그에게 호감이 생긴 모양이었다.

나는 상체를 일으키고서 머리맡에 앉은 개원을 째려보았다. 개원은 내가 얼굴을 밀었는데도 조금도 민망한 기색 없이 차분하게 앉아 있었다. 그러다 나와 눈이 마주치자 재차 물었다.

"몸은 좀 괜찮으십니까?"

"괜찮다."

내가 연비를 흉내 내 위엄 있게 대답하자, 개원은 희미하게 웃더니 누군가에게 눈짓했다. 그러자 그 누군가가 작은 나무 쟁반에 받친 하얀 사발을 가져와 내게 내밀며 말했다.

"기운을 안정시키는 약입니다, 천빈 마마."

사발 안에 든 짙고 끈적끈적한 갈색의 액체는 가까이하는 것만으로도 독하고 쓴 향이 났다. 내가 인상을 구기고서 개원을 보자, 그는 나긋하게 웃으며 설명했다.

"내공을 진정시켰지만 신체는 놀랐을 겁니다. 약을 드시지요."

나는 독한 약 냄새를 애써 무시하고 빨리 단전을 살핀 다음, 내공이 제대로 자리 잡고 있자 얼른 거절했다.

"괜찮아. 마마는 아프지 않아."

하지만 개원과 의원, 귀자는 내 거절을 듣고서도 조금도 물러나지 않고 약을 먹으라고 번갈아 가며 재촉해왔다.

"마마는 괜찮다니까."

내 신분을 내세우면서 재차 거절해도 마찬가지여서, 결국 나는 약을 억지로 먹고 황급히 귀자가 건네준 당과를 물어야 했다. 하지만 이로도 모자란지 개원이 이 새끼는 열심히 혀에서 쓴맛을 빼는 내게 쓴 잔소리까지 퍼부었다.

"이래서 제가 영약을 나중에 드시라 한 겁니다. 그런 독한 영약을 전혀 준비도 없이 벌컥 마시니 이런 일이 생긴 게 아닙니까."

그의 잔소리는 당연히 헛소리였다. 나는 천년비일 때 늘 이렇게 영약을 먹었다. '늘'이라고 부를 정도로 많이 먹지도 못했지만, 하여튼. 그래도 멀쩡했다고! 한 번도 기절한 적 없어.

내가 영약을 먹고 쓰러진 건 천소여의 몸이 내 생각보다 더 약해서일 뿐. 내 방식은 잘못되지 않았어.

하지만 지금 나는 천년비가 아니라 천빈이었고, 무공의 고수가 아니라 이제 갓 무공을 배우는 풋내기일 뿐이었다. 당연히 내가 이렇게 주장한다고 해도 다들 그냥 막무가내로 우기는 거라고만 여기겠지.

내게 잔소리를 하는 게 하필 개원이라서인가. 그가 질책하는 소리를 듣고 있자니 열이 올라오다 못해 콧구멍에서 김이 나올 것 같다. 나는 입을 다물고 최대한 그의 말을 흘려들으려 했으나, 잘되지 않자 결국 화가 나서 귀자의 손을 가져다가 개원을 등짝을 찰싹 내려쳤다.

"!"

귀자는 당황해서 "제가 한 거 아닙니다!"라고 외쳤지만, 그가 한 게 맞다. 그의 손이 했으니까. 내 손이 아니니까, 당연히 내가 한 게 아니다.

개원은 입을 벌린 채로 말을 멈췄고, 나는 이불을 덮어쓰고 돌아누워 버렸다.

"본궁은 잘 거다. 말 걸지 마라."

정말로 자는지는 모르겠으나 천빈이 이불을 덮어쓰고 눈을 감아 버리자, 귀자는 한숨을 내쉬고서 개원과 의원에게 그만 나가자고 손짓했다.

개원은 미동도 하지 않고 등만 보이고 누운 천빈을, 정확히는 그 안에 있을 천년비를 바라보다가 귀자를 따라 밖으로 나왔다.

문을 닫은 그들은 천빈이 제대로 쉴 수 있도록 근처에서 멀어졌다. 의원은 약을 만들러 갔고, 귀자는 개원에게 재차 감사 인사를 했다.

"제 앞에서 벌어진 일이니 제 책임이기도 합니다. 게다가 마마는 이제 제 제자시니까요."

"마마께서 자꾸 스스로를 '본궁'이라고 하시는데, 그건 사실 잘못된 호칭이랍니다."

귀자는 한숨을 내쉬면서 중얼거리다가, 개원과 자신이 전혀 다른 소리를 하고 있단 걸 깨닫자 웃으면서 또 감사 인사를 했다.

"정말로 감사합니다. 마마께서 조금이라도 잘못되셨다면 폐하께서 아주 진노하셨을 겁니다. 마마를 몹시 총애하시거든요."

황제가 천빈을 총애한단 이야기에 개원의 안색이 흐려졌다. 하지만 그는 이를 내색하는 대신 빠르게 표정을 수습하고, 천빈의 안위를 걱정하는 듯 꾸며냈다.

그가 천천히 고개를 끄덕이자, 귀자는 개원에게 여기 남아 있을 건지 물어보며 권했다.

"대인께선 여기 계속 계실 겁니까? 이제 마마께선 안정된 것 같으니 대인도 돌아가 쉬시지요. 많이 놀라셨을 텐데요. 게다가 남의 내공을 움직이는 게 쉬운 일도 아니니까요."

쉬운 일이 아닌 정도가 아니라, 남의 들끓는 내공을 다른 사람이 대신 다스려 주는 건 몹시 어려운 일이었다.

의원들이 소란을 떨까 봐 귀자도 그 자리에선 내색하지 않았으나, 실력이 부족한 이가 남의 내공을 건드렸다간 같이 주화입마에 빠지지나 않으면 다행일 것이다.

그런 어려운 일을 손쉽게 해내고서도 개원이 제대로 된 감사를 못 받으니, 사정을 아는 귀자는 조금 미안하기까지 했다.

"아닙니다."

하지만 개원은 천빈의 단전을 살피면서 마음이 너무 복잡해진 터라, 지금 당장은 돌아가고 싶지 않았다.

"상태가 다시 나빠지실 수도 있으니 저는 근방에 좀 더 있겠습니다."

"영약 병을 하나 더 가지고 계신 게 아니라면 괜찮을 텐데요."

"혹시 모르니까요."

"예. 그럼 저는 마마께서 갈아입으실 옷을 챙겨오고, 마마의 궁녀들도 데려오겠습니다."

귀자가 떠나자 개원은 억지로 꾸며냈던 미소를 거두고서, 뒷짐을 지고 천빈이 누워 있을 전각을 멍하니 바라보았다. 그의 마음이 바람 부는 날의 바다처럼 제멋대로 흔들렸다. 당장 천빈에게 달려가 '천년비냐'고 묻고 싶은 마음이 굴뚝 같았다.

'천년비…….'

하지만 그러지 못하는 건, 그녀가 왜 정체를 감추는지 알 수 없기 때문이었다.

천년비에게 왜 자신을 두고 자결한 건지 묻고 싶은데. 왜 우리가 사랑하던 곳에서 보란 듯 자결한 건지 묻고 싶은데. 그에 돌아오는 대답이 자신을 향한 미움과 원망일까 봐 두려웠다.

그녀는…… 그와 함께한 시간이 행복하지 않았던 걸까?

비록 영약을 먹고 기절했다가 개원이 자식에게 도움을 받긴 했지만, 그래도 성과는 있었다. 단전을 확인해보니, 내공이 이전과 비교할 수도 없을 만큼 어마어마하게 늘어 있던 것이다.

원래도 나는 많은 내공을 가지고서 무식하게 내공만으로 싸워대는 무림인이 아니기에, 이 정도 내공만 있어도 내 옛 실력을 되찾는 데 큰 도움이 될 것이다.

'비원이 생각보다 훨씬 뛰어난 영약을 줬네.'

감사하다면서 준 거니까, 그냥 구색 맞추기 정도일 거라 여겼는데. 어쨌든 이 정도로 내공이 단시간에 늘어난 게 어디야?

'비록 내가 쌓은 내공이 아니라 내게 맞도록 하나하나 다 다듬어야겠지만, 직접 쌓는 것보단 훨씬 빠르고 편리하지.'

그리고 며칠 동안, 나는 밤을 새우고 낮에도 뜬눈을 뜬 채 내공을 다

듣는 데 몰두했다.

유난히 차가운 날이었다. 나는 처소에 틀어박혀서 내공만 살피다가, 가만히 있기 지루해서 오랜만에 처소 밖으로 나섰다. 오늘은 개원이에게 무공을 배우는 날이니, 그전에 조금 몸도 풀어둘 생각이었다.

그런데 얕게 솟은 언덕길을 얼마나 걸어갔을 때일까. 천천히 걸어가다 보니 뒤에서 누군가 내게 발소리를 맞추어 따라오는 게 들렸다.

은신술을 펼쳐서 발소리를 숨긴 건 아니었으나, 내 발자국에 자기 발소리를 맞추다 보니 걷는 소리가 거의 나지 않는 사람이었다.

대체 누구길래? 의아해서 돌아보자, 개원이 내 뒤를 일정한 거리를 두고 따라오고 있었다.

"왜 따라오지?"

그게 싫어서 내가 멈춰 서서 차갑게 묻자, 개원은 곁으로 다가오더니 순순히 대답했다.

"마마께서 혼자 다니시다 이상한 걸 드시고 혼절하면 안 되니까요. 걱정이 되어 그럽니다."

"아직 수업 시간은 아니니 네가 신경 쓸 일이 아니다."

나는 딱 잘라 말하고서 다시 앞서 걸어갔다. 하지만 여전히 뒤에서는 누군가 날 따라왔다. 그게 싫어서 나는 확 돌아서서 그에게 따지려다가 개원의 단정한 표정을 보고 마음을 바꿨다.

멍청하긴. 나는 개원이를 유혹해서 그에게 상처를 주어야 하잖아? 그런데 계속 밀어내기만 하면 되겠어? 좋아. 그러면 이렇게 하지.

"옆으로 와."

마음을 바꿔서 지시하자, 개원은 좀 놀란 듯 눈썹을 올려세웠다.

"마마의 옆으로…… 말씀이십니까."

"그럼 누구 옆으로 가려고?"

내가 시큰둥하게 묻자, 그는 느리지도 빠르지도 않은 걸음으로 곁으로 다가와 약간 거리를 두고 섰다. 하지만 그는 내 옆에 서면서도 영 어리둥절한 얼굴이었다.

그러나 기쁜 눈빛을 감추긴 어려워서, 속으로 참 대단하다 싶었다. 천소여를 정말로 사모하는 것도 아닌 주제에 연기를 잘하네. 하긴. 그러니 나도 속어 넘겼겠지만.

욱 치솟으려는 마음을 다잡고서, 나는 개원에게 상냥한 척 웃으면서 당부했다.

"옆에서 따라와라. 뒤에서 따라오면 신경 쓰이니까."

개원은 잠시 주저하는 것 같더니 느리게 고개를 끄덕였다.

나는 뒷짐을 지고 다시 앞으로 나아갔다.

그런데 몇 걸음 가기도 전에 눈앞에 뭔가 팔랑인다 싶더니, 이마에 차가운 게 닿았다. 멈춰 서서 고개를 들자 짙은 회색으로 물든 하늘에서 하얀 종잇조각을 잘게 찢어둔 것 같은 눈이 하나둘 떨어지고 있었다. 올해의 첫눈이었다.

"……."

눈은 너무 적게 내리고 있어서, 소매나 어깨, 이마, 콧잔등에 닿았다가도 바로 녹아내렸다. 그 광경을 보고 보고 있다가 옆을 보니, 개원은 눈 내리는 하늘이 아니라 나를 바라보고 있었다. 그러다 눈이 마주치는데 저절로 질문이 흘러나왔다.

"너는 눈이 오면 생각나는 사람이 있느냐?"

개원이 고개를 끄덕이고서 무척 아리송한 눈길로 날 바라보았다. 아주 애매한 눈길로. 그러다가 개원은 조금 잠긴 목소리로 물었다.

"마마께선 있으십니까?"

"당연히 있지."

"그게…… 누구입니까?"

"당연히 폐하지."

내 단호한 말에 개원의 눈동자가 흔들렸다. 묘한 눈동자는 어쩐지 상처받은 것처럼 보이기도 해서, 괜히 지켜보는 사람이 신경질 나게 했다.

뭐야. '천소여'와 자기는 만난 지 얼마 되지도 않으면서, 내가 자기라고 대답이라도 할 줄 알았나? 게다가 타천천과 날 만나게 한 다음, 알아서 '천소여는 천년비가 아니다'고 결론까지 냈잖아?

그가 무어라 입을 열려 하기에, 나는 휙 돌아서서 다시 걸어가 버렸다.

사실 눈이 오면 생각나는 사람은 그였다.

조금도 지체하지 않고 넓은 보폭으로 나아가는 뒷모습을 바라보다 개원은 무거운 한숨을 내쉬었다.

이전에는 생각해보지 않았던, 사실은 알면서도 모른 척하려 했던 가능성 하나가 삐죽 흙을 뚫고 머리를 들이밀었다.

'혹시 천년비는…… 황제를 사랑하게 되어서 날 모른 척하는 건가. 내가 자신을 알아보면 황제 곁을 떠나 돌아오라 할까 봐?'

12월 말이 되어서야 도착할 거라 했던 떡돌이는 중순이 조금 지나자 바로 행궁에 나타났다. 이번에는 혼자서 온 게 아니라 아예 행렬을 만들어 온 걸 보니, 잠깐 다녀가는 게 아닌 것 같았다.

원웅은 이 일을 두고 단호하게 이렇게 말했다.

"마마가 보고 싶으셔서 오신 거예요."

요즘 들어 원웅과 의견이 맞지 않는 부성도 오늘은 바로 맞장구쳤다.

"그럼요. 마마께서 최근에 쓰러지셨잖아요. 그 이야기를 듣고 빨리 오시는 게 분명해요."

사실 내 생각도 그렇긴 해. 내가 잘 도착했나 궁금하단 이유만으로 여기까지 내려왔었잖아? 왔다가 바로 올라갔지만.

어쨌든 그 정도로 날 염려하는 떡돌이니까, 이번에도 꽁지가 빠질세라 뛰어온 게 아닐까?

우리의 추측이 전부 진짜라는 건, 행궁에 도착한 일행을 맞이하러 나갔을 때. 떡돌이가 친히 인증해주었다.

뒤로 수많은 태감과 궁녀들, 호위들을 거느린 채 걸어오는 떡돌이의 모습은 한 폭의 그…… 무슨 그림이지. 하여튼 무슨 그림에 나오는 것 같았는데, 그 상태로 걸어오자마자 떡돌이가 나부터 힐긋 보더니 다가와서 이렇게 말한 것이다.

"네가 다쳤단 소리를 듣고 일정을 당겨 빨리 왔다. 괜찮으냐?"

"사실 다친 건 아니었어요, 폐하."

"쓰러졌다 들었는데."

"쓰러졌지만 다친 건 아니었어요, 폐하."

영약 과다 복용으로 기절했던 거니까.

떡돌이는 내 말을 이해하지 못하는 눈치였지만, 곧 그러려니 넘어가고서 다음으로는 연비를 찾아 칭찬했다.

"얼핏 보기에도 행궁이 참으로 아름답다. 네가 맡아 하는 모든 일은 흠

잡을 데 없이 완벽하구나."

연비는 부드럽게 웃고는 겸손하지도 거만하지도 않은 태도로 인사했다.

"폐하께서 보살펴주신 덕입니다."

하지만 태도만 그랬지, 말은 황당할 정도로 공손했다.

무슨 소리야. 떡돌이는 아무것도 안 했잖아. 재는 방금 왔다고. 행궁을 꾸민 건 그쪽이 그냥 열심히 한 덕이야. 그리고 내가 옆에서 아주 조금 도왔고.

하지만 연비는 정말로 모든 게 떡돌이 덕이라 할 셈인지, 조금도 자신을 내세우지 않았다. 덩달아 나까지 묻힐 지경이라 열심히 손가락으로 나를 가리키자, 연비는 피식 웃고서 내 공은 알려주었다.

"천빈이 많이 도왔습니다, 폐하."

그나마 내 공은 묻히지 않은 데 안심해서 손을 내리자, 떡돌이가 힐긋 내 쪽을 다시 본다.

나는 흐뭇하게 웃고서, 내가 주도적으로 설치한 노란 등롱들을 양 손가락으로 가리켜주었다. 저거 내가 한 거! 저거 내가 한 거!

"……."

하지만 떡돌이는 칭찬은커녕 짧게 한숨을 내쉬더니, 연비의 어깨를 부드럽게 두드리며 위로했다.

"짐이 뭘 했겠느냐. 모두 네가 한 거지. 철없는 동생을 데리고 고생이 많았다."

뭐야? 내가 뭐가 없어?!

떡돌이는 나와 연비에게 모두 상을 주었지만, 나는 상을 받아도 화가 나서 방 안에 틀어박혔다. 나는 그가 노란색을 좋아하는 것 같아서 노란 등롱을 설치하기까지 했는데. 그걸 좀 자랑했다고 철이 없다고 해?

나는 대인의 풍모를 갖추고 있지만, 내 공을 무시하는 사람들을 보면 화가 난다. 그런데 떡돌이는 내가 좋다면서 날 무시했다. 그러니 더욱 화가 날 수밖에! 그렇게 세 시진이 지났을까.

밖에서 부스럭거리는 소리가 나더니, 떡돌이가 내 방 안으로 들어오며 나를 불렀다.

"반숙아."

조심스럽고 상냥한 목소리를 내는 걸 보니, 자기가 무슨 죄를 지었는지 알긴 아는 듯했다. 하지만 그 정도로 내 화를 풀 수는 없기에, 나는 단호하게 팔짱을 끼고서 옆으로 벽을 보고 앉았다.

"……."

"반숙아?"

"……."

"천빈. 짐의 말을 무시하느냐."

그러나 치사하게도 떡돌이는 내가 대답하지 않자 황명까지 들이댔다.

"천빈은 철이 없어 대답을 못 합니다요."

여기에 더욱 화가 나서 씩씩 대답하자, 떡돌이는 면사를 벗고 내 곁으로 다가와 내 몸을 자기의 팔로 감싸며 귀여운 척했다.

"화났느냐? 왜 화내고 그러느냐. 짐은 네가 보고 싶어 날짜까지 조정해 여기로 왔는데."

"천빈은 철이 많아서 화도 많습니다요."

하지만 내가 귀여운 척에 넘어가지 않자, 떡돌이는 한숨을 내쉬고서 팔을 내렸다.

"그 자리에서 먼저 춤을 춘 건 네가 아니냐."

"난 춤을 춘 게 아니야. 손가락으로 등롱을 가리켰을 뿐이지!"

"어깨랑 엉덩이가 다른 방향으로 세 번 씰룩거렸는데, 춤이 아니라고?"

"그건…… 그래!"

내 동작이 춤이 아니었단 걸 알려주기 위해 다시 한번 손가락으로 천장을 가리키며 엉덩이와 어깨를 털어주자, 떡돌이는 심각하게 나를 보다가 두 손으로 얼굴을 묻고는 탁자에 엎어졌다.

"제발…… 천빈. 너는 정말. 난 널 보면……."

"난 춤을 춘 게 아니야. 내 춤은 우아한 홍학 같아. 이렇게 씰룩대지 않는다고. 이건 그냥 손동작에 따라온 몸동작이었어."

"홍학 같은 춤은 무엇인데?"

나는 한 발로 땅을 굳건하게 딛고 서서 한 발을 세모 모양으로 접어들었다. 흐르는 강물에 고고하게 서서 물고기를 노리는 홍학처럼.

"이거다. 봐. 아주 정적이지?"

단호하게 말하고서 그를 스산하게 쳐다보자, 떡돌이는 다시 두 손으로 얼굴을 가리고 탁자에 엎어졌다. 그가 어깨를 떨며 웃는 소리를 내는 바람에, 나는 더욱 자존심이 상해서 홍학 춤을 멈추고 그를 째려보았다.

그래도 내가 숨을 죽이고 씩씩거리고 있자니, 떡돌이는 눈치껏 입술을 깨물어 웃음을 멈추고 고개를 들었다. 눈이 마주치자 다시 혼자 터져서 도로 엎어졌지만.

"날 비웃지 않아 줬으면 좋겠어."

"짐은 널 비웃지 않아."

"웃고 있잖아."

"그러니까. 비웃는 게 아니라, 그냥 웃을 뿐이다."

떡돌이는 말도 안 되는 주장을 하면서 혼자 끅끅거리다가, 얼굴이 땅기는지 뒤늦게 손등으로 자기 얼굴을 톡톡 두드리며 물었다.

"그래. 쓰러졌다더니. 몸은 괜찮으냐?"

그는 뒤늦게 자기가 한 말에 자기가 놀라 진지한 표정으로 변했다.

속으로 '아주 많이 아프다 해버릴까' 하는 생각이 들기도 했지만, 나는 솔직하게 대답했다.

"아파서 쓰러진 게 아니야. 영약이 생겨서 먹었는데, 너무 강한 영약이라 잠깐 기절한 거지."

"그거야말로 정말 위험한 상황 아니냐. 이제 괜찮으냐?"

"다행히 개 스승이 바로 앞에 있어서. 내공을 진정시키게 도와줬어."

"그나마 다행이로군."

안도하는 그의 표정에는 아까 날 놀려대던 태도가 전혀 없었다. 그걸 보자 대범한 내 마음이 이제야 조금 움직인다.

나는 골이 난 마음을 풀고서, 그의 맞은편에 앉아 그가 안심할 수 있도록 자랑했다.

"내공도 안정됐고, 무엇보다 영약을 먹어서 힘도 세졌어. 지금 폐하가 나랑 팔씨름하면 질지도 몰라."

"벌써 그렇게 됐다고?"

"그럼."

아직 영약을 반도 소화하지 못했지만, 무공 초보자인 내가 이런 것까지 알면 안 되겠지. 하지만 이런 내 배려심을 모르는 떡돌이는, 팔씨름 이야기에 코웃음을 치면서 나를 놀려댔다.

"네가 영약을 먹어도 팔씨름에선 짐을 이기진 못할 거다."

"왜 그렇게 생각해?"

"영약을 먹으면 내공이 늘어나지 근육이 늘어나진 않으니까."

"내공을 움직여서 팔씨름을 할 수도 있잖아."

"그래도 마찬가지지."

"……."

생각해보니 떡돌이의 말이 맞다. 나는 근력을 기르고 있지만 아직 일 년도 채 훈련하지 못했다. 반면 떡돌이는 오랫동안 근력을 길러와서 팔이 아주 튼튼하지.

손에 내공을 넣어서 싸운다 해도, 내공 양도 떡돌이가 더 많을 게 뻔해. 떡돌이가 내색을 안 할 뿐, 분명 무공을 익힌 것 같거든. 이런 상황에서 나와 떡돌이가 팔씨름을 해봤자 결과는 같았다.

하지만…… 아니야, 떡돌이가 보기엔 이래도 근육은 부실할지 몰라.

"맞아. 보기 좋은 개떡이란 말도 있잖아."

"그런 말이 있던가?"

"확인해봐야겠어. 보기만 탄탄하지 사실은 물살일지도 몰라."

"무슨 소리냐?"

설명 대신 나는 떡돌이의 팔 위에 손을 올렸다.

"단단한 것 같긴 한데."

떡돌이는 어리둥절해서 내 손을 보다가 눈을 휘둥그렇게 떴다.

"반숙아?"

"네 팔 좀 확인해봐도 돼?"

안 된단 건가? 떡돌이는 묘한 표정이 되었다.

하지만 그것도 잠시. 그는 입꼬리를 올리더니 자기 옷고름 끝을 잡고 팔랑 잡아당겨 상체를 끌렀다.

옷이 반쯤 흘러내리자 그의 팔 맨살이 훤히 드러났다.

이렇게까지 해주네! 놀라서 그의 단단하고 두꺼운 팔과 그를 번갈아 보고 있자니, 떡돌이가 느긋하게 웃었다.

"마음대로."

"오라버니."

곁에서 들려온 목소리에 개원은 고개를 돌렸다. 그의 사촌 동생인 개시시가 다가오고 있었다.

"소주. 오셨습니까."

"할 말이 있어서 왔어."

가까이 온 개시시가 데려온 궁녀와 태감에게 눈짓하자 그들이 뒤로 물러났다.

단둘만 남게 되자 개시시는 한숨을 내쉬더니 개원을 좀 못마땅하게 쳐다보았다. 그 표정에는 노골적인 불만이 가득해서 개원은 의아해졌다.

"왜 그러십니까?"

"아까 폐하께서 오셨을 때. 오라버니가 천빈 마마를 보던 걸 봤어."

"그게 어쨌단 건지."

"내가 오라버니를 몰라? 그 시선. 꼭 천년비를 보던 눈이었다고."

너무 놀란 개원은 찰나 머리가 하얗게 질렸다. 설마…… 이 영리하고 눈치 좋은 동생이…… 설마…… 그도 안 지 얼마 안 된 사실을…….

"오라버니. 천빈 마마를 사모하는 거지?"

빙글빙글 빠르게 돌던 머릿속이 개시시의 뚱한 목소리에 털썩 제자리에 엎어졌다.

"어?"

개원이 둔하게 중얼거리자, 개시시는 팔짱을 끼고서 눈을 부릅떴다.

"거짓말할 생각 마. 오라버니는 누구를 사모하면 표정에서부터 다 티가 나거든. 눈이 막…… 하여튼 막 그래."

"많이 티가 나느냐."

"그렇다니까?"

한숨을 내쉰 개시시는 얼굴이 험악해지더니 발치의 돌을 툭 찼다.

"너무 화나. 처음에 악적을 사모해서 집안을 발칵 뒤집더니. 그 여자가 죽고 다음으로 찾은 상대가 폐하의 후궁이라고?"

"네겐 미안하다."

"뭘 미안해? 미안하다 하지 말고 차라리 아니라 부정을 해!"

"……."

개원이 말없이 시선만 떨구자 개시시는 이를 갈며 그를 노려보았다.

"오라버니. 이 일이 알려지면 오라버니뿐만 아니라 우리 가문 전체가 위험해. 천빈 마마는 폐하가 가장 총애하는 후궁이야!"

"……."

"마음을 끊어. 아직 아무도 모르는 눈치였으니까. 나 외엔."

개원이 대답하지 않자 개시시는 기가 막혀서 입을 벌리다가 나중에는 스스로를 자책했다.

"천빈 마마와 오라버니 사이에서 서신을 전해주면 안 됐어. 난 오라버니가 천빈 마마를 너무 냉대하니까, 마마와 사이가 멀어지고 싶지 않아서 서신을 주고받게 해준 건데. 오라버니는……."

개원은 천년비와 천빈이 동일인이란 걸 차마 말하지도 못하고 그저 발끝만 내려다보았다. 고지식한 성품에, 가짜로라도 마음을 접겠단 말을 할 수도 없었다.

그 모습을 보던 개시시가 서늘하게 물었다.

"오라버니. 혹시…… 마마도 오라버니를 연모해? 서로 좋아하는 건 아니지?"

"내 일방적인 마음이다."

"그나마 다행이네."

복잡한 눈으로 개원을 바라보던 개시시는 먼발치에 한 무리의 후궁들이 웃으며 지나가자, 그쪽을 힐긋 보고서 몸을 돌렸다.

"이만 가볼게. 오라버니도 마음을 빨리 정리해. 그 마음은 오라버니가 사모해마지않는 그 천빈 마마한테도 폐가 될 테니까."

"개 답응. 무슨 일 있어요?"

촉비는 함께 먹을 간식거리를 챙겨 개시시를 보러 왔다가 깜짝 놀라 물었다. 활발하진 않지만 늘 밝던 개시시가 침울한 얼굴로 뭔가를 포장하고 있었다.

"괜찮아요?"

촉비를 따라온 궁녀가 설탕을 발라 튀긴 떡을 탁자 위에 내려놓았다.

촉비는 대답을 기다리며 개시시의 손을 보았다. 그녀는 멍한 상태로도 종이 포장지로 뭔가를 열심히 싸고 있었다.

"괜찮아요…… 아마도요."

"그건 뭔가요?"

"천빈 마마 품계가 올라갔잖아요. 축하하려고 준비한 선물이에요."

촉비는 고개를 기웃했다.

"혹시 선물하고 싶지 않은데 어쩔 수 없이 하는 건가요?"

개시시의 얼굴이 즐거운 빛이 하나도 없어 보이자 호기심이 들기도 걱정이 들기도 하는 듯했다.

개시시는 한숨을 내쉬고서 고개를 저었다.

"그건 아니에요. 그냥…… 집안일이에요. 마마는 무슨 일로 오셨어요?"

"행궁에서 지내는 동안 옆방을 쓰게 돼서. 인사차."

촉비가 뜨끈한 그릇에 덮은 천을 거두자, 김이 나는 새하얀 간식이 나타났다. 덜어 먹으라고 빈 접시를 앞에 놓아주며, 촉비는 반쯤 가려진 개시시의 '선물'을 쳐다보았다.

떡돌이의 팔이 물살이 아니란 걸 낱낱이 살피고 나자 팔씨름을 할 마음이 싹 사라졌다. 그의 팔이 강인하고 두껍기 때문은 아니다. 그냥 분위기가 그랬다.내 마음이 아주 넓고 흡족하고 너그러워져서.

"팔씨름은 안 하겠어."

"자신만만해하더니 왜."

떡돌이는 내가 도량이 깊어져 그를 봐주겠다고 하자, 오히려 즐거워하며 겉옷을 도로 입고는 물었다. 나는 손바닥을 펼쳐서 그에게 내보였다.

"?"

떡돌이는 내 말뜻을 이해하지 못하는 등 떨떠름하게 자기 손을 내 손에 맞닿게 했다.

"이게 어떻단 거지?"

나는 대답 대신 그의 손을 꽉 틀어쥐고서 웃었다.

"네 팔은 단단한데 부드러워서 좋아, 떡돌아."

"!"

추워서 행궁에 내려온 거면 따뜻하게 방에 콕 틀어박혀 각자 생활하면 될 것을. 굳이 행궁에 내려와 연회를 또 연다고 한다.

"난 안 가면 안 돼?"

뜨끈하게 데워둔 이불에서 나가고 싶지 않아 버텼지만, 원웅과 부성은 얼굴이라도 비춰야 한다며 발을 동동 굴렀다. 그 애타는 표정들을 보다가 결국 마지못해 일어나 옷을 입고 머리를 치장했다.

"나랑 연비는 행궁에 내려온 지 한 달이 넘었는데. 이제서야 기념하다니, 말도 안 돼. 나랑 연비는 안 불러도 되잖아."

"재밌는 공연도 있다니까 가서 기분 좀 풀고 오세요, 마마."

"네. 재미있을 거예요."

원웅과 부성이 좋은 말로 달래주어서 나는 억지로 연회장에 갔다.

이후 연회는 예상대로 지루하기 짝이 없었다. 밖보다는 따뜻했지만 내 침상만큼은 따뜻하지 않았고, 공연에서 추는 춤은 너무 느려서 흥미가 가지 않았다.

옆의 후궁은 춤이 너무 우아하고 예쁘다고 감탄했지만, 글쎄. 춤이라면 역시 속도지. 나는 빠릿빠릿하게 추는 춤이 좋다고.

빠 빠 빠빠빠! 빠빠 빠빠빠! 이 박자가 좋단 말이야. 아니면 내 홍학춤처럼 아예 정적이던가.

아무래도 언젠가 기회를 잡아 내 빠릿빠릿한 춤을 사람들에게 보여줘야겠다. 그러면 다들 '천빈은 춤도 잘 추네!'라고 감탄하겠지.

어쩌면 떡돌이는 감동을 받아 울지도 모른다. '천빈은 홍학춤도 잘 추고 까마귀 춤도 잘 추네!' 하면서.

"무슨 좋은 일이 있어요, 천빈?"

"나도 춤을 잘 추거든요."

"정말인가요?"

"네. 내 춤을 생각했더니 흐뭇하네요."

"많이 잘 추나 봐요?"

"보면 다들 '와! 와! 와!' 하고 외치게 돼요."

그런데 온 귀인과 소곤거리면서 음식을 먹고 있을 때였다. 네 번째로 춤을 춘 무리가 지나가고 다섯 번째 춤을 출 무리가 들어오는데, 갑자기 떡돌이가 이렇게 물었다.

"촉비. 괜찮으냐?"

나는 온 귀인에게 내 '빠 빠 빠빠빠' 박자를 어깨로 보여주다 말고서 떡돌이를 보았다.

그러고서 다시 떡돌이 시선을 따라 촉비를 보았다. 정말로 촉비가 몹시 창백한 얼굴로 울적하게 있었다.

촉비는 사람들의 시선이 자기에게 몰리자, 당황해 일어서더니 두 손을 모으고서 말했다.

"황송합니다, 폐하. 신첩이 흥을 깨 버렸네요."

"안색이 좋지 않은데. 몸이 좋지 않다면 들어가서 쉬도록 해라. 먼 길을 왔으니 무리하지 않아도 좋다."

떡돌이는 촉비에게 내가 원하던 말을 해주었다.

"그런 게 아닙니다."

그러나 촉비는 고개를 젓더니, 힘없는 미소를 지었다. 그러자 촉비의 뒤에 있던 궁녀가 단단히 화가 난 얼굴을 움찔거렸다.

떡돌이는 그걸 눈치채고서 이번에는 그 궁녀에게 말했다.

"촉비가 무슨 일로 저러는 거지? 네가 말해 보아라."

궁녀는 황제가 자신에게 말을 걸자, 황급히 허리를 숙이며 대답했다.

"황송합니다, 폐하. 어젯밤에 특이한 가면을 쓴 궁녀가 들어와서 촉비 마마의 방에서 도둑질을 하였습니다."

떡돌이는 그 대꾸에 더욱 떨떠름해서 물었다.

"궁녀라니? 어느 궁녀 말이냐?"

"가면 때문에 얼굴은 알아볼 수 없었습니다, 폐하. 궁녀 복장이었지만 궁녀가 아닐지도 모르고요."

"?"

"하여튼 그 도둑이 마마께서 소중히 여기던 보물을 가져가셔서, 몹시 놀란 데다 속상해하십니다. 어젯밤부터 한숨도 못 주무셨어요."

궁녀가 말을 끝내자 촉비는 나무라듯 그녀를 향해 고개를 저었다. 뭐 이런 일을 다 구구절절 말하냐는 듯. 하지만 구구절절 말할 때까지 기다리다가 말리는 거라 좀 속이 보였다. 진짜로 말 안 하길 원했다면 중간에 끊었을 텐데.

반면 떡돌이는 그 도둑이란 부분이 더 신경 쓰이는 듯했다.

"도둑이 얼굴은 가렸어도 가면은 못 가렸을 것 아니냐. 무슨 가면을 쓰고 왔지?"

"하얀빛이 도는 은색 가루로 덮어둔 가면입니다, 폐하. 빛 아래에서 보석처럼 반짝거려서 정말로 예뻤어요."

그 궁녀가 대답하는 사이 촉비는 무거운 한숨을 내쉬면서 바닥만 바라보았다.

나는 고개를 까딱거리면서 젓가락으로 짙은 분홍색의 튀김을 집어 먹었다. 그러다가 불현듯 가면 생김새가 턱 속에 걸려 동작을 멈추었다.

'가면? 은색 가루, 하얀빛?'

어제 개시시가 나한테 선물한 가면 같은데? 품계가 올라간 걸 축하한다고, 찾아와서 가면을 주고 갔지. 하얀 부분이 전부 백금이라 아주 값비쌀 것 같다고 원웅이 좋아해서 기억나.

내가 그걸 어디 뒀더라? 어쨌든 생김새가 비슷하니 오해를 살 수도 있겠어. 그 가면은 치워둬야겠다.

적당히 자리를 떠야겠다 싶어서, 나는 젓가락을 내려놓고 슬그머니 주위를 살폈다. 그런데 내가 엉덩이를 떼기 전. 촉비가 먼저 일어나더니 떡돌이에게 하소연했다.

"폐하. 도둑이 훔쳐간 보물은 제가 사가에서부터 가져온 것이라, 금액을 떠나 아주 소중한 물건입니다. 부디 폐하께서 모든 방을 뒤져 도둑을 찾아주세요."

떡돌이는 전혀 어렵지 않다는 듯 고개를 끄덕였다.

"그러지. 마침 모두 여기 모여 있으니, 지금 방을 검문하면 좋겠군. 도둑이 그걸 숨길 새도 없을 테니. 사라진 물건이 어떤 것이지, 촉비?"

"새 문양의 황옥입니다, 폐하."

"그래. 오원요."

"예, 폐하."

"태감들을 데리고 가 사람들의 방을 확인해라. 뒤집어엎진 말고. 확인한 다음은 원래대로 정리해두고 나와야 한다."

"예, 폐하."

조금 멍했던 정신이 또렷해졌다. 지금 좀…… 곤란한데. 당연히 새 모양 황색 보옥 따위는 없었다. 만약 다른 데서 새 보석이 발견된다면 상관없지. 하지만 새 문양 보옥이 나오지 않는다면? 도둑 궁녀가 썼다던 가면과 외관상 비슷해 보이는 내 가면이 오해를 사진 않을까?

그렇다고 지금 밖으로 나간다면, 누가 봐도 수상해서 미리 방을 치우러 가는 것이었다. 다른 후궁들은 다들 태연하게 음식만 마저 먹고 있지 않은가.

"왜 그래요, 마마?"

내가 초조하게 눈을 굴리자 옆에 앉은 온 귀인이 이상한지 묻는다.

나는 고개를 저었지만 머리에는 오류라도 난 것처럼 '어쩌지? 어쩌지? 어쩌지?' 하는 글자만 연달아 흘러갔다.

그 상태로 얼마나 있었을까. 닫혔던 연회장의 문이 열리고, 나갔던 태감들이 다시 우르르 들어왔다.

"촉비의 보옥은 찾았느냐."

작은 함을 들고 나타난 태감은 "없었습니다." 하고 대답했다.

"대신 이걸 찾았습니다."

하지만 이렇게 말하며 자기가 들고 온 함을 내미는데…… 궁전에서 쓰는 저런 작은 상자 모양이야 다 거기서 거기지만, 나는 알 수 있었다.

'내 거다.'

개시시가 선물한 가면. 그 가면을 담은 상자인 게 확실해.

황제는 무심하게 상자를 받아 뚜껑을 열더니, 촉비와 촉비의 궁녀에게 그걸 보여주며 물었다.

"도둑이 쓰고 나타난 게 이것이냐?"

촉비는 고개를 기웃하며 애매하게 중얼거렸다.

"비슷하긴 한데…… 제가 많이 놀라서 확신하기 어렵습니다, 폐하."

반면 촉비의 궁녀는 확신해서 외쳤다.

"예, 폐하. 그거예요! 도둑이 쓰고 나타난 게 그것입니다. 값비싸 보여서 제가 똑똑히 기억해뒀어요."

황제는 태감에게 다시 상자를 건네면서 차갑게 물었다.

"누구의 방에서 나온 물건이지?"

태감은 주저하면서 힐긋 내 눈치를 살폈다. 곤혹스러운 표정이었다. 그러나 제대로 말은 해야 한다 싶었던지, 태감은 허리를 숙이며 외쳤다.

"천빈 마마의 방에서 나왔습니다!"

예상하지 못한 일인지 황제는 눈썹을 찡그렸다.

"천빈?"

그가 내쪽을 돌아보았다.

나는 얼른 고개를 저었다. 나 아냐. 내가 미쳤어? 아니, 고개를 저을 것도 없다 싶어서 나는 얼른 일어나 큰소리로 단호하게 말했다.

"저는 촉비 마마의 새와는 관련이 없습니다, 폐하."

하지만 미리 벼르기라도 한 것처럼, 몇몇 후궁이 날 따라 일어나더니 짠 것처럼 나를 몰아가기 시작했다.

"천비는 행궁에 먼저 도착해서 이곳 지리를 잘 알지요. 천빈일지도 모릅니다, 폐하."

"천비는 촉비와 부딪친 적이 있으니, 보석 때문이 아니라 복수 때문에 그런 짓을 한 건지도 몰라요."

"어쨌든 도둑이 쓰던 가면이 천빈에게서 나왔으니 수사를 해 보아야 합니다, 폐하."

이게 우연일까? 아니면 처음부터 촉비나 개시시가 날 노린 건가? 아니면 두 사람이 같이? 어느 쪽이든 머리 한 번 잘 썼구나.

"천빈이 촉비의 보옥을 훔칠 사람 같진 않습니다, 폐하. 하지만 오해를 풀기 위해서라도 수사는 해보는 게 낫다 생각됩니다."

황후가 중립에 가까운 말을 하며 황제를 보았고, 황제는 참 골치 아프게 됐단 얼굴로 다리를 바꿔 앉았다.

그때였다.

"그 가면은 제 것입니다, 폐하!"

뒤에 서있던 부성이 갑자기 앞으로 나서더니 무릎을 꿇으며 외쳤다.

나는 놀라서 부성을 보았다. 무슨 소리야? 아니잖아? 나랑 어제 같이 선물을 처음 봐 놓고서 자기 거라니?

"네 거라고?"

황제 역시 믿는 기색이 아니었으나, 부성은 손을 달달 떨면서도 "네!" 하고 거듭 외쳤다.

"저는 도둑이 아닙니다. 하지만 그 가면은 제 것입니다, 폐하. 그러니 수사를 받아야 한다면 제가 받겠습니다."

설마…… 부성. 나 때문에 거짓말하는 거야?

다행이라 해야 할지 아니라 해야 할지 기몽 장군이 마침 함께 행궁에 내려와 있었다. 황제가 기몽을 총애해서 불렀다는데, 그건 상관없고. 어쨌든 수사청의 기몽 장군이 와 있기에 부성은 그쪽으로 잡혀갔다.

나는 날이 밝자마자 임시 수사청으로 쓰고 있는 건물에 찾아가 기몽을 불렀다.

"기몽 장군은?"

"아직 등청하지 않으셨습니다, 마마."

하지만 기몽은 아직 오지 않았다고 했다.

"아니, 시간이 몇 신데 아직도!"

갑갑해서 내가 탄식하자, 대답은 뒤에서 들려왔다.

"묘시입니다, 마마."

돌아보자 마침 기몽이 서 있었다. 나는 그에게 손가락으로 '안, 안, 안'이란 신호를 해 보였다. 둘이서 얘기 좀 해. 얼른!

다행히 이맛살을 찌푸리긴 했어도 기몽은 내 부탁을 들어주어서, 수사청 안의 한 방에 들어가 마주 앉았다.

그래, 내가 수사청에 들락날락하면서 얘랑 쌓은 정이 얼만데! 정? 그걸 정이라 해도 되나? 하여튼!

"제게 오실 줄은 몰랐습니다."

"우리는 친구잖는가."

"친구 기준이 낮으시군요. 제게는 마마가 친구가 아닙니다."

"그럼 이렇게 해. 자넨 날 친구로 여기지 않으니 난 자네에게 친한 척 않겠네. 하지만 난 자네를 친구로 여기니, 자네는 내 친구처럼 굴어."

"그러지요."

기몽은 고개를 끄덕이고서 그러겠다 말하다가, 잠시 멈칫하더니 눈을 커다랗게 뜨고 나를 보았다.

"그거 제 손해 아닙니까?"

"괜찮아. 그보다 할 말이 있어서 왔는데."

"제가 안 괜찮습니다."

"부성이 어젯밤에 잡혀 왔지?"

"제 말 들리십니까?"

"그 애 수사는 시작했는가?"

초조하게 묻자 기몽은 한숨을 내쉬고서 관자놀이를 몇 번 엄지로 눌렀다. 그러면서 얼마나 꾸물거리는지, 나는 답답해서 벌떡 일어나 그의 관자놀이를 대신 엄지로 꽉꽉 눌러줬다.

"마, 마마! 마마!"

기몽은 당황한 듯했으나 내가 손을 내리고 어떠냐고 묻자 대답했다.

"이제 괜찮습니다. 머리 아프지 않습니다."

내가 다시 의자에 앉자, 그는 짧게 한숨을 내쉬고서 대꾸했다.

"마마의 궁녀라면 어제 여기로 온 게 맞습니다."

"그 애는 범인이 아니야, 장군. 그건 개 답웅이 내게 준 선물이었어. 내 처소의 모든 사람이 그걸 봤어."

초조해서 손으로 탁자를 빠르게 두드리자, 기몽은 또 한숨을 내쉬고서 천천히 말했다.

"저는. 절대로 수사에 사감을 섞지 않습니다."

"내 말을 못 믿겠다고?"

"억울한 사람이 없도록 수사할 거란 뜻입니다."

"정말인가?"

묻고 나니 정말일 것 같다. 그는 나를 범인이라 여길 때도 날 위해 수사를 열심히 해 줬으니까.

"기몽……."

내가 감동하여 이름을 끈적하게 부르자, 기몽은 움찔하더니 먼저 몸을 일으키며 단호하게 말했다.

"염려 마시지요. 이 기몽은 그 정도 능력은 되니까요."

"몇 달 전에 자네를 속으로 욕했어. 최근엔 안 했고. 오래된 일이지만 취소할게."

"그런 건 속으로만 하시지요. 굳이 안 알려주셔도 됩니다."

수사청에 다녀온 개시시가 힘없이 자리에 앉자, 그녀의 측근 궁녀가 걱정하는 얼굴로 차를 가져다 앞에 놓았다.

"소주. 괜찮으세요?"

"아니."

궁녀는 처량하게 앉은 개시시를 보다가 조금 화가 나는지 뾰로통해져서 툴툴댔다.

"천빈도 정말 너무하네요. 자기에게 그런 일이 생긴 건 안 됐지만, 그래도 마마까지 휩쓸리게 하다니요."

한 시진 전. 기몽이 사람을 보내어 개시시를 수사청에 불렀다 수사청에 가 보니, 그는 천빈이 가지고 있던 가면을 준 사람이 개시시란 말을 들었다며 사실이냐고 물었다.

궁녀는 화가 나서 씩씩거렸다. 개시시는 힘없이 중얼거렸다.

"그만해. 천빈은 자기 궁녀를 구하려고 아는 걸 전부 말했을 뿐이야."

"그래도요!"

"그리고 이 일은 천빈이 누군가의 계략에 걸린 거야. 어쩌면 촉비가 연루된 건지도 몰라. 촉비는 내가 천빈에게 하얀 가면 선물한 걸 봤으니까."

그래도 궁녀는 여전히 화를 풀지 못했다.

"그것과 이건 별개예요, 소주. 어쨌든 거기에 소주를 끌어들이면 소주가 곤란해지는 문제잖아요. 그런데도 천빈은 소주 이름을 말했어요. 천빈이 소주를 염려한다면 소주에게 먼저 언질이라도 해줘야 했어요."

"됐어. 그만해."

개시시가 단호하게 말하자 궁녀는 마지못해 입을 다물었으나 화난 기색은 풀지 못했다. 개시시는 미간을 찡그리고서 커다란 귀걸이를 빼내 '탕' 소리가 나게 탁자에 내려두었다.

부성은 생각보다 빨리 돌아왔다.

"촉비랑 궁녀가 도둑이 들었다고 주장한 시간에요. 마침 제가 내무부에 있었더라고요."

돌아온 부성은 그렇게 말하면서 씩 웃었고, 나와 원웅, 귀자는 부성을 둘러싸고서 다행이라고 코를 훌쩍였다.

물론 나는 울지 않았다. 하지만 부성이 돌아와서 정말 다행이라고 생각한다. 전에 배신 비슷한 걸 해서 못 믿을 사람이라 여겼는데. 부성이 나를 위해서 저런 말도 해주다니…….

부성은 나와 눈이 마주치자 머쓱하게 웃으면서 부끄러워했다.

원웅은 그런 우리를 번갈아 보다가 심각하게 중얼거렸다.

"이 일에 개 답응이 연루되어 있는지, 촉비 개인의 짓인진 모르겠지만 어쨌든 조심해야겠어요, 마마. 촉비가 전에 마마와 부성이 자기 필첩 본 일을 아직도 기억하고 있는 게 틀림없어요."

아아. 그 필첩. 시체들 발견 위치가 적혀 있던 그 필첩.

"그래야겠어."

내가 중얼거리자 부성도 힘차게 고개를 끄덕였다.

"내가 가만히 있으니까 물로 보이나 봐."

"그럼요!"

"물은 물이지만 난 핏물이란 걸 모르네."

"그럼! ……예?"

성질 같아서야 당장 달려가서 담장 너머로 던져 버리고 싶다. 하지만 무공을 안 익힌 촉비는 그러면 어디 한 군데 부러지겠지. 물론 부러져도 상관없지만 그건 궁중 암투가 아니라니까.

그럼 어떻게 해야 할까. 어떻게 해야 궁중답게 촉비에게 이 일을 돌려줄 수 있을까

개시시는…… 일단 넘어가자. 개시시가 연루됐는지 아닌지는 아직 모르니까 지켜보겠어. 우선은 촉비부터 어떻게 해야 할 텐데.

그런데 한참 고민하고 있을 때였다. 원웅이 차를 타 오겠다고 밖으로 나갔는데 얼마 안 가 "마마! 마마!" 하는 외침이 들려왔다.

달려나가자 태감 여럿이 우르르 몰려와 원웅을 끌고 가고 있었다.

"무슨 일이냐!"

화가 나서 나도 모르게 살기를 섞어 외치자, 태감들은 원웅을 끌고 가다가 황급히 멈춰서 무릎을 꿇었다.

근데 부성아…… 넌 왜 꿇는 거야.

"일어나 부성."

"죄, 죄송해요, 마마. 습관적으로……."

나는 부성을 일으켜 세우고서 태감들을 둘러보며 물었다.

"무슨 일이냐. 왜 내 사람을 끌고 가고 있지?"

그 말에 태감들이 우물거렸다. 개중 용기를 내어 앞으로 나선 건 전에 꾀병을 부리다가 황제에게 혼난 책임자 태감이었다.

"송구하옵니다, 천빈 마마. 살인사건이 끼지 않은 일은 원래 수사방 소관인데, 부성 낭자가 끌려간 건 수사청이었지요."

"뭐라."

태감은 움찔하면서도 자기 할 말을 끝까지 다해냈다.

"부성 낭자의 오해는 풀렸지만, 어쨌든 가면은 여기서 발견되었습니다. 그러니 원웅 낭자를 데려가는 겁니다."

말을 마친 태감은 나를 힐긋 보더니 기분 나쁘게 웃었다.

"이미 가진 게 많으신 천빈 마마께서 고작 보옥 하나를 훔칠 것 같진 않으니까, 죄가 있다면 분명 아랫것들이겠지요. 안 그렇습니까?"

대답 대신 먹던 떡을 집어 던졌다. 내공을 약간 섞어서 던지자 태감은 "악!" 소리를 내면서 이마를 짚고 굴렀다.

동료 태감들은 '너무 과장하는데?' 싶은 얼굴로 그를 쳐다보았지만, 아마 진짜로 고통스러워서 구르는 걸 거다.

그 모습을 보고 있으려니, 귀자가 뒤로 다가와 작게 알려주었다.

"여기선 보내는 게 낫습니다, 마마."

"하지만 원웅이……!"

"소인도 원웅 낭자가 범인이 아닌 걸 압니다. 이 일은 소인이 처리할 테니, 마마는 나서지 마십시오."

"폐하. 귀자가 왔습니다."

기몽이 적어 올린 보고서를 읽던 황제에게 오원요가 다가와 알렸다.

월요가 고개를 끄덕이자 오원요는 밖으로 나가더니 귀자를 데리고 안으로 들어왔다. 귀자가 들어와 인사를 올리자 월요는 보고서에서 시선을 떼지 않고 물었다.

“천빈은?”

“몹시 속상해서 흐느끼십니다.”

승언이 ‘설마?’ 하는 시선을 보냈으나 귀자는 눈 하나 깜짝하지 않았다. 비록 황제가 천빈을 호위 겸 감시할 목적으로 보냈다고 하나, 어쨌든 그는 이제 천빈의 측근이기 때문이다.

황제가 그를 다시 불러들이지 않는 이상 그의 모든 영달은 천빈과 함께하게 되었으니, 그는 충심을 훼손하지 않는 범위 안에선 천빈을 감싸고 지켜야 했다.

“우리 반숙이는 양파 깔 때 외엔 안 울 텐데.”

하지만 월요는 귀자의 말에 넘어가지 않았다. 그러면서도 신경이 쓰이는 듯 월요는 인상을 찡그리고서 보던 서류를 내려놓았다.

“천빈도 천빈의 궁녀들도 범인이 아닐 거다. 그렇지?”

“그럼요. 그건 선물 받은 겁니다. 선물 받을 때 소신이 그 자리에 있었는걸요.”

“원웅이 잡혀갔다고.”

“예. 폐하께서 신에게 그 가면을 잠시 주신다면, 신이 가짜 범인을 만들어 원웅 낭자가 나올 수 있게 하겠습니다.”

월요가 고갯짓을 하자 오원요가 기몽에게 받은 그 ‘증거품’을 귀자에게 내밀었다. 귀자는 얼른 상자에서 가면만 빼내 품 안에 챙겼다.

“얼른 가서 천빈을 달래주어라.”

“예.”

황제의 이 '달래주라'라는 말은 얼른 이 일을 해결하란 뜻이다. 귀자는 영민하게 알아듣고서 얼른 밖으로 나갔다.

귀자가 나가자 오원요는 가만히 문 쪽을 보다 눈썹을 찌푸리고 물었다.

"진심으로 이 일을 천빈 마마가 했다고 믿는 사람은 없을 텐데. 촉비 마마는 왜 이런 일을 꾸미셨을까요?"

황제가 천빈을 가장 총애한단 건 후궁들이 가장 잘 알 것이다. 물론 여기서 황제가 아무런 증거나 정황 없이 천빈을 무조건 두둔하고 편든다면, 그가 '후궁에게 빠져 눈이 어두워졌다'고 수군댈 이들이 많았지만, 이런 일은 그렇게까지 가지 않고도 빠져나갈 방도가 있었다. 설령 빠져나가지 못하더라도 천빈에게 큰 타격을 줄 수 없었고.

그런데도 촉비가 굳이 이런 수를 쓴 것이 오원요는 이해가 가지 않았다. 하지만 월요는 태연하게 입을 열었다.

"천빈을 도둑질에 얽으려는 게 아니다."

"예? 그럼……."

"천빈과 개 답응 사이를 갈라놓으려는 거지. 천빈을 가장 잘 따르는 게 온 귀인과 개 답응이니까."

"아!"

오원요는 당황해서 얼른 물었다.

"그럼 이걸 개 답응께 알려야 하지 않을까요?"

"알리면?"

"예?"

"이미 천빈은 개 답응 이름을 기몽에게 말했지. 그걸로 개 답응은 서운한 마음이 생겼을 거다."

"아…… 그럼 천빈 마마께라도 말씀드리면……."

"개 답응은 이미 천빈에게 서운한 마음이 생겼는데, 천빈이 홀로 마음을 풀면 경계심만 흐트러지지. 차라리 어느 정도 경계하게 두는 게 낫다.”

단호한 월요의 말에 오원요는 ‘그런가?’ 생각하면서도 걱정스러워졌다.

‘진범’이 나타나 촉비의 방에서 보석을 죄다 털어가는 바람에 임시 수사방에서도 원웅은 풀려났다.

원웅은 수사방 건물 앞에 침을 뱉고 돌아와서 엉엉 한참을 흐느꼈다.

심지어 멀쩡히 돌아온 부성과 달리 원웅은 그 짧은 시간에 모진 고초를 겪었는지 여기저기 몸이 멍투성이였다.

“제가 거짓으로 자백하게 하려고 자꾸 때려댔어요…….”

얼룩덜룩해진 원웅의 몸에 직접 약을 발라 주면서 나는 내 악명에 걸고 맹세했다.

아무래도 촉비에겐 내가 왜 ‘악적’으로 불리는지 후궁식으로 체험하게 해줘야겠어. 평화롭게 지내려고 했더니, 진짜 사람이 무슨 심심할 때 찍어 먹는 꿀떡인 줄 아나.

몹시 화가 난다. 내 처소 궁인들과 몇 개월간 내내 붙어 다녀서인가. 생각 이상으로 정말로 화가 났다.

늘 나를 향하던 공격이 이번엔 내 궁녀들을 향했단 것도 화가 나고. 평화롭게 지내기 위해 선택한 곳인데 또다시 여기저기서 공격이 들어오는 것도 화가 났다.

무공 실력을 조금 회복했는데도, 이런 식으로 공격하자 어떻게 할 도리가 없었단 것조차 화가 났다.

천년비 몸으로 안 돌아가고 천소여로 살려고 작성해서일까? ‘내 일’이란 게 온몸으로 느껴지면서 신경 하나하나가 분노와 열정으로 변했다.

나는 눈을 감고 몇 번 심호흡했다. 그리고 밖에 들리지 않도록 작게 중얼거렸다.

"궁전에서는 나 혼자 조심해서 될 일이 아니란 걸 알았어."

훌쩍이던 원웅과 부성, 귀자가 동시에 나를 보았다. 나는 약통을 내려놓고서 벌떡 일어서서 나 자신에게 단호하게 선언했다.

"이젠 나도 가만히 안 있을 거다. 다른 사람들이 나도 너희도 못 건드릴 만큼 미친 짓을 해주겠어!"

"네?"

"마, 마마!"

"안 됩니다!"

"비가 될 거야. 비가 됐는데도 시비를 걸면 황귀비가 될 거다. 황귀비가 됐는데도 시비를 걸면!"

얼굴이 하얘진 세 사람이 동시에 내 입을 틀어막는 바람에 뒷말은 할 수 없었다.

비가 되려면 어떻게 해야 할까. 일단, 나는 방법을 모른다.

내가 귀인에서 빈 자리에 오른 건 후궁들에게 활을 쏘던 범인을 잡아서인데. 그런 범인이 언제 또 나타날지 어떻게 안단 말인가. 나타나면 또 잡긴 하겠지만, 지금 당장은 곤란하다.

결국 고민하다가 나는 내가 아는 비 중 그나마 내 아군에 제일 근접한 비에게 찾아갔다. 어떻게 비가 됐는지 물어보면 되겠지.

"천빈 마마 오셨군요."

연비의 상궁은 나를 보자 밝게 웃으면서 아는 척 인사하고는, 얼른 방 안으로 들어가 연비에게 내가 왔단 소식을 알려주었다. 그러고는 바로 밖으로 나와서 문 안을 가리켰다.

"들어가시지요. 마마께서 마마를 기다리고 계십니다."

"고맙네."

방 안으로 들어가자 책상 앞에 앉아 책을 읽는 연비가 보였다.

"나 왔어, 언니."

다가가서 무슨 책인가 보니, 놀랍게도 『양의억액의효과정』이었다.

"난 이거 다 읽었는데!"

연비는 아직도 이거 읽는구나! 그걸 보자 놀랍기도 하고 기쁘기도 해서 자랑하자, 연비는 빙그레 웃더니 책을 덮고서 옆으로 밀어두었다.

"기특하다."

그걸로 별말을 하지 않았지만, 연비의 상궁이 찻잔을 가져오다가 상황을 보더니 낄낄 웃으면서 알려주었다.

"마마께서도 당연히 다 읽으셨어요. 하지만 기본이 중요하시다고, 저렇게 한 번씩 다시 훑어보고 그러세요."

"아아. 그런 거구나."

저거 진짜 머리 아프던데. 굳이 한 번 더 볼 생각을 하다니. 하긴. 듣고 나니, 나는 한 번 보고 안 봐서 이미 내용을 다 까먹었긴 해. 어쨌든 역시 연비는 또순이야. 연비라면 비가 될 방법을 잘 알고 있을지도 몰라.

상궁이 차를 타주고 나가자마자, 나는 잘됐다 싶어서 얼른 물었다.

"언니. 비가 되려면 어떻게 해야 해?"

"이런저런 사고에 얽히지 않되 당하지도 않고, 조용히 지내되 존재감을 잃지 않고, 폐하의 시침을 못 들어도 폐하께 잊히지 않아야 하고, 태후마마께 좋은 인상을 보여야지."

"그러기만 하면 돼?"

"이건 기본이란다."

"더 나아가면 뭘 해야 하는데?"

"너처럼 또렷한 공을 세우거나, 이번에 우리가 행궁 관리를 맡아서 했던 것처럼 여러 가지로 내명부에 도움 되는 일을 하는 거지."

"그 외에는?"

"네 지지자들과 잘 어울리다 보면, 그 사람들도 틈을 보아서 네 품계를 올리자고 말할 거란다."

"어떻게?"

"나라에 큰일이 생기거나 행사를 할 때 품계를 올리기도 하거든. 너와 손잡은 관리들이 그때 네 장점을 열거하면서 올리자고 해주겠지."

연비는 차를 마시고는 '이제 됐니?' 하는 미소를 지었다. 하지만…… 너무 추상적이야. 여기서 내가 생각한 건 공을 세우는 것밖에 없지만, 다른 것들도 다 비슷한 수준이 아니던가. 시간이 너무 오래 걸린다.

"더 빨리 비가 될 순 없어?"

"가면 사건 때문에 화가 났구나."

연비는 다 알고 있구나. 나는 감탄해서 고개를 끄덕였다.

"맞아. 그 일로 원웅이 끌려가서 얻어맞았어. 가짜 자백을 시키려고 애를 쥐어패 놨거든. 말이 돼? 기몽 장군은 제대로 수사하려고 제 발로 뛰어다니는데, 원웅을 끌고 간 놈들은 애를 때려서 죄를 만들려 했어."

말하다 보니 다시 화가 나려고 한다. 원웅이 그런 일을 겪은 게 오로지 나 때문이란 데 더욱 화가 났다. 내 잘못 때문이 아니라, 내 사람이기 때문이란 것 말이다.

누군가의 복수를 위해 그 주위 사람을 공격하는 일이 무림에도 비일비재하단 건 나도 안다. 무림뿐만이겠어? 민간인들도 누군가를 상처 주기 위해 주위 사람들을 이용하곤 한다.

하지만 적이 무수히 많던 시절의 나는 오히려 그런 일을 겪지 못했다. 내 주위 사람이라고 할 이들이 없었으니까. 그나마 있던 게 개원인데, 개원이야 뭐. 내 적들이 숭앙하는 인물이었으니, 날 대신해 공격받을 일은 없었지.

원래 개원이를 질시하던 이들이 그의 명성을 깎아내리려 시도하긴 했지만, 어쨌든 그런 이들조차도 개원을 공격하러 가진 못했다. 그랬다간 자기들까지 정파의 적으로 몰릴지도 모르니까.

그런데 여기선 날 공격하지 못하니 바로 내 궁녀들을 연달아 잡으려 했어. 생각보다 화가 난다. 치사하고.

생각하면 할수록 열이 올라와서 나는 마구 손부채질을 해댔다. 그러다가 보니, 연비가 날 보는 시선이 아주 묘했다.

“왜 그래?”

그게 이상해서 묻자, 연비는 입꼬리를 올리더니 능글맞게 웃었다.

“기억을 잃더니 성격이 변했구나. 사람 성격은 환경을 따라가는 건가?”

“그래? 원래 난 어땠는데?”

‘진짜 천소여’는 이제 죽어서 이 몸으로 돌아오지 못하게 되었지만, 나는 아직 그녀에게 흥미가 있다. 아직도 ‘진짜 천소여’가 어떻게 용고를 구했고, 누구를 먹이려다가 자기가 먹게 된 건지 알 수 없으니까.

연비는 차를 한 모금 다시 마시고서 어깨를 으쓱했다.

“착하고 조용한 아이였지.”

“착했다고?”

“하지만 사람들한테 곁을 잘 주지 않았어.”

“아.”

“아랫사람들에게도 마찬가지여서, 예전의 너라면 궁녀가 조금 고초를 겪었단 이유만으로 이렇게 펄쩍 뛰지 않았을 거란다.”

"그래?"

그렇구나. 이렇게 들어선 뭐. 왜 용고를 먹었는지 모르겠네.

어쨌든…….

"품계가 올라가려면 시간이 많이 걸린단 거지? 바로 비가 될 방법 따윈 없는 거네?"

"하나 있지."

"있어? 뭔데?"

내가 눈을 동그랗게 뜨고 묻자, 연비는 짓궂게 웃으며 넓은 소맷자락으로 입을 가렸다.

"폐하는 아직 아이가 한 명도 없어. 아직 폐하의 나이가 젊어 다들 괜찮을 거라 말은 하지만, 조금씩 불안해하고 있지. 이럴 때 아이를 낳는다면, 그게 공주든 황자든 품계가 바로 높아질 거다."

"!"

"반숙아."

"응."

"아까부터 짐의 신체 부위 한 곳을 뚫어져라 쳐다보는 것 같은데. 짐의 착각일까."

밤이 되어 떡돌이가 찾아와 옆에 누웠는데. 연비가 한 말이 귓가를 아른거리면서 자꾸 잊히지 않았다. 결국 나는 상체를 일으켜 앉고서, 이불 안에 꽁꽁 감춰진 떡돌이의 보물창고를 계속 쳐다보았다.

그 열정이 느껴졌을까. 눈을 감고 있던 떡돌이가 반쯤 눈꺼풀을 들어 올리더니, 나를 쳐다보며 내 시선을 지적했다. 나는 한숨을 내쉬고서 솔직하게 인정했다.

"맞아. 폐하의 보물을 보고 있었어."

떡돌이는 눈가에 손을 올렸다가 떼고는 자신도 상체를 일으켰다.

"이번엔 또 무슨 짓을 하려고."

"내가 뭘."

"네가 부부간의 은밀한 일을 떠올리고서 짐을 노릴 거란 기대는 이미 접었다. 너는 반숙이니까. 그러니 말하라. 또 뭔 짓을 하려고 거길 노리는 게냐."

"아기가 태어나면 어떨까, 생각하고 있었어."

"!"

떡돌이는 이상해. 뭔 짓을 하려고 쳐다봤냐기에 솔직히 말했는데, 그는 당황한 얼굴로 나를 빤히 쳐다보더니 고개를 젓고서 중얼거렸다.

"함정이다. 다른 뜻이 있겠지. 절대로 저 말뜻 그대로 했을 리가."

저게 뭔 말인가 싶어서 듣고 있으려니, 그가 갑자기 침상 밖으로 나가 물을 마시고 왔다. 그러고는 다시 제자리로 돌아와 앉은 다음 조심스럽게 물었다.

"방금 그 말이 무슨 뜻이었지?"

뭐야. 지금 떡돌이 이 황제가, 나를 바보 취급한 건가? 내가 이 말의 뜻도 모르고 말했을 거라 여기나? 황당해라! 사람을 어떻게 보고!

"풀어서 해줘?"

"그래."

"폐하 거시기가 제 역할을 할 수 있는지 없는지 고민하고 있었어."

구체적으로 말해주자 떡돌이는 이번에는 발끈해서 바로 대답했다.

"아주 훌륭히 제 역할을 할 수 있으니 아무 염려 마라."

"하지만 세간에 소문이 도는걸. 폐하가 쭉정이일지도 모른다고."

"누가 그러느냐!"

"다들 표현이야 둘러서 하지. 폐하가 혹시 아이를 생산할 수 없는 몸은 아니냐고. 그게 그 말이잖아. 둘러서 표현하지만 대놓고 말하면 그거야."

조금 부루퉁해진 떡돌이의 얼굴은 성능이 의심스러운 그의 하체와 달리 아주 완벽하고 아름답기 그지없었다. 날렵한 콧날과 우아한 눈매는 개원이만큼 잘생겼지만…… 개원이 생각은 하지 말자.

나는 억지로 개원이를 머릿속에서 밀어내고서, 다시 내 목표물에 집중했다. 그래. 연비 말이 맞아. 아이를 가지면 바로 비가 될 거야. 하지만…… 그러면 내 복수는? 내 복수가 물 건너가는데?

참. 이것도 저것도 쉽지 않네. 저절로 한숨이 나온다.

"왜? 왜 한숨을 쉬지? 반숙이 너, 방금 뭘 생각한 거냐?"

"아무 생각도 안 했어."

"하지만 한숨을 내쉬지 않았느냐. 딱 짐의 그 위치에 대고 한숨을 내쉬지 않았느냐. 솔직히 말하라. 무슨 생각을 하였어?"

"아무 생각도 안 했다니깐."

"거짓말!"

초조하게 이불을 쥐었다 펴는 떡돌이의 손등을 두드려주고서, 나는 다시 제자리에 누워 이번엔 천장을 보며 한숨을 내쉬었다. 떡돌이가 자기를 보고 한숨을 내쉬지 말라니 어쩔 수 없지.

떡돌이는 뭔가 불편한 듯 연신 나를 보며 몸을 뒤척였지만, 내가 냉정하게 눈길을 주지 않자 결국 또 침상 밖으로 나가 물을 마시고 돌아왔다.

옆에 누운 그가 무어라고 작게 중얼거렸지만, 내 고민이 깊다 보니 들리지 않았다.

후우…… 진짜 개원이 때문에 뭘 하든 이래도 걸리고 저래도 걸리네.

그런데 한숨을 내쉬고 있자니, 커다란 손이 내 손을 꼭 잡아 오지 않는

가. 고개를 돌리자 떡돌이가 눈 주위가 조금 붉어진 채 나를 빤히 보고 있었다.

"왜 그래?"

그 표정이 좀 결연해 보여서 묻자, 떡돌이는 내 손을 잡지 않은 손을 뻗어 내 뺨을 잡더니 짓궂게 웃으면서 볼살을 잡아 늘였다.

뭐 하는 건가 싶어서 그의 손등을 두드리자, 떡돌이는 코웃음을 치면서 날 놓아주더니 아주 건방지게 경고했다.

"네가 무슨 생각을 하는지 모르겠지만, 반숙아."

"응."

"오늘 이런 식으로 짐을 가지고 논 걸 곧 후회하게 될 거다."

"무슨 소리야?"

"내일 보아라."

뭐를?

떡돌이가 뭘 경고한 건지는 다음날이 되자 알 수 있었다. 해가 붉게 깔리는 저녁 무렵. 오 공공이 찾아와 떡돌이가 행궁에 있는 온천으로 날 부른다고 했다.

그 말을 듣고서 따라가 보니 웬걸. 사람이 70명은 붙어서 들어갈 수 있을 정도로 커다란 금색 커다란 욕조에 떡돌이가 들어가 있지 않은가.

잠자리 날개처럼 속이 다 비치는 얇은 붉은색 윗옷을 걸친 채, 물속에 들어간 그의 머리 위로 석양빛이 아름답게 내려앉았다.

궁녀들과 태감들은 모두 자리를 물러주었다. 물속에 들어간 그를 빤히 보고 있자니, 떡돌이가 먼발치에서 나를 보다가 천천히 몸을 일으켰다.

나는 놀라서 눈을 휘둥그렇게 떴다. 그는…… 안에 아무것도 입지 않고 있었다!

심지어 그게 끝이 아니었다. 떡돌이는 황제다운 풍모를 뽐내면서 맞은편에 털썩 앉더니, 한쪽 팔만 무릎에 괴고 위험한 분위기로 나를 바라보았다. 그러자 물에 흠뻑 젖은 옷자락 사이로, 어젯밤 내내 살펴보던 그의 보물이 위용을 슬며시 드러냈다.

"오."

감탄사가 저절로 흘러나왔다.

나는 눈을 빠르게 깜빡여보다가, 눈을 비비고 또 깜빡거려보았다.

"오."

환상이 아니네.

떡돌이는…… 소문과 달랐다.

그는…… 쭉정이도 아니었고…… 내관도 아니었고…… 물론 내관이란 소문은 원래도 없었지만…….

하여튼 그는 정말로…… 생각을 마치기도 전에 머리가 혼란스러워진다. 나는 침을 삼키고서 그를 빤히 보았다.

'떡돌이는 얼굴도 예쁘고 몸도 예쁜데. 다른 데도 예쁘구나.'

저 여자. 뭐 저렇게 빤히 쳐다보는 거지?

월요는 자꾸 자신을 가지고 노는 천빈에게 똑같이 약 오르는 감정을 느끼게 해주고 싶었다. 예전에 그를 내관으로 오해했던 일이 아직도 잔여물로 남은 듯한 천빈의 오해도 풀어주고 싶었다.

이에 그는 자신이 그녀의 생각과 달리, 아주 대단하고 위엄 있는, 그야말로 머리부터 발끝까지 황제답단 걸 보여주려고 했다.

그러나 반숙이가 부끄럽거나 놀라는 표정 없이 무슨 사냥감 보듯 그를 쳐다보자, 처음의 각오는 사라지고 슬슬 민망해지기 시작했다.

그러다 불현듯 첫 시침 때의 천 귀인이 떠올랐다. 조금도 쑥스러운 기색 없이 아주 당당한 말을 하던 천 귀인. 그때도 이미 기미가 보이긴 했다. 월요는 어쩐지 제 무덤을 판 기분이 들어서 슬며시 자세를 바꾸었다.

그 순간. 반숙이가 피풍의를 벗어 휙 던지더니, 물에 뛰어들어왔다.

놀라서 일어나려던 월요는, 그녀가 엄청난 속도로 헤엄쳐 다가오기 시작하자 더욱 놀라서 도로 주저앉았다.

천빈이 헤엄치는 속도가 어찌나 빠르던지 물소리가, '첨벙 첨벙' 아니라 '첨벙첨벙첨벙'으로 들릴 정도였다.

피풍의를 벗었다지만 그래도 옷이 치렁하니 거슬릴 텐데. 전혀 개의치 않고 빠르게 달려오는 모습은 마치 돌진하는 상어 같아서, 월요는 멍하니 그 모습을 바라보다가 뒤늦게 다시 일어섰다.

천빈은 이미 그때쯤 그의 앞에 도착해 있었다.

"반. 반숙아."

놀라서 말이 더듬더듬 나간 월요는, 천빈이 얼굴이 아니라 눈동자가 빨개져 있단 걸 발견했다.

얼굴이 빨가면 귀여웠을 텐데. 눈동자가 빨개져 있자 좀 위험한 느낌이 들어, 월요는 얼른 몸에 걸친 얇은 옷 끄트머리를 당겨 다리를 감추었다.

그러나 천빈은 여전히 부담스러울 정도로 그의 보물에 시선을 고정하고 있었다.

"폐하는 정말 안 예쁜 데가 없어."

"고맙지만 그 말을 꼭 거길 보고 해야 할까."

이에 월요가 아예 걸치고 있던 윗옷을 벗어서 다리 사이에 얹자, 천빈은 아쉽게 한숨을 내쉬며 투덜거렸다.

"보여주려 불러놓고 왜 감추고 그래."

이런 반응을 원한 게 아니니까! 열은 월요가 올랐다. 그는 천빈이 이해가 가지 않았다.

아직 그들은 부부간의 일을 치른 적도 없는데. 그러면 좀 부끄러워해야 하지 않을까? 그런데 저쪽은 흥분만 하고, 부끄러움은 자기 혼자 가지고 있는 듯하자 좀 자존심이 상했다.

물론 후궁들도 입궁 전, 첫날밤에 대한 교육을 집안의 여자 어른들에게 책으로 배우고 온단 건 들었지만, 그래도 책으로 보는 것과 실전은 다를 텐데.

이쯤 되자 월요는 의심스러워졌다. 천씨 가문의 공오부인. 천빈의 모친. 대체 딸에게 뭘 가르쳐서 보낸 거지?

떡돌이는 막상 판을 깔아 놓고선. 내가 다가오니 부끄러운가 봐.

하지만 그와 달리, 나는 이렇게 작정하고 만들어 낸 야릇한 분위기를 처음 겪자 여러모로 마음이 동해 있었다.

'개원이는 점잖고 단정했는데. 떡돌이는 전혀 다르구나.'

이 상황에 마음이 끌려 속으로 수십 번 감탄이 나왔다. 떡돌이 개원이와 다른 점 또한 마음에 들었다.

'다른 후궁들에게도 이런 모습을 보여줬을까' 하는 생각을 하면 좀 신경이 쓰이지만, 당장은 떡돌이의 모습만으로도 열이 올랐다. 게다가 떡돌이가 보여주는 이 놀라운 자태는, 복수를 하기 전에는 그와 동침하지 않으리란 내 결심을 자꾸 다른 방향으로 돌아서게 했다.

개원이 위치도 알고, 개원의 사촌인 개시시에 대해서도 알고, 개원이 '천년비'를 또 죽이기 위해 여기서 멀리 떠나지 않으리란 것도 알잖아.

그럼 떡돌이와 운우지정을 나눈다고 해도 복수하는 데 문제없지 않을까? 개원이는 계속 '천년비'를 찾아 후궁들 근처를 맴돌 텐데?

맞아. 내 생각이 맞아. 본능이 이성을 설득하는 데 거의 성공하려는 순간. 마침 떡돌이의 긴 목을 따라 물방울이 주륵 흘러내려왔다.

나는 며칠간 굶은 사람처럼, 내게 남은 물방울이 그것 하나뿐인 것처럼 얼른 떡돌이의 목에 입을 맞추었다.

떡돌이는 놀랐는지 몸을 움찔하면서도 피하지 않았다. 그가 낮게 신음했고, 나는 머릿속이 완전히 얼얼해졌다.

"폐하…… 예뻐."

나는 속삭이며 그의 몸을 따라 한 손을 내렸다. 그런데 딱 아슬아슬한 위치에서 떡돌이가 내 손을 딱 잡아 버렸다.

인상을 쓰고서 내려다보니, 그가 내 손목을 움켜잡고서 자기 보물을 건드리지 못하게 막고 있었다.

"떡돌아. 왜?"

왜 이러나 싶어 쳐다보자, 떡돌이는 뜻밖에 얼굴이 발개진 채 말했다.

"여기까지."

나는 황당해서 입을 벌렸다.

"뭐?"

이렇게 차려입고 기다리고 있었으면서. 잔뜩 분위기를 잡아 놓고서. 직접 자신의 위엄 있는 물건을 자랑해 놓고서. 여기까지?

농담인가? 우리는 부부인데?

그러나 농담이 아니었다. 떡돌이가 정말로 일어났으니까.

"정말 가려고?"

그 뒷모습을 보며 불렀으나, 떡돌이는 대답도 않고 일어서서 계단을 천천히 내려갔다. 그러더니 뒤늦게 내가 생각났단 것처럼, 나를 뒤돌아보며 친근한 척 지시했다.

"옷이 물에 젖었다. 감기 걸릴라. 너도 얼른 방에 돌아가 쉬어야지."

그 달아나는 뒷모습을 기가 막혀서 보고 있으려니, 아까 잠시 눌려 버렸던 이성이 욕을 하며 머리를 들이밀었다.

한편, 월요 황제는 유쾌하게 침전으로 돌아갔다. 어제 자신을 한껏 자극해 놓고서는 옆에서 편안하게 잠들어버린 천빈에게 복수했단 기분에 아주 발걸음이 가벼웠다.

하지만 옷을 갈아입다가 옷자락이 목덜미에 닿자, 그는 천빈이 자신의 목 옆에 입을 맞춘 감각이 재차 떠올라 몸을 떨었다. 월요는 천빈이 입을 맞춘 그 부위에 자신의 손을 덮고서 거울을 보았다. 거울 속 그는 태연해 보였으나, 자세히 보면 속눈썹이 계속 떨리고 있었다.

월요는 손을 떼고서 희미하게 웃었다. 마음에 들었다. 반숙이도 나한테 감정이 없진 않구나. 유혹하자마자 바로 넘어오는 그 모습이 귀엽게 여겨졌다. 당시에는 놀라서 멍하게 있었으면서.

월요는 옷을 다 갈아입자 뿌듯하게 웃고서 자기 침상으로 가 누웠다.

승언은 황제가 눕는 걸 확인하고서, 방 안을 밝혀둔 촛불 중 커다란 촛불 몇 개만 골라서 껐다. 그런데 웬일인지, 누운 지 일 각 정도도 지나지 않아서 황제가 눈을 번쩍 뜨더니 당황스러운 표정으로 그를 바라보았다.

승언은 아무 생각 없이 황제를 보았다가, 그가 식은땀까지 흘리자 놀라 다가갔다.

"폐하. 괜찮으십니까? 왜 그러십니까?"

"승언아."

그러나 황제는 식은땀만 흘리는 게 아니었다. 목소리까지 잠겨 있었다. 그걸 보자 승언은 더욱 걱정이 되었다.

"예, 폐하. 하명하십시오. 어의를 부를까요?"

황제는 따뜻한 물에 몸을 오래 담가두어야지, 나갔을 때 몸이 가장 혈색 있어 보일 거라고 했다. 신빙성 있는 말인지는 모르겠으나, 황제가 그러겠다고 하니 다들 그러게 됐다.

그런데 황제가 저렇게 땀을 흘리고 목이 가라앉자, 승언은 걱정이 되었다. 혹시 날이 추운데 너무 뜨거운 물에 오래 있어서 황제가 감기에 걸린 건 아닐까?

"짐이 미쳤다."

그러나 황제가 중얼거리는 소리는 감기와는 관련이 없게 들렸다.

"예?"

승언이 당황해 물었으나, 월요는 대답 대신 또 같은 말을 반복했다.

"짐이 미쳤지."

그가 이마를 짚고 돌아누워 끙끙거리자, 승언은 황제가 정말 왜 이러나 싶어 어리둥절해졌다.

그러다 오원요 쪽을 보며 도움을 청하자, 오원요는 혀를 차고서 다가오더니 승언의 팔을 잡고 황제의 침상으로부터 조금 떨어진 곳으로 데려가 알려주었다.

"폐하는 늘 천빈 마마와 가까워질 기회를 노리셨지만, 마마 때문에 이루지지 못하셨지. 그런데 오늘은 직접 기회를 만들어 놓고선 직접 차버려서 저러시는 거다."

"아."

승언이 황제를 보는 사이. 오원요는 혀를 차며 고개를 저었다.

그 소리가 다 들렸던 건지, 황제가 작게 한탄했다.

"내관인 오원요도 아는 걸 짐이 어찌……."

그 시각. 날이 어두워졌지만 주루에는 사람들이 가득했다. 다들 웃고 떠들면서 먹고 마시느라 즐거워 보였다.

하지만 모두가 그런 건 아니어서, 그 시끄러운 사람들 틈에서 몇몇 사람들은 세상의 고뇌를 혼자 다 짊어진 것처럼 무거운 표정으로 술을 연거푸 들이마시고 있었다. 그중에는 개원도 있었다.

"나는 그녀를 잊어야 하나. 그게 그녀가 원하는 건가. 왜 날 떠났는지조차 모르는데."

술에 취한 개원은 혼잣말까지 해가면서 쓸쓸히 즐거운 사람들을 바라보았다. 그러나 마음은 이곳이 아닌, 행궁 저 너머에 가 있었다.

그의 마음이 천빈에게 폐가 될 거란 개시시의 이야기와 이미 황제에게 마음이 사로잡힌 것 같던 천년비의 태도, 자결해서 그를 떠나더니, 되살아나서도 모른 척하는 천년비가 연달아 그의 머리에 떠올랐다.

심장을 욱신거리게 하는 일들이었으나 그 외 다른 생각을 할 수조차 없었다.

사실은 그녀가 살아 있음에 만족해야 하는데. 거기서 그치지 못하고 우울해하는 자신이 참 못났다 싶었다.

이 때문에 개원은 술기운으로 굳이 내공을 몰아내는 대신, 자신을 취하게 해 줄 술기운을 온몸으로 받아들였다. 다행히 효과가 있어서 점점 정신이 몽롱하게 변하기 시작했다.

그렇게 개원은 몇 번 잠에 취했다 빠지길 반복하면서 연신 술을 혼자 마셔댔다. 그런데 정신을 차려보니, 앞에 천년비가 서 있었다. 다른 몸에 들어간 천년비가 아니라 진짜 천년비가.

개원은 멍하니 그 천년비를 보다가, 이건 환상일 거란 생각을 했다. 그러나 환상일 거란 생각을 하면서도, 개원은 자신도 모르게 울면서 묻고 말았다.

"왜 나를 모른 척하지?"

그 애달픈 질문에, 천년비. 정확히는 천년비의 몸에 들어간 아유정은 난처해졌다. 그녀는 타천천의 지시로 개원을 데리러 온 것이었는데. 늘 멀쩡하고 철두철미하던 개원이 자신을 보며 묻자 당황스러웠다. 게다가 술에 취한 탓에 자신을 진짜 천년비라 여기는 것 같고.

"저…… 대협?"

"왜 나를 모른 척해?"

"대협."

아유정은 탁자 위에 한가득 놓인 빈 병들을 힐긋 보고서, 한숨을 내쉬고서 그를 향해 손을 뻗었다.

"대협. 일어나시지요. 많이 취했습니다."

다행히 개원은 탁자에 뻗었던 상체를 일으켜 세우긴 했다. 하지만 상체를 세우자마자, 개원은 아유정의 손을 잡고 눈물을 흘리며 그녀를 처연하게 바라보았다.

아유정은 놀라서 눈을 동그랗게 뜨다가, 개원이 자신의 손을 소중한 보물처럼 들고서 이마를 비비자 더욱 기겁했다.

"이유라도 말해줘. 제발 이유라도 말해줘. 응?"

게다가 그러면서 뱉는 애원이라니.

아유정은 당황해 손을 끌어당겼다. 아니, 끌어당기려 했다. 그런데 이상하게도 손에 힘이 들어가지 않았다. 개원이 세게 잡아서가 아니라, 정말로 손에 힘이 아예 들어가지 않았다.

강시술에 오류가 생겼나? 당황한 아유정이 손에 연신 힘을 주어도 마찬가지. 결국 이도 저도 못한 아유정은 그에게 '지금 술에 취했다'고 알려주기 위해 입을 열었다.

그러다가 우는 개원과 눈이 마주치는 순간, 이 몸엔 있지도 않은 심장이 고통을 호소해오기 시작했다.

"마마, 이제 잠옷이 다 완성됐어요."

아침 햇살이 창틀 사이로 납작하게 들어와 바닥에 이상한 무늬를 만드는 걸 내려다보고 있을 때였다. 신이 나서 들어온 원웅이 같은 색상에 크기만 조금 다른 잠옷 두 개를 내밀었다.

"이게 뭐야?"

"운문 비단으로 만든 잠옷이죠. 폐하랑 마마가 함께 입을 잠옷이요. 같이 입으면 금실 좋은 부부처럼 보일 거예요!"

원웅이 멋대로 잠옷을 안겨주는 바람에, 나는 그것들을 받아 안았다. 운문 비단 잠옷은 내 품 안에서 흐느적거리며 축 늘어졌다. 너무나 가볍고 부드러운 느낌이었다.

"어때요, 마마?"

"……."

"마음에 안 드세요?"

"옷은 마음에 들어. 옷을 받을 사람이 마음에 안 들어 그렇지."

"폐하랑 싸우셨어요?"

내가 떡돌이랑 싸웠냐고? 차라리 싸웠으면 원인이라도 알 테지. 어제 우리는 싸운 게 아니다. 떡돌이가 일방적으로 달아난 거지.

난 지금까지, 회임을 거절하고 있는 건 확실하게 내 쪽이라 생각했다. 하지만 어제 나를 잔뜩 약 올려놓고서는 달아난 떡돌이를 보자, 글쎄. 운우지정을 거절하는 게 과연 누구일까 모르겠네.

"그럼 마마. 폐하와 약속하신 수도 안 놓을 거예요?"

"수라니?"

"폐하께서 잠옷에 원앙을 놓아 달라고 하셨잖아요."

"떡돌이는 왜 나한테 그런 걸 시키고 그래? 수 놓는 게 쉬운 줄 아나?"

"그야…… 마마께서 먼저 놓아주겠다고 하셨으니까……."

원웅인 내 편이 아니구나. 원웅이는 절로 가.

내가 정색하고서 돌아앉자, 원웅은 히히 웃으면서 다가와 내 어깨를 주먹으로 두드려주었다.

"자, 화 푸시고요. 왜 싸우셨는진 모르겠지만 폐하는 어쨌든 마마를 제일 좋아하시잖아요. 곧 화해하실 수 있을 거예요. 수를 놓아서 보내면 화를 푸실지도 모르고요."

"화는 내가 난 거야."

"아아."

이쯤 되니 뭐라고 해야 할지 바로 판단이 안 서는 듯, 원웅이 괜히 잠옷 소맷자락만 만지작거린다. 나는 한숨을 내쉬고서 지시했다.

"알았어. 수틀이랑 바늘이랑 실. 일단 가져와 봐."

약속한 거니까 만들어 주긴 해야지. 나는 대인이니까.

하지만 수틀에 수를 놓으면서도 내 머릿속은 어젯밤 온천에서의 일로 가득했다. 떡돌이가 그런 식으로 날 대하는 걸 보니 회임해서 품계가 올라가는 게 더 힘들 것 같아.

그리고 어젠 떡돌이가 너무 아름다워 보여서 잠시 생각이 들쑥날쑥했는데, 아이를 가진 채 복수하는 것보단 아이를 가지기 전에 복수하는 게 나아. 복수를 먼저 하고 몸과 마음을 정화한 다음 아이를 가지는 게 맞는 순서 아닐까?

"마마. 새 날개가 너무 커지고 있어요……. 다른 생각 하면서 바느질하지 마세요……."

"중요한 생각 중이라 그래."

"무슨 생각이요?"

촉비를 무너뜨릴 방법. 품계를 올려서 감히 날 못 건드리게 하려 했는데, 그게 힘들다면 역시 촉비를 먼저 쳐내야지. 품계랑 별개로 촉비에겐 복수할 생각이기도 했고.

수를 놓다가 손가락이 아파 잠시 밖으로 나와보니, 하늘에서는 또다시 눈이 떨어지고 있었다. 귀자는 창고에서 화로를 하나 더 꺼내왔고, 부성은 샛노란 피풍의를 가져와 내게 덮어 주었다.

행궁 변두리에는 호수인지 큰 개울인지 모를 물이 있는데, 만약 그 물이 꽝꽝 얼었다면 위에서 놀 수 있지 않을까? 하늘을 향해 입김을 불면서 용인 척해보다가, 나는 얼른 호수 방향으로 걸어갔다.

그런데 절반 정도 이동했을 즈음. 행궁에 없는 줄 알았던 사람이 겨드랑이에 얇은 책을 끼고 걸어가는 게 보였다. 날씨가 추운데 피풍의조차 두르지 않고 성큼성큼 걸어가는 문관 차림의 비원이었다.

내가 그를 발견하는 것과 거의 동시에 비원도 나를 발견하고는 우뚝 멈추어 섰다. 그는 주위를 둘러보더니 내게 따라오란 눈짓을 하고 길을 벗어나 수풀 사이로 들어갔다.

"원웅아. 만약 호수가 얼었으면 얼음을 탈 건데, 지금 옷이 너무 긴 거 같거든?"

"옷 갈아입고 가시겠어요, 마마?"

"아니. 네가 짧은 옷을 가져다줘. 아니면 격구할 때 입는 옷이나. 옷 가지고 바로 호수로 와."

나는 눈치 좋게 원웅에게 심부름을 시킨 다음, 비원이 들어간 곳으로 따라갔다. 그러고서도 좀 걸어가니, 겨울잠에 빠진 나무에 비원이 기대어 서 있었다.

"왜 여기 있어?"

다가가면서 묻자 비원은 어깨를 으쓱하고서 대답했다.

"황후가 불러서 왔습니다. 전에 말했듯, 황후는 저를 꽤 신뢰하니까요."

황후는 겨울에 춥다고 행궁에 부를 정도로 비원을 신뢰하는구나. 안목이 없네. 비원이는 수상쩍은 인간인데.

"황후가 절 신뢰한다는데 왜 그렇게 가련한 표정을 짓는 겁니까."

"아니야."

"아닌 게 아닌데요."

"진짜 별거 아니야. 그냥 조금 속으로 네 흉을 봤어. 그보다 제안할 게 있는데."

"제안하기 전에 흉본 내용을 뺄 생각은 안 하십니까."

"사실은 네 흉을 보지 않았어. 그러니 제안할 게 있는데."

비원은 날이 추운지 한숨을 내쉬었다. 그러게 피풍의 좀 걸치고 다니지. 뭐 얼마나 튼튼해 보일 거라고 이 날씨에.

어쨌든 그가 내 말을 들어보긴 할 것 같아서, 나는 아까 수를 놓으면서 내내 생각한 계획을 그에게 알려주었다.

“너도 촉비와 안 좋은 일이 있었고 나도 촉비와 안 좋은 일이 있었잖아. 그러니 우리 둘이 힘을 합쳐서 촉비를 무너뜨리자.”

비원은 내 말이 의외인지 눈썹을 치켜올렸다.

“후궁들에겐 별 관심을 안 두시더니. 심경에 변화라도 왔나 봅니다?”

왔지. 천소여가 진짜 죽었단 걸 알게 되어서, 이젠 이 몸을 알차게 사용하기로 했거든. 내 몸으로 돌아가 봐야 강시 몸이고, 네 상사 손바닥 안에 있게 되니까. 하지만 이 얘긴 하지 말자.

“자꾸 시비를 걸잖아.”

“하긴. 복수하면 악적 천년비죠. 달리 생각한 방도는 있습니까?”

“열심히 생각해 보긴 했어.”

“하지만 답이 안 나왔군요.”

고개를 끄덕이자, 비원은 그럴 줄 알았다고 중얼거리더니 자기 관자놀이와 눈가를 엄지로 문지르기 시작했다.

“너는 뭐 좋은 방법이 있어? 네가 생각하면 내가 실행할게.”

이러면 좀 공평하지 않을까?

비원은 내 제안에 계속 관자놀이를 누르면서 생각하더니, 갑자기 손을 떼고서 물었다.

“전에 촉비가 가지고 있던 그 ‘물건’이 기억납니까?”

“안에 뭐가 있는지 본 적 없는데. 뭘 숨겨두고 있단 건 알아.”

그중 하나가 죽은 태감과 궁녀들의 이름과 위치를 적어둔 필첩이었지.

당시 나는 그 사실을 떡돌이에게 얘기했지만, 촉비는 아무 벌도 받지 않았다.비원이 촉비를 몰아붙여서 숨긴 물건이 뭔지 거의 캐낼 뻔했으나, 촉비의 물건을 훔쳐 갔던 태감이 먼저 촉비에게 숙이고 들어가면서 그 일도 엎어졌다.

이후 이 일은 나나 비원 둘 다 언급하지 않았는데. 왜 인제 와서 또 이 일을 얘기하는 걸까?

"그 안에 뭐가 있는지 알아냈어?"

"굉장히 교묘하게 감춰뒀습니다. 사실 이후에도 몇 번 방을 뒤졌지만 찾아내지 못했어요."

"그럼 그게 왜?"

"하여튼 촉비가 감추는 게 있단 건 확실하지 않습니까."

"그렇지. 하지만 그게 뭔지 우리는 모르잖아. 그러면 그 물건으로 촉비를 공격할 순 없어."

"아니죠."

아니라고?

비원은 내 말에 씩 웃더니 고개를 가볍게 젓고 득의양양하게 말했다.

"촉비가 사망자들의 이름과 시체 위치를 적어뒀단 것만으로도 어느 정도 타격은 줄 수 있습니다. 그들을 죽인 게 촉비라고 몰아가진 못해도 품계 정도는 내릴 수 있지요. 아니면 우 답응처럼 몇 달간 처소에서 못 나오게 막거나요."

가능한진 모르겠지만 비원이 나보단 똑똑하니까, 아마 가능한 거겠지. 나는 고개를 끄덕였다.

"그럼 어떻게 해야 해?"

"우선……."

비원과 나는 촉비의 필첩에 있던 내용을 최대한 복구해서 새로운 필첩에 적어 넣었다. 물론 대부분은 비원이 기억한 거지만 그건 중요치 않다.

그다음에는 이걸 까만 보따리에 넣은 다음, 촉비가 사용하는 방 근처의 나무 꼭대기 위에 가져다 두었다. 어두운 나뭇잎 사이에 까만 보따리를 넣어두자 감쪽같았다.

이 절차가 마무리되자, 비원은 다시 내게 더 설명했다.

"촉비에게 '네 비밀을 안다' '어떤 내용을 숨겨두었는지 안다' '네가 뭘 감추려는지 안다' 같은 말을 계속 보낼 겁니다. 촉비는 실제로 감추는 게 있죠. 작지 않은 보따리요."

감추다뿐이겠어? 내가 전에 봤을 땐 아예 품에 끼고 다니던걸.

"계속해서 추궁하면 그녀는 안전을 위해 보따리 위치를 한 번 바꿀 겁니다. 그때 촉비의 보따리 위치를 알아뒀다가, 이동 전에 우리가 준비한 저 보따리와 바꿔야 합니다. 그리고 촉비가 물건을 옮기고 있을 때 다가가서……."

"그 물건을 뺏어서 사람들에게 공개한다?"

"네. 안에서 죽은 궁인들에 대한 이야기가 나오면 촉비도 뭘 어쩌진 못할 겁니다."

"보따리 위치 바꾸는 건 누가 해?"

"시간이 되는 사람이 하는 거로 하죠. 억지로 시간을 빼는 것보단 그게 나을 겁니다."

우리는 상황을 몇 번이나 재연해 가면서 촉비의 주머니를 바꿔치기할 방법을 연습했고, 며칠이 지난 뒤 마침내 연습한 걸 실전에 써먹을 기회가 왔다.

촉비가 연신 방문에 끼워져 있는 종이가 신경 쓰이는지, 드디어 보따리를 자기 상궁을 통해서 옮기려 시도한 것이다. 촉비가 상궁에게 당부하는 틈을 타서 비원은 그들의 보따리를 바꿔치기했고, 이를 모른 채 촉비는 자신의 상궁에게 바뀐 보따리를 들려 보냈다.

비원은 일이 이렇게 되자 내 방에 몰래 잠입해서 알려주었다.

"촉비의 상궁이 동쪽 끝에 있는 창고로 갈 생각입니다. 마마는 기몽 장군을 그쪽으로 데려와 주십시오. 저는 혹시 모르니 먼저 그곳에 가서 상황에 유연하게 대처하겠습니다."

나는 대쪽같은 사람이라 이런 일에 유연하게 대처하는 게 어떤 건지 모른다. 그러니 촉비가 새로 물건을 감추려는 곳엔 비원이 가 있는 것이 나았다.

나는 비원에게 몇 가지를 더 물어본 다음, 기몽 장군이 있는 행궁 수사청으로 달려갔다.

기몽 장군은 행궁에 와서도 보고서를 읽고 있었는데, 내가 나타나자 '또 왜 왔지?' 하는 눈으로 쳐다보면서도 가라고 하진 않았다.

"무슨 일로 오셨습니까?"

"이쪽으로 와 봐요. 촉비가 이상한 물건을 가져가는 걸 봤어요. 얼른."

수사에는 사감을 안 섞는다는 기몽은 '이상한 물건'이란 말을 듣자마자 바로 쫓아와 주었다.

"이상한 물건이 무엇이었습니까? 봤습니까?"

"모르겠어요. 죽은 사람 이름이 들어가 있긴 했는데."

"죽은 사람이요?"

고개를 끄덕이자 기몽이 다시 뛰기 시작했고, 우리는 머지않아 비원이 내게 말해준 그 장소에 도착했다.

촉비의 상궁은 조심조심 외나무다리를 건너고 있었는데, 갑자기 나와 기몽 장군이 나타나자 놀란 듯 그 자리에 위태롭게 멈춰 섰다.

"저거예요."

내가 손가락으로 그녀가 안은 보따리를 가리키자, 촉비의 상궁은 화들짝 놀라 자기가 안은 보따리를 끌어안았다.

기몽은 내게 더 뭐라 하는 대신, 그녀 쪽으로 다가가 물었다.

"소저. 그 물건을 한 번 확인해도 되겠습니까?"

촉비의 상궁은 당황한 얼굴로 대답했다.

"여기엔 마마의 속곳이 들어 있습니다. 안 됩니다."

하지만 기몽은 눈 하나 깜짝하지 않고서 재차 요구했다.

"잠깐 확인만 하면 됩니다. 안쪽에 다른 위험한 물건이 들어 있단 제보를 받아서 그럽니다."

한 명은 외나무다리에 서 있고, 사냥개로 유명한 기몽 장군은 앞에서 저러고 있으니, 지나가던 사람들이 하나둘 걸음을 멈추고서 그들을 쳐다보았다.

촉비의 상궁은 나를 짧게 노려보았으나, 곧 뒤로 반보 더 물러나며 중얼거렸다.

"이 안엔 아무것도 없습니다, 장군."

"그건 제가 판단할 일입니다."

기몽 장군은 절대로 물러나지 않았고, 오히려 상궁이 다리에서 떨어질까 봐 신경이 쓰이는 듯 성큼성큼 다가가 그녀가 떨어지지 않고 이쪽으로 오도록 잡아주었다.

그러고는 땅을 딛고 서자, 상궁이 뭐라고 하기도 전에 기몽 장군은 촉비가 그녀에게 맡긴, 하지만 중간에 비원이 내용물을 바꿔치기한 것을 꺼내 펼쳤다.

좋아. 이대로 가면 촉비도 비가 아니라 빈이나 귀인이 되겠지. 그러면 더이상 나나 내 궁녀들을 함부로 건드리지 못할 거야.

나는 흐뭇하게 올라오는 미소를 참기 위해 애써 정색하고 기몽이 꺼낸 물건을 쳐다보았다.

그런데…….

'어?'

기몽이 꺼낸 물건은 나와 비원이 준비한 물건이 아니었다. 그건 누군가의 서신이었다.

저게 뭐지? 나랑 비원은 서신을 쓰지 않았는데? 필첩은 어디 가고 서신이 나와?

의아해서 쳐다보는 사이. 서신을 다 읽은 기몽이 갑자기 무릎을 꿇더니, 거기에 대고 절을 하지 않은가.

뭔가 싶어서 멍하게 보고 있자, 그는 서신을 챙겨 다시 일어난 다음 내게 물었다.

"혹시 봤다는 그 '죽은 사람 이름'이…… 선제 폐하입니까?"

"어?"

아닌데? 태감이랑 궁녀인데?

황당해 쳐다보자, 그가 무거운 목소리로 입을 열었다.

"이건 선제 폐하의 서신입니다."

선제 폐하라면…… 떡돌이 아빠? 떡돌이 아빠가 쓴 편지가, 비원이 바꿔치기한 보따리 안에 있었다고? 어떻게? 아니, 떡돌이 아빠는 죽었잖아?

내가 눈을 휘둥그렇게 뜨고 쳐다보자, 기몽이 어두운 얼굴로 아주 작게 알려주었다.

"내용이 좋지 않습니다."

"그게 무슨 소리예요?"

힐긋 눈을 내리깔자, 편지 뒤편으로 몇 글자가 눈에 들어온다.

'후계자'란 단어가 들어가 있었다.

21장

화내는 숨결이 좋아

기몽은 다른 사람들이 볼 새라, 서신을 다시 보따리에 넣어 잘 싸서 든 다음 자신이 데리고 온 병사들에게 지시했다.

"촉비 마마의 궁녀를 추포하라."

궁녀는 달아날 시도도 하지 못하고, 그 자리에서 병사들에게 붙잡혔다. 겁이 난 얼굴로 미약한 발버둥만 몇 번 치던 궁녀는 곧 허수아비처럼 끌려갔다.

병사들은 동쪽으로 갔으나 기몽은 내게 꾸벅 인사를 올리고서 빠른 걸음으로 서쪽을 향해 걸어갔다. 떡돌이에게 이 서신을 보여주려나 봐.

아직도 뭐가 어떻게 된 건지 모르겠다. 머리가 혼란스러워. 젠장, 비원이 혹시 일을 실수한 건가?

나는 사람들이 흩어지길 기다렸다가, 다른 길로 비원이 있는 장소를 향해 달려갔다.

"왜 그쪽이 옵니까?"

비원은 창고 부근에 숨어 있다가, 촉비의 상궁이 아니라 내가 나타나자 제 발로 나와서는 어리둥절한 얼굴로 물었다. 저 다리 너머에서 무슨 일이 일어났는지 전혀 모르겠단 표정이었다.

"네가 했어?"

내가 묻자, 비원은 더욱 의아한 얼굴로 눈살을 찌푸렸다.

"예?"

"네가 촉비 보따리 짐을 바꿨어?"

"무슨 소립니까. 그러기로 했잖아요."

"바꾼 데서 한 번 더 바꿨냐고."

"그게 무슨 소립니까?"

이렇게 보아선 비원은 무슨 일이 일어났는지 전혀 모르는 눈치였다. 하지만 난 사람을 보는 안목이 개똥이니까 의심을 풀진 말아야지.

"상궁이 기몽에게 잡혔어. 근데 보따리 안에서 필첩이 아니라 다른 게 나왔어. 선황제가 쓴 서신이래."

"!"

"네가 한 거 아니야?"

"제가 한 건 아닙니다만……."

비원의 눈이 가느스름해졌다. 하지만 곧 그는 한숨을 내쉬더니, 다른 곳으로 걸어가버렸다.

"어디가? 이렇게 가면 어떡해?"

그 뒤를 쫓아가며 묻자 그는 좀 짜증스러워하며 대꾸했다.

"어디 가긴요. 우리가 그 일에 연루되었단 흔적이 남진 않았나 확인하러 가는 겁니다. 보아하니 일이 커질 것 같은데. 손대지 않은 부분까지 덮어쓰면 안 되니까요."

"나는……."

"마마는 이런 일엔 도움이 안 될 테니 방에 들어가서 그냥 놀란 척하고 계십시오. 지금은 그게 낫습니다."

"내가 너무 청렴하단 거야?"

"……찰떡같이 알아들으시니 좋군요. 예."

단호하게 말한 비원은 정말로 다급했는지 빠르게도 가버렸다. 나도 서둘러 내 처소로 돌아갔다.

천년비의 예상대로 기몽은 곧장 월요 황제에게 갔고, 서신이 담긴 보따리를 황제에게 내밀었다.

"누가 널 거기에 데려갔다고?"

"천빈 마마십니다. 많이 놀라셨을 겁니다."

기몽의 보고에 월요는 고개를 끄덕이더니, 수고했단 말을 하고 물러가라 지시했다. 기몽이 예상한 것보다 훨씬 침착한 태도였다. 주먹을 한 번 꽉 쥐긴 했으나 이 일을 그리 크게 여기진 않는 것 같았다.

'이미 서신에 대해 알고 계셨나?'

기몽의 의심은 정확했다. 월요는 이미 이 일을 알고 있었다. 아니, 알다뿐일까. 촉비에게 선황제의 서신을 준 건 월요 본인이었다.

죽은 태감들의 필첩은 촉비 본인의 것이지만, 이 서신은 월요가 촉비에게 맡긴 것으로, 실제 선황제의 서신이 맞기도 했다.

과거에 선황제는 실제로 월요가 황태자에 어울리는가를 두고 은밀히 의논한 적이 있었다. 몇몇 중신들은 월요가 화연공주가 사망했을 당시 완전히 정신이 나간 일을 두고 늘 걱정했는데, 그 일의 연장선에 있었다.

그들은 여러 가지 원인으로 월요가 황태자에 어울리지 않는다 주장했지만, 개중 가장 큰 원인으로 짚은 건 누이의 죽음을 극복하지 못하고 휘청이던 월요의 정신력이었다. 그들은 선황제에게, 월요는 정신력이 약해 불안하니 다른 적임자를 황태자로 세우거나, 그렇지 않더라도 이에 대한 대비책을 세워야 한다고 주장했다.

이 대화는 은밀하게 이루어졌으나, 월요는 선황제에게 직접 그들의 주장에 대해 들었다.

- 누가 그런 말을 합니까?

- 네가 알아보거라.

- 아바마마!

- 어느 대신들이 널 반대했는지, 절반 이상 찾아낸다면 나는 널 끝까지 믿고 지지할 거다. 지금처럼. 그러나 그만큼 찾아내지 못한다면, 이 아비도 고민을 해보아야 겠다.

- 소자를 믿지 못하십니까.

- 널 사랑하기 때문이다.

- 이해되지 않습니다.

- 누군가 황제가 된 너를 공격한다면, 네가 강할 때가 아니다. 네가 가장 힘든 시간을 보내고 있을 때일 것이다. 너의 고통은 네 적들의 기회일 뿐이니. 사람을 안 믿는 네가 누구의 위로를 받으며 이겨내겠느냐? 아비는 네가 그자들의 공격으로 상처받은 자리에 또 상처 나는 걸 원치 않는다.

선황제는 그렇게 말했고, 자신이 그들과 주고받은 서신을 내주었다. 선황제의 이름은 있으나 상대의 이름은 없는 서신을. 그러나 시험 도중 선황제는 사망했고, 월요는 결국 그들이 누구인지 끝내 알지 못했다.

하지만 월요는 아직도 선황제의 시험을 그대로 치르고 있었다. 선황제의 말처럼, 그들은 자신이 조금이라도 약해진다면 그 틈을 타 공격할 이들이니, 당장 문제없어 보이더라도 찾아서 내치고 싶었다.

극소수의 의견이라면 선황이 그런 이야기를 하지도 않았을 터. 이에 월요는 함정을 파고, 누군가 그것을 물기를 기다렸다. 촉비에게 서신을 맡기고, 그림자 몇 명이 그녀와 손을 잡도록 했다.

몇 해가 가도록 성과가 없었는데, 며칠 전 촉비가 뜻밖의 말을 했다.

- 누군가 신첩을 협박하고 있습니다. 계속해서 신첩이 숨긴 물건에 대해 협박하는 서신을 보냅니다.

보따리가 함정이 아니었더라면 협박에 떨었을 것이나, 함정이었기에 촉비는 협박범을 피하지 않고 역으로 함정을 팠다.

- 협박이 두려워 물건 위치를 바꾸는 척 상궁에게 들려 보내겠습니다.

협박범이 원하는 게 촉비를 공격하는 것이었는지, 월요를 공격하는 것이었는지 당시엔 알 수 없었다.

그리고…… 이제 그 결과가 나타났다. 이번에 협박범이 노린 건 월요가 아니라 촉비였다.

"……폐하."

오원요는 걱정스럽게 월요의 눈치를 살폈다. 모든 일을 다 알고 있는 그는 월요가 이 일로 몹시 화가 났으리라 여겼다.

무거운 한숨을 내쉰 월요는 천천히 몸을 일으켰다.

"천빈에게 간다."

"상궁께선 괜찮으실까요?"

궁녀가 걱정스럽게 묻는 말에 촉비는 가볍게 웃어넘겼다.

"당연하지. 이 서신은 폐하께서 맡기신 건데, 괜찮지 않을 리가. 사안이 크니 기몽도 이건 우리의 문제가 아니란 걸 알고 풀어줄 거다. 그 사냥개는 수사엔 아주 정직하거든."

궁녀는 안심해서 고개를 끄덕였으나, 다시 또 걱정이 되어 물었다.

"폐하께 협박범이 보따리 내용물을 바꿔치기해뒀단 걸 말씀드리지 않아도 괜찮을까요? 그자들이 가짜 보따리를 만들어 가짜 필첩을 넣어 뒀는데 마마께서 진짜 보따리로 도로 바꾸신 거요……."

"할 필요가 뭐가 있지? 천빈이 내가 숨긴 걸 노렸단 건 똑같은데?"

처소로 돌아와 뜨거운 차를 후 후 불어 마시면서, 이 일이 어떻게 흘러갈지 생각해보았으나 내 머리로는 잘 이해가 가지 않았다.

그래도 어떻게든 되겠지 싶어 차만 마시고 있자니, 밖에서 황제 폐하가 온다고 태감이 소리를 질렀다. 곧 떡돌이가 나타났고 나는 찻잔을 내려놓고서 얼른 일어났다.

"다들 나가라."

그러나 평소와 달리 떡돌이는 표정이 좋지 않았다.

“괜찮아?”

그 모습에 걱정하며 묻자, 떡돌이는 내 앞으로 성큼성큼 다가오더니 나를 빤히 바라보았다. 평소에는 날 보는 눈동자가 간질간질했는데. 오늘은 그러지 않아 걱정이 되었다.

“혹시…… 촉비 보따리에서 나온 물건이 문제 될 물건이었어?”

떡돌이에게 피해를 줄 만한 물건이었을까?

떡돌이는 차갑게 대답했다.

“네게 실망이다.”

내 질문에 대한 대답은 아니었으나, 나는 ‘그렇다’로 알아들었다. 아니면 그가 나한테 화를 낼 이유가 없으니까.

“너한테 문제 될 내용이야?”

“짐은 그 때문에 화가 난 게 아니다.”

“어? 그럼?”

“네가 하는 짓이 고궐과 똑같기 때문이다.”

고궐이라면 떡돌이가 싫어하는 장공주 신랑 아닌가. 장공주 옆에서 성격 좋은 사람인 척 붙어 있다가 배반하고 떠났다는?

“무슨 소리야? 내가 그 사람이랑 같다니? 난 누굴 배반한 적 없는데?”

“앞에서는 순진한 척. 계략 같은 건 알지도 못하는 척. 그런 데는 관심도 없는 척 굴어 놓고. 뒤에선 음흉하게 사람을 내칠 계략을 세우고. 이런데도 네가 그자와 같지 않다고?”

“서신이 나와서가 아니라…… 내가 촉비를 공격해서 화났단 거야? 고작 그거 때문에?”

“촉비를 공격한 게 맞는다는 걸 인정하는구나.”

“먼저 내 궁녀를 공격한 건 그 여자잖아.”

“그래. 같은 수준이어서 아주 좋겠구나.”

"!"

휙 돌아선 그는 성큼성큼 밖으로 나가 그대로 가버렸다. 기가 막혀서 입을 벌리고 그가 나간 문을 쳐다보았으나, 황제는 돌아오지 않았다.

나쁜 놈. 나는 축비 보따리에서 선황제 서신이 나와서 자기한테 피해가 가는 건 아닐까 걱정했는데. 축비를 공격했다고 화를 내? 나쁜 놈. 진짜 나쁜 놈. 내가 고귈이랑 똑같은 사람이려면 축비가 아니라 저를 공격했겠지. 이 숭어대가리 같은 놈.

무공을 익히는 날이라 연무장에 나왔지만, 아직 개원은 오지 않고 분노만 찾아온다. 나는 씩씩거리면서 목검을 마구 휘두르다가 이조차 싫어져서 수풀 변두리로 가 쪼그려 앉았다.

그러고서 얼마나 있었을까. 조금 멀찍한 데에서 태감들이 속삭이는 소리가 들려왔다.

"그러면 선황제 폐하께서 막판에 황제 폐하랑 대판 싸우고 황태자를 바꾸려 했던 게 정말인가?"

"설마. 선황제 폐하께선 돌아가시기 직전까지도 태후 마마랑 폐하를 찾으셨는데 뭘. 싸워도 진즉 화해하셨겠지."

"그럼 그 서신은 뭔데?"

"그냥 서신이겠지. 싸웠을 때 흉본 거겠지 뭐 그리 깊게 생각해?"

"하지만……."

태감들은 이동하면서 속삭이고 있었던지, 곧 말소리는 들리지 않게 되었지만 나는 마음이 조급해졌다.

역시 떡돌이. 그 서신 때문에 뭐 안 좋게 된 거 아닐까? 내가 축비를 공격해서 화난 건 핑계고, 사실은 서신 때문에 화난 게 아닐까?

초조하게 풀을 뜯다가 나는 결국 떡돌이를 만나기 위해 연무장에서 내려와 그를 찾아갔다. 고의로 서신이 공개되게 한 건 아니지만, 어쨌든 내 행동으로 떡돌이가 피해를 봤다면 미안하다고 기분을 풀어주고 싶었다.

"죄송합니다, 마마. 폐하께선 일이 바쁘십니다."

하지만 내가 찾아갈 때마다 늘 들여보내주던 황제는 나를 들여보내주지 않았다. 반 시진이 지나도, 한 시진이 지나도, 두 시진이 지나도.

"마마. 폐하께서 날이 추우니 그만 들어가라 하십니다."

오 공공을 보내서 돌아가란 말은 계속 전했지만, 그래도 굳게 닫힌 문은 열리지 않았다. 온갖 관리들과 태감들이 드나들어도.

결국 하늘이 붉어지다가 완전히 어두워지는 걸 보고서야, 나는 황제가 내게 단단히 화가 난 걸 알고 돌아서는 수밖에 없었다.

"그냥 오시지 왜 거기 계속 서 계셨어요, 마마!"

내가 방으로 돌아오자, 원웅과 부성은 옷을 갈아입도록 도와준 다음 따뜻하게 데운 이불에 들어가게 하고서 손과 발을 주물러주었다.

귀자는 설탕을 넣고 끓인 우유를 가져다주었다.

"손발이 완전히 어셨잖아요. 이러다 감기라도 걸리면 어쩌시려고요!"

나는 우유잔을 받고서 위로 올라오는 뜨거운 김을 후 후 불었다.

사실은 거기에 더 있을 수 있었다. 나는 천라지망을 피할 때 며칠 밤을 불편한 자세로 새운 적도 있는걸.

하지만 그러면…… 떡돌이도 못 나오고 저 전각 안에 갇혀 있어야 할 테니까. 내가 문을 막고 있으면 그는 내 얼굴이 보기 싫어서 안 나올 테니까. 그러면 너무 답답할 거고…….

생각하는데 갑자기 눈가가 뜨거워지더니 콧물이 흘러나왔다. 눈물이 나올 것 같았는데 콧물이 흐르자, 부성은 얼른 손수건을 가져다주었다.

나는 코를 풀고서, 세 사람에게 혼자 있고 싶으니 나가 달라고 부탁했다. 그러고서 우유를 한 잔 다 마신 다음 이불 안에 완전히 파고 들어가 버렸다.

아니면 콧물이 아니라 진짜 눈물이 나올 것 같았다. 하지만 우는 건 싫으니까. 콧물 선에서 끝내자. 그런데…….

'누구지?'

이불 안에서 킁킁거리고 있는데 밖에 누군가의 기척이 느껴졌다. 떡돌인가? 나한테 냉정하게 대하고 나니 역시 미안한 거지?

떡돌이가 왔을 거란 생각에 잠시 기대가 들었으나, 곧 그 기대는 사라졌다. 떡돌이가 아닐 거야. 떡돌이가 이렇게 인기척 없이 올 리가 없어.

'그럼 누구지?'

대답하듯 밖에서 목소리가 들려왔다.

"이런 데 있지 말고. 같이 떠나자 천년비."

"!"

유난히 추운 오늘은 천년비에게 무공을 가르치는 날이었다. 개원은 평소보다 거울 앞에서 좀 더 신경 써서 의복을 차려입고 서둘러 행궁으로 걸어갔다.

천년비에게 무공을 가르친다니. 생각만으로도 우스웠지만, 어쨌든 이렇게라도 그녀를 볼 수 있으니 좋았다. 배우는 본인은 꽤 갑갑하겠지만.

'무공 이야기만 나오면 의견이 항상 달랐지.'

워낙 방식이 다르다 보니 무공 이야기로는 웬만해선 의견이 같기가 힘들었다. 천년비는 절대로 자기 의견을 굽히지 않았고, 그도 무공에 관련해선 자기 의견을 누르지 않았다. 천년비가 보기에 그의 무공은 너무 고루했고, 그가 보기에 천년비의 무공은 너무 위험했으니까.

'하지만 결국 내가 네게 가르치는 입장이 됐구나.'

마음이 아픈 와중에도 옛일을 떠올리자 웃음이 나와서, 개원은 걸음을 좀 더 빨리했다. 그런데 천년비가 보이지 않았다. 오늘은 좀 늦나, 생각하고서 아무리 기다려도 오지 않기는 마찬가지였다.

'어디 몸이 안 좋은가.'

걱정이 되어 연무장을 서성이고 있자니, 한 태감이 그를 발견하고는 다가와서 알려주었다.

"개 대인. 혹시 천빈 마마를 기다리십니까?"

"그렇소만. 왜 그러시오?"

"어휴, 오늘은 이만 돌아가시는 게 나을 겁니다. 천빈 마마 처소에 사람을 보내 내일이나 모레쯤으로 날을 옮기자 하고 그냥 돌아가시지요."

"왜 그러오? 무슨 일이 있소?"

"어휴, 큰일이 있었죠."

"큰일이라니?"

"천빈 마마께서 촉비 마마가 이상한 물건을 가지고 있다며 촉비 마마를 공격하셨는데, 알고 보니 그 물건이 선제 폐하의 유품이지 뭡니까."

"그게 큰일이오?"

"별일 아니라면 아닐 수도 있지만, 안에 묘한 내용이 있어서요."

개원은 더 말해주길 기다렸으나, 그 태감은 자기 입을 두드리더니 후회하는 표정으로 말을 돌렸다.

"하여튼 이 일로 폐하께선 몹시 화나셨습니다. 천빈 마마가 용서를 청한다고 폐하가 계신 전각 앞에 서 있어도, 들여보내주지도 않고 계시지요. 나중에 화해한다 해도 오늘은 무공을 배우기 힘드실 겁니다, 대인."

개원은 그 말에 심장이 철렁했다. 그는 이런 기분을 내색하지 않으려 애쓰며 고개를 끄덕이고는, 태감이 다른 방향으로 가자 황급히 예전에 황제가 그를 불렀던 그곳으로 가보았다.

역시. 천년비는 그곳에 있었다. 날씨가 추워 가만히 서 있기만 해도 입김이 나는데, 그곳에 서서 하염없이 전각만 바라보고 있었다.

황제를 늘 따라다니는 태감이 전각 안과 천년비 주위를 오가며 무어라 말을 계속 전했으나, 그래도 굳게 닫힌 문은 열리지 않았다.

이를 보는 개원의 주먹이 서서히 꽉 다물리며 손등에서 파랗게 핏줄이 올라왔다. 분노로 턱에서 바위가 맞물리는 소리가 났다.

"그렇게 폐하 총애를 과시하더니만."

"유세를 부리더니. 제 발에 걸려 제가 넘어진 거지."

"앞서 다른 후궁들 무너지는 걸 보고도 느끼는 게 없었나 봐."

"자기는 예외라 생각했겠지, 뭐."

"그래도 안 됐지 뭐야. 촉비가 그런 걸 가지고 있을 줄 알기나 했겠어?"

멀지 않은 곳을 지나가며 후궁들이 키득거리는 소리가 들려왔다. 몇몇은 천빈이 황제에게 미움을 산 걸 그저 재밌게 여겼고, 몇몇은 통쾌하게 여기는 듯했다. 개중 몇몇은 가엾게 여겼으나 그 수는 적어 보였다.

천빈이 총애를 잃는다는 건 그들 중 누군가가 총애를 받을 수도 있단 뜻이었다. 사람 하나를 놓고 여럿이 겨루는 처지이다 보니, 마음이 좋은 사람이어도 동정심을 발휘할 여력이 없는 것이다.

개원은 화가 났으나 꾹 눌러 참았다. 여기서 자신이 나서봤자, 오히려 천년비에게 더 좋지 않단 걸 알고 있었다. 하지만 그는 다른 곳으로 떠날 수도 없어서, 먼발치에서 천년비를 계속해 지켜보았다.

그러다 결국 천년비가 끝까지 황제를 보지 못하고 자신의 처소로 돌아가자, 개원은 사람들이 아무도 자신을 볼 수 없도록 은신해 그 근처를 맴돌았다.

개원은 전형적인 정파인이었기에 은신술은 그의 주요 장기가 아니었다. 그러나 손꼽히는 고수인 그가 작정하고 자신을 감추려 들자, 사람들은 아무도 그를 눈치채지 못했다.

밤이 될 때까지도 개원은 그렇게 하염없이 전각 근처만 맴돌았으나, 안쪽에서 희미하게 훌쩍이는 소리가 나자 결국 참지 못하고 창문 뒤로 가 그녀를 부르고 말았다.

목소리를 듣자마자 알아차렸다.

'개원이다.'

나는 이불 밖으로 머리를 내밀었다. 방 안에 나뿐이란 걸 알면서도 괜히 주위를 살피고 창문 옆에 딱 달라붙었다. 심장이 콩닥콩닥 뛰었다. 개원이가 왜 여기 있대?

'아아. 그래. 오늘이 무공 익히는 날이지.'

행궁에 왔다가 무슨 일이 벌어지는지 알았나 보구나.

하지만 이런 데 있지 말고 같이 떠나자니. 이게 대체 무슨 말인가 모르겠다. 얘 꼭…… 내가 누구인지 아는 것처럼 말하잖아?

……가 아니라! 천년비라고 했네! 나를 천년비라고 불렀어! 비명이 튀어나올 뻔해서, 나는 얼른 두 손으로 내 입을 막았다.

놀라서 눈을 끔뻑거리고 있자니, 이번에는 개원이 다르게 물었다.

"잠깐 들어가도 될까?"

안 된다고 하고 싶은데, 내 입에서는 "어." 하는 퉁명스러운 소리가 나갔다. 나는 다시 침상으로 돌아가 이불을 뒤집어썼다.

창문을 훌쩍 넘어 들어온 이는 정말로 개원이었다. 평소보다 좀 더 잘 차려입은 개원이, 슬픈 눈으로 나를 바라보고 있었다.

눈이 마주치는데 기분이 얼마나 이상하던지. 나는 입술을 깨물고서 그를 노려보았다. 어떻게 날 천년비라 부른 거지? 내가 누구인지 알고 있나? 내가 잘못 들은 건 아닐까?

"천년비."

아니구나. 그가 나를 제대로 내 이름으로 부른다. 내 정체를 모두에게 고래고래 알릴 예정은 아닌 듯 목소리가 아주 작긴 하지만.

그래도 갑자기 개원이 내 정체를 알고 찾아올 줄은 몰랐던지라, 나는 바로 반응하지 못하고서 그를 차갑게 노려보기만 했다.

계획대로라면 그가 '천소여'에게 반하게 해야 하는데. 천소여에게 반하기도 전에 개원이 내 정체를 알고 찾아오는 건 예상하지 못한 일이었다.

아니, 지금 내가 이럴 때가 아니지 않을까? 검을 꺼내서 개원을 공격해야 하지 않나? 개원은 또 나를 노리고 있잖아?

그러나 경계심이 최고로 고조될 때까지도, 개원은 한 자리에 서서 나를 바라보기만 했다. 나는 아랫입술을 깨물었다.

그의 눈동자는 아련해 보였고 물기로 촉촉해 보였지만, 그가 왜 이렇게 슬픈 표정인 건지 전혀 이해가 가지 않았다.

오랜 시간이 지나도 그가 말을 잇지 않아서, 나는 이불을 여전히 뒤집어쓴 채 그에게 날카롭게 물었다.

"무슨 소리냐. 나는 천빈 마마다. 함부로 다른 이름으로 부르지 마라."

큰 소용은 없었다.

"천년비. 비야."

그는 이미 내 정체를 확신하고 찾아온 것 같았으니까. 날 확실하게 죽이러 찾아온 것 치고는 표정에 비련이 가득해 보였으나, 원래 쟤는 저런 얼굴로 뒤통수를 치니까 넘어가면 안 된다.

"무슨 소리인지 모르겠군."

그래도 내가 차갑게 모른 척하자, 개원은 울 것 같은 표정을 짓고는 입을 열었다.

"비야. 네가 그자를 사랑하니까. 과거를 지우고 살고 싶어하니까. 널 아는 척하지 않고 이번에는 내 마음을 묻으려 했다. 난 결국 널 지키지 못했으니까. 하지만…… 이건 아니다. 이건 정말로 아니야."

그의 목소리에는 슬픈 기색이 가득했으나, 나는 그 말을 듣자마자 성질이 났다. 사랑? 과거를 지워? 마음을 묻어? 이 거짓말쟁이가 미쳤나?

"무슨 개소리를 구구절절하게 해? 네 손으로 날 죽여 놓고, 어디서 날 사랑한 척 아직도 거짓말을 해? 사람이 죽으면 그때 기억이 다 사라지는 줄 알아?"

목소리를 마음껏 높일 수 있었더라면 그랬을 거다. 나는 발끈해서 최대한 목소리를 억누른 채 분노를 토해냈다. 한 글자 한 글자 눌러서 씹듯이 뱉었다.

이불을 두르고 있기도 성질나서, 돌돌 말아 그에게 던져버렸다.

개원이 바로 이불을 손쉽게 잡아내서 나를 더욱 화나게 만들었다.

"나쁜 자식. 내가 먹을 걸 좋아한다고, 먹을 거로 낚아서 죽여? 너는 나쁜 놈이야. 너는 진짜 나쁜 놈이야. 너는 내가 사랑한 만큼 나쁜 놈이야. 진짜 개자식이라고. 너희 집안 성이 개씨인 건 너희 집에 개 피가 흐르기 때문이야, 이 개놈의 자식아!"

말하다 보니 그의 조상까지 욕하게 되었지만 괜찮다. 그의 조상이 좋은 사람이라면 자기 후손에게 배신당한 내 감정을 이해해 줄 거고, 그의 조상이 나쁜 사람이라면 나쁜 놈이니 같이 욕해도 되는 법 아니겠는가.

그런데 이불을 두르고 소리 나지 않게 놈을 퍽퍽 두드리고 있자니, 그 사이에서 팔 한 짝이 나와 나를 붙잡았다.

"비야. 잠시만."

"뭘 잠시야? 더 맞아. 더 맞아. 너는 더 맞아도 싸!"

그래도 내가 멈추지 않고 퍽퍽 두드리자, 이번에는 다른 손이 나와서 내 다른 쪽 손까지 붙잡았다. 이불을 들고 있던 그가 두 손으로 나를 붙잡자, 두꺼운 이불이 우리 사이에 툭 떨어졌다.

나는 씩씩거리면서 그를 노려보다가 경고했다.

"내가 지금 네 손을 그냥 놔두는 건, 내가 네놈 손을 꺾으면 네가 비명을 지를 거고, 그게 나한테도 좋지 않기 때문이야."

그래도 개원은 내 손을 놓지 않고서 다급히 말했다.

"무슨 소리야? 내가 널 먹는 걸로 낚아서 죽이다니? 내가 널 왜?"

이걸 말이라고 해? 나는 이마로 놈의 머리를 힘껏 부딪쳤다.

"윽."

나 역시 통증이 상당했으나 개원이 역시 이건 좀 아팠는지 힘을 잃고 비틀거렸다. 나는 그에게 이불을 던져놓고서 멱살을 잡았다. 그러고서 내가 그가 한 짓을 똑똑히 기억하고 있다는 걸 확실하게 알려주었다.

"네가 나한테 용고를 먹였잖아. 내가 그걸 잊어버릴 거 같아?"

"무슨 소리야?"

그러나 개원은 내 말에 죄책감을 느끼기는커녕, 눈을 커다랗게 뜨더니 내 어깨에 매달리듯 손을 얹고서 다급히 말했다.

"넌 자결한 거잖아."

뭐?

"폐하. 괜찮으십니까?"

황제가 서재에서 나가지 않은 채 계속 서성이다 앉기만 반복하자, 오원요가 걱정스레 물었다.

신경이 쓰이면 그냥 천빈을 부르거나 직접 가시거나 하지. 이럴 거면서 왜 얼굴도 안 보시고…….

저절로 혀 차는 소리가 나왔으나, 감히 주군을 앞에 두고 그럴 수는 없기에 오원요는 애써 혀를 깨물고 있었다. 오원요가 무어라 하지 않더라도, 월요 역시 이미 후회하는 중이었다. 하지만…….

"암투에는 넘어도 되는 선이 있고 넘어선 안 되는 선이 있는 거다. 그 문서는 과하게 해석하면 역심과도 엮을 수 있는 문제였어. 역모할 마음이 있다고 상대를 몰아가면 측비 본인뿐만이 아니라 한 가문 전체가 몰락할 수도 있는 있이란 말이다. 천빈은 그런 일에 측비를 몰아넣으려 했어."

"폐하……."

"난 천빈이…… 그럴 사람이라곤 생각지 못했다."

월요는 미간을 찡그리고서 이마를 짚었다. 고궐 때의 악몽이 다시 되풀이되는 것 같았다. 눈앞에서 달려가 호수에 빠져버리던 누님의 옷자락이 떠오르자 심장이 갑갑해져 왔다.

어린 시절부터 월요를 계속 보아왔기에, 오원요는 그래도 걱정스럽게 다시 말해보았다.

"그래도 신경 쓰이신다면 한 번 가보시지요, 폐하. 천빈께선 이런 일이 익숙지 않으시니, 어쩌면 그게 역심과 엮일 정도로 엄청난 일이란 걸 몰랐을지도 모릅니다."

"……."

"내가 자결하다니? 무슨 개소리야? 난 천라지망으로 쫓기면서도 살고 싶어서 며칠을 굶고 숨고 도망 다닌 사람이라고. 굳이 자결을 안 해도 죽을 방법이 지천에 널려 있었어! 근데 내가 자결을 왜 해?"

나는 발끈해서 소리 질렀다. 내가 아등바등 살려고 노력한 게 얼마인데. 내가 자결을 하다니. 내가 얼마나 열심히 살았는지 아는 그가 이딴 변명을 늘어놓는 게 화가 났다.

"하지만 내가 갔을 때 넌 죽어 있었다."

"네가 죽였으니까! 죽이고 갔겠지!"

개원은 고개를 빠르게 가로저었다.

"내가 자리를 비웠다가 돌아왔을 때 네가 죽어 있었어."

"그러니까, 네가 죽였다는 데도?"

"난 그런 적이 없다, 비야."

"아, 이 사람 이거 진짜 말 안 통하네?"

말이 같은 자리를 계속해서 맴돌고 있었다. 나중엔 참지 못하고 언성을 올리자, 문밖에서 원웅이 "마마?" 하고 불렀다.

"아니다. 혼자 화내는 중이니 괜찮아."

나는 문 너머로 원웅에게 괜찮다고 말한 다음, 다시 개원을 향해 목소리를 낮춰서 하나하나 똑바로 알려주었다.

"여보세요, 개 소협. 네가 나한테 과일이라면서 용고를 건넸어. 내가 다 못 먹고 쓰러지니까, 네놈이 안 먹은 부분까지 하나하나 다 내 입에 넣어줬다고. 알았어?"

개원의 눈동자가 빠르게 흔들렸다. 정말로 내가 무슨 말을 하는 건지 전혀 못 알아듣겠다는 얼굴로.

"하지만 내가 돌아왔을 때, 너는 죽어 있었어. 다른 사람이 다녀간 흔적도, 너와 싸운 흔적도 남아 있지 않았어."

다른 사람이랑 싸운 흔적? 그딴 게 있을 리가 없지.

"내가 너랑 싸울 리가 없으니까. 당연히 안 남지."

그가 내게 남은 용고까지 억지로 먹게 했을 때, 이미 난 쓰러져서 내 몸 하나 제대로 까딱하지 못할 수준이었고.

그러나 개원은 여전히 파리한 얼굴로 고개를 저으며 중얼거렸다.

"너보다 강한 사람이 어딘가에 있을 수는 있겠지. 은거 고수는 갑자기 튀어나오곤 하니까. 하지만 너보다 강한 고수가 나타난들, 네가 싸워보지도 못하고 당할 실력은 아니잖아. 그런데 싸운 흔적은 없고 너는 조용히 죽어 있으니 난… … 당연히 네가 자결했다 생각했어."

"네가 와서 나한테 용고를 줬다니까?"

대체 이 얘기를 몇 번이나 해야 하는 거야?

"아니라고 천년비. 아니라고."

같은 말을 앵무새처럼 반복하던 개원의 눈에 화난 빛이 어렸다.

"몇 번을 말해."

그도 자기가 같은 말을 반복하고 있단 건 아나 보다.

"몇 번을 말해도 소용없어. 내 눈으로 보고 내 눈으로 느꼈으니까."

이거보다 더한 증거가 어디 있다고.

개원은 멍하게 나를 바라보다가 헛웃음을 지으며 항의했다.

"말도 안 돼. 내가 왜 널 죽이겠어?"

"명성? 정의감? 나야 모르지."

기가 막힌다는 듯 개원은 고개를 가로저었다. 그러다가 갑자기 흠칫하더니 고개를 번쩍 들어올렸다. 무언가 퍼뜩 떠오른 사람처럼.

"왜 그래?"

이상해서 묻자, 그가 작게 중얼거렸다.
"생각……하는 바가 없는 건 아닌데."
"생각하는 바라니?"
그가 대답 대신 고통스러운 표정을 지었고 나는 더 갑갑해졌다.
"말을 했으면 끝을 내."
왜 말을 하다 말고 혼자 괴로워해? 차갑게 노려보자, 개원은 어렵게 입을 열었다.
"쌍둥이…… 동생이 있다."
"쌍둥이 동생?"
"나와 똑같이 생긴."
개시시가 바로 떠올랐다. 사촌인 데다 성별이 다른데도 개원이랑 똑같이 생겼지. 그보다 더 닮은 형제가 하나 더 있단 건가?
"내가 그 말을 믿을 거 같아?"
하지만 개원의 말이 곧이곧대로 믿기진 않았다. 쌍둥이라고? 그가 날 죽여 놓고 쌍둥이 탓을 하는지 마는지 내가 어떻게 알겠어? 그게 쌍둥이라면 그 쌍둥이는 개원이 자리를 비운 틈에 교묘히 들어와서 날 죽이고 갔단 거야?
이죽거리려다 보니 개원의 표정이 심상치가 않아서 나는 얼른 입을 다물었다. 그래. 그러고 보니 개원이 가족에 대해서 나는 아는 바가 없긴 해. 개원이 가족들 모두가 날 싫어했단 것밖엔…….
어이없다는 듯 한 번 더 코웃음을 쳤으나, 이번에는 마음 한구석이 불안해졌다. 날 죽인 게 정말 개원이 아니라 개원의 쌍둥이면 어쩌지?
'오해가 풀렸으니 이제 다시 둘이 사랑하자'라고 하기엔, 날 죽인 게 개원의 동생이라고 해도…… 좀 그렇잖아. 자기 동생이 날 죽였는데, 날 제대로 볼 수 있을까?

이후에 우리가 다시 잘 지내더라도, 그가 날 보는 감정이 사랑과 애정인지, 동정심과 죄책감인지 과연 어떻게 구분할 수 있을까? 그가 사랑과 애정이라고 해도 내가 믿을 수 있나? 어떻게 구분하지?

개원이 동생과 크게 싸우고, 동생을 떠나 내게 온다면 나는? 나는 그를 보면서 이전처럼 그저 밝게 온 마음을 다해 좋아할 수 있을까? 그가 나 때문에 가족들과 멀어졌단 사실을 하나도 떠올리지 않고?

내가 넋을 놓고 멍하게 바라보자, 개원이 굳은 목소리로 말했다.

"보여줄게."

"보여주다니?"

"지금 모습으로 널 봐도 천년비란 걸 모를 테니까. 내 말이 사실이란 걸 보여줄게. 내 집에 같이 가자."

나는 여전히 그를 멍하게 바라보았다.

뭔가 생각해야 할 게 많은데, 갑작스러운 소식으로 제대로 뇌가 작동하지 않고 있었다.

한참 만에야 나는 가까스로 입을 열었다.

"보면……? 보면 뭐가 변하는데?"

천천히 손을 올려서 나는 내 심장, 정확히는 천소여의 심장이 있어야 할 곳에 손을 올렸다.

"내가…… 다시 살아나?"

이미 내 몸은 죽어 강시가 되었고 그 안에는 다른 사람이 있는데?

"!"

월요는 가마에 앉은 채, 앞에서 둥둥 떠다니는 것처럼 보이는 등불을 바라보았다. 천빈을 만나면 뭐라고 해야 할까. 뭐라 말문을 여나. 여러 가지로 마음이 복잡하고 막막했다. 늘 이 길은 즐거웠는데.

그러는 사이. 천빈이 머무는 전각이 드디어 모습을 드러냈다. 사실 그 전각은 월요의 전각과 가장 가까운 곳에 있어서, 가는 게 그리 오래 걸리지도 않았다.

태감들이 가마를 내리자, 월요는 느리게 일어나 문으로 걸어갔다. 속마음은 검은 파도처럼 제멋대로였으나, 겉으로 보는 그는 침착하기 짝이 없었다.

"황제 폐하 납시오!"

오원요가 외치자, 문 근처에 서 있던 궁녀와 태감들이 얼른 앞으로 나와 인사를 올렸다. 월요는 그들 사이를 지나쳐 천빈의 침실 안으로 들어섰다. 그런데…… 천빈이 없었다.

월요는 방 안을 둘러보다가 안쪽에 놓인 침상으로 다가갔다.

"천빈."

그러나 침상 위 이불은 평평하게 정리되어 있었다. 자신이 나간 흔적을 지우기 위해서 이불을 말아놓는다거나 하는 것도 없었다. 그리고 이불 위에 놓인 운문 비단으로 만든 잠옷 두 벌. 월요의 표정이 굳었다.

그는 침착하게 손을 뻗어 그중 한 벌을 손에 들었다. 부드러운 비단은 월요가 집어 들자 보드라운 미역처럼 축 늘어졌다. 월요는 잠옷 끄트머리에 작게 수놓아진 원앙을 발견했다.

월요는 다른 쪽 잠옷을 보았다. 다른 쪽에는 원앙이 없었다. 한 쌍의 잠옷이 있었으나, 원앙은 한 마리뿐이었다.

"폐하."

가까이 온 오원요도 천빈이 방 안에 없자 놀라서 황제를 바라보았다.

월요는 이불을 꽉 움켜쥐고서 이를 악물었다. 그 눈빛이 너무 흉흉해지자, 오원요는 급히 뒤를 돌아보며 외쳤다.

"천빈……."

'천빈 마마께서 없어졌다'라고 외치려는 것이었으나, 뒷말이 나오기 전에 월요가 손을 들어올렸다.

그 표시를 본 오원요는 재빠르게 입을 다물었지만, 원웅과 부성이 이미 소리를 듣고 들어온 뒤였다. 두 궁녀는 황제가 있는 쪽으로 다가오다 빈 침상을 발견하고는 놀라 멈춰 섰다가 다급히 무릎을 꿇었다.

월요는 뒤돌아선 채 그들을 쳐다보지도 않고서 물었다.

"천빈은."

원웅은 우물거리다가 큰 결심을 하고 거짓말했다.

"그게…… 잠시 산책 나가신 것 같습니다, 폐하. 마마께선 원래 홀로 자주 산책 나가십니다."

황제에게 거짓을 고한 죄로 혼이 나더라도, 일단 천빈이 가출했단 쪽으로 흘러가는 건 막으려는 듯했다.

"홀로 산책하러 가는데. 나간 줄도 몰랐다?

그러나 황제가 빈정거리자, 원웅은 두려움을 이기지 못하고 고개를 푹 숙였다. 부성은 잔뜩 겁을 먹어서 아무 말도 하지 못하고 있었다.

사실 이 두 사람은 천빈이 나갔다는 걸 알고 있었다. 갑자기 둘을 부른 천빈이, 황제가 화가 풀릴 때까지 잠깐 나갔다 오겠단 말을 했으니까.

같이 가자는 말도 했으나, 두 사람은 당연히 따라가지 않았다. 천빈이 무사히 밖으로 빠져나갈 가능성도, 세 사람이 안전할 가능성도, 둘이 여기에 남아 있는 편이 더 높았기 때문이다.

게다가 천빈이 가출했다가 잡혀 오기라도 하면, 둘이 여기에 있는 편이 나중에 천빈을 보살피기 나았다. 물론 이런 결정을 내린 데는, 황제가 천빈이 사라진 화풀이를 둘에게 할 사람이 아니라는 믿음도 있었다.

그래도 막상 황제가 서늘하게 앞에 서 있으니 두려워져서, 두 궁녀는 연신 심장이 쪼그라드는 마음으로 덜덜 떨기만 했다.

하지만 황제는 궁녀들을 보는 게 아니라, 텅 빈 침상을 다시 바라보면서 전에도 천빈이 멋대로 궁전 밖으로 나갔다가 새벽이 되어서 돌아온 일을 떠올리고 있었다. 그때 그는 한자리에서 그녀가 돌아오길 기다렸다.

희한하게도, 지난번과 달리 이번에는 천빈이 쉽게 돌아오지 않으리란 게 감으로 느껴졌다. 헤어지기 직전의 분위기 때문일까. 한참을 그렇게 서 있다가, 월요는 느릿하게 입을 열었다.

"천빈이 사라진 건 함구하라."

원웅과 부성은 물론 오원요까지 놀라서 황제를 쳐다보았다. 월요는 침상에 앉으며 말을 이었다.

"천빈이 전염성 있는 병에 걸려 방에 틀어박혔다 하고 사람들의 출입을 막아라."

이만 나가보라고 손짓하자, 원웅과 부성은 얼른 밖으로 달아났다. 월요는 이어서, 천빈의 태감이지만 자신이 붙여둔 귀자에게도 물었다.

"너도 아무것도 못 보았느냐."

"제 실책입니다."

귀자가 무릎을 꿇자, 월요는 무거운 한숨을 내쉬고서 눈을 감았다.

"천빈은…… 소리 없이 나갔으니 소리 없이 돌아올 방법도 알 거다. 이 주위를 지켜서 그 아이가 돌아오는지 살피거라."

"예, 폐하."

꽤 침착한 대응에, 오원요와 승언은 황제가 생각보다는 화가 나지 않았다고 생각했다. 이 전에 촉비의 보따리 사건으로 분위기가 나빴던 걸 떠올리면, 파격적일 만큼 조용한 대처였다. 어쨌든 천빈이 지금 가출했다는 걸 묻고 가겠다는 게 아닌가.

그러나 천천히 눈을 떴을 때 월요의 표정은 스산하기 짝이 없었다.

"오원요."

"예, 폐하."

"그림자들을 풀어서 천빈을 찾아라."

"예."

"찾거든 바로 접근하지 말고. 위치만 파악하고 내게 알려야 한다."

"예."

"개원. 그자의 집에도 가봐라."

"!"

일단 개원이를 따라 나오긴 했는데. 이게 잘하는 짓인진 모르겠다. 바로 며칠 전만 해도, 나는 천년비 몸으로 돌아가는 걸 포기하고 이제 천소여의 몸에서 그냥 쭉 지내려 했는데…….

개원이를 따라가는 건 다시 천년비일 때의 상황으로 돌아가는 건 아닐까? 게다가…….

"황제 때문에 그래?"

내가 계속 뒤를 돌아봐서인가. 개원이는 말없이 걸어가다가 좀 눌린 목소리로 물었다. 나는 단호하게 부정했다.

"뭐가. 아니야. 난 원래 자주 뒤 돌아보고 그래."

사실은 아니었지만 이런 화제로 이야기하고 싶진 않았다. 하지만 개원이는 내 말을 귓등으로도 안 들었는지 더욱 슬픈 목소리로 물었다.

"황제를 좋아해?"

나는 다시 한번 단호하게 부정했다.

"내가 그 인간을 왜 좋아해? 속 좁고 쪼잔한 놈인데."

잘생기긴 했지만. 칭찬은 일부러 뺐는데도 개원이는 괴로운 얼굴로 쓸쓸하게 웃었다. 그 표정을 보자 뒤를 돌아볼 마음이 싹 사라져서, 나는 주먹을 쥐고 성큼성큼 앞으로만 걸어갔다.

하지만 황제 생각을 하지 않자, 이번에는 개원이 생각으로 머리가 아파졌다. 개원이가 날 죽인 게 아니었으면 좋겠는데. 그런 한편으로, 그가 날 죽인 게 아니라면 나는 이제 어떻게 해야 하나 싶어 더 막막해진다.

범인이 생판 남이라면 쉽다. 복수하고, 개운해지는 거지. 그런데 그의 쌍둥이라면? 과연 난 뭘 할 수 있지? 용서? 개소리. 그럼 복수? 아이고.

나는 날 속여서 죽인 사람을 죽이고 싶다. 그런데 개원이는 그걸 견딜 수 있을까? 이 생각을 하면 저절로 넋이 쏙 머리 위로 빠져나갔다.

"둘이서. 먼 외국에 가서 살까."

그러다가 개원의 슬픈 목소리에, 나는 생각을 멈추고 옆을 보았다. 개원이가 슬프게 웃으며 나를 바라보고 있었다.

"비야. 우리 둘이서…… 아주 멀리 가서 살까?"

"네 가족들은?"

"잘 살 거다. 여럿이니."

"내가 네 동생을 죽여버려도?"

거봐. 눈동자 흔들리는 거 보라고. 아무리 사이 나쁜 가족이라도 절연에서 끝이다. 해치고 죽이고 할 정도면 진짜 바닥까지 찍은 관계인데, 보통 그 정도로는 안 하지.

특히 개원이처럼 정의감에 똘똘 뭉친 사람. 심지어 가족끼리 사이좋은 사람은 더더욱 못 하지. 그런데 뭐? 둘이서 멀리 가서 살자고?

"내가 네 동생을 죽이고 널 데리고 떠나면 너희 가족들이 그래도 잘 살 거 같아? 너는? 너는 잘 살 자신 있어?"

아유정은 손가락을 움직여보았다. 엄지부터 검지, 중지, 약지, 소지까지. 천천히 하나하나 움직여 본 다음 주먹을 쥐었다 펴보았다. 손은 제대로 움직였지만 그래도 아유정은 이 모든 행동을 계속해서 반복했다.

"왜 그러지요?"

뒤에서 갑자기 들려온 소리를 듣고서야, 그녀는 화들짝 놀라 손을 내리고 돌아섰다. 표정이 거의 없는 타천천이 권태로운 분위기를 하고서 서 있었다.

"죄송합니다."

아유정은 바로 사과했다. 왜 사과하는지 스스로도 몰랐지만.

타천천 역시 비슷한 생각이 드는 듯 눈썹을 치켜올렸다.

"난 왜 그러냐고 물었는데. 죄송할 일을 하고 있었나 봐요."

아유정이 제대로 대답하지 못하자, 타천천이 서늘한 표정에 어울리지 않는 상냥한 목소리로 말했다.

"난 누군가 내게 숨기는 걸 좋아하지 않습니다."

그 말이 끝나자마자 아유정은 괴로움을 느끼고서 비명을 지르며 주저앉았다. 타천천은 손 하나 까딱하지 않았으나, 그녀는 영혼을 쥐어짜는 고통을 느끼고 몸부림쳤다. 비명조차 제대로 나오지 않았으나, 타천천은 그 모습을 내려다보면서도 별다른 감흥이 없어 보였다.

아유정은 말도 못 하고 끙끙거리다가 가까스로 입을 열었다.

"몸이 말을 안 들었습니다."

대답을 하자마자 바로 고통이 사라졌다. 아유정은 헐떡이면서 바닥을 손으로 짚었다. 튼튼한 강시의 몸은 그런 고통이 있고 난 후에도 끄떡도 하지 않았으나, 정신이 흔들렸다.

"몸이 말을 안 듣는다니요?"

"전에…… 단주님의 명령으로…… 개원을 찾으러 갔을 때 일입니다. 그 자가 술에 취해 제 손을 잡았는데 뿌리칠 수가 없었습니다. 손에 아예 힘이 들어가지 않았습니다."

그 말에 타천천이 흥미가 가는지, 권태로운 표정을 조금 바꾸었다.

"재밌군요. 또?"

아유정은 주저하다가 솔직하게 털어놓았다.

"심장 부근이…… 너무 아파서……."

타천천은 더욱 흥미로운지 입꼬리를 올렸다.

"몸에 영향을 받고 있단 건가요."

"잘 모르겠습니다. 저는 아는 바가 없으니까요."

"아니면 단순히 실패란 걸까."

타천천이 작게 중얼거리는 소리에 아유정은 오싹해졌다. 이 일에 자원한 건 그녀였으나, 죽기 위해 자원한 건 아니었다.

그러나 타천천은 아유정이 천년비의 몸에 맞지 않는다고 여겨진다면 당장에라도 영혼을 빼내버릴 것이다. 그녀의 사정은 봐주지도 않고.

비틀린 방식이지만, 타천천이 조금이라도 생각하고 걱정하는 건 이 세상에 단 하나. 천년비뿐이니까.

타천천이 그녀의 미래를 판결 내리듯 눈을 가늘게 뜨고 바라보자, 아유정은 눈을 내리깔고 공포를 누르기 위해 자신이 존경하는, 세상에서 가장 좋아하는 천년비의 모습을 떠올리려 해보았다. 언젠가 본 그녀처럼 용기를 가지려 해보았다.

하지만 잘되지 않았다. 눈을 내리깔고 있어도 타천천의 눈은 까만 어둠 속에 그려진 빨간 눈동자처럼 아유정을 내려다보고 있었다.

아유정은 침을 삼켰다. 그리고 타천천이 무어라 말하려는 순간. 타천천과 아유정의 사이로 웃는 모양의 가면을 쓴 사람이 갑자기 나타났다.

"무슨 일인가요."

이미 가면 쓴 사람이 지척에 온 걸 알았던지, 타천천은 놀라지도 않고 태연히 물었다. 가면은 한쪽 무릎을 꿇으며 빠르게 보고했다.

"개원이 후궁 하나를 데리고 궁을 나갔다고 합니다."

"개원이?"

개원의 이름을 듣는 순간, 놀랍게도 아유정은 몸의 떨림이 멈추면서 고개가 저절로 위로 올라갔다. 자신이 왜 이러는지 알 수 없었으나, 무의식중에 몸이 그렇게 움직였다.

그 반응을 본 타천천은 웃으며 "재밌네요." 하고 중얼거렸다. 그러더니 잠시 생각에 잠겨 있다가, 아유정에게 다시 확인차 질문했다.

"개원을 보면 몸이 말을 안 듣는다 했던가요?"

개원이의 본가는 수도에 있다 보니, 내가 다른 후궁들과 내려와 있던 행궁과는 거리가 좀 멀었다. 하긴, 거리가 머니 날씨가 달랐던 거겠지만.

어쨌든 너무 먼 거리인 탓에 이동하는 게 그리 쉽지는 않았다. 나는 빠르게 경공을 펼칠 수는 있었으나, 먼 거리를 쭉 이동할 정도는 아니었다.

영약을 먹어서 내공이 한 번에 늘어났다지만, 아직 이걸 완전히 소화하진 못한 상태라 그랬다. 게다가 내공이 늘어난다고 해서 체력이 좋아지는 건 아니니까.

그렇다 보니, 분명 처음 천소여 몸에 들어왔을 때와는 비교도 되지 않게 강해져 있었지만 열심히 이동한다고 이동했는데도 수도로부터 한참 먼 마을에 멈춰서야 했다.

개원이는 길을 안내하듯 앞서 뛰다가 어둑어둑해지는 하늘을 올려다보더니 멈춰 서며 중얼거렸다.

"노숙하지 않으려면 여기서 자고 가야 할 것 같은데."

"난 돈 없어."

녹봉 받아서 열심히 모았는데 전부 두고 왔단 말이야. 사실 가지고 오고 싶었는데. 개원이 저놈이 내가 나갈 준비 하는 동안 너무 빤히 보는 바람에 못 챙겼다.

개원이는 웃으면서 허리춤에 매단 자기 주머니를 가리켰다.

"내가 있어."

"웃지 마. 정들어."

개원이가 바로 슬픈 표정을 짓는 바람에, 나는 덩달아 속이 괴로워져서 얼른 앞서가 버렸다.

참 곤란해. 내게 용고를 먹인 게 개원이 아니기를 그렇게 바랐는데. 그게 실현되게 되었는데도 이렇게…… 기쁘지 않다니.

그의 입장에선 내가 이러는 게 서운하겠지만, 내 입장에선 그렇다. 앞으로 그를 어떻게 대해야 할지 더 혼란스러워져 버렸어.

이전엔 개원이에게 복수해야 한단 마음뿐이었다. 그를 원망하고 미워하고 복수를 목표로 노력하면 그게 끝이었다. 하지만 이젠 꼬이고 꼬여서, 복수를 하면서도 개원이의 눈치를 봐야 하게 생겼다. 젠장.

어쨌든 우리는 근처 객잔에서 나란히 붙어 있는 방 두 개를 잡았다.

"밥은……."

"배불러."

나는 방을 확인하자마자, 얼른 방 안에 들어가 문을 닫고 문에 귀를 대고 딱 붙어 섰다. 그리고 개원이가 옆방에 들어가는 소리를 똑똑히 확인한 다음에야 침상으로 걸어가 엎어졌다.

'피곤해…….'

수도까지 가는 내내 이런 분위기겠지.

'돌아눕자. 엎어져 있으니 개원이 생각만 나네.'

몸을 돌려 천장을 보자 이번에는 떡돌이 생각이 나서 성질이 난다.

"나쁜 놈. 우리 사이에 오고 간 떡을 다 합쳐도 제가 나한테 보여준 신뢰보단 끈끈할 거다, 나쁜 놈아."

툴툴거리다가 황제가 있을 방향으로 주먹 욕을 날렸다. 진짜로 거기에 있진 않겠지만, 내가 그의 꿈에라도 나타나서 욕해주길 바라면서.

"이거나 먹어라."

그 순간. 놀랍게도 딱 그 시기에 맞춰서 '콰콰쾅' 하는 소리가 나더니 건물이 살짝 흔들렸다.

"아이고!"

놀라서 침상에서 떨어졌다가, 얼른 벌떡 일어나 창가로 달려갔다. 내가 한 거 아닌데. 대체 뭐지? 창틀을 잡고 쳐다보자, 저 아래쪽에 원흉들이 보였다.

금색과 적색 피풍의 차림을 한 사람들이 줄지어서 걸어가고 있는데, 그들이 걸어갈 때마다 멀쩡하던 길이 뒤집히고 있던 것이다. 그 바람에 건물까지 흔들린 것 같고.

'뭐야 저것들은? 왜 길을 뒤집고 다녀?'

황당해서 그 꼴을 보고 있자니, 사람들이 난데없는 미친 놈들의 길 뒤집기에 놀라 비명을 지르며 달아나는 게 보인다.

"비야! 괜찮아?"

이런 큰 소란을 개원이라고 모를 수가 없는지라, 곧 뒤에 있는 방문이 열리며 개원이가 안으로 뛰어들어왔다.

"저거 봐."

내가 괜찮으리란 건 그냥 보기만 해도 알 수 있을 거라, 나는 대답 대신 손가락으로 창밖을 가리켰다.

개원이는 가까이 오더니, 나를 지키기라도 하려는 듯 팔을 뻗어 내 몸을 감쌌다.

"봤어."

"저거 뭐야?"

"나도 모르겠다. 어디서 본 무늬 같긴 한데."

"어디서 봤다고? 어디서?"

그 순간. 줄지어 가던 피풍의 차림의 사람들 중 하나가 갑자기 획 고개를 돌려 이쪽을 올려다보았다. 정확히는, 개원이 쪽을 보았다.

"아는 사람이야?"

나는 작게 물었다. 그 사람이 이동하면서 계속 개원이를 쳐다봐서.

하지만 개원이가 뭘 대답할 거라고 여기고 한 질문은 아니었다. 피풍의로 얼굴을 반이나 가렸는데 어떻게 알아봐?

그러나 개원이는 낮은 목소리로 대답했다.

"너다."

게다가 그 대답이 아주 이상했다.

"뭐? 내가 왜?"

"네 몸이다."

"무슨 소리야?"

나는 바로 알아듣지 못하다가, 뒤늦게 개원이의 말뜻을 이해하고서 펄쩍 뛰었다.

"저 중 하나가 내 몸이라고? 확실해? 얼굴이 안 보이는데?"

"저 복장. 내가 어디서 봤다고 했지."

"어. 어어."

“생각났다. 네 몸이 저 차림이던 걸 봤어.”

그래도 그렇지, 얼굴도 안 보고 너무 확신하는 거 아니냐고 말하려는 순간. 한 무리의 무림인들이 마침 근처 객잔에 있었던 듯 붉은 피풍의 차림들에게로 달려갔다.

그러자 개원이를 올려다보았던 그 피풍의가 쓰고 있던 모자를 뒤로 넘겨 벗는데…… XX. 진짜 내 얼굴이었다.

“나잖아?”

타천천 이 개새끼.

자기가 구해줬다고 내 몸을 너무 막 쓰고 있는 거 아냐?

“어떻게 저럴 수가 있지?”

나는 이를 갈았다. 내 몸으로 저딴 짓을 하고 다니는 거야 그렇다 쳐도. 얼굴이라도 감춰야 하는 거 아닌가? 왜 얼굴을 까고 저러는 거냐고!

“내 평판을 어디까지 떨어뜨릴 셈이야?”

말을 하고 나니 내 평판은 이미 바닥이란 게 떠올랐고, 거의 동시에 달려온 무림인들이 내 얼굴을 알아보고서 외쳤다.

“천년비!”

“또 너인가!”

“사하비단과 손을 잡았다더니. 더욱 악독해졌구나.”

언제는 덜 악독한 취급을 해준 것처럼 말하다니. 참으로 면피가 두꺼운 것들이다.

“곤란하네. 내 껍데기로 저런 짓을 하는 놈들도 짜증 나고, 내 껍데기에 욕하는 놈들도 짜증 나다니.”

나는 중얼거리면서 옆을 보았다. 그저 짜증나기만 한 나와는 달리, 개원이는 정파의 협객 피가 끓어오르기라도 하는 건지, 내 눈치를 살살 살피던 때와는 다른 표정이었다.

나는 입을 비죽 내밀고서 다시 내 껍데기를 쓴 작자와 그자에게 몰려드는 무림인들을 번갈아 보았다.

하지만 더 볼 것도 없었다. 무림인들은 뭐라고 고래고래 고함을 지르더니, 곧장 피풍의들에게 달려들었으니까.

얼마 지나지 않아 멀쩡한 마을 한복판에서 난전이 벌어졌다. 안 그래도 길을 다 뒤엎은 마당에 진짜 무기로 치고받고 싸워대자 사방에서 비명과 검 부딪치는 소리가 났고, 사람들은 건물 밖으로 뛰쳐나와 그들에게서 최대한 멀어지려 했다.

나는 그 모습을 보다가 팔짱을 끼고서 돌아섰다.

"시끄럽기는. 좀 조용히 못 싸우나."

하지만 개원이는 여전히 그들을 보고만 있었다. 표정을 보자 확신이 왔다. 협객 피가 한계까지 올라왔구먼.

"사람들을 도와야겠다."

거봐. 저런 사람이라니까.

하지만 개원이가 어느 쪽을 도우려는 건지는 쉽게 짐작이 가지 않아서, 나는 자존심을 누르고 물었다.

"어느 쪽을 도우려고?"

평소라면 당연히 길을 뒤엎는 피풍의들을 공격하겠지만, 저 피풍의 사이에는 '내 몸'이 끼어 있다보니, 그가 과연 어느 쪽을 선택할까 의아했다.

그러나 개원이의 대답에는 망설임은 전혀 없었다.

"무고한 사람들에게 피해를 주는 쪽."

나는 슬쩍 창가로 다시 가서, 개원이의 시선이 차갑게 향하는 쪽을 보았다. 아까 피풍의 걸친 자식들이 뒤집어엎은 길에 깔려 신음하는 이들이 보였다. 그러면…… 피풍의 입은 사람들을 공격하려는 거구나.

하긴. 개원이는 나랑 연애할 때도 날 사랑한단 이유로 사파인들을 온화하게 보고 그런 건 아니었으니까. 칼 같네, 칼 같아 우리 협객 나으리.

"맘대로 해. 근데 난 안 나설 거야."

내 쪽을 힐긋 보는 개원에게 "난 아직 약해서."라고 말하며 두 손을 들어 보이자, 개원은 별말 없이 고개를 끄덕였다.

"그래. 넌 여기 있어라, 비야. 길이 험해 위험하다."

뭐야. 저거. 진심인가? 아무리 다른 몸이 됐다지만, 나한테 지금 길 위험하니까 여기 있으란 거야?

잠깐 당황한 사이, 개원이 망설임 없이 창문 아래로 훌쩍 뛰어내렸다.

영언하문의 이대제자들이 41천도에 온 건, 사하비단의 수장 타천천이 그곳에 나타났단 정보를 들어서였다.

이전이라면 사하비단처럼 작은 사파의 행동에 그들이 하나하나 관심을 기울이고 반응하진 않았을 것이다. 그러나 사하비단은 최근 다른 흑도 문파들을 찾아다니는 건 물론 마교 쪽에도 한동안 머무르는 등 교묘한 행보를 보이고 있었다.

이젠 사하비단을 단순히 중소 흑도 문파로만 취급할 수는 없었다. 하지만 사하비단을 경계하고 달려온 영언하문조차도 이 자리에서 이렇게 많은 수의 사하비단 무인들을 만날 거란 예상은 하지 못했다. 심지어 개중에 천년비까지 있으리라고는, 전혀 짐작하지 못했다.

"사형. 어떡하죠?"

천년비의 얼굴을 확인한 이대제자 한 명이 여기서 가장 항렬과 위치가 높은 무정원에게 걱정스레 물었다.

“삼대제자들을 데리고 싸우긴 힘듭니다.”

영언하문에서 이번에 41천도로 온 이들 중엔 삼대제자가 많았다. 그리 위험한 임무가 아니기에, 이대제자들이 실전 경험도 해주고 바깥 공기도 쐬여줄 겸 몇몇 삼대제자들을 데리고 온 탓이었다.

포상 같은 외출인지라 데리고 나온 삼대제자들은 모두 제 항렬에서 제법 한가락 하는 이들이긴 했다. 그렇다고 해서 한 번에 실전에 투입해 제 몫을 해내길 기대할 만한 정도는 아니었다.

그런데 갑자기 무림악적 천년비가 이끄는 적들이 나타날 줄이야.

“삼대제자들에게 사람들을 대피시키고 피하라 해라. 적들은 우리 이대제자들이 상대한다.”

조용한 목소리였으나 잔뜩 긴장한 영언하문의 제자들이 못 들을 소리는 아니었다. 거의 직접적인 명령이나 다름없는지라, 삼대제자들은 돕겠다고 항의했지만 무정원은 단호하게 그들에게 쏘아붙였다.

“너희가 나섰다간 발목만 잡는다. 그리고 여기서 우리가 다 같이 싸우면 저 사람들은? 피하지도 못할 텐데 다 죽으란 소리냐?”

“하지만 사숙…….”

“우리는 정파다. 저런 자들과 같은 행동을 하지 않는다.”

무정원의 단호한 말에 삼대제자들이 입술을 악물었다. 무정원은 그 말을 끝으로 천년비를 향해 가장 먼저 달려들었다. 이대제자들도 저마다 무기를 꺼내 피풍의를 쓴 이들을 향해 덤볐다.

그 사이 삼대제자들은 두렵고 분한 마음을 뒤로하고, 쓰러져서 도망가지 못하는 이들에게 다가갔다.

그러나 이대제자들만으로는 인원수가 부족했다. 무정원은 피풍의 차림들을 상대로 처음부터 전력을 다했으나, 현저한 수적 열세를 감당하기엔 압도적인 무위가 부족했다.

"한 번 죽었다 깨어나더니. 좀 실력이 준 것 같군, 천년비?"

그나마 다행인 건 얼굴을 봤을 때부터 악몽이나 다름없던 천년비 쪽이, 생각보다는 상대할 만하단 점이었다.

'제길!'

그렇더라도 그 악명이 어디 가는 건 아닌지, 제대로 된 일격은 하나도 먹히지 않는데 이쪽의 생채기만 늘어갔다.

그러다가 무정원이 뒤에서 습격하는 다른 피풍의의 검에 등을 맞을 뻔한 그 순간. 어디선가 날아온 묵직한 검이 습격자의 검을 튕겨냈다.

"고맙소!"

인사부터 던진 무정원은 고개를 돌렸다가 나타난 이의 얼굴을 알아보고 탄성을 뱉었다.

"개원 대협!"

나타난 이는 정파의 영웅이라 추앙받는 개원이었다.

그의 등장에, 큰 부상을 각오하고 싸우던 이대제자들의 표정이 한결 밝아졌다. 개중 한 명은 너무 반가워서 싸우는 와중에도 칭찬을 퍼붓고 말았다.

"천년비를 제대로 죽이기 위해 쫓고 있다더니! 그 말이 사실이었구려!"

하지만 그 말을 뱉자마자 적들을 공격하던 개원이 곧장 뒤돌아 그 이대제자를 때려버렸다.

적을 습격할 때만큼 내공을 실은 공격은 아니었으나, 이대제자는 개원에게 맞았다는 게 충격인지 잠시 멍해졌다.

"입으로 싸우나."

고의로 때린 것이었는지, 개원은 사과는커녕 차갑게 비웃고서 다시 피풍의들을 공격했다.

무정원은 혀를 찼다. 소문보다는 성질이 더러운 자구나. 그러나 실력만큼은 소문 이상이었다. 개원이 등장하기 전에는 오히려 밀리던 영언하문이, 그가 합류한 것만으로도 순식간에 우세를 점하게 된 것이다.

개원이 소문보다 성격이 좋든 더럽든 일단 도와주는 것만으로도 고마운 일이라, 무정원은 천년비와 피풍의들을 상대하는 데 더 몰두했다.

하지만 적들은 생각보다 더 악독했다. 개원이 합류하면서 순식간에 전세가 역전되자, 지금까지는 내내 없는 것처럼 대하던 주위의 비 무림인들을 공격하기 시작한 것이다.

"이런 빌어먹을 자식들!"

그 사악하고 못돼먹은 행동에 무정원은 욕설을 뱉었다. 그나마 초반에 그들이 비 무림인들을 공격하지 않을 때 사람들 대다수가 달아나서 이 정도이지. 아니라면 정말로 큰 피해가 있을 뻔하지 않았던가.

무정원은 자신을 향해 달려드는 한 피풍의를 온 힘을 다해 검으로 밀어낸 후, 그자가 떨어뜨린 검을 차서 최대한 멀리 보내며 빠르게 주위를 훑었다.

제 발로 뛸 수 있는 이들은 진즉 다 달아났고. 길이 뒤집어질 때 다친 이들 역시 삼대제자들이 거의 다 챙겼다. 그럼 이제 남은 이들은…….

'저 여자!'

그러나 안심하자마자 무정원은 한 여자가 객잔 3층 창가에 팔을 괴고 있는 걸 발견했다. 척 봐도 절대로 무림인으로 보이지 않는 여자로, 옷차림만 봐도 귀족가에서 손에 물 한 방울 안 묻히고 곱게 자라온 사람이란 걸 알 수 있었다.

'왜 아직 저기에!'

아무리 곱게 컸어도 두 발이 멀쩡하면 혼자 달아날 수 있을 텐데, 왜 쓸데없이 간만 커서는 저기서 싸움 구경을 한단 말인가!

무정원은 기가 막혀 근처의 삼대제자를 찾았다. 싸움을 틈타 저 여자를 먼 곳에 데려다주라 할 생각이었다. 하지만 그 전에 적 역시 그 여자를 발견했다.

적은 간교하고 냉정했다. 밀리는 상황에서 영언하문의 삼대제자들이 일반 사람들을 대피시켜 피해조차 줄 수 없다 싶자, 대번에 등에 맨 검을 꺼내 여자를 향해 던져버린 것이다.

"젠장!"

삼대제자에게 가서 구하라 말할 새도 없었다. 무정원은 검을 낚아채기 위해 그 방향으로 힘껏 도약했다.

그러나 팔을 뻗어도 날아가는 검은 손에 닿지 않았다. 검은 빠르게 여자의 앞으로 날아갔다.

"피해!"

무정원은 외치면서도, 여자가 피할 새도 없이 검에 맞고 쓰러지리라 생각했다. 코앞에서 사람을 구하지 못하다니. 무정원의 얼굴이 절망으로 물들었다.

그러나 검이 여자의 목을 베고 지나가야 할 그 순간. 팔을 괴고 무표정하게 상황을 지켜보던 여자가, 귀찮다는 듯 한 팔을 뻗더니 검을 허공에서 홱 잡아챘다. 심지어 검날을.

찰나의 순간, 무정원은 여자가 짐승처럼 험악하게 이를 내밀며 으르렁대는 소리를 들었다.

"나한테 검 튀게 하지 마라."

그게 무슨 말인지 파악하기도 전에, 여자는 검을 홱 뒤집어 무정원이 있는 방향을 향해 던졌다.

"!"

이 모든 게 순식간에 일어난 일이었고, 무정원은 갑자기 여자가 자신을 공격하는 것에 놀라 눈을 커다랗게 떴다.

'왜 나를?'

그러나 거기에 반응하고 뭐고 할 새도 없이, 검은 무정원의 머리카락을 베더니 아슬아슬하게 목덜미를 지나갔다.

그리고 뒤에서 들려오는 비명 소리.

무정원은 여자가 서 있는 창문 옆 벽을 딛고서 몸을 홱 돌렸다. 그의 눈이 더욱 커다래졌다. 여자가 되돌려 던진 검은, 처음 검을 던진 사람의 배를 그대로 관통해 벽에 박혀 있었다.

'저 여자는 대체?'

싸움 구경을 하고 있으니 이상한 부스러기 같은 것들이 계속 날아온다. 몇 번 되돌려 주고 나니 너무 귀찮아서, 나는 구경을 관두고 침상으로 가 누워버렸다.

내 몸으로 저딴 짓을 하고 있는걸 보고 있자니 화가 부글부글 끓었지만, 개원이가 알아서 잘 처리하겠지.

젠장. 후궁으로 안 지내더라도 절대 천년비 몸으로는 돌아가지 말아야지. 내 명성이 아주 '개발 새발 처발'이 되어가고 있잖아.

얼마나 그러고 있었을까. 좀 조용해지는가 싶더니, 이번에는 서로 공치사하는 소리가 들려왔다.

'피풍의들이 달아났나 보네.'

잠이나 자자 싶어서, 나는 눈을 감았다. 개원이 돌아오면 깨워주겠지.

하지만 내가 잠이 들기 전. 계단 쪽에서 소란이 들려오는가 싶더니, 아까 피풍의들과 싸워대던 사람들이 이번에는 내 방에 나타났다.

이게 뭔가 싶어서 상체만 일으켜 보자, 그자들은 내게도 갑자기 감사 인사를 하기 시작했다.

"감사합니다. 제 목숨을 구해주셨습니다!"

"멀리서 도움을 주셨지요? 다 알고 있습니다."

"굉장한 솜씨였습니다. 어떻게 그렇게 검 주인들만 딱딱 골라 공격하신 겁니까?"

이게 뭔 소린가 싶어서 인상을 쓰고 듣다가 그들 제일 뒤에 선 개원이를 보자, 개원이가 어깨를 으쓱하며 웃었다.

그러다 아까 내게 던져진 검을 주우러 온 인간을 보자, 대충 상황이 어떻게 돌아가는지 알 수 있었다. 구경하면서 나한테 검을 던진 놈들에게 검을 되돌려 줬는데, 그걸 자기들을 도왔다고 착각한 듯했다.

아이고, 기가 막혀라. 내가 정파인들을 제정신으로 돕겠어? 나는 보란 듯 싸늘하게 코웃음을 쳤다.

"이 몸은 너희를 도운 게 아니다."

"대인은 멋지게 냉소적이시군요!"

"뒤에서 도움을 주는 분들은 보통 이렇죠."

"그런 점이 멋있습니다. 대체 어느 문파 사람입니까?"

하지만 내가 도운 게 아니라 부정하는데도, 그들은 이미 내가 자기들을 도왔다고 착각하고 있는 눈치였다. 게다가 콩깍지들이 꼈는지 내 비웃음까지도 알아서 잘 해석해줬다.

그 모습이 기도 안 차서 보고 있자니, 아까 내 앞으로 검 주우러 왔던 놈이 다가와 포권하며 물었다.

"저는 영언하문의 이대제자 무정원이라 합니다, 대협. 대협의 이름을 여쭈어도 괜찮겠습니까?"

내 이름? 천년비다 이놈들아. 너희들이 아까 계속 싸워댄 그 천년비.

하지만 이 이름은 댈 수 없지. 그렇다고 천소여라 할 수도 없어. 아예 말을 안 해주면…… 안 갈 태세네. 에이, 아무거나 대버리자.

"반숙."

"예?"

"내 이름. 천반숙이다."

"아!"

좋은 이름이란 소리가 안 나오는지, 무정원이 잠시 눈을 굴렸다.

뭐 희한하다 생각해도 상관없어. 멋대로들 불러. 어차피 두 번 다시 사용할 일 없는 이름이고, 이제 나는 저 자들과 만날 일이 없으니까.

문제가 해결되자 사람들이 고맙다면서 몰려들기 시작했다.

영언하문 제자들이 여기 없었더라면 다들 나나 개원이 나선 건 몰랐을 텐데. 그 정파놈들이 문을 열고 저렇게 우글우글 모여서 '도와줘서 고맙다'니 '은인이시다'니 하고 있자, 다들 나와 개원이 그 피풍의들을 물리치는 데 큰 도움을 주었다고 오해한 게 분명했다.

개원이는 도움을 준 게 맞지만 나는 아닌데!

나는 그 자리가 부담스러워서 얼른 창문을 통해 달아났다. 나중에 사람들이 좀 빠지면 돌아가야지.

하지만 마을 사람들이 죄다 오기라도 하는 건지 시간이 지나도 사람들은 전혀 줄지 않았고, 나중엔 개원이도 창문으로 지붕에 올라왔다.

"넌 가서 감사 인사 받아."

그걸 보고 부루퉁하게 말하자, 개원은 고개를 젓더니 저 멀리 보이는 말들을 쳐다보며 제안했다.

"말을 사서 여기서 나가자."

"넌 사람들이 '와아 와아 영웅 영웅' 해주는 거 좋아하잖아."

"……안 좋아해."

개원은 황당하단 시선으로 날 보고는, 무정원이 시선을 끌어주기로 했다며 떠나자고 손을 뻗어왔다. 나는 마지못해 그 위에 내 손을 얹었다.

그렇게 우리는 말을 두 필 사서 곧장 마을을 빠져나와 쉬지 않고 달려갔다. 하지만 길이 험한 산길에 접어들었을 때는 속도를 늦춰야만 했다.

느리게 말을 타고 가게 되자 순식간에 어색한 침묵이 찾아왔고, 나는 분위기도 누그러뜨릴 겸 그에게 물었다.

"타천천이 내 몸으로 뭘 하는지 모르겠어. 넌 알아?"

"왜 내가 알 거라 생각해?"

"네가 전에 타천천 있는 곳으로 날 유인했잖아."

개원이는 인상을 찡그렸다.

어디서 발뺌이야? 그 모습이 가당치도 않아 나는 그를 째려보았다.

하지만 개원이는 발뺌할 생각이 아니었던 것인지 이렇게 중얼거렸다.

"내가 자리를 비운 사이에 둘이 대화를 나눴나 보군. 그러면 타천천 그자는 네가 천년비란 걸 알면서도 내게 모른 척한 거고."

뭔 생각을 하기에 갑자기 표정을 구기나, 불만스레 생각하다가 얼마나 놀랐는지 모른다. 뭔 생각을 하기에 바로 저런 결론이 나온 거래?

좀 신기하기도 하고 희한하기도 해서 보고 있자니, 개원이는 이번에는 스스로 뭔가를 납득하고서 중얼거렸다.

"하긴. 난 널 죽였단 오해를 받고 있으니, 만일을 위해 속일 수도 있지."

타천천을 이해해주는 건가? 이상한 놈.

어쨌든 이걸 마지막으로 할 말이 없어져서 나는 다시 정면을 보았다.

험한 산길은 이젠 그냥 험한 산이 되어버렸고 길이라고 할 게 없어져 있었다. 말은 어느 방향으로 가야 하나 난처해했고 하늘은 어두컴컴했다. 짙은 남색으로 빠르게 변해가는데, 금세 비가 쏟아붓기라도 할 것처럼 먹구름이 잔뜩 끼어 있었다.

"비가 내릴 거 같아."

내가 중얼거리자 개원이도 동의했다.

"근처에 동굴이 있는 거 같은데. 거기서 하루 쉬었다 가자."

동굴에서 용고를 먹고 죽은 경험이 있는지라 개원과 동굴에 들어가고 싶지는 않지만…… 연약한 천소여의 몸으로 비를 맞고 가는 건 힘들겠지. 말들 역시도 비를 맞고 갈 수는 없을 테고.

"알았어."

우리는 말에서 내려 바로 개원이가 봐둔 동굴로 걸어갔다. 개원이는 말들을 동굴 안쪽 돌기둥에 잘 묶어놓았고, 나는 동굴 근처에서 마른 잎과 나뭇가지들을 모아왔다. 와 보니 개원이는 말그릇에 물을 붓고 있었다.

모아 온 땔감을 동굴 중앙에 내려놓자, 개원이는 그것들을 반 정도 가져다가 불을 지펴 모닥불을 만들고는, 자기 짐에서 육포를 꺼내 구웠다.

그가 여러모로 바쁘게 움직이는 모습을 보고 있자니, 동굴에서 둘이 지낼 때가 떠올라 마음이 불편해졌다.

하지만…… 이 얘긴 꺼내지 말자. 대신 내가 좋아하는 정파인 씹기를 해야지.

"난 정파인들하고 더 안 엮이고 싶어. 걔들은 두루두루 짜증나잖아."

"이번 일은 정파인들하고 엮인 게 아니라, 사하비단과 엮인 거지. 그자들이 사고를 쳐서 벌어진 일이니까."

"어쨌든."

구운 육포를 내게 건넨 개원이는 이번에는 잠자리 준비를 하느라 바쁘게 움직이기 시작했다. 나는 육포를 입에 물고서 모닥불 열기를 향해 손을 뻗었다.

근데 정말 이상하긴 해. 사하비단은 왜 굳이 '천년비의 얼굴'을 드러내면서까지 '나 여기 있다. 나 사고 친다'는 표시를 하는 거지? 보통 그런 못된 짓을 할 때 얼굴을 다 까고 하나? 아니지 않나?

타천천 그놈, 무슨 꿍꿍이야?

천년비가 개원과 개원의 본가로 이동하는 사이. 월요는 41천도에서 일어난 일에 관해 급보를 듣고 있었다.

"천년비란 자가 포함된 무림인들이 41천도에 있는 한 마을을 완전히 쑥대밭으로 만들고 갔답니다."

월요는 심각하게 보고를 듣다가 천년비 이름에 손을 움찔 떨었다. 그는 한때 천년비와 천빈이 동일인은 아닌가 의심했고, 사실 아직도 의구심이 남아 있는 상황이었다. 천빈이 가출한 상황에서 그 이름을 듣자 신경이 안 쓰일 수가 없었다.

그러나 월요는 전혀 그런 내색을 하지 않고서 물었다.

"그 무림인들이 사하비단이냐."

"그런 말은 없었지만, 천년비가 함께 있었으니 아마 맞을 거라 합니다."

"손잡은 종친들을 하나둘 살해하기 시작하더니. 이제는 아예 얼굴을 드러내고 사람들에게 피해를 준다? 의도가 영 짐작이 가지 않는군. 사람들은? 피해는?"

"다행히 근처에 영언하문이란 문파에 소속된 무림인들이 있어서 도왔답니다."

무림인들이 좋은 일을 했단 이야기에 월요는 표정이 좀 심드렁해져서 "그래."하고 덤덤히 대답했다.

하지만 부하가 새롭게 말한 이름에 그는 손을 움찔하고 말았다.

"한데 폐하, 거기에 개원 그자가 있었다 합니다. 거기 객잔에 머무르다가 영언하문이 싸우는 걸 보고 도왔다지요."

월요는 눈썹을 치켜 올렸다.

개원? 그러나 부하의 놀라운 보고는 여기서 끝이 아니었다.

"옆에는 '천반숙'이란 다른 무림인이 있었고요."

이번에는 월요도 표정을 빠르게 관리하지 못했다.

"누구?"

"천씨 반숙이란 이름을 쓰는 여인이랍니다. 이름이 좀…… 그렇지요."

부하는 황제가 천빈을 '반숙아'라 부르는 걸 모르기에 보고를 올리고서도 태연했다. 반면 월요는 반숙이란 이름에 표정이 굳었다. 사정을 아는 승언과 오원요는 서로 묘한 시선을 주고받았다. 반숙이란 별명도 그렇지만, 거기에 천씨 성이 붙어 있자 천빈일 확률이 높게 여겨진 것이다.

두 사람은 월요 황제의 표정을 유심히 살폈다. 그러나 황제는 그새 표정을 수습한 뒤라, 겉으로 보기엔 별 반응이 없었다.

그러나 월요는 부하가 나가자마자 바로 귀자를 불렀다.

"'천반숙'이란 여자 무림인이 개원 그자와 함께 이동 중이라 한다."

천빈이 돌아왔나 싶어서 서둘러 달려온 귀자 역시 반숙이란 이름에 놀라 황제를 보았다.

"설마……."

"그래. 천빈일지도 모른다. 가서 확인하고 오라."

"예."

귀자가 나가자, 승언이 조심스럽게 물었다.

"폐하, 그러면 개원의 본가에는……."

"그쪽도 가야 한다. 길이 엇갈리게 된다면 분명 거기에서 만나질 테니."

황제가 이마를 손으로 짚고 한숨을 내쉬자, 승언은 눈치를 보다가 좀 더 조심스럽게 물었다.

"폐하. 괜찮으십니까?"

촉비 일로 천빈과 사이가 벌어진 직후. 서로 대화를 제대로 나눠볼 겨를도 없이 천빈은 사라져 버렸고, 황제는 천빈이 전염병에 걸려 출입할 수 없다고 해버렸다.

이후 황제는 천빈에 관해 말을 한마디도 꺼내지 않지만, 어떤 후궁도 찾지 않으면서 늘 딱딱한 표정으로 지냈다. 필요할 때는 가끔 미소짓긴 했으나 그 미소도 사람들이 안 본다 싶으면 바로 사라져 있기 일쑤였다.

그런데 천빈으로 추정되는 여자가 혼자도 아니고 개원과 함께 있단 소식을 듣자, 승언은 황제가 어떤 반응을 보일지 염려되었다.

월요는 대답하지 않고 붓을 들고서 먹물을 끝에만 살짝 묻혔다. 그러나 이미 입이 댓 발은 나와 있었고, 수려한 글씨체는 왕지렁이처럼 변해 있었다.

승언과 오원요는 서로 시선을 교환하고서 고개를 빠르게 저었다.

다음 날 아침에 눈을 떠보니 이미 비가 우르르 내리고 있다. 비가 계속 내리려나? 걱정이 된다. 비가 와서 궁전에 너무 늦게 돌아가면 어쩌나.

"너무 늦게 다녀가면 떡돌이가 삐질 텐데."

그 삐돌이 자식, 지금쯤이면 입이 댓 발은 나오다 못해 오리가 됐을지도 몰라. 너그럽게 생겨서는 속이 얼마나 조그마한지. 그래. 다음에 보면

덕춘이 말고 오리라 불러야지. 근데 오리 귀엽잖아. 하긴. 떡돌이도 귀여워. 속이 쪼잔해서 그렇지.

괜히 싱숭생숭해서 내리는 비에 손바닥 뻗어 보는데, 어깨 위에 묵직한 옷이 덮였다. 돌아보자 겉옷을 벗은 개원이가 내 뒤에서 자기 겉옷을 내게 잘 덮어주고 있었다.

“감기 걸린다.”

개원이를 보자 마음이 더욱 답답해진다. 어휴…… 이놈은 또 어째야 할까. 여러모로 복잡하고 심란하네.

“오늘은 못 움직이겠다. 그렇지?”

이 와중에 그는 또 웃으면서 묻고, 그걸 보자 성질이 나서 나는 괜히 딱딱하게 되물었다.

“그래서. 좋아?”

“좋아.”

“!”

“너랑 있잖아.”

개원이가 손을 뻗어서 내 뺨을 감싸주자, 그의 손바닥에서 나온 열기가 나도 모르게 차가워진 내 피부에 온기를 불어넣어 주었다.

익숙한 손길이지만 슬픈 손길이어서 저절로 눈에 힘이 빠졌다. 내가 눈꺼풀을 반쯤 내리고 서 있자, 개원은 내 콧등에 입김을 불고서 속삭였다.

“네가 성질부려도 좋다. 그냥 앞에 있으면 다 좋아.”

“날 아직 연모해?”

“연모하지 않은 적이 없다. 한순간도.”

“……”

“네가 마음이 변해서…… 내가 널 죽인 게 아니란 걸 확인한 뒤에도…… 결국 그자에게 간다 해도…… 나는 늘 네 편일 거다, 비야.”

개원이가 힘겹게 웃었고, 나는 그가 덮어준 겉옷 무게에 완전히 눌릴 지경이 되어버렸다. 이 옷 왜 이렇게 무거울까.

"네가 날 죽인 게 아니길 바라. 그런데 날 죽인 게 네 동생이면, 난 네 얼굴을 보면서 웃을 자신이 없어, 개원아."

"그러면 다른 데 보고 웃어라. 거기에 서 있는 게 그자여도 좋으니."

얼굴을 보고 있자니 서글퍼져서, 나는 괜히 모닥불을 피워둔 곳에 가서 앉았다.

타들어가는 나무를 보고 있자니 개원이는 천천히 걸어와 땔감을 새로 불에 집어넣고 맞은편에 앉았다.

나는 무릎을 끌어안고서 타들어가는 나무를 이유도 없이 쏘아보았다.

"비야. 그래도 욕심을 내어 말해보자면…… 네 상대가 황제는 아니었으면 좋겠다."

"왜? 내가 무식해서?"

"너무 갑갑하잖아. 하지 말아야 할 것도 많고. 그리고……."

여자가 많단 소리를 하고 싶은가 본데, 자기 사촌도 후궁이다 보니 그 말은 하기가 뭐한가 보다.

그가 입을 우물거리는 걸 보고 있자니 마음이 이상하게 꼬이고 불편해져서, 나는 괜히 딱딱하게 반박했다.

"떡돌이가 못되게 굴지만 않으면 나름 괜찮아. 눈 떠서 잠들 때까지 사람들이 다 챙겨주고, 내 말에 무조건 맞다 해주는 궁녀들도 있고. 여긴 그런 거 없잖아."

"그래. 네가 좋으면 그것도 좋지."

개원이가 쓸쓸하게 웃는 모습을 보니 훨훨 타는 숯으로 심장을 긁는 느낌이어서, 나는 아예 눈을 감고 무릎에 이마를 기대버렸다. 하지만 그러고 있어도 개원이의 시선이 맞은편에서 느껴져 속상했다.

그때, 빗소리를 뚫고 가까워지는 발소리가 들려왔다.

나는 고개를 들었다. 개원이도 밖을 보고 있었다. 하지만 여전히 무릎을 안은 나와 달리 그의 손은 그새 검 손잡이에 가 있었다.

"살기는 없어."

내 말에 고개를 끄덕이면서도 그는 여전히 경계를 풀지 않았고, 나는 개원이를 믿고서 느긋하게 있었다.

그러나 비를 뚫고 나타난 사람을 보는 순간, 그보다 내가 먼저 달려가 나타난 이의 멱살을 잡아챘다.

"안녕, 녕녕."

"타천천 이 개새끼!"

타천천은 멱살을 잡힌 채로도 싱그럽게 웃으며 말했다.

"화내는 숨결이 너무 좋다, 녕녕."

그러면서 눈웃음을 짓는데, 가느다래진 눈 안쪽으로 위험한 빛이 번뜩여서 나는 바로 손을 뗐다. 타천천은 아쉬워하는 얼굴로 내가 잡았던 자기 멱살을 만지작거리다가, 개원이 다가와 나와 자기 사이에 서자 심드렁하게 중얼거렸다.

"이 숨결은 별론데."

"나도 그쪽 좋자고 나온 거 아니오."

타천천이 개원의 어깨 너머로 내게 눈을 또 찡긋했고, 나는 혀를 차며 그를 향해 속으로 '미친놈!'이라고 세 번 외쳤다.

곧 이럴 때가 아니란 생각에 다시 앞으로 나가 타천천의 멱살을 잡고 험악하게 물었다.

"이 개자식! 너 뭐야? 목적이 뭐야? 왜 내 얼굴로 길을 뒤집고 다녀?"

"개씨는 내가 아니라 저 사람인데."

타천천은 눈으로 개원을 가리켜도 내가 인상을 구기고 자기만 노려보자, 눈 깜짝할 사이 내게 잡힌 멱살을 풀어내고는 모닥불 앞으로 걸어가며 거짓말했다.

"아 춥다."

저게? 그 모습에 더 성질이 나서 나는 다시 가까이 다가가 항의했다.

"똑바로 말 안 해?"

별로 효과는 없었지만. 타천천은 모닥불 가까이에 손을 대고 싹싹 비비면서 놀리는 투로 말했다.

"화낼 필요 없어 넝넝. 그대에겐 나쁜 일 하나도 없으니."

"내 얼굴이 까였어요 인간아, 내 얼굴이. 다른 사람 하나도 안 깠는데 나만 까고 있더라고. 너희가 길 뒤집을 때!"

그런데 나쁜 일이 없다고?

그러나 타천천은 여전히 태연자약했다.

"생각해 봐, 넝넝. 네가 천년비 몸을 포기한다면, 이젠 얼굴을 까건 덮건 남 일이니 무슨 상관이야?"

'이…… 그럴듯하잖아?'

"원래 몸으로 돌아올 생각이어도 너무 염려하지 마. 내가 네 명성을 지금과는 차원이 다른 존재로 만들어줄 테니."

그게 명성이냐? 악명이지? 놈의 첫 번째 말엔 혹했지만 두 번째 말엔 조금도 혹하지 않았다.

나는 황당해서 욕을 뱉었다.

"놀라운 개소리군!"

"멍멍!"

하지만 내 말이 끝나자마자 타천천이 낄낄 웃으면서 진짜 개 소리를 내는 바람에, 나는 욕도 하기 싫어지고 말았다. 언제봐도 진짜 변태잖아?

"설마. 그 개소리 하러 왔어?"

"아니."

개소리하고 갈 생각이면 절대로 가만 안 있을 테다, 생각하고 있자니 타천천이 허공에 대고 손을 휘둘렀다.

그러자 어디서 빼낸 건지 그의 손에 붉은 우산이 쥐어 있었다. 안에 하얀 꽃잎이 떨어지는 모습을 그려 넣은, 굉장히 아름다운 우산이.

이거 우산 쓰면 그림 녹아내리는 거 아냐? 의아해서 보고 있자니, 타천천은 그 예쁜 우산을 내게 건네며 말했다.

"자. 이거 주려고. 비가 많이 오기에. 비 맞지 말라고."

"고작 이거 주러 왔다고?"

"감기 걸리면 안 되잖아. 지금은 몸도 약한데."

타천천은 자기 겉옷을 벗더니, 이미 개원의 겉옷을 입은 내 어깨에 자기 겉옷을 또 걸쳐주며 중얼거렸다.

"약한 천년비라니. 흥분돼."

"너 변태인 거 동네방네 굳이 소문내야겠어?"

그 작은 목소리에 내가 펄쩍 뛰자, 그는 히죽 웃더니 동굴 밖으로 휘적휘적 걸어갔다. 그러다가 입구에서 손을 젓자 내게 준 것과 같은 똑같은 붉은 우산이 나타났다.

"한 쌍이야."

굳이 돌아서서 자기 우산과 내 우산이 같은 모양새임을 알려준 타천천은, 이번에는 정말로 뒤를 돌아 폭우 속으로 사라졌고, 물 쏟아지는 소리는 그의 발소리와 기척을 완전히 덮어주었다.

나는 한숨을 내쉬고서 자리에 앉았다. 그러나 이번엔 다른 데서 빤한 시선이 느껴져서 다시 고개를 돌려야 했다.

그곳엔 내 몸을 가진 사람이 나를 우두커니 바라보고 있었는데, 가만히 있지 못하는 사람인지 몸을 어쩔 줄 모르고 계속 쩔쩔매고 있었다.

뭐 하나 싶어서 뚫어져라 그 모습을 보자, 내 몸을 가진 사람은 밝게 웃더니 갑자기 뒤돌아서 빗속에 뛰어들었다.

'저건 또 뭐야?'

인상을 찌푸리고 있자니, 웬걸?

"비야. 잠시만."

이번엔 개원까지 따라 나가는 게 아닌가. 순식간에 동굴 속에는 나 혼자 남게 된 것이다.

나는 기분이 나빠서 입을 쩍 벌렸다.

뭐야 이건?

22장

그 손 치우시지요

그분은…… 나한테 관심이 없으시네. 아유정은 자신을 이상하게 쳐다보던 천년비의 눈빛을 떠올리고서 시무룩해서 걸어가다가, 뒤에서 들려온 발소리에 우뚝 멈춰 서서 돌아보았다. 개원이 비를 쫄딱 맞으면서 그녀를 쳐다보고 있었다.

개원을 보자 아유정은 심장이 또다시 빠르게 뛰는 걸 느꼈다. 하지만 이번에는 두려운 감정보다 신기한 감정이 더 컸다. 이 몸의 반응이 개원을 향한 천년비 몸의 진짜 반응이라고 생각해서 그런 것 같았다.

그러고 있자니 개원이 천천히 그녀 쪽으로 다가오며 물었다.

"타천천은 어디 갔소?"

타천천을 쫓아온 모양이었다.

아유정이 고개를 젓자, 개원은 한숨을 내쉬고 돌아섰다. 그 미련 없는 뒷모습에, 아유정은 아쉬워서 뒷모습을 멍하게 바라보았다. 그러나 돌연 개원이 다시 돌아서는 바람에 아유정은 얼른 눈동자를 내리깔았다.

"사하비단. 대체 뭘 꾸미는 거지?"

개원이 한 질문은 그녀가 대답해 줄 수 없는 문제였다. 그렇지만 말을 해주지 않자니 미안해서, 아유정은 우두커니 땅만 계속 보고 있었다.

아유정이 아무 대답도 반응도 하지 않자 개원은 눈썹을 찡그리고서 돌아섰다. 그러나 바로 뒤에 선 타천천 탓에 이번에는 개원이 멈춰서야 했다. 타천천은 개원과 눈이 마주치자 방긋 웃으면서 알려주었다.

"세 명이 거짓말하면 거짓말도 사실이 된다고 하죠."

"?"

"천 명이 내가 사랑하는 사람을 공격한다면, 개 대협은 어쩔 겁니까?"

무슨 소리지? 개원이 인상을 찌푸리고 쳐다보자, 타천천은 다시 혼자 말을 이었다.

"적들이 뭐라 해도 옆에 있어 주려나? 연인을 믿어주면서? 안 휘둘리고? 착하네."

그가 스스로 결론까지 내리고 생글 웃자, 개원은 기분이 나빠졌다. 말은 착하다고 하지만 타천천의 목소리에는 조롱하는 기색이 가득했다.

"무슨 소리요."

개원이 딱딱하기 되묻자 타천천이 대답했다.

"난 천 명 다 죽여버릴 겁니다."

그 목소리는 평소보다 서늘해서, 개원은 지금 그가 한 말이 장난이 아니란 걸 알 수 있었다.

개원은 혹시나 해서 미심쩍게 물었다.

"혹시…… 천년비를 연모하시오?"

타천천은 빙그레 웃으며 대답을 회피했다.

"다 가르쳐주면 재미없지요."

그 말을 끝으로, 그는 우산을 쓰더니 빗줄기 사이로 들어갔다. 아유정도 눈치를 보다가 얼른 타천천을 따라갔다. 타천천은 혼자 우산을 쓰고 갈 것처럼 생겨서는, 아유정이 옆으로 와 서자 우산을 기울여 비를 피하게 해주었다.

그 뒷모습을 먼발치서 바라보는데, 개원은 갑자기 불안한 마음이 치솟았다. 자기야 이전에도 가짜 천년비를 몇 번 적은 있지만, 진짜 천년비는 자기 원래 몸을 처음 보지 않았던가. 이래저래 심란할 게 틀림없었다.

개원은 천년비를 위로해주기 위해 황급히 동굴로 돌아갔다. 하지만 천년비는 이미 붉은 우산을 옆에 놔두고, 겉옷 하나는 아래에 깔고 하나는 위에 덮고서 잘 자고 있었다.

"……."

자고 일어났는데 무슨 냄새가 나서 보니 개원이가 모닥불에 버섯을 굽고 있었다. 언제 저걸 따 왔데? 신기해서 멍하게 보고 있다가 나도 달라고 손을 뻗자, 그는 버섯 대신 자기 손을 주었다.

"아직 덜 익었다."

뭐야. 이거 먹으라고? 나는 그 손을 콱 깨무는 시늉을 하다가, 개원이가 눈도 깜짝하지 않자 흥이 식어서 물었다.

"어디 갔다 왔어?"

"타천천에게 무슨 짓을 하려는 건지 물어보러 갔지. 다녀오니까 네가 자고 있더라."

"그래?"

내 몸을 보러 간 건 아니고? 그리워서? 좀 수상한데? 나는 눈을 가늘게 뜨고 보았으나, 개원이는 순순히 다 구워진 버섯만 내밀며 물었다.

"왜 자고 있었어?"

"그냥 피곤하니까 잔 건데?"

왜 저런 질문을 하지? 이상해서 쳐다보자, 개원이 또 갑자기 웃었다. 뭐야 왜 저래?

“독 발랐어?”

떨떠름해서 묻자, 그는 고개를 저었다.

“아니. 그냥. 심각한 상황 같은데. 중심에서 제일 태평하다 싶어서.”

“원래 파도 밑바닥이 제일 잔잔하다잖아.”

“태풍 중심을 말하는 거지?”

“그래. 그거.”

버섯 한 입을 베어 먹자 안에서 고소한 맛이 났다. 나는 다시 버섯을 후 후 불다가 중얼거렸다.

“그리고 타변태 말이 맞긴 해.”

“맞다니? 어느 부분이? 내가 볼 땐 죄다 틀린 말만 하던데.”

“난 원래 몸으로 절대 안 돌아갈 거거든. 그 부분.”

“!”

“그러니까 천년비로 악명을 떨치든 말든 상관없어. 버섯이나 먹을래.”

개원이의 본가로 가는 길에 우리는 몇 번 더 사하비단이 싸지른 똥을 발견했다. 가는 족족 사하비단이, 정확히는 ‘천년비’가 포함된 사하비단이 여기저기서 사고를 쳐둔 것이다.

게다가 내 얼굴을 내내 까고 다녀서, 갈 때마다 들려오는 거라곤 천년비에 관한 욕이었다.

물론 나는 이제 그 천녀비가 아니라 천소여로 살 거지만, 그래도 평생 살아온 세월이 있다 보니 마음을 다잡으려고 해도 당장 기분이 안 나쁠 수는 없었다.

그래도 내 일이 아니니까 신경 쓰지 않으려고 애써 마음을 다잡으며 지내던 어느 날. 개원이가 어디서 또 사람 하나를 돕고 와서는 심각하게 중얼거렸다.

"사하비단의 공격이 갑자기 거세진 거 같아." 개원이가 보기에도 사하비단의 행동이 좀 더 거칠어진 게 느껴지는구나.

"그러게."

"전에 피풍의를 쓰고 길마다 뒤집어엎으며 간 날. 그날이 무슨 계기였던 거 같은데……."

개원이는 타천천의 계기가 신경이 쓰이는 모양인데. 솔직히 나는 관심이 없다. 내가 조금 걱정하는 게 있다면 떡돌이 정도다. 떡돌이는 이 모든 걸 책임지고 지휘해야 하는 입장이잖아. 나라에서 난리가 나면 여러 가지로 피곤하고 신경 쓰이고 그러지 않을까?

"으."

"비야. 괜찮아?"

"난 괜찮아."

다른 사람이 안 괜찮을 거 같아서 그러지.

젠장, 떡돌이 자식. 바쁘다고 나 까먹고 그러면 안 되는데. 그렇다고 천년비가 나라고 오해해서 잡아오라고 지시해도 안 되지만.

그래, 나랑 있던 즐거운 일은 다 기억하고, 나한테 화났던 일만 바빠서 다 까먹으면 좋겠다. 그게 제일 좋을 거 같아.

"걱정 마. 나 아무 생각도 안 하고 있어. 짜증 나긴 한데 그게 다야. 난 이 몸으로 살 거니까."

계속해서 나를 걱정스레 보는 개원이에게, 나는 괜찮다 대답하고서 기지개를 켠 다음 창밖으로 보이는 비슷비슷하게 생긴 수많은 건물들을 둘러보았다. 그러니까…… 이 중 하나가 개원이의 집이다 이거지?

그러다 마침내 개원이의 본가에 도착했다. 변두리 쪽에 있어서 다행히 찾기 쉬운 위치였다. 내가 여길 또 찾을 일은 없겠지만.

그러는 사이. 개원이는 자연스럽게 본가 대문을 열었고, 나는 심호흡을 했다. 하지만 정신을 차리고 보니 나는 개원이의 팔목을 잡고 있었다.

"잠시만."

내가 개원이의 팔을 잡고서 심호흡을 하자, 개원이는 자기 팔과 나를 번갈아 보다 물었다.

"왜 그래?"

왜 그러겠어.

"좀 긴장돼서."

"네가?"

개원이는 내가 긴장된단 말이 안 믿기나 보다. 그냥 웃네. 하지만 진짜다. 웃을 일이 아니야.

다른 식구들은 몰라도 개원이 아버지는 본 적이 있는데, 얼마나 날 싫어했는지 아직도 그 표정이 기억에 남아 있는걸. 그나마 나 한번 만나 보겠다고 나온 사람이 그 정도였으니…… 안 나온 사람은 어느 정도로 날 싫어할지 뻔하다.

게다가 개시시. 그렇게 사근사근하고 상냥한 개시시조차도 내 이야기가 나오면 표정이 얼음장 같아졌는걸. 과연 개원이 식구들이 나를…….

'젠장. 뭐래? 내가 지금 애인 가족 소개받으러 왔나. 나 죽인 새끼 잡으러 온 거지?'

"비야."

"왜."

"표정 변화가 아주 다채롭다."

"네 연인으로 온 거라 잠깐 착각했거든. 근데 아니란 거 깨달았어."

개원은 쓸쓸히 웃고서 물었다.

"그럼 이제 문 열까?"

그의 팔에서 손을 치우며 고개를 끄덕이자 개원이는 힘을 주어 문을 열었다. 한때 내 출입을 절대로 막았던 개원이의 그 집은, 몸을 바꿔 온 후에야 드디어 열렸다. 드러난 저택은 넓고 단아했다. 궁궐과는 완전히 다른 분위기이지만, 나름대로 꽤 정취가 있었다. 단정하고 정갈하고.

무림인과 문관들이 섞여 있는 개씨 가문 답네. 그러나 훈기가 느껴지는 저택을 둘러보는데, 이상하게 피는 차갑게 내려앉는 기분이다.

그렇게 찬찬히 저택을 둘러보면서도 나는 개원이를 따라 안쪽으로 계속 걸어갔다. 얼마나 그랬을까. 갑자기 한 여자가 어느 방에서 나오다가 우리를 발견하고는, 안쪽을 향해 소리쳤다.

"세상에! 큰도련님 오셨어요!"

그러고는 개원을 보면서 환하게 웃는 여자에게, 개원은 고개를 끄덕여 인사를 하고서 물었다.

"운호는?"

여자는 밝게 대답했다.

"운호 도련님은 지금 민신 아가씨랑 외출하셨죠. 두 분이야 늘 같이 붙어 다니시고……."

하지만 대답의 끄트머리를 흐리고서, 갑자기 나를 힐긋 보더니 신기하다는 듯 화제를 바꿔버렸다.

"오늘은 도련님도 같이 오신 규수가 있네요."

"천……반숙이라고. 내 친우다."

개원이 내가 댄 가명을 한 번 더 대었고, 나는 고개를 까딱해 인사했다. 좀 더 잘 인사할 수도 있지만 개원이 가문 사람이라 그런가. 인사가 잘 안 나가네.

그런 모습이 건방지게 보였나. 여자는 상냥하게 인사할 것처럼 하다가 흠칫하더니 개원을 휙 쳐다보았다. 마치 '저건 뭐죠?'라고 묻듯이.

내 사정을 아는 개원이가 어색하게 웃자, 여자는 좀 기분이 상한 듯 아까보다 퉁명스럽게 물었다.

"마님 불러 드릴까요?"

하지만 여자가 그 '마님'을 불러주기 전에 이미 누군가가 "원아!" 하고 외치면서 이쪽으로 다가왔다.

쳐다보니, 개원이와 외모는 별로 안 닮았지만 분위기가 똑 닮은 여자가 우아하게 걸어오고 있었는데, 누가 봐도 개원이 친인척이었다.

"어머니."

친인척 중에서도 어머니로구먼. 기분이 이상하다. 한때 정말로 소개받고 싶던 사람이었는데…….

개원이가 손을 뻗자, 여자는 얼른 다가와 손을 잡으며 반갑게 웃었다.

"웬일이야? 한동안 행궁에 가 있겠다고, 오래 있다 온다더니."

그러면서도 개원이 엄마가 나를 힐긋 보자, 개원이는 손으로 나를 슬쩍 가리키며 말했다.

"어머니, 제 친우입니다."

개원이 엄마는 방긋 웃으며 대답했다.

"안 그래도 이 고운 분은 누구신가 했다."

그러고는 내 쪽을 돌아보더니 상냥한 목소리로 인사했다.

"반가워요. 원이 엄마예요."

그건 천년비의 몸으로 꼭 들어보고 싶던 소개였고, 받고 싶던 미소였고, 대우였다.

나는 잠시 아무 말도 못 하고 멍하게 서 있다가 가까스로 "천반숙입니다." 하고 대답했다. 목소리가 평소보다 심하게 떨리고 있었다.

"천 낭자구나. 부끄럼이 많네."

그런데도 개원이 엄마는 그저 호감이 뚝뚝 묻어나는 미소를 보내고서 또 물어주었다.

"밥은 먹고 왔어요?"

"아뇨. 아직."

"그러면 식사하고 가요."

개원이 엄마가 내 팔을 부드럽게 잡고서 살짝 당겼고, 나는 얼결에 그녀와 팔짱을 끼고 걸어가게 되었다. 놀라서 개원이를 보았지만, 그 역시 표정이 이상해서 부를 수 없었다. 나는 어색하게 도로 정면을 보았다.

떡돌이가 내게 주는 호의는 천소여가 받지 못하던 걸 내가 받던 것이라 그가 아무리 내게 잘해줘도 이런 생각이 잘 안 드는데. 지금 받는 호의는 나는 받지 못하던 걸 천소여가 받는 것이라 아무리 잘해줘도 묘하게 쓴맛이 나.

이런 상황이 익숙한지 개원이는 따라오면서 아무렇지 않게 물었다.

"아버지는요?"

"맹에 가셨지. 사하비단 일로 긴급회의가 있나 보더라."

식당 안에 들어가서 앉으란 자리에 앉아 있으려니, 얼마 안 가 음식들이 쑥쑥 앞에 놓였다. 궁중에서 먹는 것보다 화려하진 않지만 다 보기 좋은 가정식들이었고, 맛있는 냄새가 풍겨왔다. 그야말로 '화목한 가정'에서 풍기는 분위기. 심지어 개원이 엄마는 맛있는 음식은 죄다 내 앞에 밀어주면서 권했다.

"많이 먹어요."

"감사합니다."

내가 어색하게 젓가락을 들자, 개원이 엄마는 환하게 웃고서 개원이에게도 또 젓가락을 건네며 당부했다.

"그리고 원이 너. 너도 그만 돌아다니고 아버지 일을 슬슬 도와야 하지 않겠어?"

그걸 시작으로 개원이 엄마는 개원이에게 무림맹 일을 해라, 집안일을 해라, 개씨 가문 후계자가 언제까지 맨날 돌아다닐 거냐 등등 이것저것 잔소리를 늘어놓기 시작했다. 개원이는 그게 익숙한지 밥을 먹으면서도 잘 대답했고.

보통 가정에선 이러는구나. 무림 영웅 개원이도 집에선 그냥 잔소리 먹는 철없는 애네. 어쨌든 별로 흥미로운 주제는 아니라, 나는 일단 먹는 데 집중했다. 밥은 확실히 맛있어.

"천 낭자."

하지만 개원이 엄마가 난데없이 날 부르는 바람에 다시 밥그릇에서 고개를 들어야 했다.

"네?"

얼결에 대답하자 개원이 엄마가 조금 뚱한 목소리로 물었다.

"천 낭자는 어떻게 생각해요?"

"뭐가요?"

"천 낭자도 원이가 슬슬 자리를 잡아야 한다고 생각하지 않아요? 협행도 어느 정도여야지. 너무 놀기만 하면 나중에 뭘 하겠어요. 안 그래요?"

"아……."

무슨 소리지? 어리둥절해서 개원이를 보자 개원이가 얼른 끼어들어서 대신 대답했다.

"반숙이는 항상 제 편이에요."

개원이 엄마는 뭐가 그리 재밌는지 또 웃으면서 "그런가 보네." 하고 놀리는 투로 말했고, 나는 더 기분이 이상해졌다. 뭔 말을 주고받았는진 모르겠지만, 내가 뭘 하든 다 좋게 해석해주다니 신기하네.

그러고 있자니 아까 처음에 만난 그 여자가 쟁반에 그릇 몇 개를 담아

날라 오면서 툭 대화에 끼어들었다.

"주인어른이 천 낭자를 보면 기뻐하실 텐데요. 드디어 큰도련님이 그 악적을 잊었으니까요."

하지만 갑자기 악적 화제를 꺼내버려서, 개원이 엄마는 그 말에 인상을 찌푸렸고 여자는 얼른 사과했다.

"어이쿠. 죄송합니다, 마님."

근데 사과는 해도 미안해하는 태도가 아닌 걸 보니, 아무래도 저분은 아까 내가 자기한테 인사를 대충 해서 기분이 상한 모양이야. 하지만 저 차가운 태도를 보니 오히려 마음이 편해진다. 익숙해. 그러니 밥 먹자.

"그 반찬이 맛있어요? 더 줄까?"

……오히려 이게 더 안 익숙해. 체할 거 같다.

그런데 개원이 엄마의 질문에 대답하기 전. 발소리가 나는가 싶더니 식당 안으로 누군가 새로운 사람이 들어왔다. 내가 앉은 방향에서는 얼굴이 바로 보이지 않았으나, 개원은 바로 그쪽을 보고서 "운호야." 하고 이름을 불렀다.

운호. 아까 개원이 오자마자 찾은 사람이 운호였다. 그렇다면 아마 개원의 쌍둥이로 추정되는 사람이겠지. 그 이름을 듣자 호기심이 들어서, 나도 먹던 걸 멈추고서 천천히 돌아보다가 깜짝 놀랐다.

정말 개원이와 똑같이 생긴 남자가 들어오고 있었고, 그 뒤에는 처음 보는 여자가 신기하게 생긴 악기를 들고 따라오고 있었다. 개원이와 '운호'가 얼마나 똑같이 생겼던지, 나는 순간 젓가락을 떨어뜨릴 뻔했다. 그래도 젓가락은 떨어뜨리지 않았으나 심장이 미친 듯이 뛰기 시작했다.

억지로 젓가락에 힘주면서 표정을 관리하려 했지만 잘되지 않았다.

그 와중에 운호가 자기 엄마한테 뭐라고 말을 하다가 내 쪽을 힐긋 보는데…… 와. 어떻게 저렇게 똑같이 생겼지? 수제작 하려 해도 저렇게는 되기 힘들 것 같은데?

하지만 부드럽고 온화한 개원과 달리, 운호란 쪽은 조금 서늘하고 삐딱한 미소가 한쪽 입가에 걸려 있어서 성격은 달라 보였다. 그러다 눈이 마주치는 순간. 살기가 치솟아서 나는 황급히 시선을 내리고 한쪽 주먹을 소매 안에서 꽉 쥐었다.

나는 이상한 기색을 숨기려 밥을 퍽퍽 퍼먹었지만 흥분이 가라앉지 않았다. 저놈인가? 내게 용고를 먹인 자가?

"누구예요? 저 여자?"

운호가 낯선 사람인 나를 발견하고는 자기 엄마에게 묻는데, 그 목소리마저 개원이와 똑같아서 소름이 돋았다.

"원이 친구."

하지만 운호는 말투는 개원이와 완전히 달랐다. 개원이 엄마가 호감을 듬뿍 찍어서 대답을 해주었는데도 그 말에 픽 바람 빠지는 소리를 내며 웃은 것이다. 웃는 모습을 직접 본 건 아닌데, 그냥 듣기로는 비웃는 소리처럼 들렸다.

"천년비 말고 형 친구가 또 있었어요? 여자 중에?"

'악적'이란 단어만 등장해도 불쾌해하던 개원이 엄마는, 둘째 아들이 '천년비'란 이름을 부르자 경고하듯 차갑게 "운호야." 하고 말했다.

"죄송."

그러나 운호는 말을 어지간히 안 듣는지, 또 건성으로 사과했다. 얼굴도 목소리도 개원이와 같지만 둘은 성격이 전혀 다른 것 같았다.

하지만 성격이 문제가 아니지. 중요한 건 저놈이 날 죽였는지 아닌지니까. 그러나 아직 제대로 확인을 하지 않았는데도, 이미 속은 부글부글하고 온몸의 신경이 그쪽으로 갔다. 여기서 조금만 집중력이 흐트러져도 저놈의 멱살을 잡을 것 같았다.

그런데 이 와중에 그 운호란 놈은 많고 많은 자리 중에 굳이 내 맞은편 의자를 빼서 앉더니 흥미롭단 시선을 던져왔다.

그놈을 노려보지 않기 위해 나는 쑥스러운 척 더 고개를 숙여 시선을 피했다. 그러자 머리 위에서 다시 웃음소리가 들려왔다.

"형 취향 이상해졌네. 너무 오락가락하는 거 아냐."

"운호야. 쓸데없는 말 하지 마."

"뭘요. 우리 형 천년비랑 연애했던 거 무림인 중에 모르는 사람 있나?"

"운호야."

개원이 엄마가 경고조로 이름을 불렀으나, 운호는 상체를 쑥 빼서는 굳이 내 앞으로 자기 얼굴을 들이밀었고, 나는 억지로 눈을 내리깔고 있다가 그를 쳐다보았다.

눈이 마주치자 그가 눈웃음을 지으며 속삭였다.

"안 그래요? 알고 왔죠?"

운호는 개원이와 같은 얼굴을 하고 있지만 전혀 다른 사람이었다. 그와 시선을 맞추는 순간 알 수 있었다. 개원이의 눈 속에 정직하고 온화한 빛이 가득한 반면, 이 운호란 새끼의 눈은 타천천 쪽에 가까워 보였다.

나는 그의 눈동자를 손가락으로 찌르지 않기 위해 밥그릇을 양손으로 꽉 붙잡고 다시 시선을 내렸다.

확실한 건 개원이의 엄마와 달리 저 운호란 새끼는 날 별로 마음에 들어하지 않는단 점이었다. 내가 '천년비'가 아닐 때에도.

"운호야. 아까 네 행동은 정말 무례했다."

개원은 방에 운호와 둘만 있게 되자마자 꾸짖었다. 그러나 운호는 시큰

둥하게 미소하며 반박했다.

"내 말이 틀리진 않잖아. 형이 천년비랑 사귀었단 걸 모르는 무림인이 어디 있다고. 없었던 일인 척 어설프게 구는 게 더 이상해. 안 그래?"

개원은 인상을 찡그렸다. 운호는 계속 말을 이어갔다.

"형 천년비 좋아하잖아. 그래서 그 얘기해준 건데 왜 그래."

그러고는 운호가 맑게 웃는데, 개원이 보기엔 장난치는 것처럼 보이기도 해서 그는 한숨을 내쉬었다.

"운호야. 왜 성질인 거냐."

"내가 무슨 성질을 냈다고. 웃고 있잖아, 형."

"여기. 여기가 부었잖아."

개원은 단단히 골이 난 운호의 뺨과 턱 사이를 툭 건드렸다.

"넌 내 연인은 다 싫은 거냐."

그에 대한 운호의 대답은 개원이 생각해본 적 없는 유형이었다.

"형 천년비 좋아하잖아."

"뭐?"

"천년비 사칭하는 사람 찾아다닌다면서. 그런데 왜 갑자기 이상한 여자를 데려와?"

개원은 웃겨서 헛웃음을 뱉었다.

운호의 말도 사실 사정을 모르는 사람 입장에서 보면 틀린 말도 아니긴 한데. 천년비를 누구보다 싫어하고 혐오하는 운호가 저러니 우스웠다.

"너라면 좋아할 줄 알았는데."

"이상하니까."

"내가 데려온 친구가?"

"형 취향이."

한 방에 개원과 천년비 모두 이상하게 몰아가는 취급에, 개원은 쓸쓸

히 웃었다

"어디가 어때서. 말 한마디 안 나눠 봤으면서."

그러나 운호는 같은 말을 거듭하기만 했다.

"형은 천년비 좋아하잖아?"

동생이 왜 이러는지 알기 힘들어서 개원은 잠시 말을 멈추고 동생을 보았다. 운호는 운호대로 이상하게 굴면서도 오히려 눈을 멀쩡하게 뜨고 있었다. 이 화제로 가다가는 결론이 안 나올 느낌에, 결국 개원은 먼저 화제를 돌렸다.

"그보다 물어볼 게 있는데."

운호는 굳은 표정으로 침상 위에 앉아 신발을 벗었다. 개원이 대화 도중 화제를 바꾼 게 마음에 들지 않는다는 기색이었다.

하지만 뭐가 마음에 들지 않는지 구체적으로 말해주지 않는다면 개원도 뭘 어쩔 수 없는 데다, 앞으로 해야 할 질문이 중요하기에 그는 동생의 뚱한 표정을 모른 척하고서 물었다.

"운호야. 너 혹시…… 내 행세를 하고 다닌 적이 있어?"

"행세 안 해도 사람들은 잘 구분 못 해. 내가 형처럼 웃기만 하면 돼."

"의도적으로 내 흉내를 낸 적은?"

"있어. 이렇게."

운호가 곧장 개원의 따스한 웃음을 흉내 내자 개원은 거울을 바라보는 느낌을 받았다. 개원과 운호는 얼굴이 같으면서도 분위기는 다른 편이었는데, 운호는 눈 깜짝할 사이에 그 다른 점을 얼굴 근육을 이용해 지워버린 것이다.

"꽤 흡사하구나."

천년비가 진짜 속을 수도 있을 만큼.

하지만…… 그러면 대체 뭘 어떻게 해야 할까. 그의 동생이 그의 연인을 죽였다면? 심지어 그 행세를 하면서? 개원은 머릿속이 복잡해졌다.

"할 말이 더 있는 모양인데. 해봐 형."

사람 속도 모르고 운호는 피곤한 얼굴로 침상에 누웠다. 개원은 말하기 어려운 내용에 주저했으나, 어쨌든 진실은 알아내야 하기에 어렵지만 결국 입을 열었다.

"너. 내 행세를 해서 천년비를 죽였어?"

운호는 기지개를 켜고서 늘어지다가 황당하단 표정을 지었다.

"뭐?"

"내 행세를 해서 천년비를 죽였냐고."

운호는 단호하게 부인했다.

"아니?"

"확실해?"

"확실하냐고? 황당해. 왜 그런 생각을 하게 됐어?"

"글쎄."

천년비 본인에게 들었단 이야기를 할 수 없던 개원이 입을 닫고 아무 말도 하지 않자, 운호는 침상 위에서 몸을 굴려 엎드린 자세를 취하고는 충고하듯 말했다.

"이상한 망상하지 마, 형."

개씨 가문 사람들은 대대로 친탁을 해서 후손들 얼굴이 죄다 비슷했으나, 그래도 천년비가 헷갈릴만큼 닮은 사람은 운호 하나뿐이었다. 개원은 운호의 부정을 연달아 들었으면서도 다시 물었다.

"용고라고. 그건 알아?"

좀 더 뚜렷한 증거를 제시했으나 운호는 역시 흔들리지 않았다.

"당연히 알지. 그게 왜."

조금도 찔리는 구석이 없는 말에, 개원은 동생을 빤히 쳐다보았다. 운호는 '이 형이 오늘 왜 이러나'라는 표정이었다. 그 어리둥절한 얼굴을 보다가, 개원은 한숨을 내쉬고서 돌아섰다.

"아니다."

왜 이렇게 된 건지는 모르겠지만, 개원이가 동생을 데리고 간 사이. 나는 민신과 나란히 서서 연못을 구경하게 되었다. 딱히 연못을 보고 싶어서 나온 건 아니고. 얼결에 이렇게 된 거였다.

'사실은 개원이가 동생하고 대화 나누는 걸 엿들을 생각이었는데!'

아쉽지만 여기서 그쪽에 갈 수도 없는 노릇이라, 나는 멍하게 연못을 바라보았다. 연못 한쪽에는 살얼음이 덮여 있었지만, 다른 한쪽에는 얼음이 없어서 물고기들이 헤엄치며 노는 게 잘 보였다.

민신은 주머니에서 먹이를 꺼내 물고기들에게 뿌려주었는데, 한두 번 해본 게 아닌지 솜씨가 아주 좋았다.

그러나 민신은 물고기에게 밥을 주는 건 익숙해도 낯선 사람과 대화하는 건 익숙하지 않은가보다. 나처럼.

말을 잘 못하는 사람 둘이 나란히 서 있으려니 아주 불편했다. 나는 이름도 모르는 물고기들이 입을 뻐끔거리는 걸 멍하게 바라보기만 했다.

그러던 중. 한 차례 물고기 밥을 다 준 민신이 작은 종이봉투를 뜯어 새 물고기 밥을 꺼내다가 입을 열었다.

"천 낭자가 와서 정말 다행이에요."

나는 그녀 쪽을 보았으나 민신은 또다시 물고기들에게 먹이를 던지고 있었다. 하지만 이번에는 그 상태로 계속 말을 이었다.

"천년비가 죽고 나서 개원이가 너무 슬퍼했거든요."

"그래요?"

"네. 너무 아파해서 이젠 아무도 못 사랑할 거라 생각했어요."

방금 뜯은 게 마지막 봉투였나 보다. 이젠 새 봉투를 안 꺼내고 손을 털면서 나를 쳐다보는 걸 보니.

눈이 마주치자 민신은 방긋 웃었다.

"그래서 안심이에요. 천 낭자를 데려와서."

"음."

"혹시 오해할까 봐 말해주자면 난 절대로 개원이랑 그런 사이는 아니에요. 어릴 때부터 알아온 소꿉친구이지. 의심하지 않아도 돼요."

별로 의심하진 않았는데.

민신은 밝게 웃고서 돌아서더니, 물고기 밥을 준다고 이리저리 늘어놓았던 도구들을 주섬주섬 다시 회수하기 시작했다.

그걸 보는데 좋은 생각이 들었다. 개원이를 직접 통하지 않고, 나도 이 여자를 통해서 개원이 동생인 운호에 대해 알아낼 수 있지 않을까?

"민 낭자는 개원이 동생 연인인 거죠?"

민신은 어색하게 웃더니 "글쎄요." 하고 대답했다.

"연인 같던데. 분위기가."

"그럼 좋고요."

쑥스럽게 웃네. 사귀는 거란 거야 아니란 거야? 짐작이 가지 않는다. 그래도 나는 더 노골적으로 물었다.

"개원이 동생이랑은 늘 붙어 지내요?"

"자주 붙어 지내긴 하는데…… 하하. 이런 이야기 좋아하나 봐요?"

"엄청 좋아해요."

예를 들어 주기적으로 사라졌다가 돌아온다거나. 자주 놀러 가는 곳이 있는데 그 위치가 나와 개원이가 지내던 동굴 근처라거나 등등.

"난 이런 얘기 재밌게 잘 못하는데. 아쉽네요."

자주 붙어 다니냐고 물은 건데 재밌고 말고 할 게 어딨다고. 내가 둘이 연애하는 이야기를 듣고 싶어 한다고 생각하나.

쑥스러워하는 표정을 보니 그렇게 생각하는 게 맞나 보다. 저절로 혀가 내둘러졌다. 저렇게 반응하면 내가 뭘 알아낼 수가 없는데.

개원이 엄마는 좋은 사람이지만 '천년비'를 노골적으로 싫어하다 보니 대화하고 있으면 기분이 싱숭생숭하고 이상해져서 피하게 된다.

민신은 가끔 물고기 밥을 줄 때를 제외하면 운호란 자와 붙어 다니는 것 같고, 운호가 홀로 어딘가로 가버리면 자기도 어디로 가버린다.

운호는 그후 딱 두 번 더 스치듯 만났는데, 그럴 때마다 내게 시비를 거는 건지 알 수 없는 말을 해대서 내 인내심을 시험하고 있다. 그래도 눈알이 찔러버리기에 아주 적합하단 걸 제외하면, 아직 그가 범인이란 정확한 물증은 없는 상태였다. 뭐…… 저 정도로 닮았다면, 범인은 개원이가 아니라면 그놈일 수밖에 없겠지만.

하지만 이건 아주 신중하게 접근해야 하는 문제라, 나는 운호 그놈에게 제대로 된 자백을 받을 방법을 찾아 산책에 나섰다.

"같이 가자."

개원이 바로 겉옷을 입고 따라 나오려 했지만, 그와 함께 있으면 머리가 잘 굴러가지 않아서 됐다고 거절했다.

"안 돼. 난 지금부터 아주 냉정한 가슴을 유지해야 하거든. 이럴 땐 혼자 찬바람을 맞으며 걸어야 해."

"아, 그러면 근처에서……."

"됐어. 오는 길에 탕후루 사 먹을 돈이나 줘."

개원이 탕후루를 50개는 사 먹을 수 있는 돈을 주었고, 나는 그걸 받고서 얼른 그 집 근처를 벗어났다.

이미 앞서 한번 해 온 절차이기에 나는 요 근방에서 가장 탕후루를 맛있게 만들어내는 집을 찾아가서, 생각하면서 먹을 탕후루 하나, 가는 길에 먹을 탕후루 하나, 지금 먹을 탕후루 하나, 입이 심심하면 먹을 탕후루 하나 이렇게 네 개를 샀다.

"동생들이 좋은 언니 누나를 둬서 좋아하겠네요."

"내 동생들은 행운아죠."

어째서인지 내 밑으로 동생이 셋 있다고 생각하는 가게 주인에게 거짓부렁을 한 번 날려주고서, 나는 탕후루 하나를 입에 물고 가게 밖으로 나와 번화가 끄트머리를 따라 걸어갔다.

그런데 얼마나 그러고 다녔을까. 탕후루를 세 개째 먹고 있는데, 여기서 만날 일이 전혀 없는 얼굴이 보였다.

뭐야 저거. 아니, 저 사람. 귀자 아냐?

나는 목을 쑥 빼서, 저기 보이는 저 사람이 내가 아는 내시인가 뚫어져라 보았다. 얼굴은…… 흡사한데. 옷이 태감 복장이 아니어서 그렇지.

'닮은 사람인가?'

가까이 가서 볼 만큼 궁금하진 않아서 멍하게 보고 있자니, 그 사람이 내 쪽으로 다가오기 시작했다. 다가온 사람은 곧장 내게 말을 걸었다.

"여기 계시면 어떡합니다, 마마."

"귀자야?"

"제 얼굴도 잊으셨습니까?"

"얼굴이 같은 다른 사람일지도 모른다고 생각했다."

"개원 형제처럼요?"

"네가 개원이 형제가 같은 얼굴인 걸 어떻게 알아?"

"둘이 같이 걸어가는 걸 봤으니까요. 마마께서 개원 그자의 집에서 지내고 있는 걸 압니다."

내가 탕후루 하나를 내밀자 그는 받아 들면서 속상하단 듯이 물었다.

"언제까지 여기 계실 겁니까, 마마. 폐하께선 마마께서 떠났단 게 문제가 될까 봐, 전염병에 걸렸다고 둘러대고 마마를 기다리고 계십니다."

"폐하가 날 기다려?"

"당연하지요. 늘 마마만 생각하시는걸요."

"그런 인간이 추운 겨울날에 내가 문 앞에서 기다리는데 코빼기도 안 비췄다고?"

제발 마음을 풀고 돌아와 달라, 같은 이야기를 할 듯하던 귀자가 입을 우물거렸다.

나는 탕후루 가장 윗부분을 와작 깨물었다. 사실 일이 해결되면 궁전에 돌아갈 생각을 어렴풋하게 하긴 했다. 떡돌이랑 이전처럼 친하게 지내지 않더라도, 후궁 생활 자체는 편하고 여유로웠으니까. 원웅이랑 부성도 신경 쓰이고.

그런데 사람 마음이 참 신기하지. 왜 가자고 하니까 막상 또 이렇게 화가 나나 모르겠다. 떡돌이를 문 앞에서 기다리던 마치 그날처럼.

"마마. 이미 입궁한 마마께서 여기에 이러고 계신 게 알려지면 폐하도 더 마마를 보호하기 힘들어집니다. 그러니 제발 돌아가시지요. 예?"

적당한 때 되면 돌아가야지, 했던 마음은 떡돌이가 날 보호하니 어쩌니 하는 말을 듣자마자 쏙 다른 탈을 쓰고 튀어나왔다.

"안 돼."

귀자는 깜짝 놀라 탕후루를 떨어뜨릴 뻔했다.

"안 된다니요?"

"내 얼굴을 먼저 안 보려 한 건 폐하잖아. 본궁은 폐하를 염려하는 삿된 마음을 가지고 있어서. 폐하를 위해 안 돌아가기로 하였다."

"삿된…… 마음이라 하신 건 얼결에 흘러나온 본심이십니까."

삿된 마음은 잣된 마음이랑 비슷한 뜻이 아니었나? 저렇게 물어보니 좀 헷갈린다. 하지만 굳이 그런 내색을 할 필요는 없지!

나는 당당하게 배를 내밀고서 어깨를 으쓱했다.

"귀자도 스스로 생각하는 습관을 가져봐."

"태감으로서 제 미덕은 주인의 명령을 잘 따르는 거지, 잘 생각하는 게 아닙니다, 마마."

"그럼 따라 말해줘."

"예?"

"누군가 지나가다 '폐하 자식 있잖아'라고 한다면 그건 황손을 지칭하는 건가 폐하를 욕하는 건가."

"……생각하는 습관을 가지겠습니다, 마마. 이상한 거 시키지 마세요."

어깨를 으쓱하고 있자니 귀자는 한숨을 단계별로 푹 푹 푹 내쉬고서 물었다.

"그럼 어떻게 해야 돌아가실 건지요?"

"날 피한 건 폐하잖아. 그러니 이번엔 폐하가 나한테 와줘야 해. 먼저 피한 사람이 먼저 오는 게 사랑이래."

귀자는 '그딴 얘기 들어본 적 없다'는 눈으로 나를 쳐다보았으나, 나 역시 방금 막 지어낸 말이기에 전혀 찔리지 않았다.

내가 멀뚱하게 눈을 맞추고 쳐다보자, 귀자는 곤란한 목소리로 재차 말했다.

"하오나 마마. 폐하께선 중심을 지키고 계셔야 해서 아무 곳이나 돌아다닐 수 없습니다."

"여긴 아무 곳이 아니라 수도야. 언제든 돌아오긴 할 거잖아."

수도 내에서는 잠행도 잘 다니는 것 같더구만 뭘.

귀자가 입을 우물거린다.

나는 팔짱을 끼고서 사랑 따위에 머리카락 한 올도 휩쓸리지 않는 거만한 고수의 모습을 드러내 주었다.

"싫다면 어쩔 수 없어. 내 화가 풀리길 기다리시라고 전해."

"마마!"

"본궁을 설득할 생각은 버려라, 귀자."

"마마는 아직 본궁이 아니신…… 후우."

귀자는 말을 하다 말고 한숨을 쉬더니, 슬픈 눈으로 나를 보았다. 그 모습에서 이리저리 중간에서 치이는 괴로움이 드러나는 듯해, 나는 마음이 조금 약해졌다.

나는 마음이 돌처럼 단단한 고수지만, 돌에도 연약한 이끼는 자라는 법이니까.

"난 네가 좋다, 귀자야. 내 말을 못 전하겠거든, 내가 폐하께 구박을 받아 뵐 낯이 없어 달달 떨고 있다고 전해도 좋아."

"저는 폐하께 충성을 다하지만, 마마도 아주 좋아합니다. 아시지요?"

"그래?"

"예. 그러니 말씀드리는 거지만…… 마마께서 하신 말씀이 전부 속마음 그대로라면, 마마께선 후궁에 어울리지 않는 분이십니다."

"!"

"폐하는 이 나라에서 가장 높은 분이고 많은 걸 마음대로 하실 수 있지만, 그렇다고 해서 모든 걸 마음대로 할 수 있는 분은 아닙니다. 폐하께도 나름대로의 제약이 있지요."

"그래?"

"예."

귀자는 서글프게 웃으며 탕후루를 입에 물고는, 허리를 깊숙이 숙였다가 폈다.

"며칠 더 근처에 머무를 터이니, 잘 생각해보고 다시 답을 골라 제게 주시길 바랍니다, 마마."

"……."

"어떤 선택을 하시든, 저는 그래도 마마의 태감이고, 늘 마마를 응원하리란 걸 잊지 마시구요."

멀지 않은 곳에 작은 호수가 있는데, 그 주변에 나룻배를 잠시간 빌려주는 상인들이 몇 있다.

나는 개원이가 탕후루를 사 먹으라고 준 돈으로 나룻배를 한 척 빌린 다음 그 위에 앉아 한 겹 떨어진 곳에서 사람들이 돌아다니는 모습을 구경했다.

개원이는 날 죽이지 않았지만 개원이의 동생이 날 죽인 거라면, 나는 대체 어떻게 해야 하는 걸까. 복수를 위해 개원이 동생을 죽여버리면 나는 속이 후련해질까?

사람이 복수를 하는 건 마음의 짐을 떨치기 위해서인데. 나는 과연 마음의 짐을 벗고 가벼워질 수 있을까?

만약 개원이 동생에게 복수하지 않는다면? 그러면 나는 가벼워질 수 있나? 그리고 개원이랑은 이제 어떻게 되는 걸까. 개원이 동생이 날 죽였는데, 과연 우리는 맺어질 수 있을까?

월요. 내 떡돌이는? 떡돌이는 잘났고 권력도 있고 가진 것도 많지만, 그만큼 주위에 사람이 많다. 게다가 떡돌이는 체면이 아주 중요한 사람이지. 하지만 나는 내가 하고 싶은 건 다 하면서 살아왔어. 그런 내가 월요 옆에서 잘 지낼 수 있을까? 그의 사랑을 다른 여자들과 나누면서?

차라리 그를 사랑하지 않는다면 괜찮아. 그러면 그냥 그 안락함만 누리면서 지내면 되니까. 하지만 그를 사랑하면…… 몸은 안락해도 마음이 가시밭길인데, 과연 나는 편안하게 지낼 수 있을까?

아니, 물론 내가 떡돌이를 사랑한다거나 그런 건 아냐. 난 떡돌이를 좋아하지만 사랑하는 건 아니니까. 아직은.

"참. 사는 게 쉽지 않아."

내가 중얼거리는 소리를 잘 못 들었는지, 뱃사공이 "예?" 하고 되물으며 돌아본다. 나는 어깨를 으쓱하고서 손을 뻗어 물을 찰박찰박 튀겼다.

"원하는 하나를 얻으면 꼭 달갑지 않은 하나가 뒤따라오는 거 같아서."

뱃사공은 이번엔 내 말을 잘 들었는지 고개를 끄덕이다가 히죽하고 살갑게 웃었다.

"다들 그러고 사는 거죠 뭐."

그런가. 나 말고도 다들 그런가.

시무룩하게 물을 더 참방거리고 있자니, 누군가 내 쪽을 향해 물을 대놓고 뿌려버린다. 물싸움을 할 때 온 힘을 다해 상대를 공격하는 것처럼.

"으아!"

뱃사공이 작게 비명을 질렀다. 나 역시 상체가 물에 흠뻑 젖었다.

나는 소매로 눈가의 물기만 대충 닦으면서 내게 물을 끼얹은 쪽 배를 쳐다보았다. 어떤 새끼가 지나가면서 물을 이렇게 험하게 뿌려?

범인은 대번에 나왔다.

'저거 운호 그거 아냐?'

개원이의 쌍둥이 주제에 인성은 죄다 형에게 퍼주고 태어난 개자식?

"하지 마."

곁에서는 민신이 당황해서 말리고 있었으나, 운호는 힐긋 나를 보더니 재수 없게 웃으면서 고개를 돌려버렸다.

"어때. 냅둬. 내숭 부리느라 아무 대응도 못 할걸."

보면 살의가 끓는 걸 감추느라 그와 마주할 때마다 내내 바닥을 보고 있었더니, 저 자식이 사람이 아주 물로 보였나 보다.

"너 진짜 못됐어."

민신은 재차 다그쳤으나 운호 자식은 코웃음을 치면서 느긋하게 배 뒤편에 등을 기대기만 했다.

그 모습을 지켜보다가 나는 내 뱃사공에게 작은 목소리로 부탁했다.

"저 뒤쪽으로 조용히 가자."

운호 때문에 나만큼 쫄딱 젖은 뱃사공은 뭐 할 건지 묻지도 않고, 암살자들만큼 은밀하게 운호와 민신이 탄 배 뒤로 미끄러져 나아갔다.

그래도 소리가 났겠지만 운호는 '내숭 부리느라' 아무것도 못 하는 내가 뭘 어쩔 거라 여기진 않는 듯 뒤도 돌아보지 않았다. 대신 민신이 그의 어깨 너머로 내게 미안하단 수신호를 보내왔다.

나는 방긋 웃으면서 괜찮다고 손을 저은 다음, 뱃사공에게 노를 잠시 빌려 그걸로 운호의 뒤통수를 내리쳤다.

"!"

머리통 치는 소리가 찰진 걸 보니, 네놈은 역시 머리가 비었구나!

내리친 건 운호의 뒤통수인데 튀어나온 건 민신의 눈이었다.

그녀는 입을 벌리고서 나를 멍하게 쳐다보다가, 상체를 앞으로 숙이고 뒤통수에 손을 댄 운호 쪽으로 천천히 시선을 옮겼다.

운호가 탄 배의 뱃사공은 이게 무슨 일인가 싶은지, 당황해서 노를 끌어안고 나를 쳐다보다가 내가 탄 뱃사공에게 항의했다.

"아니 이 사람, 노를 왜 손님한테 빌려주고 난린가!"

하지만 물벼락을 맞은 내 뱃사공은 눈 하나 깜짝하지 않았다.

"물 때문에 손이 젖어서. 미끄러졌나 보이. 손님이 대신 주워주는구만."

"그걸 변명이라고!"

운호의 뱃사공은 화를 냈으나, 내 뱃사공은 태연히 내가 건네는 노를 받아들며 어깨를 으쓱했다.

그때까지도 운호는 여전히 상체를 숙인 채 가만히 있기만 했다. 그러다가 내 뱃사공이 뒤로 배를 움직이기 시작하자 천천히 시선을 들어서 나를 보는데…….

무슨 표정인지는 못 봤다. 이번에는 내가 부끄러워죽겠다는 것처럼 고개를 숙였으니까. 나는 그의 표현처럼 '내숭을 부리며' 손에 든 탕후루로 그의 눈길을 막았다.

옆에서 '하' 하고 기가 차서 웃는 소리가 들렸지만 돌아보지 않았다. 여기서 운호 자식이 나한테 물을 더 끼얹으면 한 대 더 때려줬을 텐데.

안타깝게도 운호 자식은 뭐 감이라도 온 건지 그런 짓은 하지 않았다.

뒷일이 걱정되긴 했던 것인지 내 뱃사공은 속도를 내서 그들에게서 멀어졌고, 우리는 운호 배에서 거리를 두었을 즈음 손뼉을 마주쳤다.

"잘했습니다, 손님!"

"그럼. 안 죽인 것만 해도 배은망덕이지."

저놈은 날 죽인 놈일지도 모르는데.

"예? 배은망덕이요?"

"하. 진짜…… 형님 취향. 뭐 저런 이상한 여자를."

배에서 내린 운호가 연신 기도 안 차서 비웃어대자, 민신은 한숨을 내쉬고서 손수건을 꺼내 그의 뒤통수에 묻은 물기를 닦아주었다.

"네가 잘못했어. 그러게 왜 가만히 있는 사람한테 물을 끼얹고 그래?"

민신의 꾸중에 운호는 아무 대답도 하지 않았다. 제멋대로인 그가 대답을 피하는 건 한두 번 있던 일도 아니기에, 민신은 더 묻는 대신 축축해진 손수건에서 물기를 짜내며 충고했다.

"개원이가 천년비 죽고 나서 처음 데려온 여자잖아. 이제 막 상처를 잊어가는 거 같은데, 마음에 안 들어도 좀 좋게 봐줘."

"……."

"난 천년비가 죽어서 개원이가 따라 죽을 줄 알았어. 천년비 사칭범을 찾아다닌다면서 온갖 위험한 데를 다 다녀서 얼마나 걱정했는데."

"그래, 형이 좋은 소꿉친구 둬서 좋겠네."

"빈정거리지 좀 말고. 너도 개원이 많이 걱정했잖아. 그런데 왜 옛사람 잊고 제대로 지내보려는데 협조를 안 해?"

민신의 잔소리가 귀찮은지 운호는 심드렁하게 걸어가면서 물에 젖은 겉옷을 벗어 대충 곁에 둘렀다.

"난 협조 안 해."

"형이 안정을 찾게 좀 도와라, 나쁜 동생아. 내가 대화해보니 천 낭자는 이름은 이상해도 괜찮은 사람이었어. 넌 개원이가 불쌍하지도 않아?"

"불쌍한 건 형이 아니라 미련한 천년비겠지."

쫓아가면서 계속 잔소리를 퍼붓던 민신은 인상을 찡그리고서 운호를 보았다.

"천년비가 불쌍하다니? 그 여자가 왜? 애초에 그 여자가 개원이를 홀려서 이 사태가 벌어진 거잖아. 그 여자가 아니었으면 개원이는 지금……."

운호는 인상을 찡그리고서 걸음을 더 빨리했다. 민신은 그 뒷모습을 물끄러미 쳐다보다가 고개를 기울이며 눈을 가늘게 떴다.

"옷이 왜 그래?"

내가 쫄딱 젖어서 돌아가자, 개원이가 당황해서 물었다.

"배를 타러 갔는데 네 동생이 나한테 물을 끼얹었어."

나는 솔직하게 알려주었다. 물론 내가 노로 그놈의 뒤통수 친 일은 말하지 않았다. 그건 내 옷이 물에 젖은 것과 관련 없는 일이니까.

개원이는 황당한 얼굴로 "운호가?" 하고 되묻더니 얼른 방 안으로 들어가 커다란 수건을 가져왔다.

"네가 자기를 잡으러 온 걸 아나. 너한테 유난히 못되게 구는 것 같다."

"원래 그 성격은 아니고?"

"……원래도 좋은 성격은 아니긴 한데."

역시 운호 그놈은 인성을 제 형한테 밀어놓고 나왔나 보다. 젠장. 그런 주제에 연기력은 빼어나서 형 흉내는 잘 내고.

내가 작게 욕을 뱉는 동안, 개원이는 내 머리카락에 묻은 물기를 닦아준 다음 하녀에게 갈아입을 옷을 준비해 달라고 했다.

그런데 개원이와 함께 방에 들어가려는데, 뒤에서 빈정거리는 소리가 들려왔다.

"혼인도 치르지 않은 사이에 옷도 갈아 입혀주고 그러나 봐, 두 사람?"

나는 목소리를 낮춰서 개원이에게 슬쩍 추가로 고자질했다.

"저거 봐 저거 봐. 저 새끼가 아까도 저랬다?"

개원이는 작은 목소리로 정석적인 대답을 했다.

"신경 쓰지 마."

말이야 쉽지.

"신경을 어떻게 안 써. 말을 저따위로 하는데."

"됐어. 가자."

내가 자꾸 툴툴거리자 개원이가 팔을 뻗어 내 등을 감쌌다. 옷이 흠뻑 젖어 있어도 상관없단 듯이.

그러나 우리가 자기를 무시하고 들어가려고 하자, 운호 자식은 굳이 더 가까이 오면서 추가로 빈정거렸다.

"사랑에 빠지면 주위 말은 안 들리나 봐?"

결국 개원이는 허공을 향해 짧게 한숨을 내쉬고는 내 등에서 팔을 떼고 뒤를 돌아보며 말했다.

"개운호. 그만해."

나는 고개를 푹 숙여서 또다시 운호 자식과 시선을 피한 채 작게 중얼거렸다.

"개운호래. 이건 조상님 탓이다."

"형님 새 여자친구가 우리 가문을 욕하는데?"

그 말에 운호 자식이 황당하단 목소리를 냈지만 무슨 상관이겠어.

개원이는 단호하게 내 편을 들었다.

"그만하랬지. 민신이나 챙겨. 숙아, 우린 들어가서 옷 갈아입자."

하지만 운호 자식은 나한테 시비를 안 걸면 인생에 낙이 없나. 개원이가 그만하라고 이렇게까지 말하는데도 또 빈정거렸다.

"혼자서는 옷도 못 갈아입는 누구랑은 다르게 민신은 똑똑해서 혼자 잘 챙겨."

아무래도 아까 뒤통수를 한 대만 때려서 뭐가 좀 부족했나 보다. 한 대 더 내려칠 걸 그랬나?

"개운호."

개원이도 화가 좀 나는지 경고 조로 동생을 불렀다.

"내 눈도 못 쳐다보는 형 여자친구, 뒤에선 사람 잘만 후리더라, 형?"

"개운호. 마지막 경고다."

대놓고 개원이가 경고 이야기를 꺼내고서야 운호 자식은 더 빈정거리길 멈추었으나, 여전히 탐탁지 않은 목소리였다.

"재미없긴."

이후 운호가 민신과 함께 어딘가로 가버렸고 우리는 방 안에 들어왔다. 개원이는 완전히 딱 달라붙은 내 옷고름을 풀어주었고, 나는 씩씩거리다가 그에게 물었다.

"개원아. 솔직히 말해봐."

"뭐를."

"가문에 비밀이 있을 거야. 아님 네 동생, 혼자 저렇게 성격이 이상할 리가 없어. 말해봐. 어릴 때 네가 구박했어? 아님 어른들이 구박했어? 뭔 짓을 했길래 애가 저렇게 혼자 못돼먹게 자랐어? 너랑 너무 다르잖아."

등 뒤에서 개원이가 픽 웃는 소리가 들려왔다.

"발상하고는."

내 말이 다 틀린가보다. 하지만 진짜, 그런 성장 배경 없이 쌍둥이가 이 정도로 성격이 다른 게 이상하다고. 다른 쌍둥이들은 안 그래. 물론 난 다른 쌍둥이들을 본 적은 없지만.

"근데 성격이 저따위인 걸 보니까 수긍이 가긴 해. 쟤라면 네 흉내 내면서 날 죽이려 들 수도 있겠어."

"……."

이 화제는 싫은가보다. 개원이가 손을 멈칫하더니 내 날개뼈 위쪽을 손으로 지그시 누르는 걸 보니.

옷 갈아입는 데 도움받을 만한 부분은 다 받은 듯해서, 나는 휙 돌아서서 개원이가 아직까지도 쥐고 있는 내 옷자락을 빼내며 당부했다.

"너도 빨리 확인해. 쟤가 진범이 맞는지 아닌지. 그래야 나도 어느 선까지 복수할지 정하니까."

"황궁에는? 돌아갈 거야? 일이 해결되면?"

"모르겠어."

"돌아가는 데 가까운 '모르겠어'야, 먼 '모르겠어'야?"

"둘 다야. 진짜 모르겠어."

적은 적이고 개원이는 개원이뿐이던 세상이 지금은 대체 몇 쪽이 난 건지 모르겠다. 내 인생이 이렇게까지 어려워진 건 이번이 처음이었다. 정말로 난 뭘 어떻게 해야 할지 머리가 굴러가지 않았다. 그러니까…….

"넌 일단 네 동생부터 확인해."

월요 황제가 개원의 집으로 보낸 건 귀자뿐만이 아니었다. 정확히 말하자면 그는 '천반숙'을 쫓으라고 귀자를 보낸 것이고, 개원의 집에 보낸 건 다른 그림자들이었다.

귀자가 천빈에게 대답을 기다리겠다 한 것과 상관없이, 천빈의 거처에 대한 소식은 자연히 월요에게 먼저 들어갔다.

"그래. 천빈이 개원 그자의 집에서 보낸다고."

보고를 들은 월요는 작은 목소리로 중얼거리고는, 알았으니 물러가라고 손을 휘저었다. 그림자가 물러나자 월요는 아무도 드나들지 못하게 막아둔 후원으로 가 커다란 바위에 걸터앉았다.

그가 말라붙은 풀잎을 손에 쥔 채 허공을 가만히 쳐다보자, 승언이 곁에서 조심스럽게 말했다.

"명령을 내려 주십시오, 폐하. 원하신다면 천빈 마마를 여기로 모셔오겠습니다, 폐하."

말은 '모셔온다'지만 사실상 '끌고 온다'에 가까운 말이었다. 승언 역시 천빈과 정체모를 우정이 있긴 했으나, 그의 최우선은 황제였다. 그는 천빈이 황제에게 괴로움과 해로움을 준다면, 그녀가 원치 않아도 궁궐에 강제로 데려올 수 있었다.

"……."

월요는 아무런 대답도 하지 않고서 한 손에 든 풀잎을 손톱으로 조금씩 조금씩 꺾기만 했다. 그러다 마른 풀잎이 다 조각나자 그는 손을 비벼 풀을 털어내고는 아무렇지 않게 일어서며 말했다.

"되었다. 놔두어라."

"하오나, 폐하. 어느 후궁이 멋대로 가출해서 외간 사내의 집에 머문단 말입니까. 게다가 그자는 개 답웅의 사촌입니다! 그것도 거친 무림인이고요!"

"내가 싫단 사람을 옆에 두는 건 나도 싫다. 억지로 내 옆에 있는 사람은 필요 없다. 억지로 내 곁에 두어 봐야…… 내 손으로 천빈을 고궐처럼 만드는 꼴이지."

"!"

황제가 성큼성큼 후원 밖으로 걸어나가기 시작하자, 승언과 오원요는 서로를 쳐다보고 빠르게 시선을 교환했다. 이번에는 오원요가 나섰다.

"폐하께서 천빈 마마를 곁에 두신다 해서 천빈 마마를 고궐로 만드시는 건 아닙니다. 고궐 그자는 애초에 공주님을 연모하지도 않았지만, 천빈 마마는 다릅니다. 정식으로 입궁한 후궁이 아니십니까. 마마가 폐하의 곁에 있는 건 물고기가 바다에서 사는 것처럼 당연한 일인 것을요. 게다가 천빈 마마도 폐하를 연모하시는 걸 알지 않으십니까. 이번에 가출하신 것도 폐하를 연모하시니까 그만큼 화가 나셔서……."

"그만."

빠르게 말을 뱉던 오원요는 황제의 차가운 명령에 입을 다물었다.

"송구합니다."

"천빈은 짐을 연모하지 않는다."

"폐하, 아닙니다. 마마는……."

"본인 입으로 한 말이다. 그거면 됐다. 싫어서 간 사람은…… 짐도 붙잡지 않는다."

말을 하면서 걸어가던 황제는 주인 없는 전각 부근에 다다르자 잠시 멈춰섰다. 그의 시선이 천빈이 지내던 전각으로 향했다.

아직 그 전각은 안에 사람이 사는 것처럼 활기가 있었다. 황제의 명령에 따라, 천빈이 지내는 것처럼 돌아가고 있기 때문이었다.

그러나 저 안에 그의 반숙이가 없단 걸 아는 황제에게는 이 모든 게 공허하게만 보였다.

잠시 그렇게 천빈의 전각을 바라보던 황제는, 이마를 지끈 구기더니 몸을 획 돌리며 명령했다.

"천빈에게 전하라. 여기서 수도까지 오가는 날을 제하고 한 달 더 기다리겠다고. 그 한 달 안에 돌아오지 않겠다거든…… 죽었다 해줄 테니 원하는 데서 살라 하라. 짐의 눈에 띄지 말고."

"폐하!"

나는 날이 밝자 또다시 개원이의 본가를 빠져나와 거리를 돌아다니다가 호수로 가 홀로 나룻배를 탔다.

뱃사공은 이젠 내 얼굴이 익숙한지 웃으면서 말을 걸었다.

"자주 뵙니다, 손님. 그런데 늘 혼자 오시네요."

"같이 다닐 사람이 없어."

"이런."

개원이와 다니고 싶지만 이런 상황에서 그와 놀러 다닐 순 없잖아. 게다가 개원이는 개원이 나름대로, 내가 사망한 그 시각에 운호가 어디에 있었는지 위치나 행적을 확인하느라 바쁜 것 같았다.

운호 본인에게 물어보니 아니라 딱 잘라 말했다나. 물론 거기서 맞다고 할 사람은 없겠지만.

"손님은 성격이 밝아서 주위에 사람이 많을 거 같은데 신기하네요."

"그런가?"

그런데 혼자 물장구를 치면서 호수를 둥둥 떠다니고 있을 때였다. 멀지 않은 곳에서 남녀가 마구잡이로 뒤섞여 웃는 소리가 들려왔다.

'이게 무슨 소리야?'

계속 물을 튀기면서 소리 나는 쪽을 보니, 딱 봐도 '우리는 정파예요' 티를 내는 한 무리의 청년들이 뱃놀이를 하면서 놀고 있지 않은가.

그 꼴을 보니 저절로 혀가 차진다. 어휴. 정파 자식들은 왜 이마에 대놓고 '우리 정파'라고 써두는지 몰라. 뭐 하나같이 맞추기라도 한 건가, 다들 표정은 반짝반짝해서는.

혀를 차고 있자니, 뱃사공이 또 웃음을 터트렸다.

"저런 걸 싫어하시는군요."

맞다. 정말 싫다. 내가 천년비 몸으로 지낼 적, 정파 사람들은 개원이 빼고 죄다 싫었지만 특히 저 나이대의 청년들은 더욱 싫었다.

왜냐. 저 나이 대의 정파 새끼들은 실력은 X도 없으면서 공명심만 커다래서, 일단 다짜고짜 나를 죽이려고 덤벼든다.

거기서 끝나면 귀엽기라도 하지. 그러다가 누구 하나 크게 다치거나 죽게 되면 이번에는 저들의 친인척들이 '내 새끼를 공격하다니 이 빌어먹을 악적아!' 하면서 눈이 뒤집어져서 또 달려든다. 그 새끼가 날 먼저 공격한 건 전혀 생각도 않고서.

친인척만 나서냐? 그것도 아니다. 저것들은 꼭 떼 지어서 의형제니 의자매니 의남매니 하다가, 자기 친구 하나 다치면 또 다른 친구들이 우르르 몰려와요. 이러니 내가 질색할 수밖에.

그렇게 반복, 반복, 반복이다. 그래. 저놈들은 말하자면 뭐랄까…… 벌집. X나 짜증 나는 벌집. 심지어 먼저 쫓아다니는 벌집이나 다름없다.

그렇지만 뱃사공의 말에 '맞아. 난 정파 청년들을 싫어해'라고 하면 사파 티가 나겠지. 정파가 싫다고 하면 사파 취급을 받게 되니까. 비무림인들은 '무림인이 싫다'고 하지 '정파가 싫다'고 딱 잘라 말하지 않으니.

"음…… 싫은 건 아니야. 하지만 난 시끄러운 걸 좋아하지 않아. 사람은 고고하게 혼자서 지내는 거지."

"손님처럼요?"

"암. 어쨌든 저들 쪽은 피해서 가줘."

"그럼요."

그런데 뱃사공이 눈치껏 그 정파의 새끼벌들에게서 거리를 두어 운전하려던 그때. 새끼벌 사이에서 누군가가 "세상에! 반숙이 대협!" 하고 외치는 게 아닌가.

'반숙이'라는 말에 뱃사공은 눈을 동그랗게 떴고, 나는 인상을 구기고서 뒤를 돌아보았다.

그러자 어디서 많이 본 새끼벌 하나가 활짝 웃으며 일어나 나를 보고 있지 않은가. 그 주위로 다른 새끼벌들은 엇비슷한 표정으로 그 새끼벌을 올려다보고 있고. 곧 새끼벌들의 고개는 동시에 내쪽으로 움직였다.

틀에 맞춘 듯 똑같은 그 소름 돋는 행동을 보는 순간. 나는 제일 처음 내게 '반숙이 대협'이라고 외친 새끼벌의 이름을 기억해냈다. 무정원. 영언하문의 이대제자 무정원. 내가 자기들을 구하기 위해 창문에서 검을 던져댔다고 오해하게 된 그자다.

기분이 나빠서 얼굴이 저절로 일그러졌으나, 무정원은 나를 보면서 활짝 웃더니 큰 소리로 자기 친구 새끼벌들에게 알려주었다.

"내가 말한 그 신진고수라네! 봐, 맞지? 사람들을 돕는 협객이신데, 남들 눈에 띄면 저렇게 부끄러워하신다니까?"

저 자식. 내 얘기를 여기저기 하고 다녔나 봐! 황당해서 입을 벌리고 있자니, 떼로 행동하는 새끼벌들이 등불이라도 켠 듯 동시에 눈동자들이 밝아진다.

이윽고 그들은 동시에 벌들이 내는 윙윙 소리를 내면서 엄청난 속도로 날 향해 배를 저어 오기 시작했다. 등골에 소름이 오싹 돋았다.

'개원아!'

없는 개원이를 불러보지만, 그가 갑자기 내 마음의 소리를 듣고서 눈앞에 나타날 리 없단 건 알고 있다.

내가 질색하는 사이. 새끼벌들이 나눠 탄 배 세 척은 내가 탄 배를 가로막을 정도로 다가왔다.

"천 대협!"

무정원은 내가 질색하는 표정이 보이지도 않는지 환하게 웃으면서 손을 흔들고는 날랜 몸놀림으로 자기 배에서 내 배로 옮겨탔다. 늘 붙어 다니는 정파인들답게, 그 뒤를 두 명이 따라서 이동했다.

순식간에 내 배에 네 명이 타게 되자 조용하게 둥둥 떠다니던 배가 그들이 앉는 방향으로 한 번씩 출렁인다. 나는 똥 씹어먹은 표정으로 무정원을 쳐다보았다.

"이곳에서 천 대협과 다시 만나게 될 줄은 몰랐습니다. 전에는 잘 들어가셨습니까?"

"그쪽은 뭐 다른 볼일 있다더니. 왜 여기서 배 타고 있소?"

"다 같이 41성으로 가면 사태를 전달할 사람이 없지 않습니까. 그래서 저는 멀리서 벌어진 일을 전하기 위해 따로 이쪽으로 왔지요."

41성에서 사하비단 피풍의들한테 아주 제대로 당해 놓고서는 '하하' 소리가 잘도 나오겠다. 게다가 소식을 전하러 왔으면 소식만 전해야지, 왜 와서 배 타고 노는 거야? 입 밖으로 그를 철썩철썩 두드릴 진실이 마구 튀어 나가려 한다.

"흠!"

나는 위엄 있게 헛기침을 하는 걸로 자꾸 튀어 나가려는 말을 참아냈다. 이 '천반숙' 이름으로는 절대로 악적 취급을 받으면 안 되니까. 되도록 말을 조심해서 해야지.

말을 함부로 할 때는 절대로 강하단 걸 들키지 않을 거다. 약한데 말을 함부로 하면 그냥 '주둥이가 잘 나풀거리는구나!' 하고 넘어가 주는데. 강한데 말을 함부로 하면 다들 '이 악적! 죽어!' 하고 나오더라고.

"한데 반숙이 대협은 여기서 혼자 뭐 하시는 겁니까?"

내가 뒷짐을 지고 한 백 살쯤 묵은 정파 노고수처럼 있자니, 무정원이 친한 척 또 물어왔다. 새끼벌들 역시 인생에서 내 행보가 제일 중요하다는 듯 호의를 띤 얼굴로 동시에 나를 쳐다보았다.

아 오싹해. 왜 저렇게 행동을 죄다 맞춰서 하지?

"나는 그, 뭐야. 사색을 하고 있었소."

나는 목소리를 조금 깔고서 그윽하게 대답했다.

"사색!"

무정원은 내가 어마어마한 비밀이라도 말한 것처럼 감탄했고, 새끼벌들은 '홀로 사색하다니 참으로 멋있다'면서 자기들끼리 수군거렸다. 우리 꼴이 웃긴 지 뱃사공이 입술을 악물고서 노를 꽉 틀어쥐는 게 보인다.

나 같은 대단한 무림 악적이 새끼벌들이 무서워서 내숭을 떨고 있다니! 내숭은 운호 앞에서 떠는 게 내숭이 아니라 이게 내숭이다.

나는 조금 부끄러운 마음이 들어서, 필시 제갈세가 사람일 게 틀림없는 청년에게 부탁했다.

"거기 제갈세가 공자. 부채 좀 빌려주시오."

민망하니 좀 덥다. 부채질 좀 해야겠어.

청년은 흔쾌히 부채를 내밀면서 물었다.

"천 대협, 제가 제갈세가 사람인 건 어떻게 아셨습니까?"

어떻게 알았겠어, 이 제갈세가 새끼벌아. 제갈세가 자식들은 딱 겉에서부터 '우리는 제갈세가예요' 티가 나니까 그렇지.

정파 자식들은 대부분 신원을 이마에 붙여두고 다니지만, 그중에서도 제일 티가 나는 정파들이 몇 있다. 남자 중이 모여 있는 소림사와 여자 중이 모여 있는 아미, 옷을 색깔별로 맞춰 다니는 화산파와 점창파, 그리고 공작새 무리 같은 제갈세가다.

허리춤에 깃털 부채를 찔러넣고 옷은 하늘하늘하게 연한 색조로 입으며 허리에는 가느다란 장신구 줄을 늘어뜨리고, 남자 여자 할 것 없이 죄다 머리를 길게 길러 반 묶음을 한 다음 살랑살랑 걸어 다니는 무림인은 십중팔구로 제갈세가다. 십중 일이는 제갈세가의 이 모습을 동경하는 사자 친왕 같은 사람이지.

하지만 이런 이야기를 하면 사파 티가 날까 봐 나는 노고수처럼 흐뭇하게 웃으면서 듣기 좋은 말이나 해주었다.

"제갈세가 사람들한테서 풍기는 똘똘한 분위기가 있소."

내가 무슨 말을 했다고. 갑자기 정파 청년들이 "오오오!" 하고 자기들끼리 소리를 내어 탄식하더니, 키득키득 웃으면서 제갈세가 청년을 마구 찔러대기 시작했다. 제갈세가 청년은 갑자기 얼굴이 빨개지더니 부끄럽단 듯이 웃으면서 고개를 옆으로 돌려 괜히 호수만 쳐다보았다.

저건 또 뭔가 싶어 보고 있자니, 무정원이 사태를 해설해주었다.

"세상에, 천 대협. 제갈소협에게 관심이 있소?"

허. 똘똘하다 칭찬 한마디 했더니 왜 거기까지 상상력이 나간 거야? 기가 막혀라!

그러나 '아니다'라고 딱 잘라 말하면 제갈세가 새끼별이 부끄러워서 강에 머리를 박아버릴 기세라, 나는 어색하게 웃고서 대답을 회피했다.

하지만 한창 피가 끓는 또래 청년들은 자기 친구를 놀려먹을 건수를 잡고서 놓치기 싫은지, 갑자기 뭐라 뭐라 마구 떠들더니, 개중 새하얀 옷을 차려입은 선녀 같은 여자가 내게 신이 나서 제안했다.

"천 대협, 이렇게 된 것도 인연인데 우리 같이 식사하러 가지요!"

그리고는 자연스럽게 내 팔에 자기 팔을 밀어 넣더니, 우리가 의자매라도 되는 양 팔짱을 끼고서 나를 바라보며 사랑스럽게 방긋방긋 웃었다.

아아…… 정파 새끼별들, 이 화사하고 밝은 분위기, 제일 감당 안 돼.

내 팔짱을 끼고서 옆에 딱 달라붙은 선녀 같은 여자는 남궁세가의 방

계인 남궁서환이라 했고, 내가 자기에게 관심이 있다고 오해한 제갈세가 남자는 가주의 조카인 제갈미언이라고 했다.

나머지도 뭐라 뭐라 이름은 소개했으나 인원수가 너무 많아서 다 까먹었다. 게다가 다들 내게 관심을 보이면서도 자기들끼리 떠드는 데 바빠서, 중점적으로 내게 말을 거는 건 무정원까지 포함해 이 셋이기도 했다.

그 분위기는 음식점에 와서도 그대로 진행되어서, 세 사람은 나와 한 탁자에 앉았고 나는 정신이 멍해졌다.

개원아. 너 대체 어디 있는 거야. 나 좀 데려가라. 너희 정파 새끼벌들이 내 뇌에 있는 꿀을 쪽쪽 빨아 먹고 있다.

"한데 천 대협."

무정원 이놈을 중심으로.

나는 상 가득 차려진 음식을 젓가락으로 멍하게 집어 먹다가 무정원을 쳐다보았다. 그는 아까 잠시 뒤돌아서 다른 탁자 사람과 대화하고 있더니, 다시 몸을 원래대로 돌리고서 이번엔 날 보고 있었다.

"왜 그러시오."

부루퉁하게 대답하자 무정원은 악의라고는 한 톨도 느껴지지 않는 미소를 지으면서 물었다.

"천 대협은 사문이 어딥니까?"

그 말에 놀랍게도 새끼벌들이 다 같이 조용해졌다. 소름이 돋는다. 다들 우리 대화를 듣고 있었나 봐.

"사문 말이오?"

하지만 소름이 돋은 건 그들이 우리 대화를 들어서가 아니라, 사문 이야기가 나와서였다. 나는 사문 이야기에 약하다.

"사문은 왜 물어보는 거요?"

정파인들이 나를 악적으로 여기게 된 정확한 이유는 나도 모르지만 어쨌든 그 이유 중 하나는 내게 사문이 없단 점이었다. 그들은 사문 없이 자기들보다 강해진 나를 인정하지 않으려 들었다.

게다가 사문이 없단 건 그들이 내게 해코지를 해도 대신 복수하러 달려 들어줄 벌집이 없단 뜻이었지. 만만했을 거다.

그런데 여기서 무정원이 사문 이야기를 꺼내자, 내가 천년비라는 걸 알고 묻는 게 아니란 걸 알면서도 괜히 가슴이 섬뜩해졌다.

무정원은 활짝 웃으면서 당연하다는 듯이 대답했다.

"천 대협이 싸우는 모습을 본 건 아니지만, 그래도 하나를 보면 열을 안다지 않았습니까. 적들의 검을 가볍게 튕겨내 반격하는 모습이 참으로 대단했습니다. 이렇게 대단한 젊은 고수를 길러낸 곳이라니 당연히 궁금할 수밖에요."

너희 정파 조상들의 원한이 내 사문이다. 실전을 겪고 살아남으면서 더 더 더 강해졌으니. 하지만 이 얘기는 못 하고…… 그렇다고 사문이 없다 하고 싶진 않아. 또다시 같은 일이 벌어지면 어떡해?

머리를 굴리고 있자니, 그냥 거짓말을 하자 싶다. 당장 진위를 확인할 수 없는 거짓말을 하면 되지 않을까?

아무 사문이나 대고 먼 후계라고 하면 돼. 그러면 어디를? 그래. 이왕 거짓말을 하니 정파인들이 제일 존경하는 곳 이름을 대야지.

"사문은 아니고. 내 아버지의 아버지가 소림사에 계셨소."

정파인들은 소림사에 끔뻑 넘어가니 이러면 되겠지. 게다가 아버지의 아버지라고 하니 너무 먼 옛날이라 바로 캐내지도 못할 거야.

나는 참으로 영민해! 스스로의 계책이 마음에 들어서 나는 흐뭇하게 웃고서 무정원을 보았다.

"소림사요?"

그러나 무정원은 당혹스러운 표정이었다.

왜 저러나 싶어 고개를 기웃하고 있자니, 내내 살갑게 대해주던 남궁미언이 조심스럽게 물었다.

"조부께서 혹시…… 파계승……."

아차. 스님들은 자식을 안 만들지! 어쩌지?

에이 몰라.

"잘 모르겠소."

나는 어깨를 으쓱했다.

"사연이 있겠지. 주운 자식이었다거나. 스님들은 인정이 많지 않나."

"하긴. 그렇지요."

"내가 들은 건 그 정도뿐이라. 난 혼자 자랐거든. 그래서 지금은 내 뿌리를 찾는 중이라오."

적당히 둘러대자 기겁한 표정으로 날 보던 새끼별들이 다시 '사연 있는 사람이었군!' 하고 웽웽거리기 시작한다. 다들 내 사문 얘기보다는 출생의 비밀이 더 흥미로운 눈치였다.

그래도 사기를 치고 나니 심장이 쿵쿵 뛰어서, 나는 얼른 한 번에 차를 털어 마셨다. 다행히 다음 화제가 소림사로 넘어간 덕에 나는 긴장하던 마음을 조금씩 조금씩 풀어나갔다.

그런데 안심했을 즈음, 또다시 사람을 심장 졸이게 하는 화제가 나왔다. 그들이 나에 대해 물어서는 아니었다. 그들이 '사하비단'과 '천년비'에 대해 이야기하기 시작한 탓이다.

무정원과 내가 처음 만난 곳이 사하비단이 길을 뒤집어엎고 천년비가 사람들을 공격해 댄 곳이니 어쩌면 당연한 절차지만…….

"대체 사하비단이 원하는 게 뭐 같나?"

"사파에서 뭘 원하겠나. 정파를 누르고 싶은 거겠지."

"아니, 정파를 뒤집으려면 정파 중소 문파를 보통 먼저 치잖아. 아니면 상권으로 공격을 하거나. 그런데 이번엔 길을 뒤집었어. 이해가 안 가."

"그 작자들 머리를 이해하면 사파가 되는 거지."

"천년비는 대체 거기 왜 끼어 있을까? 천년비는 악적이지만 늘 혼자 행동했지 않나."

"혼자 행동하다 보니 안 거지. 혼자서는 아무리 고강해도 질 수밖에 없다는 사실을."

기분 한 번 이상하네. 하지만 뭐. 마음대로들 떠들어라. 나는 이제 그 몸으로는 안 돌아갈 거니까. 나는 천반숙으로 살 거라고. 아니면…… 마마라던가.

젠장. 떡돌이 자식. 나 안 보고 싶나? 나쁜 놈.

"그런데 그 얘기 들었나? 천년비 말이야. 자기 무공에 대해 써둔 일기장이 있다던데."

"!"

잠시 떡돌이 생각을 하느라 마음이 흐트러져 있는데. 정신을 차리고 보니 화제가 이상한 곳으로 가 있다. 일기장 소리에 나는 깜짝 놀라서 그 말을 꺼낸 놈을 쳐다보았다. 다른 탁자에 앉은 놈인데, 반쯤 술에 취해 있었다.

"일기장?"

"어. 제자도 못 두니 급했는지 일기장에 자기 무공 비급을 적어 놨다더라. 뭐 말이 일기장이지 무공 비급인 셈이지!"

피가 발바닥으로 모이는 느낌이 난다. 나는 찻잔을 움켜잡고서 놀란 티를 내지 않으려 고개를 푹 숙였다.

뭐야. 내 일기장 얘기가 어떻게 퍼진 거지? 비밀인데? 아무한테도 보여준 적 없는데? 물론 무공 비급 따위도 안 적혀 있다. 그냥 일기장이지.

개원이와 동굴에서 지내던 시절에 혹시 내가 자리를 비운 틈에 그가 볼까 봐 부끄러워서 다른 데 숨겨 놨는데. 그걸 누가…….

'운호?'

혹시 운호 그 자식이 날 죽이고 일기장을 발견한 거 아냐?!

생각만으로도 간담이 서늘해져서 찻잔을 더욱 세게 움켜쥐자, 안쪽에서 빠드득하는 소리가 나며 잔에 금이 희미하게 갔다.

그 순간. 멀지 않은 곳에서 누가 "어, 운호 왔네!" 하고 소리쳤다. 나는 놀라서 고개를 돌렸다. 이 새끼벌들과 아는 사이였던지, 개운호 이 자식이 민신과 함께 이쪽으로 걸어오고 있었다.

그러다 나와 눈이 마주치자 그가 눈을 가늘게 뜨더니 손가락으로 나를 가리켰다. '네가 왜 여기 있냐'는 듯이.

내가 하고 싶은 말이었다. 그쪽이 왜 여기 있는 거야?

운호 자식이 나를 쳐다보며 눈살을 찌푸리자, 새끼벌들이 신이 나서 물어댔다.

"어, 운호. 천 대협이랑 아나?"

"어떻게 알아?"

"우리는 방금 알았는데. 자네 발이 넓구먼!"

새끼벌들은 특유의 붙임성으로 운호에게도 왁자지껄 떠들었지만, 운호는 대답도 하지 않고 나를 빤히 보기만 했다.

그걸 보자 이 새끼벌들이 내 퉁명스러운 행동을 왜 너그럽게 보아 넘겨주는지 깨달았다. 저 싹수없는 새끼한테 익숙해져서 그렇구나.

하지만 그렇다고 해서 고마운 마음이 드는 건 아니다. 나는 덤덤하게 그를 쳐다보다가 휙 고개를 돌려서 앞에 놓인 음식이나 계속 먹었다.

그러고 있자니 멀지 않은 곳에서 그가 의자를 드르륵 빼내는 소리와 "너희는 저 여잘 어떻게 아는데?" 하고 묻는 운호의 목소리가 들려왔다.

"얼마 전에 우리 문파에서 천년비랑 싸운 적이 있거든. 그때 천 대협이 우릴 도와줬지. 손만 몇 번 내려치는 걸로 사하비단 자식들을 무찌르는데 얼마나 대단하던지. 천년비도 꼼짝 못하고 달아……."

대답은 운호와 다른 탁자에 앉은 무정원이 굳이 몸을 틀어서까지 했다. 하지만 그가 말을 다 마치기도 전. 운호는 인상을 구기는가 싶더니 발로 맞은편 의자를 걷어차 무정원 쪽으로 의자가 날아가게 해버렸다.

"아! 저 새끼 성격 진짜."

무정원은 혀를 차면서도 의자를 붙들었다.

"넌 진짜 성격 죽여야 돼, 개운호. 아니면 그 성격이 널 죽일 거다."

새끼벌이 하는 말 치곤 맞는 말이었으나 운호는 코웃음을 치고서 다시 드륵 소리가 나게 일어나더니, 나를 한 번 쏘아보고는 돌아서서 나가버리는 게 아닌가. 방금 와 놓고서.

"미안. 다들 나중에 봐."

민신은 그게 익숙하다는 듯, 정말로 미안하단 듯이 사과하고 따라 나갔고, 다른 새끼벌들은 둘이 나가자 열심히 운호를 씹기 시작했다.

"하여튼 저거 진짜 성질 고쳐야 돼."

"쟤는 정파 천년비라니까. 성격이 왜 저래?"

"자기 형 아니었으면 진작에 싸움이 나도 수백 번은 났을 건데. 원이 형 덕분에 묻혀 가는 거지 뭐."

"민신이 고생이네. 맨날 따라다니면서 대신 사과하고. 불쌍하게."

같은 정파라고 해서 다 사이좋진 않은가 보네. 하여튼 운호 자식. 나한테만 저따위로 구는 건 아니긴 하구나.

"천 대협. 혹시 운호와 예전에 싸우면서 만났습니까?"

"아니. 왜?"

"저 자식이 원래도 까칠하긴 한데, 오늘 유독 까칠해서요. 천 대협을 보고 더 저러는 거 같은데……."

아니네. 나한테만 저따위로 구는 게 맞구나. 나는 어깨를 으쓱했다. 나도 모르겠다. 쟤는 처음 날 소개 받았을 때부터 저랬으니. 뭔데. 대체 뭐가 문제일까. 처음엔 천년비 이름을 들먹이며 그랬고, 방금도 천년비 이름…… 어?

'그러고 보니 운호 그놈, 천년비 이름이 나올 때마다 더 까칠해지는 거 같은데?'

그 순간. 머리부터 등까지 싸한 기운이 휘몰아쳤다. 깨달음이.

그럼…… 혹시 저거……?

'좋아하나?!'

운호에 관한 생각은 그가 떠난 후 정파 새끼벌들이 다시 내 일기장 이야기를 하는 바람에 쪼그라들어서 한구석으로 밀려났다. 그들이 내 일기장 안에 있을 대단한 무공 비급에 대해 추리하는 동안, 나는 손톱을 질근질근 깨물면서 그 이야기를 하나도 빼놓지 않고 다 들었다.

그 이야기를 듣는 동안 내가 한 생각은 딱 두 가지였다.

첫째. 만약 내 일기장의 존재가 알려졌다면 범인은 날 죽인 사람일 확률이 높다. 즉, 운호가 날 죽였다면 운호고 개원이가 날 죽였다면 개원이다. 물론 지나가다가 우연히 제삼자가 발견했을 가능성도 있지만.

둘째. 내 일기장을 숨겨 놓은 곳에 가 봐야겠다.

이런 생각을 하다 보니 내 표정은 시간이 갈수록 창백해졌고, 그 덕에 정파의 새끼벌들은 내가 피곤해 보인다면서 놓아주었다. 그러면서 다음 약속을 기약했지만, 나는 절대로 나가지 않을 거다.

대신 나는 빠른 걸음으로 개원이의 집으로 돌아가면서, 어떻게 해야 운호와 개원이가 일기장을 봤는지 안 봤는지 확인할 수 있을지 생각했다.

제일 좋은 건 안의 내용을 슬쩍 흘리면서 반응을 보는 건데. 문제는 그런 식으로라도 내 일기장을 유출하고 싶지 않아.

게다가 운호가 만약 '천년비 일기장'을 읽었다면, 내가 그 내용 이야기를 하면 '천반숙이 왜 천년비 일기장 내용을 알지?' 하고 의심하기 시작할 거다. 의심한다고 해서 다른 사람 몸에 영혼이 들어갔으리란 짐작은 웬만하면 못 하겠지만, 그래도 사람 일은 모르니까.

개원이는…… 개원이가 내 일기장을 봤다면…… 후우. 그러면 최소한 뒤처리는 해주지 않을까 싶긴 한데. 이럴 가능성은 작아 보인다. 사람들이 내 일기장 얘기를 한다는 건 이미 뒤처리가 안 됐단 뜻일 테니, 범인은 개원이는 아닐 거 같아.

그런데 한창 곰곰이 생각하며 걸어가고 있자니, 아까 돌아간 줄 알았던 운호가 문 근처 커다란 나무에서 혼자 생각에 잠겨 우두커니 서 있는 게 보였다.

그를 따라간 민신은 그새 어디로 간 건지 보이지 않고 운호 혼자 있었는데, 그 옆모습이 개원이랑 정말로 똑 닮아서 보고 있자니 마음이 아주 휑해졌다.

그 옆모습을 노려보고 있자니 그가 내 쪽으로 시선을 돌렸고, 나는 살기를 감추려 고개를 내리깔았다.

다행이라 해야 할지, 말을 섞고 싶지 않은 듯 운호도 굳이 나를 부르지 않았다. 힐긋 고개를 들어보니 그가 다시 정면을 쳐다보고만 있어서, 나는 그 옆모습을 재차 노려보다가 얼른 집 안으로 들어갔다.

집 안에 들어가자 조사할 게 있다며 자리를 비웠던 개원이가 마침 지나가다가 나를 발견하고는 불렀다.

"잘 왔다, 숙아."

개원이는 나를 보자 다가와서는 잠시 얘기 좀 하자면서 안쪽으로 끌었다. 그러고는 내가 머무는 방 안에 같이 들어가자 목소리를 낮추어서 입을 열었다.

"네가 사망한 시간에 운호가 '그곳'에 있던 건 아닌지 찾아봤어."

"알아. 그럴 거라 했잖아. 결과 나왔어?"

"그게……."

"안 나왔어?"

"잘 모르겠어."

"모르겠다니?"

"그곳엔 없었다고 해. 하지만 그 근처엔 있었다고 해. 그래서 범인인지 아닌지 모르겠어. 근처에 있던 건 확실히 본 사람이 있는데, 짧은 사이에 널 죽이러 다녀올 수 있는지 없는지는 모르겠다."

나는 그의 설명을 차분하게 듣다가, 결론이 '모른다'로 나자 황당해서 개원이를 보았다. 개원이는 자기가 말을 해놓고서도 민망한 듯 굳은 표정이었다.

"미안해."

눈이 마주치자 그가 얼른 사과했다.

진심이 느껴지는 그 표정을 보다가 나는 한숨을 내쉬었다.

개원이가 내 팔에 손을 얹으려 했으나, 나는 손을 피해버렸다.

"비야."

그가 애처롭게 나를 불렀지만 나는 단호하게 돌아서서, 우리 둘 다 피하고 싶어 했을 말을 꺼냈다.

"어쨌든 너희 형제 중 하나가 범인인 거잖아. 네가 아니면 걔겠지. 그런데 걔가 아닌지 모르겠다고? 그럼 너네."

"비야."

개원이 울 것 같은 목소리로 나를 불렀다.

나는 입술을 꽉 깨물고서 고개를 숙였다.

개원이 동생이 범인일지도 모를 가능성을 알았을 때부터, 조사가 애매해지란 건 알았다. 자기가 날 죽였단 누명을 벗고 싶어서 동생 얘기를 하긴 했지만, 과연 그가 친동생을 내 복수의 대상으로 밀어줄 수 있을지는 확신할 수 없었다.

안다. 이건 개원이 잘못이 아니야. 가족이 있다면 다들 그렇겠지. 난 가족이 없지만, 그 정도는 짐작이 간다. 하지만…….

"비야."

그가 다시 나를 불렀으나, 나는 들은 체도 하지 않고 뛰어나갔다. 이 형제 중 하나가 하여튼 내 원수라면, 그리고 둘 중 누가 원수인지 알 수 없다면 둘 다 꼴도 보기 싫었다.

그렇게 뛰고 있자니, 여전히 커다란 나무 아래에 선 채 어딘가를 하염없이 보는 개운호 자식이 눈에 들어온다. 나는 성큼성큼 그자에게 다가간 다음 멱살을 틀어잡을 기세로 쳐다보았다.

"뭐야."

운호는 생각에 잠긴 게 방해받은 게 싫은지 눈썹을 찌푸렸다.

"내내 나와 눈도 못 맞추더니. 왜 사람을 노려보고 그러지, 형님 애인?"

둘러대는 대신, 나는 여기서 결단을 볼 각오로 물었다.

"솔직히 말해. 네가 천년비 죽인 거 아냐?"

개운호는 잠시 놀란 표정을 지었으나 곧 픽 웃으며 중얼거렸다.

"처음엔 형님이 묻더니 이번엔 형님 애인이 묻는군. 뭘 하자는 건지."

"말해."

그래도 내가 다부지게 묻자, 운호는 짜증스러워하는 투로 대답했다.

"둘 다 왜 그렇게 생각하는지 모르겠군."

이걸 대답이라 해야 할진 모르겠지만.

나는 지나치게 흥분하는 티를 내지 않으려 애쓰며 빈정거렸다.

"개원이랑 한번 그 얘길 한 적이 있거든."

운호도 빈정거렸다.

"대단히 너그러운 연인이로군. 전 연인 이야기도 같이해주고?"

휩쓸리는 대신 나는 본론만 또박또박 꺼냈다.

"사람들은 개원이가 천년비를 죽였다는데. 개원이는 천년비를 안 죽였대. 그러면 범인은 개원이랑 똑같이 생긴 너야. 맞아?"

운호는 뭐라고 바로 입을 열었으나 곧 픽 웃으면서 조롱조로 말했다.

"사람들은 늘 함부로 떠들지."

그 말에 이번엔 내가 뭐라 말하려는 찰나, 이상한 점을 깨달았다.

그러고 보니 전에는 생각하지 못한 부분인데…… 개원이든 운호든, 하여튼 두 형제 중 하나가 나를 깊은 산 속에서 죽였다고 쳤을 때.

범인이 누구든 '내가 죽였다'고 나선 사람은 없진 않나? 운호가 죽였다면 그는 개원이 흉내를 내느라 못 냈을 거고. 개원이는…… 왜 개원이가 죽였다고 소문이 났지?

아니, 왜 개원이가 죽였다고 소문이 났는지는 안다. 개원이 외엔 나한테 가까이 접근해 방심시킬 수 있는 사람이 없으니까 그렇겠지.

내가 궁금한 건 그거다. 어떻게 '천년비가 죽었다'는 사실이 알려졌는지. 그게 알려지고, 사람들이 찾아낸 답이 개원이일 테니까.

'정말 뭐지? 내가 죽은 건 대체 사람들이 어떻게 알았지?'

그 생각을 하고 있자니 서서히 흥분했던 마음이 가라앉았고, 내가 여기서 운호에게 뭐라고 따지건 그가 형 흉내를 내서 천년비 죽인 걸 시인하진 않으리란 것도 떠올랐다.

내가 멍하게 있자, 운호는 돌아서며 차갑게 말했다.

"할 말이 그뿐이라면 가지."

갑자기 와서 왜 행패를 부리는진 모르겠지만, 신경 쓸 가치도 없단 투였다. 나도 일단 의문은 뒤로하고 마지막으로 그를 향해 빈정거렸다.

"네가 뭐라고 하든 난 네가 범인이라 생각해. 너라면 천년비를 방심시켜서 죽일 수 있잖아. 천년비가 사랑한 개원이와 똑같이 생겼으니까."

"……."

"그리고 천년비를 죽일 이유도 확실하고."

그 말에 운호는 픽 웃었다.

"나한테 그럴 이유가 어디 있단 거지?"

그러더니 갑자기 소름 돋는 얼굴로 변해서 빈정거렸다.

"아니, 내가 이유가 있어 천년비를 죽였다 해도. 그걸 천년비와는 상관도 없는. 천년비에게서 형님을 가로챈 네가 무슨 상관인 거지?"

무슨 상관이냐고?

"너 좋아하잖아."

"!"

내 정곡에 운호는 얼굴이 순식간에 새파래져서 나를 쳐다보았다.

"너……?"

그걸 보자, 죽어가는 나를 내려다보던 얼굴이 떠오르면서 아주 조금 통쾌한 마음이 든다.

나는 최대한 사악하게 웃으면서 그에게 다가가서, 그의 귀에 대고 정곡을 한 번 더 쑤셔 넣었다.

"너희 형."

"!"

그 말에 후들후들 떨던 운호가 갑자기 입술을 '부득' 씹는 소리가 나더니, 그의 입술에서 피가 주르륵 흘러나왔다.

운호는 한 손으로 나를 밀치고서 다른 한 손으로는 입술을 닦더니 황당한 척 내게 되물었다.

"뭐라고?"

"너 그래서 천년비도 죽이고 나도 싫어하는 거잖아."

"무슨! 사람을 무슨 변태로! 이 여자가?"

화가 나서 나를 붙잡으려는 그를 확 뿌리치고서 나는 곧장 앞으로 성큼성큼 걸어갔다.

그리고 요 며칠간 사 먹어 본 중에 가장 탕후루를 맛있게 만들던 가게에 찾아가 탕후루 세 개를 먹고, 저녁 무렵이 되어서야 다시 개원이의 집으로 돌아갔다.

그땐 이미 단맛의 기운을 빌어 어느 정도 내 마음을 정한 상태였다.

"비야."

내가 방에서 가부좌를 틀고 있자 개원이는 날 찾아와 다시 대화를 시도했다. 그러나 나는 그가 말을 꺼내기 전, 먼저 내 결심을 말해주었다.

"내일 날이 밝는 대로 여길 떠날 거야."

개원이는 입술을 꾹 다물고서 나를 쳐다보다 물었다.

"황궁에 돌아가려고?"

"그래."

개원이의 표정이 좋지 않았다. 하지만 좋지 않아도 어쩔 수 없다.

"지금이라도 너랑 네 동생 둘 중 누가 범인인지 확실히 알려줄 수 있다면 다시 생각해볼게."

"비야……."

"원래도 평생 가출할 생각으로 나온 건 아니었어. 네가 개운호 얼굴 보여준다니 따라온 거지. ……개운호가 진범이란 걸 네가 확실히 알아낸다 해도, 네 동생이 날 죽였는데 우리가 어떻게 둘이 살겠어."

"……."

"알고 싶었어. 내가 사랑한 사람이 날 배신한 게 아니란 걸. 하지만 결국 아무것도 알지 못했어. 너한테 쌍둥이 동생이 있단 것 빼고는."

개원이의 우는 얼굴을 보자 나도 마음이 아파왔지만, 내가 한 말처럼 진범이 운호라는 확실한 증거를 개원이가 찾아왔더라도 우리는 결국 틀어졌을 거고, 개원이는 또 저런 표정을 지어야 했을 거다.

개운호가 진범이란 걸 알게 된다면 나는 그 복수를 개운호에게 했을 거고, 그러면 개원이는 또 아팠을 테니까. 설령 내가 개원이를 위해 복수를 포기한다 해도 나는 내 복수를 포기하게 만든 개원이를 이전과 같은 마음으로 보진 못했을 테니까. 누군가를 사랑한다고 해서 그 사람을 미워하지 못하는 건 아니니까.

"꼭…… 황궁에 돌아갈 필요는 없잖아."

개원이는 한참만에 입을 열었다.

"네가 따로 자리 잡을 수 있게 도와줄게, 비야. 나와 살지 않더라도, 네가 완전히 새로운 삶을 살게 해줄게."

"나는 후궁이야. 폐하가 날 기다려준다고 하지만 원래 후궁이 말없이 가출하는 건 안 돼. 완전히 안심하려면 난 외국 가서 살아야 하는데."

난 우리나라 말도 가끔 막히는데 외국어까지 익힐 자신이 없다. 하지만 이 말을 하면 자존심이 상하니 이 얘기는 하지 말자.

"그리고 폐하 사랑이 대수야?"

"아니야?"

"그럼. 생각해보니 그렇더라. 폐하랑 사이가 틀어지면 뭐 어때. 폐하가 나 싫다고 녹봉 안 주는 건 아니거든. 그래도 후궁으로 있으면 녹봉 꼬박꼬박 나오고 나 챙겨주는 궁녀랑 태감이 여럿이야. 맛있는 음식도 많아."

개원은 당황스러운 목소리로 찬찬히 물었다.

"그런 게 자유보다 좋아?"

"자유? 당연히 좋지. 얼마나 멋져."

나는 인상을 쓰고 팔짱을 낀 채 그를 온실 속 도련님 보듯 쳐다보았다.

"하지만 자유도 돈이 있고 평화가 있어야 누릴 수 있는 거야. 난 남이 흘린 거 주워 먹고, 상한 음식 주워 먹고, 강에서 물고기 잡아다 태워 먹으면서 자유롭게 살았어. 축축한 동굴에서 자고, 길바닥에서 잤어. 객잔에서 자는 날엔 습격받아서 도중에 깨면서 자유롭게 살았어. 근데 그 시절이 좋았다곤 말 못 하겠어."

"!"

"네가 말하는 자유가 돈도 펑펑 쓰고 좋은 객잔에서 지내고 음식에 독도 없고 암살자도 없는 자유야? 그런 자유는 나도 좋긴 해. 근데 가출한 후궁으로 있으면 이번엔 관부에 쫓겨."

내가 정 떡돌이 얼굴을 보는 게 힘들면 그때는 피 토하는 꾀병을 연달아 부려서 환자라 여기 못 있겠다고 궁 밖으로 나오면 될 일이지. 하지만 이 얘긴 굳이 개원이에게 하지 말자.

그리고 내가 개원이의 집을 떠나려는 이유는 개원이나 개운호 둘 중 하나가 날 죽였기 때문만은 아니었다. 물론 그게 큰 이유지만, 그 이유만큼 큰 이유가 하나 더 있다. 바로 복수 방법을 바꿔서 그렇다. 개원이랑 개운호 둘 중 누가 범인인지 정 알 수 없다면 권력이란 걸 이용해서 개씨 가문 전체에 충격을 줘볼 생각이거든.

멸문을 시킨다거나 이런 건 개원이 때문에 하지도 못하겠고 그럴 마음도 없지만, 최소한 분이 풀릴 정도로는 한 번 흔들어 줄 거다. 그러면 어쨌든, 범인에게도 피해가 가겠지. 아직 그렇게 할 구체적인 방법은 생각해보지 않았지만. 이 얘긴 하지 말자.

개원이는 아무 말도 하지 못하고 그저 슬픈 눈으로 나를 바라보고만 있었다. 그의 진지한 시선에 심장이 아렸지만 나는 말을 바꾸지 않았다.

"그래."

한참만에야 개원이는 씁쓸하게 웃으면서 중얼거렸다.

"난 너랑 동굴에서 지내도 좋았다. 축축한 바닥에서 지내도 좋았고, 같이 열매를 따다 씻어 먹어도 좋았다."

나도 좋았어, 그건. 천년비로 지낸 세월 중 너랑 함께한 시간만 좋았어 개원아. 그렇기 때문에 너랑 네 동생 둘 중 누가 원수이든 다시 그 시절로 돌아갈 순 없단 거야.

"그 동굴이, 너한텐 유희였고 나한텐 궁지여서 그래."

"!"

탕후루 세 개로 입안에 단 칠을 해둔 덕에 입 밖으로 온갖 쓴 말을 뱉을 수 있었는데. 그러고 나니 잠이 안 온다.

탕후루 기운이 떨어지자 개원이가 커다란 눈으로 날 바라보던 게 떠올라서 심장이 막 두근두근하고 식은땀이 난다.

그 시절은 나도 좋았다고 말할 걸 그랬나. 하지만 그 얘기를 듣고 개원이가 나한테 계속 매달리면 어떡해.

난 개원이를 위해서 운호를 봐주고 싶은 마음이 없다. 개원이가 범인이라면 더더욱 그런 마음은 없다. 하지만 개원이의 눈은 너무 연약해.

결국, 밤새 끙끙거리느라 나는 한숨도 자지 못했다. 그리고 다음 날 새벽. 나는 짐을 챙겨서 방 밖으로 나왔다.

원래는 그놈 집에서 당당하게 아침 식사까지 하면서 내 원수 후보 둘을 샅샅이 보고 오늘 돌아온다는 개원이의 아빠도 보고 가려 했지만, 개원이를 더 보면 마음이 너무 아플 것 같아 계획을 바꾼 것이다.

"야반도주하는 사람 같네."

그런데 보따리를 들고 멍하게 대문으로 나가고 있자니 기둥 뒤에서 운호가 빈정거리는 목소리가 났다. 홱 돌아보자 그가 기둥에 삐딱하게 기대어 선 채 나를 보고 있었다.

"변태 여자. 형님이 너 변태라 싫대?"

나는 그냥 무시하고 가려다가 마음을 바꿔서 그 앞으로 돌아와 이미 물어보았지만 대답을 듣지 못한 말을 다시 한번 물어보았다.

"네가 진짜 천년비를 죽이지 않았어?"

"천년비는 멀쩡히 살아 있지 않나. 그쪽이나 형님이나 왜 자꾸 산 사람을 죽었다 하는지 모르겠는데."

"네가 죽인 게 아니라면 개원이가 죽였어?"

"형님이 그럴 사람은 아니지."

"그럼 네가 죽였네."

운호는 인상을 찌푸리더니 위협적으로 고개를 기웃했다.

"이상하지. 이 여자, 왜 자꾸 그 일을 캐물을까."

"그건 알아서 상상하고. 이것만 명심해."

"?"

"너희 집안에 뭔 일이 생기면 그건 다 네 탓이야."

"협박 같다?"

굳이 대답할 필요 없는 말이라 나는 돌아서서 그 집 대문을 나왔다.

마음은 어수선하지만 계획은 잡혀 있었다. 일단 귀자를 찾는 거다. 귀자가 내 대답을 기다린다 했으니 그를 찾아가 돌아갈 거라 한 다음에 돈 좀 빌려달라 하자. 돈을 빌려서 유람하듯 이동하고…… 가는 길에 내 일기장 숨겨 둔 데도 들러봐야지.

그러고서 돌아가면 떡돌이가 어떻게 나오는지 보이겠지. 그가 싹싹 용서를 빈다면 내 너그러운 마음이 움직일지도 모르지만, 그가 또다시 날 무시한다면! 뭐, 같이 무시하면서 그냥 사는 거지. 그가 날 무시해도 녹봉은 나올 테니.

'어라.'

그런데 전에 귀자를 만났던 곳에 가 보니 귀자가 보이지 않았다.

'내가 너무 빨리 왔나? 귀자 자나?'

그래, 새벽이니 잘 수도 있지.

나는 귀자의 사정을 이해해주고서 그가 깨기를 기다리며 먹을 탕후루를 사려 했는데. 탕후루 장수도 아직 안 나왔다.

이럴 수가. 두 시진쯤 있다 나올걸.

결국, 별수 없이 근처 골목길에 쪼그려 앉아서 귀자가 날 발견하고 다가오길 기다렸다. 그러나 날이 밝고 장사꾼들이 하나둘 가게 문을 열고 돌아다니는 사람들 숫자가 늘어나도록 귀자는 보이지 않았다.

'귀자 돌아갔나.'

그래도 멍하게 있자니 웬걸. 기다리는 귀자는 오지 않고 생각도 못 한 타천천이 다가오는 게 아닌가.

멀리서부터 눈에 띌 정도로 활짝 웃으며 다가온 타천천은 내 앞으로 오더니 들고 온 찐빵을 건네며 인사했다.

"이런 곳에서 다니 만나다니. 정말 좋다, 녕녕."

"너 진짜 한가해 보인다."

슬슬 배가 고프긴 한지라 일단 찐빵은 받아서 입에 넣었다.

"안에 독 들었으면 어쩌려고 그냥 먹어?"

타천천이 그걸 보고서 한소리를 했지만 무시하고 그냥 먹었다. 사실 찝찝했지만 여기서 그만 먹으면 자존심이 상해서 그냥 먹은 거다.

타천천은 그런 내 모습을 생글생글 웃으며 보다가 내가 마지막 한 입을 다 입에 넣고 손을 털자 다정하게 물었다.

"보따리 들고 어디 가려고?"

"알 거 없다."

나는 딱 잘라 말하고서 손을 털고 일어났다. 여기서 귀자를 기다리고 싶지만 타천천이 자꾸 말을 걸면 귀찮으니 돌아다니면서 귀자를 찾아볼 생각이다.

그러나 타천천은 어딜 가지도 않고 나를 계속 졸졸 쫓아다녔다. 너무 귀찮아서 쳐다보자 타천천이 허리를 굽히더니 내 귀에 대고 속삭였다.

"어딜 그렇게 쳐다봐? 혹시 누구 찾아, 넝넝?"

"!"

나는 확 돌아서서 타천천의 멱살을 쥐고는 담벼락에 쾅 가져다 붙였다.

"귀자 어디로 데려갔어."

타천천이 대답하기 전에 목덜미에 차가운 검날이 닿았다. 옆을 보니 거울 속에서 보던 내가 굳은 얼굴로 내 목덜미에 검을 들이밀고 있었다. 시선이 마주치자, 내 얼굴을 한 가짜가 기어들어가는 목소리로 말했다.

"감히 검을 들이밀어 죄송합니다. 단주님 목에서 손 치우시지요."

나는 손을 치우는 대신 말했다.

"사랑하는 얼굴이라 때리기가 싫네. 너나 치워."

안 치우면 때릴 거란 소리였으나, 내 얼굴을 한 가짜는 덤덤한 말투로 거절했다.

"존경하는 분의 명령이지만 따를 수 없습니다. 죄송합니다."

아 그래. 싫구나. 어쨌든 한 번씩 말을 주고 받았으니 된 거겠지.

"존경은 얼어 죽을."

나는 가짜의 말에 내 대답을 들려준 다음, 발을 들어 상대의 복부를 걷어찼다. 차마 내 얼굴은 때릴 수 없어 배를 찬 것이었으나, 가짜는 내가 자기를 때릴 줄 몰랐던지 놀라서 눈을 커다랗게 떴다.

그 사이 타천천은 슬그머니 내 손목을 치고서 몸을 뒤로 빼더니, 눈 깜짝할 새 자리를 피하며 히죽 웃었다.

그놈을 다시 잡으려 했으나, 내 몸에 들어온 가짜는 나와 달리 타천천을 철석같이 위하는 인물인 듯 검을 크게 휘두르며 날 베려 들었고, 나는 타천천을 쫓지 않고 가짜의 손목을 걷어찼다.

"뭐야 넌."

"겨루게 되어 영광입니다. 이길 수 있다면 더욱 영광일 겁니다."

"몸과 영혼의 싸움이라."

타천천이 웃으며 중얼거렸다.

"늘 결과가 궁금했지."

그 말이 끝나자마자 타천천의 앞으로 술잔 하나가 내밀어졌다.

"취향이 나쁘십니다."

술잔을 건넨 이는 태안루주였다.

타천천은 빙그레 웃고서 술잔을 받아 마셨다.

"다른 사람은 몰라도 루주는 궁금할 줄 알았는데요."

"그다지."

"루주는 과거에 미련이 없군요?"

태안루주는 어깨를 가볍게 까딱이고 자기도 술을 한 잔 따라 마셨다. 그의 깊은 눈동자가 사람들을 훑었다. 가볍게 주고받던 몇 합 공격은 점점 거세졌고, 두 천년비가 주고받는 공격 사이사이엔 살수가 섞였다.

구경꾼은 더 늘어났고 이제 몇몇 무림인들은 천년비의 얼굴을 알아보고 있었다.

"아니, 저자는 천년비 아닌가?"

"천년비가 또 애먼 사람을 잡고 있군."

"상대하는 여잔 누구지?"

"글쎄. 천년비가 하나둘 공격하나. 한데 저 여잔 좀 약해 보이는군."

"약해 보인다고? 자네 장난하나? 지금 천년비가 저 여자 손끝 하나 못 건드리고 있는데?"

"천년비가? 일부러 그런 척하는 거겠지!"

"하지만 저 여자, 정말 대단해. 눈 하나 깜짝하지 않고 천년비를 상대하잖나."

둘 다 천년비란 걸 아는 타천천은 그저 이 상황이 우습기만 해서, 계속 웃음을 흘리면서 연신 술잔을 기울였다.

태안루주는 말없이 옆에서 같이 술을 마셨다. 그러다 승패가 슬슬 보이기 시작할 즈음. 그가 자신의 다루로 돌아가기 위해 몸을 일으키며 지나가듯 말했다.

"용화노가 사라졌단 말을 들었는데요."

타천천은 여전히 엉덩이를 붙인 채 대답했다.

"그렇지요."

"괜찮습니까?"

태안루주의 말에는 질문이 생략되어 있으나 타천천은 바로 알아듣고서 살포시 웃었다.

"용화노가 원하는 건 그가 원하는 건 아니겠지만 내가 원하는 바와 비슷하니 괜찮습니다."

최대한 비꼰 말에 태안루주는 눈살을 찌푸렸으나, 타천천은 그를 더이상 바라보지 않았다. 태안루주는 몸을 돌려 그 소란에서 빠져나왔다.

사람들이 정황상 '내' 편을 드는 건 맞는데. 어째 욕을 듣는 건지 응원을 듣는 건지 구분이 되지 않는다. 사람들의 그 응원을 듣다 보니 오히려 기분은 상하고 이 싸움은 그리 재미있지도 않다.

가짜는 내 몸을 제대로 다루지도 못하고, 그렇다고 자기 방식으로 사용하지도 못했다. 강시라는 이점을 살리기 위해서인지 방어를 포기하고 공격에만 치중하고 있는데, 그때마다 혀가 저절로 차졌다.

'나 강시요'라고 홍보라도 하고 있나? 급소는 막아라 좀.

하여튼 지금 내게 중요한 건 귀자를 찾는 거지 내 몸을 차지한 누군지 모를 사람과 싸우는 게 아니었다. 게다가 내 지금 몸은 체력이 부족해서 시간을 끌면 내가 불리해질 수도 있었다.

"이쯤하고 끝낼게."

나는 적당히 속전속결로 전투를 끝내기로 하고서 그녀의 복부로 손을 보내는 순간. 내 비장의 한 수나 다름없는 천수비를 사용했다.

"!"

대외적으로 사용하던 내 무공은 천견비였지만 너무 대외적이다 보니 누군가 알아볼지도 몰라서.

반면 천수비는 내 특기이지만 오히려 본 사람 수는 적었다. 대부분 하늘로 갔거든. 강시니까 저쪽은 하늘로 가진 않겠지만.

가짜는 내 손이 배에 닿는 순간 눈을 커다랗게 뜨고서 뒤로 확 물러났다. 하지만 강시의 몸이 튼튼하긴 튼튼한지 완전히 뒤로 넘어가 쓰러져서도 기절하긴커녕 나를 놀란 눈으로 쳐다보기나 했다. 마치 배신이라도 당한 표정으로.

'뭐야? 왜 저렇게 쳐다봐? 내가 봐주면서 싸울 줄 알았나.'

왜 저런 표정인진 모르겠으나, 나는 흐트러진 피풍의 양 끝을 잡고 툭 털고서 구경꾼들 사이에 섞인 타천천을 쳐다보았다.

'천년비가 날아갔다'라거나 '천년비를 날린 저 여자는 누구냐'라며 웅성거리는 사람들 사이에서 타천천은 히죽히죽 웃고 있었다. 어디서 난 건지 술잔을 들고서.

그러다 싸움이 완전히 끝난 듯하자 타천천은 털레털레 다가와 웃었다.

"난 녕녕 그대가 이길 줄 알았어."

"귀자 어딨어?"

"이름은 모르겠고. 찾는 게 내시라면 지금쯤 뱃놀이 중이지."

째려보자 그가 활짝 눈웃음을 지었다. 그 모습은 보기엔 좋았으나 몹시 짜증이 났다. 나는 인상을 찌푸리고서 그의 귀를 잡아당겨서 거기에 대고 속삭였다.

"네가 내 목숨을 구했으니 이번엔 그냥 넘어가. 하지만 다음에 또 허튼 짓하면 가만히 안 둘 거다."

"기대되는 일이지만. 그러기엔 아직 그대가 너무 약하지 않을까?"

나는 빙그레 웃는 타천천의 귀를 놓았다. 그러고 나루터로 달려가려는데, 아까 날아갔던 가짜 내가 우물우물 다가왔다.

왜 저러나 싶어 보자 가짜 나는 쭈뼛거리다가 기어들어가는 목소리로 다시 말했다.

"정말 존경하고 있습니다. 진심으로요."

뭐라는 거야, 타천천과 한패거리면서? 게다가 이 자리에 있는 건 타천천이랑 같이 귀자를 납치했다는 거 아냐? 아까 너 내 목에 칼도 들이밀었어요, 이 사람아. 물론 나도 천수비로 공격하긴 했지만.

할 말이 여러 개지만 굳이 나눌 필요도 없다 싶어서 나는 몸을 돌려 나루터로 달려갔다.

타천천은 옆을 보았다. 아유정은 멍한 표정으로 멀어지는 천년비의 뒷모습을 보고 있었다. 타천천은 키득키득 웃으면서 그녀를 놀렸다.

"그대가 존경하는 풍랑 공이 그대는 눈에도 안 들어오나 봅니다."

아유정의 표정이 어두워졌으나 타천천은 조금도 개의치 않는 듯했다.

"천 대협은 제가 싫으신 걸까요."

"그냥 내 부하23 정도로 보는 거겠지요. 존재감 없지만 싫은."

아유정의 안색이 더욱 나빠졌다.

그러나 그 기색이 가시기도 전에, 이번에는 천년비의 얼굴을 알아본 정파인 몇 명이 이를 갈며 다가오기 시작했다.

"천년비. 잘도 당당히 얼굴을 들고 다니는구나."

"오늘 여기가 네 무덤이 될 거다."

하지만 이번에는 그들의 주위로 다른 사파인들이 아니꼬워하며 다가오기 시작했다.

"여기가 누구 무덤이 될진 붙어 봐야 알지 않나?"

"정파인들 허세는 몇 번을 봐도 꼴 보기 싫구먼."

분위기가 흉악해지자 아유정은 한숨을 내쉬고서 다시 공격 준비를 했다. 타천천은 마지막 술 한 모금을 들이켜고서 놀러 가잔 투로 지시했다.

"길게 상대할 것 없습니다. 갈 준비를 하지요."

"네."

"어? 반숙이 손님 아닙니까?"

내가 나루터에 가서 까치발을 들고 배를 여기저기 살피며 다니자 내 단골 뱃사공이 얼굴을 알아보고 손을 흔들어주었다. 잘됐다 싶어서 나는 얼른 그에게 다가가 사정을 설명했다.

"어떤 X 같은 새끼들이 내 친구를 배에 태워서 흘려보냈다!"

"예? 정말인가요?"

"그래. 나 좀 도와줘. 나 좀 도와줘."

뱃사공은 의리 있게도 바로 나를 태워주었고, 우리는 여기저기 배란 배는 다 확인하면서 다닌 끝에 호숫가에서는 잘 보이지도 않는 구석에 가라앉아 가는 배에서 귀자를 발견했다.

귀자는 꽁꽁 묶인 채 입이 막혀서 몸의 반이 물에 잠겨 있었다.

"아이고오! 귀자야!"

나와 뱃사공은 얼른 귀자를 끌어다 우리 배에 놔두고 그의 젖은 옷을 벗겨 물기를 짰다.

"의원이 여기 근처 어디 있을 겁니다."

"빨리 가자. 빨리!"

뱃사공은 의원이 있는 곳으로 최단 거리로 노를 저었고 나는 귀자가 괜찮은가 빠르게 살폈다.

"다행이다, 귀자야. 입술이 파랗긴 한데 그 외엔 괜찮아 보여."

"손님? 입술이 파랗다면 안 되는 거 아닌가요?"

"그럼 더 빨리 가줘! 더 빨리!"

뱃사공이 온 힘을 다해 노를 젓는 동안 나는 초조해서 귀자의 팔을 주물러주었다. 다행히 얼마 지나지 않아 뱃사공은 호숫가에 배를 댔다.

"고마워!"

나는 뱃사공에게 진심으로 인사하고서 귀자를 업었다.

"제, 제가 업는 게 낫지 않을까요?"

뱃사공이 물었지만, 그에게 더 폐를 끼칠 순 없어서 나는 괜찮다고 말하고서 의방으로 뛰었다.

"의원! 사람이 물에 빠졌소!"

다행히 의원은 의방 안에 있어서, 내가 외치자마자 뛰어나왔다. 의원이 가장 변두리에 있는 방을 치워주어서 나는 귀자를 거기에 눕혔다.

의원은 귀자를 빠르게 진맥하며 말했다.

"가벼운 저체온증이로군. 심각하진 않소."

"그럼 괜찮은 건가?"

"몸을 데울 만한 뜨거운 탕약을 한 사발 주지."

의원이 두꺼운 이불을 가져다주고 나가자, 나는 다시 귀자의 남은 젖은 옷도 다 벗겨 놓고서 그를 이불로 똘똘 말아주었다.

이후 의원이 가져온 탕약을 먹이고 나서 한숨 재우자 귀자는 그제야 좀 제정신이 드는지 눈이 또렷해졌다.

"오늘 하루는 여기서 재우시오."

나는 귀자의 옷에서 발견된 돈으로 값을 치른 다음, 내 식사와 이불도 가져다 달라고 하고서 추가로 돈을 냈다.

그러고서 의원이 나가자 바닥에서 자려고 이불을 깔고 그 위에 앉아보았다. 하지만 내가 이불에 앉자마자 귀자가 벌떡 일어나더니 갑자기 내 앞으로 다가와 무릎을 꿇는 게 아닌가.

"왜 그래?"

의아해서 쳐다보자 귀자는 주저하더니 입을 열었다.

"절 이 꼴로 만든 자에게서 마마가 '천년비'란 이름의 무림인이란 것과 지금 '천년비'란 이름으로 활동하는 이가 가짜란 걸 들었습니다."

순간 심장이 철렁했다. 타천천 개새끼 알차게도 말하고 갔구나. 나는 뭐라 반응해야 좋을지 몰라 잠시 멍한 채 있었다.

그 상태로 귀자를 쳐다보자 귀자도 나를 바라보았다. 이게 다행인지는 모르겠으나 귀자는 내가 천소여가 아니란 건 모르는 눈치였다. 기몽이랑 비슷하게, 내가 한때 천년비란 가명을 사용했단 오해를 하는 듯했다.

하지만 기몽은 의심을 하는 거고, 이쪽은 다 들어서 확신을 하는 것이라 어떻게 대응해야 할지 모르겠다. 나는 멍하게 귀자를 쳐다보다가 그가 일단 나를 멀리하는 기색은 아니기에 정색하고 물었다.

"귀자야. 넌 의리가 있느냐."

그가 입을 다물길 바라고 한 말이었으나 귀자는 생각보다 더 의리가 있었다. 그는 결단에 찬 표정으로 단호하게 말했다.

"목숨을 구해주었으니 평생 충성을 바칠 겁니다."

"폐하는?"

"폐하를 배신하지 않는 선에서 천빈 마마를 최우선으로 두고 행동할 겁니다. 폐하보다요. 사람 일이 꼬이고 꼬여 천빈 마마를 최우선으로 둘 수 없다 해도, 이 사실은 평생 함구할 겁니다."

그가 목숨을 구해주었으니 황제를 버리고 내게만 충성한다고 말했다면 오히려 좀 찝찝했을 것이다. 하지만 그가 떡돌이를 배신하지 않는 선에서 내게 충성을 다하겠다고 하자 오히려 좀 믿음이 갔다.

나는 귀자의 단호한 머리통을 쳐다보다가 고개를 끄덕이고서 그를 직접 일으켜 세워주었다.

"알았으니 일어나."

"마마, 소신은……."

"이 일을 비밀로 지키면 된다."

"당연하지요!"

"그리고 나도 이제 황궁에 돌아갈 거야."

단호하고 다부진 표정으로 있다가, 내가 돌아간단 소리에 귀자는 깜짝 놀라 나를 보았다.

"그, 그럼 이제 폐하를 받아주시는……."

"그건 아니야."

"!"

"있을 곳이 없으니 돌아가는 거지."

단호한 말에 귀자는 "그렇군요." 하고 멍하게 중얼거렸다.

뭐라고 반응해야 할지 모르겠다는 듯. 이게 좋은 일인지 나쁜 일인지 모르겠다는 듯.

그런 모습을 보다가 나는 다시 입을 열었다.

"그리고 돌아가는 길에 해야 할 게 두 가지 있다."

"두 가지요?"

"하나는 내 일기장을 찾는 거."

"예? 일기장요?"

귀자는 왜 여기서 일기장 이야기가 나오냐는 듯 나를 쳐다보았다.

"일기장은 왜……."

"남들이 읽길 원하지 않으니까."

"그건 그렇겠지만……."

"다른 하나는. 촉비 가문에 들렀다 갈 거야."

귀자의 표정이 아까와 다른 의미로 혼란스러워졌다.

"예?"

나는 팔짱을 끼고서 얼굴을 찡그렸다.

"나는 촉비와 머리싸움을 할 자신이 없어. 그러니 어쩔 수 없지. 내가 아는 사람 중 가장 머리 좋은 사냥개가 촉비를 물어뜯게 하는 수밖에."

"!"

귀자는 놀라서 입을 벌리고 있다가 조심스럽게 물었다.

"그 사냥개가……."

"기몽 장군."

"예?"

"우리 기몽이 뭐 하나 발견하면 절대 물고 안 놓지."

그 대상이 나만 아니면 기몽은 참으로 잘생기고 능력 좋은 장군이다.

귀자는 멍하게 있다가 느리게 수긍했다.

"기몽 장군이라면 무슨 수든 쓰긴 하겠지만…… 하지만 마마. 기몽 장군이 자기가 꽂힌 일에 미친, 아니, 열심히 달려들긴 하지만 남한테 쉽게 이용당할 작자가 아닙니다."

"알아."

한 번 이용해 먹으려다가 엎어졌지. 기몽이 엎은 건 아니었지만. 그 안에서 갑자기 선황제 서신이 나와서 일이 커진 거지…….

그런데 참 이상하단 밀이지. 아직도 모르겠어. 왜 필첩이 선황제 서신으로 바뀌었을까?

"거기선 원래 필첩이 나와야 했는데."

"필첩이요?"

나도 모르게 소리를 내어 중얼거리자 귀자가 옆에서 의아해하며 묻는다. 나는 그에게 일단 침상에 이불 싸매고 누우라고 한 다음, 솔직하게 알려주었다.

"촉비가 보따리를 떨어뜨렸잖아. 내가 기몽을 그 현장에 불러왔고. 거기서 선황제 서신이 발견되고."

"그랬지요."

"난 그 보따리 안에 필첩이 있는 줄 알았거든?"

"필첩이요?"

"촉비가 죽인 태감이랑 궁녀들. 어디에 시신을 처리했는지, 하나하나 적어 놨더라고. 왜 그게 선황제 서신으로 바뀐 건지 모르겠어."

귀자는 눈을 맹하게 끔뻑거렸다. 나는 어깨를 으쓱하고서 나도 이불 안으로 들어가 누웠다.

"됐어. 어쨌든 촉비는 기몽이 물어 뜯으러 갈 거니까."

"달리 생각하신 방도가 있습니까?"

"기몽이 수사하다가 중간에 실패한 일이 있지."

'천년비진쾌도래'라고 쓰여 있는 종이. 수사 상황을 내가 다 보고 받는 건 아니지만, 어쨌든 내가 알기로 중간에 멈췄을 거다. 진범인 비원이 멀쩡히 돌아다니고, 비원을 팔아넘기려 했던 우 귀인은 오히려 자기가 비원에게 당했으니.

"예, 마마."

"그때 기몽이 발견한 종이. 그런 비슷한 종이를 만들어서 촉비 본가에 묻어둘 거다."

"예? 어떻게요?"

"담벼락을 넘어간 다음 흙을 파서 안에 넣고 덮는 거지."

"아하."

나는 이불을 끌어안고 있다가 의욕에 꽉꽉 차 돌아누우며 지시했다.

"일단 자자. 내일부터 하면 돼. 내일 한 번 더 진료받고. 네 몸 상태가 괜찮다고 하면 출발하자."

'천빈에게 전하라. 한 달 시간을 준다고.'

황제의 전언을 가지고 수도로 올라온 그림자는 당황스러웠다.

'어디 가셨지?'

떠나기 전엔 분명 개씨 가문에서 지내고 있었는데. 돌아와보니 그곳에 없었던 것이다.

"마마께선?"

다른 그림자에게 묻자, 손가락으로 성문을 가리키며 말했다.

"수도 밖으로 떠나셨네. 귀자가 함께 갔으니 괜찮을걸."

"뭐?"

당황하는 그림자를 보며, 동료 그림자가 의아해 물었다.

"뭘 그렇게 놀라? 계속 쫓아가면 되지."

"쫓아가는 게 문제가 아니라 그러지!"

"또 무슨 문제가 있나?"

그림자는 손으로 이마를 짚었다. 문제? 있었다. '기한을 한 달 준다'라는 황제의 명령을 전해야 하는데. 이 명령을 전하지 못하면 시간 계산을 뭘 기준으로 해야 한단 말인가.

황제는 지금쯤 가는 날 오는 날 계산해서 하루하루 세고 있을 사람인데, 정작 천빈이 그 말을 들을 수 없다면!

"아이고, 나 가네! 나중에 보세!"

일기장을 숨겨둔 곳으로 가는 길은 좀 멀다. 하지만 나와 귀자에게는

할 일이 많았기에, 우리에게 이 여정은 조금도 길게 느껴지지 않았다.

"머네요, 마마."

나에게 이 여정은 조금도 멀게 느껴지지 않았다.

"어디까지 가는 건지요? 혹시 이 길로 행궁까지 갑니까?"

"아니."

"그럼요?"

"내 일기장을 숨겨둔 데 간다니까."

"뭔 일기장을 이리 깊숙이 숨겨두신 겁니까. 사람 일기장이 다 거기서 거긴데요."

이동하던 도중 잠시 객잔에서 쉬어갈 때, 귀자가 참지 못하고 내게 물었다. 나는 큼큼 헛기침을 한 다음 느긋하고 호젓한 사파의 고수다운 모습을 챙기며 대답했다.

"귀자 너도 알겠지만 천년비 소문이 그리 좋진 않지."

"안 좋은 수준이 아니라 쓰레기지요."

"……."

"그래서 이상합니다. 우리 마마는 그럴 분이 아니신데. 어찌……?"

내가 눈을 가늘게 뜨고 째려보자 귀자가 말을 바꾸고서 헤실헤실 웃는다. 원숭이 부성이랑 같이 '마마!' 외치면서 놀 때 알아봤지만, 입이 좀 팔랑거리는 모양이다.

하지만 입이 팔랑거려도 심장이 무거우면 됐지. 나는 그를 혼내는 대신 듬직한 모습으로 설명해주었다.

"나에 대한 헛소문이 많았지만, 그래도 체통을 잃지 않고 위엄 있는 고수의 모습을 가지려 노력을 했어. 두려움의 대상이 되는 것도 힘든데, 두려움에 멸시까지 받으면 더 힘들 거 같았거든."

"!"

“하여튼 그래서 늘 듬직한 모습을 보였지. 하지만 나도 힘든 생각이 있으면 막 털어놓고 싶잖아. 가끔 누구랑 얘기하고 싶은데, 친구나 가…….”

이런. 천소여는 가족이 있지. 말을 좀 바꾸자.

“친구나 부하가 없으니 말할 상대도 없고. 그때마다 일기를 썼어.”

“아.”

“그 안엔 내 약점은 없지만 내 약한 모습이 가득해. 그래서 아무에게도 보여주고 싶지 않아서 깊숙이 숨겨두었다.”

귀자는 내 말에 표정이 묘해져서 고개를 끄덕였다.

나 역시 기분이 좀 이상해져서 괜히 머리를 긁었다. 내 일기장에 대해 이렇게 대놓고 얘기한 건 처음이라 좀 싱숭생숭한걸?

“어쨌든 귀자야, 넌 이거 하나만 명심하면 된다.”

“네, 마마.”

“지금 활동하는 그 채신머리 없는 천년비는 나랑 관련 없는 사람이다.”

“예. 아무렴요.”

귀자가 고개를 크게 끄덕인다. 나는 그의 어깨를 두드려준 다음, 먼저 자리에서 일어서며 지시했다.

“식사 마치면 내 방으로 와라. 할 일이 많다.”

일기장을 찾으러 가면서 내가 귀자와 하는 건 바로 가짜 ‘천년비진쾌도래 종이’ 만들기이다. 하지만 필적을 바꿔야 하는 데다 만들어야 하는 게 500장이다 보니, 이게 생각처럼 쉬운 일은 아니었다. 그래도 촉비 본가 전체에 종이를 묻으려면 500장은 필요하지.

계속 붓을 움직이다 보면 팔도 아프고 그렇지만, 우리는 낮에는 이동하고 밤에는 객잔을 잡아 가짜 천년비진쾌도래 만들기를 오래도록 계속했다. 그렇게 하기를 한참. 마침내 내 일기장을 숨겨둔 산 아래에 도착했다.

"여기다."

나는 개원이와 함께 지냈던 산 아래에 서서 잠시 멍하게 산을 올려다보았다. 높은 산을 보자 마음이 술렁거리면서 싱숭생숭해졌다.

나는 여기서부터 저 산까지 몇십 번을 왔다 갔다 이동했다. 여기서 우리가 지내던 동굴에 가는 길도 알고 지름길도 알고 멀리 돌아가는 길도 안다. 그 동굴에 가면 개원이가 웃으면서 날 맞이하던 모습도 생생히 기억난다.

"마마? 왜 그러십니까?"

"산이 예뻐서."

"예?"

"공기도 좋고."

"산을 좋아하시는군요."

너무 감상적으로 보이지 않도록 웃고서, 나는 산길로 발을 디뎠다.

여기까지 온 김에 내가 죽은 장소. 나와 개원이가 살던 그 동굴에 가보고 싶은 마음이 커다래졌지만, 당시 기억이 살아나면 너무 괴로울 것 같아서, 일부러 그쪽은 쳐다도 보지 않았다.

나와 개원이의 동굴로 가다 보면 갈림길이 나오는데, 대신 나는 그쪽으로 빠져서 곧장 일기장을 숨겨둔 곳을 찾았다.

귀자는 내가 일기장을 숨겨둔 곳을 발견하자 놀라서 탄성을 뱉었다.

"어디 바위틈 같은 데 숨겨두신 줄 알았는데. 아름답습니다, 마마. 등잔 밑이 어둡다고, 허점을 노려서 이런 곳에 숨기셨군요?"

귀자는 날 칭찬했지만, 나는 그의 말에 대답해주기 어려웠다. 나는 바위틈에 일기장을 숨겨둔 게 맞아서.

그런데…… 내가 죽은 사이에 무슨 일이 벌어진 건지, 여기는 더이상 바위가 덩그러니 있는 산 중턱이 아니었다. 빼곡한 나무 사이로 동그랗게 땜빵처럼 난 부분에 과꽃이 한가득 피어 있었던 것이다. 빈틈도 없이 빼곡하게. 멍하니 그걸 보고 있자니 귀자가 옆에서 쫑알거리는 소리가 계속 들려왔다.

“그런데 신기하네요. 이 계절에 과꽃이 피다니요. 과꽃은 빨라도 여름은 되어야 피지 않습니까, 마마. 이 부근만 날씨가 따뜻한 걸까요?”

“……모르겠어.”

왜 하필 과꽃이 피어 있을까. 나는 멍하게 중얼거리고 있다가, 일기장을 찾아 주위를 두리번거렸다. 그래, 난 일기장 찾으러 온 거지.

하지만 이곳 경치가 완전히 바뀌었다는 건 일기장이 여기 없을 수도 있단 뜻이겠지. 꽃밭을 만들 정도면 이곳을 샅샅이 다 보았단 걸 테니.

심장이 두근두근 뛴다. 나는 일기장을 숨겨둔 곳으로 빠르게 달려가보았다. 다행히 쪼개진 심장처럼 보이는 커다란 바위틈 깊숙이 손을 뻗자 종이 묶음이 손끝에 닿았다.

‘있다!’

나는 안도해서 얼른 일기장을 꺼냈다.

‘내 일기장! 있다!’

“찾으셨군요?”

내가 일기장을 끌어안고 좋아하자, 꽃구경을 하던 귀자가 같이 기뻐해주었다.

나는 웃으면서 고개를 끄덕인 다음 그에게 이쪽을 보지 말라 당부하고서 바위 위에 앉아 무릎에 일기장을 얹고 주르륵 훑어보았다.

‘내 일기장 맞지? 누가 본 흔적은 없겠지?’

사실 봤더라도 알아챌 방법은 없겠지만.

"!"

하지만 일기장을 주르륵 살피자마자, 여기 와서 과꽃을 보았을 때만큼 놀라고 말았다.

내 일기장. 누가 본 게 틀림없었다. 일기장 여기저기에 누군가 한두 마디씩 작은 글씨로 깨알처럼 말을 덧붙여둔 것이다. 내 말에 대답하듯이.

그러니까…….

사람들은 내 어떤 점이 싫은 걸까.

누군가 이 부분에 동그라미를 친 다음, 작게 글씨를 써두었다.

네가 자기들보다 뛰어난 점.

절대로 내가 써둔 거 아니다. 물론 내가 혼자서 칭찬을 잘 하긴 하지만, 그렇다고 일기장에 이런 걸 써두진 않는다.

뭐야. 그럼 내 일기장을 훔쳐보고 과꽃 밭을 만들어 둔 사람이 쓴 건가? 빠르게 종이를 더 넘겨 보았다.

따뜻한 밥을 먹고 싶다.

편하게 앉아서.

주위에 시체가 없는 곳에서.

이런 투정 같은 글에도 글귀가 붙어 있었다.

내가 그쪽으로 갈 수 있다면.

몇 장을 더 넘기자 "안녕, 일기장아." 하고 써둔 별말 아닌 부분에도 "안녕, 천년비."라고 대답이 쓰여 있다.

그렇다고 모든 부분에 대답이 쓰인 건 아니고. 그냥 제멋대로 규칙 없이 써둔 것 같았다. 읽으면서.

'대체 누가 이런 짓을?'

부끄럽기도 하고 멍하기도 하고 코끝이 좀 찡하기도 해서 일기장을 퍽퍽 열심히 뒤로 넘기고 있자니, 어느 지점에서 내 일기가 끊겼다.

개원이가 외출했을 때, 혼자 동굴에 있으려니 싫어서 이쪽으로 와 쓰고 남긴 일기다. 내가 죽기 하루 전에 쓴 일기.

물론 이 일기를 쓸 당시의 나는 그저 개원이랑 행복에 젖어 있어서, 앞부분과 달리 이때의 일기는 마냥 밝기만 했다. 하루 뒤에 내가 죽을 거란 생각은 할 수 없으니까.

하지만…… 이 뒤에 난 아무것도 적은 게 없을 텐데. 뒤에 먹물이 번진 자국이 있었다. 뒷장에도 뭔가를 적은 것처럼.

주저하다가 나는 종이를 잡고 한 장을 넘겨보았다.

"!"

역시나. 누군가 내 일기 뒤를 이어 적고 있었다. 내 일기에 짧게 답을 써둔 그 글씨 그대로.

나는 천천히 일기장을 한 장 넘겼다. 떨리는 손으로 쓰기 시작한 글씨는 뒤로 갈수록 진정되었고, 마지막 줄은 비교적 단정했다.

내 일기에 이어서 적은 첫 문장은 이랬다.

시작은 셋이었으나 중간엔 둘이 되었고, 결국 아무도 남지 못했다.

'무슨 소리지?'

뭐라 써두긴 했는데 무슨 말인지 모르겠다.

마지막 장을 펼치자, 그곳엔 이렇게 쓰여 있었다.

내가 그곳으로 갈게.

너는 외로운 걸 싫어하니까.

이건 또 무슨 뜻일까, 생각하고 있는데 귀자가 나를 불렀다.

"마마."

일기장을 덮고 고개를 들자 귀자가 내 지시대로 이쪽을 쳐다보지 않은 채 날 부르고 있었다.

"마마, 이제 슬슬 내려가야 합니다. 산은 빨리 어두워지잖아요. 너무 늦게 내려가면 길을 잃습니다."

"어어. 그래. 그러자."

나는 일기장을 덮고 일어서며 내 일기를 이어 적은 사람이 누구일지 생각해보았다. 어쨌든 일기를 이어 적을 정도면 최소한 내 일기를 읽고 비웃진 않았겠네. 그나마 다행이다. 그리고 이 사람이 일기장 소문을 낸 것도 아닐 거 같아.

'나중에 궁전에 돌아가서 읽어보면 되겠지.'

찬찬히 읽다 보면 누가 쓴 건지, 안에 흔적이 있을 거다. 다른 글도 아니고 일기잖아?

이후 우리는 산을 빠르게 내려왔지만 내려오는 도중 날이 어두워져서 결국 쪼그리고 앉아 달달 떨며 노숙해야 했다.

"죄송합니다, 마마."

귀자는 코를 훌쩍이며 사과했지만 애초에 그를 여기까지 데려온 것도 시간을 끈 것도 나이기에 뭐라 탓할 수가 없었다.

나는 이렇게 책임도 공정하게 진다.

"괜찮아. 네가 날 따라온 거지 내가 널 따라온 게 아니니까."

"마마……."

"본궁은 이리 어질다."

내가 배를 내밀자 귀자는 귀한 영물이라도 본 듯 넙죽 절을 했고, 나는 흐뭇하게 그 모습을 바라보았다. 그러고 있자니 귀자는 눈치껏 절을 끝낸 다음 알려주었다.

"그런데 마마. 마마는 아직 본궁이 아니십니다."

"정말이야? 그럼 언제부터 본궁이라 해도 되는데?"

"수도에 마마께서 머무르고 계신 그 전각을 벗어난 다음에요."

"……생각해보니 떡돌이가, 내가 행궁에 다녀올 때쯤이면 훨씬 살기 좋은 집을 마련해 준댔는데. 이젠 다 까먹었겠지?"

"그럴 리가요. 행궁에서 싸우셨으니 본궁까진 아직 그런 명령을 안 내리셨을 겁니다, 마마."

다음날부터는 방향을 바꿔서, 나는 귀자가 안내하는 대로 촉비 본가로 이동했다. 그 과정에서 우리는 조금 꼼수도 부렸다.

"뒤를 그림자들이 따라오고 있을 테니, 그자들을 한 번 따돌리고 가야 합니다, 마마."

"너도 그림자 출신이면서. 그래도 돼?"

"하지만 마마께서 촉비 마마 본가에 갔던 게 폐하 귀에 들어가면……."

"싫어하겠지."

"네. 오해를 살 수도 있으니까요. 차라리 아예 뚝 떨어뜨리고 가는 게 낫습니다, 마마."

"이렇게까지 도와도 돼?"

"어차피 촉비 본가에 들렀다가 행궁에 돌아가실 텐데요 뭘."

그건 그래.

나는 귀자의 조언을 받아들였고, 우리는 여러 가지 방법을 이용해 추적자들을 따돌렸다. 물론 이동하는 와중에 틈틈이 전에 먹은 영약을 내 내공으로 흡수하는 작업도 했다.

시시때때로 가부좌하고 운기를 하면서, 나를 기절시키기까지 한 내공을 내 무공에 맞도록 다듬고 정제했다. 그래도 천년비일 때보다는 내공이 줄겠지만 어쨌든 강해져서 나쁠 건 없지.

그리고 우리는 드디어 촉비의 본가가 있는 저택에 도착했다.

"저기야?"

나는 그리 높지 않은 산꼭대기에 서서, 귀자가 손가락으로 가리키는 어마어마하게 커다란 부지를 보며 물었다.

"네. 저기가 촉비 마마의 본가입니다."

"저 담벼락에 둘러싸인 부분 전부?"

"네."

"생각보다 큰 가문이네?"

"마마의 가문만큼은 아니어도 대단한 명문가입니다."

"제일 가문이 좋은 건 누구야?"

"1공 15귀의 온씨 가문입니다. 황후 마마의 가문이지요."

내가 연신 감탄을 토해내자 귀자는 그게 웃긴지 웃으면서 물었다.

“마마의 사가도 상당히 커다란 거로 알고 있는데, 촉비 마마 가택이 그렇게 신기하십니까?”

“당연하지.”

“당연할 정도인가요?”

“그럼. 촉비 집이 저 정도로 큰 줄 알았으면 내가 종이를 500장만 만들지 않았을 테니까.”

“아!”

젠장. 저렇게 커다란 저택이면 종이 500장을 누구 코에 붙이라는 거야? 한 구간 정도 묻고 나면 끝이겠구먼.

결국 우리는 밤을 새워 100장을 더 만든 다음에야 일에 착수했다. 일에 착수했다고 해도 별 건 없다. 내가 귀자에게 설명한 대로 담벼락을 넘어간 다음 땅을 파고 종이를 묻으면 끝이니.

하지만 예상처럼 빼곡하게 묻을 수는 없어서, 누군가 팔 것 같은 곳을 골라 다니며 종이를 묻었다. 일단 이 종이가 발견되는 게 중요하니까.

“그런데 마마. 제 생각엔요. 종이를 그냥 촉비 마마 처소에 묻는 게 낫지 않겠습니까? 행궁이든 궁전이든, 촉비 마마가 실제로 지내는 곳이요.”

“왜?”

“촉비 마마 집이잖습니까. 촉비 마마 집에서 발견해봐야 다들 쉬쉬해 줄 것 같은데요.”

“네 말도 일리는 있는데.”

“예.”

“기몽이 너무 머리가 좋아서. 그건 안 돼. 자기 코앞에 증거를 직접 갖다 주면 오히려 안 믿더라고. 자기가 직접 파낸 것만 믿는 남자야."

다행히 귀자도 기몽에 대해 나와 같은 생각을 하는지 수긍하고서 고개를 끄덕였다.

"하긴. 그렇긴 합니다."

어쨌든 귀자는 타천천보다는 약하지만, 돌아다니면서 몰래 종이조차 못 묻을 정도의 무공 솜씨는 아니었고, 덕택에 우리는 둘이서 촉비 집의 반 정도를 헤집은 뒤에는 목표를 완수하고 나올 수 있었다.

작업을 마친 다음에는 나와 귀자는 이동 시간을 좀 더 늘여서 서둘러 42천도까지 이동했다. 가끔은 말을 타고 지치면 마차를 타고 기운이 나면 경공으로 뛰어가면서, 그야말로 이동에 온 속력을 쏟았다.

아직 천소여 몸은 천년비일 때만큼 체력이 좋진 않아서 이동하고 있자면 폐가 부서질 것처럼 아팠지만, 촉비 집에 들르면서 너무 시간이 지체되는 바람에 어쩔 도리가 없었다.

그래도 열심히 이동한 덕에 마침내 우리는 너무 늦지 않게 행궁이 있는 42천도에 도착했다.

행궁에서 멀리 떨어진 객잔에 방을 잡은 귀자는 내가 갈아입을 옷을 구해다주었고, 그사이 나는 씻을 물을 가져다 달라고 한 다음 커다란 통 안에 들어가 며칠 동안 고된 몸을 씻었다.

다 씻고 나가 보니 귀자가 귀족 아가씨들이 입을 법한 옷을 가져다 놓아서, 며칠 내내 입고 뛰느라 바짓단이 다 닳은 옷을 벗고 새 옷으로도 갈아입었다.

그러고서 거울을 보고 있자, 밖으로 대기하던 귀자는 안으로 들어와 내가 머리 빗는 걸 보며 물었다.

"그럼 이제 어찌하실 겁니까, 마마? 돌아가실 건지요?"

하지만 나는 거울을 보느라 못 들은 척 바로 대답하지 않았다.

"마마? 이제 돌아가실 건가요?"

귀자가 다시 물었지만, 나는 머리를 하나로 말아 쌓으면서 또다시 대답하지 않았다. 그러자 귀자는 내가 땋을 머리를 위로 올릴 즈음, 이번에는 바꿔서 말을 걸었다.

"슬슬 행궁을 떠날 시기도 다가오고 있습니다, 마마."

"벌써?"

"네. 날이 풀리면 폐하께서도 그만 본궁에 돌아가자 하시겠지요."

"아."

"적어도 그때는 행궁에 돌아가셔야지요. 돌아가실 생각이시라면요."

귀자는 내가 기껏 여기에까지 와 놓고서는 궁 안에 들어가지 않고 망설이는 게 이상한 모양이다.

"본궁에 돌아갈 때가 됐는데도 마마께서 오지 않으시면, 사람들이 다들 이상하게 생각할지도 모릅니다."

그렇지. 그런데…… 젠장. 모르겠어. 분명 돌아갈 생각이었는데. 42천도까지는 열심히 뛰어왔는데. 막상 성문을 보자 기분이 싱숭생숭해져서 안으로 들어가기가 불쑥 민망해진단 말이야.

어떻게 돌아가야 할지 모르겠다. 그냥 뚜벅뚜벅 걸어가서 손을 들고 인사할까? "떡돌아. 나야." 이렇게?

아니면 슬쩍 아무렇지 않은 척 들어가서 일하는 그의 책상 앞에 나타나 인사할까? "안녕. 나야." 이렇게?

그것도 아니면…….

"배가 아파."

"예?"

"긴장하니 배가 아프다, 귀자야."

"어이쿠. 의원을 불러다 드릴까요?"

"그 배가 아냐."

긴장 배와 아픈 배는 따로 있다. 나는 거울 속에 비추어진 천소여 모습을 뚫어져라 보다가 귀자를 보고 물었다.

"귀자야. 안쪽에선 내가 병에 걸린 것으로 되어 있다 했지?"

"예, 마마."

"그러면…… 이렇게 하자."

23장

너무 오래 손만 잡았어

월요 황제가 천빈에게 전언을 전하라 보낸 그림자가 돌아왔을 때, 오원요의 심장이 더 빠르게 뛰었다. 그는 괜히 찻잔을 가는 척 주전자를 새 잔에 대고 기울이며, 그림자가 황제에게 보고하는 걸 귀담아들었다.

"천빈 마마를 계속해 쫓았으나, 어느 지점에서 놓치고 말았습니다. 송구합니다, 폐하."

하지만 그림자가 보고한 내용은 황제가 기다리던 내용이 아니었다.

"놓치다니?"

황제의 질문에 그림자는 무릎을 굽히고서 빠르게 대답했다.

"제가 폐하의 명을 받고 수도로 돌아갔을 때 마마께선 이미 개원 그자의 집에 없었습니다. 귀자가 함께 이동했단 이야기를 듣고 소신이 뒤를 쫓았으나, 이후 갑자기 행방이 묘연해지셨습니다. 소신이 느끼기엔……."

"말하라."

"일부러 소신을 따돌리신 듯했습니다."

황제가 인상을 찌푸리며 쳐다보자, 그림자는 몹시 송구스러워서 제대로 고개도 들지 못했다.

"송구하옵니다, 폐하."

오원요는 황제의 표정이 굳은 걸 보고서 얼른 그를 대신해 소리질렀다.

"제대로 일을 했어야지! 뭘 어떻게 했기에 천빈 마마를 놓쳐? 마마께서 널 따돌리고 가실 리가 있느냐! 네가 놓친 거다!"

오원요가 버럭 고함을 지르자 그림자는 더욱 시무룩해 고개를 숙였다.

월요는 그 광경을 보다 한숨을 내쉬고서 그만하라고 손을 저었다.

"되었다. 그만 나가라."

그림자가 나가자 월요는 쓸쓸히 웃고서 중얼거렸다.

"추적을 눈치채고 끊고 간 걸 보니, 정말 더는 돌아올 마음이 없는 모양이다."

"폐하!"

"떡이나 종류별로 하나씩 가져다 다오. 바구니 안에 예쁘게 넣어서."

"떡이요?"

이 와중에? 오원요가 걱정스레 보자 황제는 덤덤하게 시선을 내리고 붓을 쥐었다.

"어쨌건 계속 병에 걸렸다 둘 수는 없지 않으냐. ……죽었다고 둘러대기라도 해야지. 천빈에게 마지막으로 가져다주는 간식이라 하자. 맛있게 먹는 마지막 모습을 보았다고…… 사람들에겐 그리 말해두면 되겠지. 달아난 후궁으로 두어 평생 쫓기게 할 수는 없다."

"폐하!"

오래 지나지 않아 태감이 바구니 가득 떡을 담아 왔다. 하지만 월요는 쉬이 그걸 들고 일어나지 못했다.

그는 날이 완전히 어두컴컴해질 때까지 그 떡을 보고만 있다가 한참이 지나서야 마음을 먹고 바구니를 들고 서재 밖으로 나왔다. 그는 가마를 타지 않고서 천빈이 기거하는 전각으로 걸어갔다.

전각 앞에는 평소처럼 천빈의 궁녀들이 이것저것 일을 하면서 지내고 있다가, 황제를 보자 기가 죽어서 인사했다.

"오셨습니까, 폐하."

천빈이 가출한 걸 알기에 황제가 방문해도 그저 기뻐할 수만은 없어서였다. 월요는 일어나라 손짓하고서 방 안으로 들어가며 지시했다.

"짐의 허락이 있을 때까지 아무도 들이지 말라."

"예, 폐하."

마침내 방 안에 들어온 월요는 장막을 꼼꼼하게 다 내린 천빈의 침상 앞으로 다가갔다. 장막 너머로 어쩐지 사람의 그림자가 보이는 듯해 그는 쓸쓸히 웃었다.

월요는 의자를 끌어다 침상 앞에 놓고는 그 위에 앉아 침상을 바라보았다. 한참을 그렇게 우두커니 있다가, 그는 저 안에 천빈이 있는 것처럼 괜히 말을 걸어보았다.

"이젠 내가 떡을 줄 사람도, 짐을 떡돌이라 부를 사람도 없다."

씁쓸하게 중얼거리는 그는 바구니에서 떡 하나를 들어서 하얀 종이 포장을 깠다.

"이걸 건네줄 이도……."

그러나 말을 그치기도 전. 장막 사이에서 손이 쑥 튀어나왔다.

"!"

놀란 월요가 벌떡 일어서는 바람에 의자가 엎어지면서 요란한 소리가 났다. 하지만 아무도 들어오지 말라 해둔 탓에 들어오는 이는 없었다.

월요는 눈을 빠르게 깜빡이면서 장막 사이로 드러난 손목을 바라보았다. 뭐지, 저거? 웬 손이지?

그렇게 멍하게 손을 보고 있자니, 안에서 너무나 듣고 싶던, 하지만 이제 들을 수 없을 거라 여긴 목소리가 들려왔다.

"줘. 떡."

"!"

어떻게 그에게 말을 걸까 고민하고 고민했다. 그러다가 그냥 자연스럽게 내 방에 들어가 있기로 했다. 그러면 말할 기회가 생기겠지, 싶어서.

그런데 웬걸. 내 방에 몰래 돌아가 침상에 누워 있자니 떡돌이가 찾아온 것이다. 그의 발소리와 목소리를 들으면서, 나는 떡돌이가 내가 여기 온 걸 알고 나타난 줄 알았다.

그래도 숨을 죽이고서 있자니, 떡돌이는 내가 여기 있는 걸 모르는 것처럼 행동했다. 그는 의자에 묻은 먼지를 털고 그 위에 한 폭의 그림처럼 앉았다.

장막 때문에 잘 보이진 않았지만 아마 그림 같았을 거다. 떡돌이는 신경질을 낼 때도 얼굴은 예뻤으니까.

어쨌든 그러고 있자니, 떡돌이가 중얼거렸다.

"이젠 내가 떡을 줄 사람도, 짐을 떡돌이라 부를 사람도 없다."

쓸쓸한 목소리였다. 문 닫고서 내 얼굴을 안 보려고 한 건 자기였으면서. 기가 막히기도 하고 좀 기분이 싱숭생숭하기도 해서, 나는 팔짱을 낀 채 장막을 계속 쳐다보았다.

그러고 있으려니, 떡돌이가 뭔가 부스럭대는 소리가 났다. 그게 뭔지는 소리만으로 추정하기 어려웠으나, 곧 하얀 떡가루의 고운 향이 나면서 종이 포장을 벗기는 바스락 소리가 났다.

"이걸 건네줄 이도……."

떡이구나! 나는 대번에 알아채고서 장막 사이로 손을 내밀었다.

그러자 떡돌이가 벌떡 일어나는 형상이 보이며 우당탕 소리가 났다. 그런 줄 알긴 했지만 역시나. 내가 이 너머에 있는 줄 몰랐나 보다.

나는 말 없이 떡돌이 너머로 계속 그렇게 손을 대고 있었다. 하지만 아무리 기다려도 손에 얹어지는 게 없어서, 결국 나는 대놓고 요구했다.

"줘. 떡."

그러자 조금의 주춤거림 뒤에, 내 손바닥에 말랑하고 폭신하고 뜨끈한 게 얹혀진다. 나는 손을 도로 회수한 다음 종이로 싼 부분을 손으로 잡고 얼른 떡을 입에 가져갔다.

폭신하고 고소한 향이 나는 걸 입에 넣고 씹고 있으려니 기분이 조금 좋아졌다. '사락' 소리와 함께 장막을 걷고 나타난 얼굴을 보았을 때는 기분이 조금 더 좋아져서, 나는 얼른 떡을 삼키고서 그를 빤히 보았다.

"……."

떡돌이는 나를 물끄러미 보더니, 인상을 찌푸리고서 새 떡을 또 내밀었다. 나는 그걸 받아서 또 먹었고, 그는 또 떡을 내밀었다. 그렇게 바구니 가득 쌓여 있던 떡을 거의 반 정도 나는 혼자 다 먹었다.

그렇게 떡을 다 먹고 누우려고 하자, 떡돌이는 처음으로 입을 열었다.

"체한다."

그 목소리를 오랜만에 듣자 기분이 좋아졌으나, 나는 일부러 조금 딱딱한 목소리로 말했다.

"난 고생하고 와서 좀 누워 있어야 해."

그러고서 다시 누우려고 하자 떡돌이는 손을 뻗어서 내가 못 눕게 막고는, 재빨리 겉옷을 벗고 내 침상 안으로 들어와 내 뒤에 앉았다. 그러고는 나를 끌어다 자기 다리 사이에 앉히는 게 아닌가.

그러고는 내가 자기 가슴에 머리를 기대게 하고는, 두 손을 깍지 껴서 단단히 고정한 다음에 말했다.

"이러고 있자. 이러면 완전히 눕는 건 아니라서 체하진 않을 거다."

"……."

나는 그 상태로 잠시 멍하게 있었다. 그에게서는 좋은 냄새가 났다. 고소한 밀가루 냄새와 갈색 설탕 냄새가 났다. 게다가 품은 또 얼마나 따뜻하던지, 이불을 안 덮었는데도 그냥 막 뜨끈뜨끈했다.

하지만 그러고 있자니 기분이 이상해지기도 하고 좀 화도 나서, 나는 그의 팔 아래로 쑥 빠져나가 침상 밖으로 간 다음, 아까 그가 앉아 있던 자리에 앉고서 단호하게 말했다.

"체통을 지켜줬으면 좋겠어. 미리 말해두지만 난 아직 화가 덜 풀렸어."

떡돌이는 허전해진 건지 두 손에 베개를 가져다 안고는 눈살을 찌푸리며 항의했다.

"누가 잘못한 건데 왜 네가 화를 내지?"

"누가 잘못하긴. 네가 잘못했지."

"짐이 잘못했다고?"

"그래."

내 단호한 말에 떡돌이는 헛웃음을 뱉더니, 베개를 옆으로 치워두고 내 쪽으로 돌아앉아 팔짱을 꼈다.

"촉비를 역모죄에 얽혀 넣으려 한 건 너였다, 이 못된 반숙아."

"생각 좀 해, 이 폐하야. 촉비가 니네 아빠 편지를 가지고 있는지 아닌지 내가 어떻게 알았겠어?"

"니, 니네 아빠?"

"너희 아버지."

"!"

"너희 아바마마……."

점점 내 목소리가 기어들어 가자 떡돌이는 갑갑한지, 말이나 계속해보라 손짓했다. 나는 고개를 끄덕이고서 재차 말을 이어갔다.

"난 전에 너한테 얘기했어. 촉비가 죽은 태감이랑 궁녀 시체 묻은 위치를 적어놓고 다닌다고. 걔는 변태야. 그런 걸 들고 다니면 변태야."

"말이 옆으로 샌다, 반숙아."

"근데 널 그걸 듣고도 덮었지. 그래서 이번엔 너랑 달리 정의감 넘치는 우리 기몽 장군한테 그걸 보게 하려 했어. 기몽 장군은 사람 봐가면서 덮어주고 그런 거 안 하거든!"

"……."

"근데 시체 위치 적은 필첩이 너희 아바마마 편지로 변해 있을 줄 내가 어떻게 알았겠냐고!"

말하다 보니 열이 받으면서 목 위로 짜르르 뭔가 올라온다. 나는 언성을 높이지 않기 위해서, 그의 귀에 대고서 내 분노를 마구 털어놓았다.

"촉비는 죽은 태감 시체 위치를 들고 다녀도 봐주면서. 기몽이 그거 좀 보게 했다고 나한테 화내고. 내가 막 기침하면서 문 앞에서 기다리는데 얼굴도 안 보여주고. 그 얼굴이 금칠한 얼굴이냐. 그럼 내 얼굴도 금칠하겠다 이거야. 그래서 얼굴 좀 안 보여줬다. 근데 내가 잘못이라고?"

"귀가 간지럽다. 화내면서 자꾸 바람 좀 넣지 마라."

"화가 나니까 콧김이 뿜어지는 거잖아."

나는 진지하게 화를 내는데, 떡돌이는 요망하게 몸을 비비 꼬았다. 가만히 좀 있으라고 찰싹 허벅지를 때린 다음, 나는 다시 그에게 항의하기 시작했다.

"그래, 넌 진심으로 사모하는 여자가 있었지. 그게 촉비다 이거지. 그럼 떡은 너희 쪽비랑 나눠 드세요. 가짜로 사모하는 천빈은 혼자서 계란 먹을 거다 이거예요. 그럼 되겠네. 아, 그럼 되겠어요!"

말을 하고 나니 내 침상인데 떡돌이가 앉아 있고 나는 옆에 쪼그리고 있는 것도 화가 난다.

나는 떡돌이를 잡아당겨 침상에서 나오게 한 다음 얼른 이불 안에 들어가 휙 돌아누워 버렸다.

황제의 당황한 목소리가 이제야 뒤에서 들려왔다.

"잠시만. 그게 무슨 소리냐?"

"왜, 진짜로 사모하는 건 쪽비고 나는 가짜로 사모하는 천빈 아냐?"

"그게 아니라. 네가 서신에 넣어둔 게 필첩이라니? 촉비가 선황제 폐하의 서신을 가지고 있단 걸 알고 그런 게 아니냐?"

뭐야?

"촉비가 그걸 가지고 있는지 아닌지 내가 어떻게 아는데?"

말하다 보니 더욱 화가 나서 나는 이불을 걷고 벌떡 몸을 일으켰다.

"그리고 뭣이냐, 네가 그랬지. 물건이 문제가 아니라며. 물건이 문제가 아니라 사람이 문제라며. 그럼 안에서 나온 게 필첩인지 서신인지 뭔 소용이야?"

그 말을 뱉고 나니 내 심장에 양파 하나가 딱 들이박혀서 눈시울이 매워진다. 나는 눈을 부릅뜨고 그를 쳐다보다가 휙 등을 돌려 다시 이불을 덮고 누웠다.

갑자기 떡 반 바구니에 넘어가서 그의 품에 잠시나마 안긴 내가 너무 미련하게 여겨졌다. 내가 자꾸 이러니까 떡돌이가 나를 떡만 주면 헤헤 웃으면서 화가 풀리는 미련한 사람이라 여기면서 알랑방귀를 뀌는 거다.

나는 무림인들이 두려워하는 대단한 악적인데!

"소여야."

"나는 반숙이다."

"!"

"넌 모르겠지만 떡돌이, 나는 여기를 떠나 있는 동안 천 대협 소리를 들으면서 지냈다. 내가 지나가면 정파 그것들이 '천 대협, 천 대협!' 하면서 막 그랬단 말이다. 무림 영웅 천반숙. 신진 고수 천반숙. 소림사 손녀 손반숙. 네가 그걸 알아?"

이불 안에서 막 외치다 보니, 어감이 좀 그래서 말을 멈췄을 때였다. 밖에서 흐느끼는 소리가 나는 것 같다. 떡돌이가 우나?

슬쩍 이불 안에서 몸을 돌린 다음, 나는 이불을 살짝 들어 올리고서 떡돌이를 보았다.

반성을 하는지 그가 정말로 두 손으로 얼굴을 가리고 어깨를 떨고 있었다. 흥. 들으니까 미안하긴 한가 봐?

"……좋아. 여기까지 하겠어. 이제 떡돌이는 가 봐."

일단 피곤한 건 맞으니까. 게다가 나는 반성하는 사람에겐 기회를 준다. 나는 떡돌이와 달리 대인의 풍모를 지니고 있으니까.

나는 단호하게 말싸움 1차전을 끝낸 다음, 다시 돌아누워서 이불을 머리끝까지 끌어올렸다.

그렇게 한참을 있으려니 드르륵 문 닫히는 소리가 났다. 이불을 살짝 내리고 고개를 돌려 보니, 떡돌이 이 자식이 가란다고 진짜 갔는지 보이지 않았다.

빈 의자를 보자 좀 열이 받았지만, 그래도 떡 바구니는 놓고 간 걸 보자 아주 조금 기분이 풀려서 나는 다시 이불을 덮고 누웠다.

내 침상이 좋긴 좋아. 따뜻하네.

다음날. 사하비단이란 무림 단체가 자꾸 길을 헤집고 다니는 일을 의논하기 위해 모인 대신들은 황제의 얼굴이 평소보다 유난히 반짝이는 걸 보고 당황했다.

"오늘 폐하께 무슨 좋은 일이 있습니까?"

"그러게 말입니다. 천빈 마마 편찮으신 후로 늘 분위기가 저조하시더니. 오늘은 얼굴이 아주 말끔하십니다."

대신들은 연신 자기들끼리 수군거렸다. 그러다가 회의가 끝나갈 즈음 결국 대신 하나가 참지 못하고 황제에게 묻고 말았다.

"폐하. 오늘 무슨 좋은 일이 있으십니까?"

그러나 황제는 말간 눈을 해가지고서는 단호하고 까칠하게 대답했다.

"그런 일 없다."

그 매정한 대답에 질문한 대신은 시무룩하게 손을 내렸다. 없으시구나. 그럼 그냥 없다 하시지, 왜 저렇게 서늘하게 대답하실까.

다른 대신들은 질문한 대신을 눈으로 위로해주었다.

하지만 회의 말미. 모든 안건에 대한 회의가 끝났을 즈음. 황제의 얼굴이 유난히 환했던 비밀이 밝혀졌다.

"천빈이 몸이 많이 좋아졌으니 슬슬 본궁에 돌아갈 준비를 하지."

대신들은 동시에 깨달았다. 아, 천빈 마마가 드디어 괜찮아지셔서 저러시는구나.

이어서 그들의 기분도 좀 좋아졌다. 눈빛이 맑아지신 걸 보니, 이제 회의 시간마다 대신들을 노려보진 않으시겠구나!

"봄꽃이 피기 전에는 본궁에 돌아갈 수 있도록 준비해두라."

"예, 폐하."

"그리고 천빈에게 줄 궁전 준비도 잘해두어라. 여러 달 앓았으니 많이 병약해졌을 거다."

대신들이 물러나자 오원요는 흐뭇한 얼굴로 서 있다가 황제에게 슬쩍 웃으며 농담했다.

"역시 천빈 마마께서 오시니 폐하 표정이 대번에 밝아지십니다."

그러나 황제는 단호하게 코웃음을 치며 반박했다.

"그런 게 아니라니까."

"그런가요?"

"그래. 천빈은 얼마나 더 건방져진 건지, 오자마자 짐에게 화부터 내더라. 가출하고 와서 그게 후궁이 할 행동이냐? 세상에 그런 후궁이 어디 있느냐."

재차 코웃음을 친 황제는 다짐하듯 중얼거렸다.

"귀엽다고 늘 넘어갔지. 짐은 이젠 그러지 않을 거다. 짐이 너무 천빈에게 휘둘렸어. 짐은 이제 줏대 있게 굴 거다."

이어서 그는 옆에 놓인 바구니를 오원요에게 건넸다.

"자."

"이게 무엇입니까, 폐하?"

"과일이다. 떠돌이 생활하느라 못 먹었을 테니, 이거나 먹고 반성하고 있으라 해라."

원래라면 황후에게 문안하러 갔어야 할 테지만, 그동안 떡돌이가 내 병을 핑계로 대 둔 터라 당분간 문안을 더 가지 않아도 된다.

이를 알자마자 나는 여독도 풀 겸 아침 식사도 거르고서 침상에 누워 하루하루 뒹굴거렸다. 그러고 있자니 오랜만에 오 공공이 나타나서 내게 커다란 과일 바구니를 내밀었다.

"마마. 폐하께서 떠돌아다니느라 고생하셨다며, 이걸 드시고 기운 내시라 하십니다."

오 공공은 내가 일어나서 과일 바구니 안을 살피는 걸 보다가 웃으면서 다시 한소리를 더했다.

"천빈 마마께서 돌아오시니 폐하의 용안이 다 환해지셨습니다. 폐하께선 마마를 정말로 많이 좋아하시나 봅니다."

"오 공공."

"네, 마마."

"이 바구니는 공공이 포장했나?"

"예?"

"우리 오 공공 포장하는 솜씨가 아주 천하제일이야."

특히 떡돌이를 잘 포장하네.

내가 히죽 웃자, 오 공공은 떡돌이를 미화하던 게 들켰다 싶은지 멋쩍게 웃고서 물러났다.

나는 침상에 도로 드러누워서 바구니 안으로 손만 넣어 과일을 꺼냈다. 그러고서 과일을 연거푸 두 개 껍질째 먹고 있으려니 역시 후궁 생활이 편하긴 참 편하단 생각이 든다.

개원이 집에 머물 때도 이것저것 있을 건 다 있었지만 거기선 이렇게 뒹굴뒹굴하면서 손 하나 까딱하지 않고 지낼 순 없었으니까.

그래. 황제랑 싸울 때마다 가출하는 건 내 손해야. 물론 이건 싸워서 가출한 게 아니라, 날 죽인 사람이 개원이인지 동생인지 확인하러 간 거였지만.

"아, 그래. 귀자."

"네, 마마."

"촉비에 관해선? 소식이 아직 없어?"

"하하, 벌써 있을 리가요."

"그런가."

"네. 일단 그걸 누가 발견하고, 그걸로 촉비를 공격할 계획을 세우든가 소문을 내든가 해야 기몽 장군이 나서지 않겠습니까."

"그렇겠지."

"염려하지 마시지요. 시간이 오래 걸리면 갑갑하시겠지만, 그럴수록 마마가 그 일에 연루된 걸 기몽 장군이 모를 확률도 높아지니까요."

그래. 거기서 위안을 찾아야겠지. 어쨌든 개씨 가문에 타격을 주는 일과 촉비에게 복수하는 일 모두 당장은 이루어지기 힘든 거구나.

나는 고개를 끄덕이고서 귀자에게도 나가라 한 다음, 다시 몸을 반쯤 눕히고 과일만 먹었다. 그러다가 슬그머니 베개 뒤쪽에 숨겨둔 내 일기장을 찾아 꺼냈다. 엎드린 채 일기장 뒷부분으로 바로 넘어가자, 전에 내가 보다가 그만둔 부분이 나왔다.

내 일기가 끊어지자, 누군가 그 일기를 뒤이어 적기 시작한 그 부분.

과꽃 축제에 갔다. 널 데려갈 수 없어서 일기장을 데리고서.

하지만 그곳은 이미 문을 닫았더라. 축제 기간이 끝났대.

뭔가 정체에 대한 흔적이 나올 거라 예상한 바와 달리, 일기는 평범한 일상을 그려내고 있었다.

맥락상 '너'라는 게 날 가리키는 것 같긴 한데. 그것 외엔 없다. 그냥 어디를 갔고 어디에 갔고 어디에 갔다는 내용. 이걸 보는 것만으로는 일기를 적은 게 누구인지 확신하기 어려웠다.

뒤를 넘겨도 마찬가지여서, 이걸 적은 사람은 고의가 아닌가 싶을 정도로 자기 이름을 철저히 감추고 있었다.

'달리 이렇게 할 이유가 있나?'

그렇게 나는 오늘은 하루 종일 침상 위에서 게으름을 부리면서, 자다가 먹다가 일기를 보길 반복했다.

해가 졌지만 일어나고 싶지 않아서 내내 몇 걸음 이상 걷지 않았다. 덕분에 오늘 내가 제일 많이 걸은 건 욕조에 씻으러 갈 때였다.

그러다 하늘을 보니 어느새 어둑어둑했다. 하늘은 아직 하늘색이었으나 전체적으로 세상이 좀 침침해져 있었다.

"원웅. 옷 입는 거 도와줘."

저녁이 되어도 마찬가지. 나는 잠의로 갈아입은 다음 머리를 풀어 대충 하나로 묶고서 또 침상에 올라갔다. 며칠은 내내 이렇게 보낼 거다.

"머리 빗고 누우세요, 마마."

아, 그래야지.

"그런데 마마. 그렇게 내내 누워 계시면 허리 아프지 않으세요?"

"응. 그동안 너무 오래 다녀서 괜찮아."

"그동안 어디에 다녀오셨어요, 마마?"

"여기저기."

개원이 집에도 가고 촉비 집에도 가고 내가 살던 동굴 근처에도 갔지.

하루 종일 빈둥거려서 좋은 건 나뿐인가 보다. 원웅은 내 머리카락을 천천히 빗겨주다가, 거울로 눈이 마주치자 시무룩해서 털어놓았다.

"저희는 마마께서 언제 돌아오실지 손꼽아 기다렸어요. 오늘은 오실까, 내일은 오실까, 모레는 오실까. 저녁엔 오시려나 하면서요."

"그래?"

"당연하죠. 폐하께서 눈감아 주고 계시긴 하지만 언제까지 그러실지도 모르겠고. 이러다 황후마마가 갑자기 찾아오시면 어쩌나 겁도 나고요."

"아."

"전염성이 강한 병이라 해둬서 다행히 아무도 오지 않았지만, 그 바람에 저희가 생필품을 가지러 가면 다들 슬금슬금 피하면서 얼마나 눈치를 주던지 몰라요."

원웅이 빗질을 끝내자, 부성도 차를 한 잔 가져다주면서 말을 더했다.

"아예 안 돌아오시면 어쩌나 걱정했어요, 마마."

침울한 목소리를 들으니 내가 없는 동안 마음고생을 좀 한 모양이다.

"걱정 마. 당분간은 나갈 일 없어."

"당분간이요?"

"당분간이 지나면 또 나가실 거예요?"

"아니. 말하자면 그렇단 거지."

당황해서 되묻는 둘에게, 나는 여기서 꼼짝도 하지 않고 쉴 테니 두 사람도 가서 좀 푹 쉬라 하고서, 다시 침상에 편하게 앉아 차를 마시며 느긋하게 창밖을 구경했다.

그런데 또 수마가 몰려와서 눈꺼풀이 무거워질 즈음. 꾸벅꾸벅 졸다가 '그냥 슬슬 잘까?' 생각하는데, 문밖에서 원웅이 조심스럽게 날 불렀다.

"마마."

들어가서 쉬라니까 왜 왔지?

"들어와."

여전히 잠에 취한 채 말하자, 원웅이 안으로 들어오더니 소곤소곤한 목소리로 알려주었다.

"마마. 폐하께서 이쪽 방향으로 오고 계십니다."

들뜬 목소리였다. 내가 안 돌아올까 봐 무서웠다는 것도 그렇고. 사람들이 자기들을 피해 다녔단 것도 그렇고. 아무래도 내가 자리를 비운 사이에 마음고생이 생각보다 더 심했나 보다. 하지만…….

"아직 병이 덜 나았으니 오지 마시라 해."

미안해 원웅아. 이전처럼 떡돌이랑 사이좋은 모습을 보여주는 건 당분간은 안 되겠어.

나는 황제가 내 가출을 둘러대기 위해 한 말을 그대로 뱉고서 두꺼운 이불 안으로 파고 들어갔다. 이불을 목까지 덮고서 눈을 감자, 원웅이 떠나지 않고 주춤대는 기척이 느껴진다. 다시 눈을 뜨고 보자 원웅이 당황스러운 표정으로 물었다.

"마마, 진심이세요?"

"어. 병이 나은 지 얼마 안 되어서 아직 요양이 필요하다고 그래."

"하지만 마마는……."

꾀병이시잖아요. 원웅이 뒷말을 삐끔거린다. 요양할 필요가 없지 않으냐는 질문이 눈에 가득 담겨 있다.

그래도 나는 모르는 척 눈을 감아버렸다.

"마마……."

"마마는 피로해, 원웅아."

원웅은 주저했으나 내가 단호하게 나오자 결국 밖으로 나갔다.

실눈을 뜨고 그 축 처진 어깨와 멀어지는 뒷모습을 바라보다가, 나는 다시 눈을 감았다. 사실 화풀이하는 거였다. 떡돌이한테.

어제 돌아왔을 때는 솔직히 떡돌이가 반갑기도 하고, 그가 날 너무 반가워하는 것 같기도 하고, 그냥 이런저런 감정도 밀려오고 해서 떡만 먹고 제대로 얘기를 나누지도 못했지.

하지만 반가운 기분이 가시자 여러 감정이 복합적으로 올라온다. 반가운 건 어제 풀었으니 이젠 화를 풀어야겠단 감정이.

그래. 떡돌이가 날 무시하고 나와 보지도 않던 게 기억에 선한데. 찾아온다고 바로 받아줄 줄 알아?

'내가 과일을 받아줬다고 해서 사과까지 받아주는 거 아니라 이거지.'

젠장. 씩씩거리고 있자니 잠이 깨버리잖아? 안 되는데. 그냥 자야 하는데. 안 자면…….

'젠장!'

잠이 졌고 호기심이 이겼다. 결국 이불 밖으로 빠져나와서, 나는 기척을 숨기고 문 앞으로 다가간 다음 귀를 가져다댔다.

내 거절을 들은 떡돌이가 뭐라고 둘러대면서 들여보내 달라고 할지 궁금했다.

- 그래, 몸이 아직 좋지 않은가 보군.

아, 마침 원웅이 내가 아프단 핑계를 댄 참인가 봐. 그가 낮은 목소리로 중얼거리는 게 들려온다. 여전히 목소리는 좋네.

나는 코웃음을 치고서 귀를 더욱 바짝 붙였다. 어쨌든 꾀병인 걸 알아도 최소한 꾀병을 탓하진 못하겠지. 이 꾀병은 자기가 댄 핑계이니.

코웃음이 나온다. 자, 어때 떡돌아. 너도 문앞에서 거절당하니 기분 나쁘지? 그럼 떡돌이 너도 이제 해봐. 내가 한 것처럼 원웅에게 이상한 핑계를 해대면서 들여보내 달라고 해봐.

- 아프면 쉬어야지. 푹 쉬라 해라.

'어?'

하지만 내 예상과 달리, 떡돌이는 내가 아프단 소리를 듣자마자 바로 이렇게 말했다. 말만 그렇게 하고 꾸물거리며 안 가는 건 아닌가 싶었지만, 정말로 멀어지는 발소리가 들려왔다.

돌과 흙을 밟는 자박자박 소리가 멀어지자, 나는 당황해서 창가로 이동한 다음 살짝 문을 열고 고개를 내밀어 보았다.

그러자 오 공공이 등롱을 드는 모습과, 떡돌이가 가마에 앉는 모습이 보인다. 이어서 가마 뒤꼭지와 등롱은 점점 더 멀어졌다. 뭐 머뭇거리고 돌아보고 그런 것도 하나도 없었다.

'떡돌이 매정하네. 내가 안 아픈 걸 알면서 어떻게 그냥 갈 수 있어? 안

아픈 사람이 아프다고 하면 왜 그러나 얼굴이라도 확인하러 와야 하는 거 아냐?'

그 충격은 다음 날 아침, 부성이 씩씩거리면서 한 말에 더욱 심해졌다.

"폐하께서 아침 식사를 함께하자고 촉비마마를 부르셨대요, 마마!"

떡돌이! 너!

"마마?"

참지 못하고 일어서자 부성과 원웅이 놀라서 눈을 동그랗게 뜬다.

나는 손가락으로 원웅이 막 다듬고 있던 옷을 가리켰다.

"얼른 입는 거 도와줘. 내가 현장을 급습해야겠다."

내가 진짜 떡돌이가 다른 후궁이랑 밥 먹는 건 그러려니 넘어가도, 촉비랑 먹는 건 못 참는다.

"왔느냐."

천빈의 병이 다 나았다는 말에 기분이 언짢아졌던 촉비는, 황제가 아침 식사를 함께하자며 자신을 부르자 기분이 좋아져 그를 찾아갔다.

방 안에 들어가 보니 이미 음식이 한가득 차려져 있고, 황제는 위엄 있는 모습으로 탁자 앞에 앉아 있었다.

"아침부터 폐하를 뵈니 기쁩니다."

촉비는 빙그레 웃고서 우아하게 가까이 다가갔다.

황제는 고개를 끄덕이고서 앉으라 손짓했고, 촉비는 그의 맞은편에 조심스럽게 앉아 젓가락을 들었다.

그러나 막 젓가락을 들자마자 황제가 뱉은 명령에, 그녀는 뭘 먹기도 전에 속이 더부룩해졌다.

“짐이 맡겨둔 선황제의 서신 일부. 기몽이 가져가지 않은 나머지 모두 식사를 마치는 대로 모두 가져오라.”

촉비는 젓가락을 슬그머니 도로 내려놓고 당황해 황제를 보았다.

황제는 눈을 내리깐 채 덤덤히 손을 움직이고 있었다. 아무것도 아닌 명령을 내린 것처럼, 평소와 다를 바 없는 태도였다.

촉비는 조심스럽게 물었다.

“갑자기 그걸 왜 가져오라 하시는지요?”

“너는 이미 한 번 다른 사람들 앞에 그 물건을 흘렸다. 잘 간수할 거라 믿을 수 없다.”

촉비는 더욱 당혹스러워졌다.

“잘 간수하되, 그러지 못하더라도 괜찮은 물건이라 말씀하신 건 폐하가 아니십니까. 그 물건은 적들을 끌어들이기 위한 것이니 꽁꽁 숨겨둘 필요는 없다고 하셨지요.”

“어쩔 수 없이 들통나는 것과 고의로 들통 내는 건 전혀 다른 문제라 보는데.”

“!”

촉비는 가빠지려는 호흡을 가다듬으며 침착하게 황제를 보았다. 본다고 해도 드러난 건 눈뿐이었지만.

촉씨 가문에서 그녀의 위치는 미묘했다. 그녀는 촉비의 아버지가 전처와 사별하고 재취한 두 번째 정실 부인의 딸이었다. 그녀의 아버지는 첫째 부인을 지극히 사랑해 결혼했으나, 촉비의 모친과는 정략적으로 맺어졌다. 그는 사별한 전처를 평생 잊지 못했고, 전처가 낳은 아이들에게 애정을 퍼부었다. 후처의 자식들을 괴롭히거나 구박한 건 아니었으나 보이는 애정의 크기는 노골적일 정도로 달랐다.

그러다 사건이 터졌다. 촉비의 어머니가 전처의 딸에게 온 좋은 혼처를 자신이 낳은 첫째 딸, 즉 촉비의 동복 언니에게로 돌리려다 걸리게 된 것이다. 촉비의 어머니 나름대로는 이유가 있는 행동이었다. 그녀는 남편이 자신이 낳은 두 딸에겐 절대로 이만한 혼처 자리를 구해주지 않을 거라 확신했다.

하지만 전처의 딸에게라면, 이번에 좋은 혼처를 놓치면 또 비슷한 수준으로 구해다 줄 것이다. 그러니 자기 딸들을 좋은 곳에 시집보내려면 이렇게 할 수밖에 없다고 여긴 것이다.

그러나 촉비의 아버지는 이 주장을 받아들이지 않았고, 이 일을 내세워 촉비의 친모와 이혼했다.

빼돌리려던 혼처 자리가 하필 왕비 자리였기에, 이 일을 알게 된 상대 집안 측에서는 구설을 일으킨 데 분노해 촉비의 동복 언니가 집안도 형편없고 성품도 망나니 같은 작자와 결혼하게 했다.

이 모든 과정을 다 보아온 촉비는 어머니의 주장이 맞을지도 모른다고 여겼다. 아무리 어머니에게 화가 나고 상대 집안이 무서워도, 애정이 있다면 동복 언니를 그런 곳에 보내서는 안 됐다. 지켜야 했다.

하지만 부친은 그러지 않았다. 친모는 만날 수 없게 되고 친부는 의지할 수 없게 되자, 촉비는 그나마 자신을 동정해주던 고모에게 애원해 스스로 후궁 선발에 나섰다.

아버지와 전처의 자식들은 '주제도 모른다'라면서 그녀를 비웃었고, 그녀는 후궁이 되더라도 총애받지 못할 거라 확신했다. 가문에 도움을 청하지 말라는 말은 수십 번 들었다.

그러나 어릴 때부터 눈칫밥을 먹으며 살아온 촉비는 이곳에서도 잘 적응했다. 그녀는 욕심을 부리지 않았다. 대신, 같은 날 입궁한 동기인 혜연화가 황제의 총애를 받을 수 있도록 물심양면으로 도왔다. 먼저 총애를 받은 혜연화는 이후 신의를 지켜 촉비를 황제에게 끌어주었다.

하지만 촉비는 이때 이미 황제가 후궁들에게 큰 관심이 없단 걸 알게 된 후였기에, 황제의 총애를 얻으려 노력하지 않았다. 대신 촉비가 이끌어준 황제의 관심을 다른 쪽으로 돌려 잡았다.

그가 원하는 장기 말이 되어줄 테니, 자신을 마음껏 이용하되 천천히 빈의 자리까지만 올려 달라 청한 것이다.

황제는 촉비가 황후와 태후에게 극진히 대하는 건 물론 욕심 없이 친구를 먼저 밀어주는 모습, 그리고 촉씨 가문에서의 애매한 위치 등을 확인한 뒤, 그 거래를 받아들였다.

촉비는 눈물이 나오려는 걸 참고서 황제를 보았다. 두 사람 사이에 사랑은 없어도 함께한 오랜 시간과 믿음이 있다고 여겼다. 그런데 황제가 이제 와서 이렇게 나오니 서러운 마음에 코가 메었다.

“일부러 들통 낸 게 아닙니다. 천빈의 계략에 빠져 그럴 수밖에 없던 거였습니다, 폐하.”

“천빈이 노린 건 필첩이었다 들었다.”

“!”

“천빈이 계략을 부리긴 했지. 하지만 그녀가 노린 것보다 너는 더 큰 걸 내어주었다. 기몽이 필첩을 발견했다면 짐이 나서서 방어해줄지 아닐지 확신할 수 없지만, 선황제의 서신을 떨어뜨리면 짐이 나서서 널 방어할 수밖에 없으니까.”

“저는…….”

“천빈은 상대를 역모로 몰아가려 드는 간악한 사람으로 보일 테고. 안 그러하냐.”

황제는 태연히 식사를 계속했으나 촉비는 한 젓가락도 뭘 먹을 수가 없었다. 촉비는 주먹을 꽉 쥐고서 그를 원망했다.

“폐하께서는…… 총애한 지 일 년도 되지 않는 천빈보다 오랫동안 거래한 신첩을 더 못 믿으시는 겁니까."

그 고통이 짓눌린 목소리에 황제는 고저 없는 목소리로 대답했다.

"짐은 아무도 믿지 않는다."

"!"

"천빈의 입장이 더 옳다는 결론이 났을 뿐."

오 공공이 내 눈치를 보고 있다.

오 공공이 내 눈치를 열심히 보고 있다.

오 공공이 뭐라 말을 하고 싶어 한다.

"저…… 마마."

거봐. 말을 걸잖아.

"저기, 폐하께서는……."

오 공공은 기어들어가는 목소리로 조금 전 안쪽에서 들려온 '난 아무도 믿지 않는다'라는 발언을 해명하고자 끙끙거렸다.

여기까지 심장 소리가 들릴 정도로 오 공공이 긴장한 티가 나서, 나는 그에게 괜찮다고 웃어 보였다.

"염려 말게. 난 폐하의 뜻을 다 안다네, 공공."

"정말이십니까?"

"암. 한마디로 그거 아닌가. 나랑 장기전을 해보잔 거."

"아……아니지 않을까요?"

나는 웃고서 그에게 고개를 저은 다음 돌아서서 천천히 걸어갔다.

그래, 떡돌 씨. 그게 속마음이다 이거지.

촉비가 떠난 후에도 월요는 식사를 우아하게 다 마치고 젓가락을 내려놓은 다음 입가를 닦았다. 조금 전 아무 일도 일어나지 않은 것처럼.

촉비를 배웅하고 온 오원요는 그 모습을 곁에서 바라보다가, 황제가 식사를 완전히 다 끝냈다 싶자 뜨겁게 데운 차를 가져다 내려놓고서 조심스럽게 알려주었다.

"저, 폐하. 아까 천빈 마마께서 다녀가셨습니다."

"들어오라 하지."

"그때 촉비 마마께서 계셔서요."

"……."

황제는 눈썹을 치켜올리더니 아무렇지 않게 웃었다.

"그러면 짐이 촉비를 혼내는 걸 보았겠군. 화는 좀 풀린 것 같더냐."

"폐하께서 폐하는 아무도 안 믿는다고, 딱 그 말씀 하실 때 오셨다가 그 말씀 끝나고 바로 가셨습니다."

"아니, 그 애는 꼭 와도!"

오원요는 웃고는 있는데 웃는 것처럼 보이지 않던 천빈을 떠올리고서 슬그머니 황제의 눈치를 살폈다.

그러나 잠시 어이없어하는 듯하던 황제는 곧 아무렇지 않게 말했다.

"사실대로 말한 것뿐이니 신경 쓸 거 없다. 어쨌건 촉비보다 자기를 편들었으면 된 거지."

촉비와 황제 사이의 동맹인지 거래인지가 깨졌으니, 그녀의 집안에서 내가 묻은 종이가 나왔을 때 황제는 측비를 보호해주지 않을 거다. 그러면 내 복수는 성공하겠지. 좋아해야 옳다. 미래의 성공을 위해 건배.

하지만 복수 단계가 착착 풀리고 있는데. 황제는 나와 측비 사이에서 내 말을 믿어 주었는데. 왜 이렇게 기분이 상할까. 덕분에 나는 방에 오자마자 긴 의자에 앉아 혼자 씩씩거리다가, 참지 못하고 작게 외쳤다.

"떡돌이 개새끼!"

그런데 딱 그 말이 끝나자마자 누군가 창문을 두드렸다. 누가 들었나?

에이, 들었으면 뭐 어때! 내가 떡돌이 욕했지 황제 욕했나? 내가 떡돌이를 떡돌이라 부르는 건 극소수만 아는 이야기인걸.

나는 당당하게 창문을 벌컥 열었고, 이마에 혈관이 뚜렷이 드러날 정도로 턱을 꽉 깨물며 억지로 웃고 서 있는 떡돌이의 얼굴을 발견했다. 그가 창틀에 팔을 괸 채 힘들 정도로 애써 웃고 있던 것이다.

아니, 대체 언제 여기 온 거지? 여기 오는 줄도 몰랐는데? 하긴. 이런 일이 한두 번이 아니지. 역시 황제는 무공을 익히고 있는 게 틀림없어. 특히 은밀하게 돌아다니는 위주로.

잠시 멍하게 있자니, 황제가 빙그레 웃으면서 말했다.

"짐이 있는 데서 하는 욕은 순한 편이었군?"

내가 용감하고 간이 크다고 해도 황제의 면전에 대고서 쌍욕을 퍼붓진 않는다. 아무리 막 나가는 무림 악적이라 해도 황궁에 들어가서 행패를 부리진 않는 것과 같은 이치지.

나도 떡돌이가 들을 줄 모르고 한 욕이었다. 그가 듣는 줄 알았다면 '떡돌이는 쫌팽이' 이런 정도로 순화했을 것이다.

하지만 주춤하기도 잠시. 그와 시선이 마주치자, 아까 문 너머로 들려온 목소리가 생각나서 나는 같이 웃으면서 돌려주었다.

"폐하가 없는 데서 한 욕인데 폐하가 들어버린 거잖아. 화내지 마. 나도 폐하가 나 없는 데서 한 말에 대해선 안 따지고 그냥 왔잖아?"

떡돌이의 얼굴 근육이 움찔했다.

나는 시선을 피하지 않고서 그를 똑같이 쳐다보았다.

잠시 뒤. 떡돌이는 아무렇지 않게 말했다.

"아무도 안 믿는다고 했지 널 연모하지 않는다곤 안 했다."

"나도 지금 폐하를 보기 싫지만 안 좋아하는 건 아니에요."

그의 머리가 팽팽 굴러가는 게 보인다. 그가 황제가 아니었으면 코앞에서 창문을 쾅 닫았을 것이다.

하지만 그러기엔 날이 너무 밝아서, 나는 창문을 닫는 대신 "아이고 배야. 아직 몸이 덜 나았네." 하고 중얼거린 다음 창문에선 볼 수 없는 곳으로 가 드러누워 버렸다.

월요가 천빈의 방 안에 들어가지도 못하고 돌아가자, 오원요는 뒤에서 이 상황에 대해 차분히 결론을 내려주었다.

"그러게 왜 그런 말씀을 하십니까. 그 말씀만 안 하셨어도 천빈 마마께선 지금쯤 좋아서 잘 챙겨주셨을 텐데요."

걸어가던 월요가 우뚝 멈춰 서자 오원요는 황급히 허리를 숙였다.

"죽여주시옵소서. 신이 입방정을 떨었습니다."

그러나 황제는 화가 난 건 아니었다. 그는 손을 저어서 오원요에게 일어나라 손짓하고는, 다시 걸어가며 차갑게 지시했다.

"날이 많이 풀렸군. 이곳은 좀 덥고. 슬슬 돌아가야겠다. 그렇지?"

"예? 네, 안 그래도 열나흘 후쯤에……."

"모레 돌아간다."

"예?"

황제가 12일을 훅 당겨버리자 오원요의 눈이 동그래졌다.

"다들 돌아갈 준비를 하라 일러라."

오원요는 멍하게 황제의 뒷모습을 보다가, 천빈이 방 밖으로 나오려 들지 않자 황제가 아예 집을 옮기려 한단 걸 깨닫고 기가 차 입을 벌렸다.

"오원요. 하나 더."

"네, 폐하."

"마차 수가 부족하니 천빈은 짐과 한 마차를 타야 한다 전해라."

한편 천반숙이 떠난 후. 개원은 나날이 우울해져서 시들시들한 시금치처럼 변해가고 있었다.

"형은 이 사람 저 사람에게 다 진심이어서 좋겠네. 이 사람 떠나고 슬퍼하고 저 사람 떠나도 슬퍼하고. 걱정 마 형. 다른 여자가 나타나도 형은 금세 진심일 수 있어."

이 와중에 동생이란 자식이 위로랍시고 이딴 말이나 해대자, 개원은 화가 머리끝까지 치솟았다.

그는 감정 관리를 잘하는 편이었으나, 지금 운호를 상대로는 도저히 그럴 겨를이 없었다.

"말다툼하고 싶지 않으니 그만 가라."

개원이 고개도 들지 않고 나지막한 목소리로 경고했으나, 운호는 어머니가 가져다 주라고 한 차를 침상 옆에 내려놓으며 계속 깐죽거렸다.

"왜 내 얼굴이 보기 싫은데? 형 새 애인에게 친절하지 못해서? 형 애인이 나 때문에 떠났다 생각해?"

개원은 결국 참지 못하고 벌떡 일어나 주먹으로 운호의 얼굴을 내리쳤다. 퍽 소리가 나며 운호가 옆으로 나동그라지자, 개원은 숨을 가쁘게 몰아쉬며 그를 내려다보았다.

"네가 천년비를 죽였으니까. 아무리 부정해도 내가 아니면 너니까."

운호는 일어나는 대신 상체만 일으켜 앉더니, 픽 웃으면서 터진 입가를 손으로 쓸었다. 피가 묻어 나왔으나 전혀 개의치 않는 얼굴이었다.

삐딱하고 불량한 태도로, 운호는 고개를 기우뚱하며 개원에게 물었다.

"전부터 이상했는데. 형, 천년비 죽고 나서 천년비랑 대화해 본 거 같다? 범인이 형 아니면 나라는 말. 그거 천년비 입장에서만 할 수 있는 말 아닌가?"

"!"

"천년비 사칭범을 졸졸 쫓아다니더니. 설마 죽은 천년비와 대화라도 한 거야, 형?"

개원은 운호의 멱살을 잡아 그를 일으켜 세우고서 방 밖으로 끌고 가 팽개쳤다.

이번에는 운호도 넘어지지 않았다. 삐뚜름하게 웃으면서 '항복' 표시를 하듯 두 손을 건성으로 들어 올릴 뿐.

"정파의 영웅이 이렇게 폭력적으로 굴면 안 되지, 형. 다정하게 굴어야지? 사람들 놀랄라."

개원은 쾅 하고 문을 닫아 버렸다. 더 대꾸하고 싶지도 않다는 듯.

눈앞에서 문이 닫히자, 운호를 찾으러 온 민신이 기가 막혀 입을 벌렸다. 운호가 민신을 보며 불쌍한 표정을 지었으나 그녀는 넘어가지 않았다.

"무슨 말을 했길래 저 무딘 애가 이렇게 화내게 만들어?"

"별말 안 했어."

"별말 안 했는데 개원이가 저럴 리가 없잖아."

"별말 안 해도 화날 주제였나 보지."

민신이 눈살을 찌푸리며 고개를 기우뚱하자, 운호가 혐오감에 가득 차 빈정거리는 목소리로 개원이 아닌 자신의 손을 보며 중얼거렸다.

"형은 꼭 죽은 천년비와 대화라도 나누어 본 것처럼 말해."

"사람들 다 천년비가 살아 있다고 그래."

"하지만 죽었어. 지금 사람들이 천년비라 부르는 사람. 사하비단과 어울려 다니는 그 사람은 천년비가 아니야. 행보만 봐도 알잖아? 게다가 그 강한 악적이 갑자기 나타난 천반숙이란 여자한테 완전히 졌어. 그 여잔 천년비가 아니야."

"죽었다 깨어나서 약해진 걸 수도 있잖아?"

"죽었다 깨어나 약해졌더라도 자기 무공조차 못 펼치진 않아."

"……."

"그런데 왜 형은 그 여자가 살아 있는 것처럼 말할까."

민신은 한숨을 내쉬었다.

"그런 말을 해대서 개원이를 자극한 거야? 너도 진짜 참. 그만 좀 해. 기껏 개원이가 마음의 상처를 치료하려고 천 낭자를 데려왔을 땐 천 낭자를 괴롭혀서 보내버리더니. 이젠 네 형이 목표야?"

고개를 설레설레 저은 민신은 물고기 밥을 넣은 자루를 그의 손에 쥐여주었다.

"애들 밥 주면서 마음 정리나 해."

민신이 가버리자, 운호는 호숫가로 가 입을 뻐끔대는 커다란 물고기들에게 먹이를 뿌려 주면서 민신에게는 하지 않은 말을 이어 떠올렸다.

'천반숙. 그 여자는 천년비의 죽음에 왜 그렇게 화가 나 보였을까. 아니, 그 여자는 천년비를 죽인 게 누구인지 왜 궁금해했을까.'

운호의 눈이 가느스름해졌다.

행궁에서 보름 정도는 더 머물 줄 알았는데. 난데없이 행궁을 떠나게 되어서, 궁인들은 여기저기 돌아다니며 바쁘게 짐을 쌌다.

"내일 떠난다고? 원래 날짜가 이랬어?"

"아니요. 열사흘은 더 있어야 가는데, 갑자기 부쩍 당겨졌어요."

원웅과 부성, 귀자 등 내 궁인들 역시 하루 만에 떠날 준비를 하느라 몹시 바빠졌다. 머무르는 동안 사용할 세간살이를 제외하고 가져가야 할 것들은 다 조심해서 챙겨야 했으니까.

나는 직접 짐을 쌀 필요는 없었으나 그 바쁜 분위기는 쉽게 쉽게 전염되는 법이다.

게다가 며칠 전까지 나는 전국을 쉴 새 없이 돌아다녔다. 여기에 와 푹 쉰 지 며칠 되지도 않았는데 또다시 먼 길을 갈 생각을 하자 저절로 피로가 몰려왔다.

어쩌면 어제 창가에서 내가 개새끼라 중얼거리는 걸 듣고 떠난 후, 떡돌이가 더이상 과일도 떡도 보내오지 않아서 그런지도 모르고.

'역시 화가 많이 났을까?'

그 답은 다음날, 마차를 타고 떠날 때가 되자 알 수 있었다.

"내 마차는?"

내 마차가 없다는 것이다. 황당해하고 있자니, 오 공공이 내게 다가와 알려주었다.

"천빈 마마. 마마께서 타고 오신 마차는 마마께서 병에 걸리셨을 때 혹시 몰라 처분하였습니다."

"뭐? 그럼 난 뭘 타고 가는가, 공공?"

"폐하께서 폐하의 마차가 가장 크니, 마마께서는 폐하와 함께 타고 가면 되겠다 하셨습니다. 다른 마마들의 마차에 타면 불편할 테니까요."

내가 획 황제의 마차 쪽을 보자 반쯤 올라가 있던 창문 덮개가 훅 아래로 내려갔다. 안에서 이쪽을 보다가 다급히 내린 게 분명했다.

내가 눈을 가느스름하게 뜨고 오 공공을 보자, 오 공공은 흠흠 헛기침을 하고서 괜히 귀자에게 잔소리했다.

"마마께서 다리 아프시겠다. 얼른 안으로 모셔라. 아직 몸도 약하신 분을 세워두느냐."

수상한데…….

마차에 오르자 떡돌이가 아까 창문으로 나를 쳐다본 적이 없던 척 팔짱을 끼고 눈을 감고 있다.

내가 안에 들어왔는데도 아는 척도 하지 않고 있는 걸 보니, 슬그머니 심사가 뒤틀렸다.

게다가 아무 문제도 없는 내 마차를 처분한 범인은 분명 이놈일 것 같은데 말이지.

하지만 떡돌이는 마차가 출발할 때까지 아무런 말도 하지 않았고, 나는 그가 언제까지 입을 닫고 있나 보자는 마음가짐으로 맞은편에 앉아 뚫어져라 그를 쳐다보았다.

그러기를 체감상 반 시진 정도. 결국 떡돌이는 면사를 벗어 옆으로 두었다. 그가 면사를 벗자 양옆이 축 내려간 입꼬리가 드러났다. 삐졌구나.

"왜 자꾸 쏘아보는 거지, 천빈?"

"쏘아본 게 아니라 쳐다본 거야."

"그래, 왜 자꾸 쳐다보는 거지, 천빈?"

"그 조그만 머리 안에서 대체 무슨 일이 벌어지고 있는 건가 짐작해보고 있었어."

"다행이군. 우리가 같은 고민을 가지고 있다니, 안심이야."

마차가 어디를 지나가는 건지 갑자기 덜컹 소리를 내며 한 번 크게 튀었다. 나는 재빨리 균형을 잡았으나 떡돌이는 균형을 잃더니 내 옆으로 넘어져서 내 무릎 위에 머리를 올리는 자세로 폭 쓰러졌다.

나는 좀 더 인상을 찡그렸다.

"일부러 이러는 거지?"

"짐이? 그럴 리가. 튕겨 나간 거다."

"그런 것치곤 너무 사뿐하게 착지했는데? 게다가 튕겨 나갔으면 벽에 머리를 박아야지, 왜 내 무릎을 베고 누워?"

"반숙이 네가 맞은편에 앉아 있었으니까."

창문 밖에 올 때까지 내가 알아차리지도 못할 정도로 대단한 무공 실력을 숨기고 있으면서, 마차가 흔들리자 튕겨 나갔다고?

물론 그런 무공 고수가 없진 않겠지만, 착지 장소가 내 무릎이라니 좀 의심스럽다.

내가 빤히 내려다보자 찔리기라도 했나. 떡돌이는 헛기침을 하더니 눈을 감아버렸다.

"피곤하군."

기가 막혔지만 머리를 밀어버릴 수는 없는 노릇이었다. 이러니저러니 해도 황제니까.

더군다나 그의 옆모습은 정말 수려하기 이를 데 없었는데, 눈을 감고 입을 닫자 평소보다 배로 그윽한 분위기가 났다.

씩씩거리며 그의 옆모습을 쳐다보다가, 결국 나도 피로가 몰려와 눈을 감았다.

눈을 떠 보니 어느새 내가 떡돌이의 무릎을 베고 누워 있었다. 게다가 떡돌이는 잘 자라는 듯 연신 내 어깨를 두드려주고 있었다.

순간 놀라서 벌떡 일어날 뻔했지만, 그의 옷에서 나는 향이 나쁘지 않아서 나는 다시 눈을 감고 계속 잠든 척했다.

"조용하니 좋군."

떡돌이가 내 머리카락을 쓸어 주면서 하는 말을 듣기 전까진.

내가 눈을 부릅뜨고 돌아보자, 떡돌이는 이미 내가 깨어 있단 걸 알았던지 놀라지도 않고 눈웃음이나 지었다.

"내가 입을 여는 게 싫단 거야?"

"날 싫어한단 소리만 하지 않으면 듣기 좋아."

"거짓말."

"정말이다. 욕할 때 발음까지도 듣기 좋다 생각해."

떡돌이가 내 귓가의 머리카락을 가지고 장난치듯 손가락으로 굴리더니 귀 뒤로 넘겨주며 웃었다.

"짐에게 욕하는 게 아니라면."

"내 마차. 폐하가 버린 거지?"

"네가 먼저 날 피했잖느냐."

뭐라? 몇 시진이나 내 얼굴을 안 보려고 문도 안 열어주고 피한 인간이 지금 뭐라는 거야? 나는 그의 허벅지를 콱 세지 않게 물어버렸다.

"윽."

떡돌이는 순간 놀라서 펄쩍 뛰었고 그 바람에 나는 죽 미끄러져서 바닥에 머리를 박을 뻔했다. 다행히 떡돌이가 내 머리를 들어 주어서 그러진 않았다.

"너 정말……."

인상을 구긴 떡돌이는 그 짧은 새에 얼굴이 붉어져 있었다. 나는 그의 또 그의 허벅지를 잡고 몸을 일으켰고, 떡돌이는 작게 항의했다.

"솔직히 말해. 고의지?"

"폐하가 내 무릎 위에 굴러들어온 것과 같은 이치야."

"정말 하나도 지지 않는군."

"그야 난 무림……."

"그래, 소림사 손녀 손손숙."

"손반숙, 아니, 천반숙이거든? 무림고수 천반숙!"

"영웅 이름 좀 잘 짓지 그랬느냐."

"폐하가 지은 이름이잖아."

"짐은 널 좋아하지만 무림고수 행세를 할 때 자신을 무림고수 떡돌이라 하고 다니진 않을 거다."

"애정이 부족하네! 나도 반숙이 이름이 예뻐서 쓴 거 아니야."

"짐을 좋아해서 쓴 건가?"

"당연하지! 아니면 내가 왜 쓰겠어?"

큰소리로 외친 다음에, 나는 아차 싶어서 연달아 욕을 뱉었다.

"제기랄!"

내 입으로 그를 좋아한다고 해주다니. 이건 말도 안 된다. 방금 그건 내가 한 말이 아니다. 방금 그건…… 천소여가 한 말이다. 그녀의 영혼이 잠시 몸 안에 들어와서 말하고 간 거란 말이다.

나는 얼른 제자리로 가서 앉았으나, 떡돌이는 눈 깜짝할 사이 내 옆으로 와 앉고는 한쪽 팔로 내 허리를 감싸며 웃었다.

"짐이 좋아?"

아니라고 하면 내가 우스워지겠지. 한 입으로 두말하기도 좀 그렇고.

"한 서너 번째로는 좋아."

타협점을 제시하자 떡돌이의 표정이 살짝 굳는다. 이윽고 그는 싸늘하게 빈정거렸다.

"두 번째는 여전히 흑합 장군인가? 그 꽃 같은 장군?"

"그래!"

황제의 눈이 더욱 가늘어졌다.

"세 번째는 짐인가? 서너 번째가 설마 34번째를 말하는 건 아니겠지?"

나는 코웃음을 뱉었다. 34번째는 아니었다. 떡돌이는 글쎄. 뭐라고 해야 할까. 사실 아주 솔직하게 따져본다면, 흑합 장군은 요즘 순위가 아래로 내려갔다.

왜냐. 얼굴을 못 봐서다. 대신 요즘은 기뭉의 순위가 올라왔다. 그가 일을 잘해준다면 아마 그는 쑥 더 위로 올라올 거고, 그가 내가 범인이란 걸 알아차린다면 도로 아래로 내려가겠지.

어쨌든 굳이 굳이 순서를 따지자면, 첫 번째는 나. 두 번째는 내가 원래 몸에 있을 시절의 개원이. 세 번째와 네 번째가 날 배신하지 않았단 가정 하의 개원이와 떡돌이다.

딱히 누가 더 우위라고 말하기 어려울 정도로 서로 엎치락뒤치락하고 있다. 하지만 사실 누가 위이든 상관없는 이야기다. 나 스스로 사랑하는 비중이 9할 정도고, 나머지 1할을 서로 나눠 가지는 거니까.

개원이와 사귀던 시절에는 날 사랑하는 마음과 그를 사랑하는 마음이 반반 정도였지만, 이젠 그 시절로는 못 돌아간다.

내가 입을 다물고 순위를 정확히 알려주지 않자 떡돌이는 끙 소리를 내더니, 갑자기 원래 자리로 돌아가 무릎에 팔을 올려놓고 진지한 시선으로 나를 물끄러미 보았다.

아까와는 전혀 다른 표정을 한 채 그가 내게 진지하게 물었다.

"좋아. 그러면 우리가 서로에게 화난 이유를 아주 처음부터 짚어 가보지. 이래 봤자 어차피 또 싸울 테니. 짐이 생각할 때 네가 내게 화난 건…… 내가 널 믿지 못해서다. 맞지?"

"맞아."

그가 촉비에게 아무도 믿지 못한다고 말한 것. 촉비 사건이 처음 터졌을 때 그가 나를 믿지 못한 것. 사실 모두 신뢰의 문제지.

수긍하자, 떡돌이는 자신도 고개를 끄덕이더니 의외로 인정했다.

"그래. 서운할 수 있지. 충분히 이해해."

그러고는 팔에서 손을 떼더니, 시선을 피하지 않고 다시 물었다.

"그럼 너는? 너는 날 온전히 믿고 있느냐? 짐이 널 신뢰하지 않으면 억울할 만큼, 너는 내게 모든 걸 이야기했어?"

"!"

떡돌이 이 자식! 말싸움을 잘하잖아! 어떻게…… 딱 거기를.

우리는 둘 다 입을 열지 못했다. 떡돌이가 날 믿지 못하는 데만 화가 났는데. 이렇게 딱 집히고 나니 나 역시 할 말이 사라졌고, 떡돌이도 나름대로 생각이 많아 보였다.

그 상태로 얼마나 있었을까. 그가 한숨을 내쉬더니 먼저 제안했다.

"나는 신뢰와 연모는 다른 영역이라 생각한다. 널 연모하는 마음도, 믿지 못하는 마음도 모두 진심이니까."

"!"

"하지만 반숙이 넌 아닌 것 같고. 그렇다고 너와 계속 이렇게 싸워대기만 할 수는 없어. 좋아. 그러니 전에, 네가 들어주기로 한 소원. 그걸 사용하지."

소원? ……소원! 전혀 잊고 있던 게 떠올랐다. 내기에서 져서 내가 그의 소원을 하나 들어주기로 했지. 젠장. 그걸 여기서 쓰겠다고?

긴장해서 쳐다보자, 떡돌이가 벗어둔 면사를 반으로 접으며 말했다.

"네가 숨기는 가장 큰 비밀 하나를 짐에게 알려다오. 짐 역시, 가장 큰 비밀을 하나 네게 알려줄 테니."

"!"

"서로 부딪치고 나면 결론이 나오겠지. 믿음이 생길지 신뢰가 아예 박살 날지."

완전하게 신뢰했지만 결국 박살 나버린 첫사랑이 떠오른다. 팔에 소름이 돋았다. 입이 쉽게 열리지 않았다. 손만이 반사적으로 떡돌이의 허벅지를 쥐었다 펴길 반복했다.

"이 앙큼한 손은 무엇이지?"

"내 손이야."

자꾸 싸워대는 걸 그만두려면 떡돌이의 제안처럼 서로에게 온전히 솔직해져 보는 게 나을지도 모른다. 그러면 그도 나를 조금 더 믿게 될 거고 나도 그를 더 믿게 될 테니.

하지만 떡돌이가 내 비밀을 받아들일 수 있을까? 떡돌이의 허벅지는 탄력적이지만 그의 사상도 탄력적일까? 아니, 탄력적인 게 아니라 사상은 말랑해야지.

"소여야."

그가 나를 부드럽게 부른다. 달래는 목소리다.

"응."

마른침을 삼키고 쳐다보자 떡돌이는 미소 짓고서 말했다.

"그만 좀 주물럭거려라."

"이 와중에 그게 중요해? 이렇게 중대한 와중에?"

"중요해. 네가 자꾸 짐의 허벅지를 만져대면……."

그의 눈길이 아래로 향하는 순간 손끝에 뭔가 닿았다. 눈이 휘둥그레

져서 밑을 보니 그의 바지 안쪽으로 무언가 잡히고 있었다.

놀라서 좀 더 확실하게 만져보려 하자 떡돌이는 내 손목을 잡아 치우며 무겁게 한숨을 내쉬었다.

"여기서 짐을 이렇게 만들어 버리면 어떻게 하라고."

맞는 말이어서 나는 손을 치웠다.

"참 이상해 떡돌아. 네 허벅지를 만지는 건 아무렇지 않은데. 네게 솔직해지는 건 왜 이렇게 어려울까?"

"그런 말을 입 밖에 뱉는 용기로 말하면 될 텐데."

그게 생각처럼 안 되니 그렇지. 한숨이 나온다. 내가 이번에는 내 무릎을 두드리기 시작하자, 떡돌이는 결국 이렇게 제안했다.

"좋아. 그러면 이러자. 지금 제안은 사실 좀 갑작스러웠지."

"맞아. 그거야."

"그러니까…… 시간을 정하지."

"시간?"

"그래. 본궁에 도착할 때까지 시간을 가지자. 도착한 날 밤 시침에 널 부르마. 그때 이야기를 할지 말지 정해라."

여기서 수도까지 마차로 며칠이나 걸릴까? 나와 귀자가 말과 경공술을 섞어서 이동해도 제법 시간이 걸렸다. 이 긴 행렬이 마차로 가려면 더 오래 걸릴 것이다. 그 생각을 하자 제법 괜찮단 생각이 들었다.

그래. 그 정도쯤이면 나도 확신이 서겠지. 그때까지도 마음을 정하지 못했다면 그건 내 마음이 그에게 진실을 털어놓길 원하지 않는 거나 다름없을 거야.

"좋아."

"반숙아. 네가 이야기해 주지 않아도 좋다. 원하지 않는다면. 네가 이야기해 주지 않는다고 해서 짐이 갑자기 널 싫어하게 되진 않을 거다."

“하지만 신뢰하진 못하겠지.”

“서로.”

“그래. 서로.”

며칠 동안 나는 창밖을 쳐다보며 열심히 내 마음을 훑었다. 말할까 말까. 난 위험을 감수하고서라도 떡돌이와 가까워지고 싶은 걸까 아닐까.

떡돌이에게 신뢰를 받지 못한다고 해서 후궁으로서 안락하게 못 사는 건 아니야. 하지만 촉비 사태 같은 게 생겼을 때 그가 날 믿지 못한다고 서운해할 수도 없게 되겠지. 신뢰를 못 줬으면서 그가 날 믿기만 바라는 건 억지니까.

물론 억지라도 나한텐 편리하지만.

‘하지만 말한다면 어디부터 어디까지?’

결국, 고민 끝에 나는 마차가 쉬어갈 때 귀자에게 이 문제를 상담했다.

하지만 귀자는 자기 일이 아니라서인가 아무렇지 않게 말했다.

“폐하는 이미 마마에 관해 몇 가지 짐작하시고 있습니다. 그러니 저한테 말씀해주신 정도로 말씀하시면 되지 않을까요?”

“어느 정도로?”

“마마께서 입궁 전 자유분방한 무림 고수 생활을 즐기셨다고요.”

“내 평판이 너무 나쁜데 괜찮을까?”

“하하, 평판이 너무 좋았다면 오히려 더 이상하지 않을까요?”

“……왜 그렇게 생각해?”

“입궁하고 성격이 나빠지신 거니까요.”

웃으면서 말한 귀자는 나와 눈이 마주치자 그제야 말실수를 눈치채고는 황급히 납죽 허리를 엎드렸다.

"죽여주시옵소서 마마!"

예전에는 궁녀나 태감들이 별일도 아닌 일에 '죽여주시옵소서!'라고 외치는 게 이해가 안 갔는데. 슬슬 이해가 가려고 한다.

1만큼 잘못한 일에 10만큼 죄송해하는 모습을 일부러 보여서, 벌을 주면 벌을 주는 사람이 좀스러워 보이게 하는 거 아닐까?

귀자와 상담을 마치고 마차에 돌아와 앉자마자 자는 줄 알았던 떡돌이가 눈을 뜨더니 한소리부터 했다.

"먼 길 다녀오더니. 귀자와 친해진 모양이군."

덤덤한 목소리였지만 눈이 평소보다 세 배는 가늘어져 있었다.

그러다 내가 그의 맞은편에 앉아 다리를 쭉 펴면서 "난 원래 내시들이랑 친해." 하고 말하자 눈이 더 가늘어졌다.

"네가 내시라 생각할 때도 친했잖아."

자기 이야기를 하자 눈이 도로 커다래졌지만.

빠르지도 느리지도 않은 속도로 이동하는 동안 본궁과의 거리는 점점 더 가까워졌고 내게 주어진 시간도 점점 짧아져 갔다.

넉넉한 날짜라고 생각했는데. 이상하게도 돌아가는 길은 너무 시간이 짧게 여겨졌다.

그나마 다행이라면, 떡돌이는 약속한 날짜까지는 차분하게 기다릴 생각인지 절대로 나를 재촉하지 않는다는 점. 물론 이따금 내가 마차에서 내려 귀자와 의논하고 오면 못마땅하게 쳐다보긴 했지만.

"짐과 의논하라 짐과."

"폐하 일인데 어떻게 폐하랑 의논해?"

"짐은 네 일을 다른 후궁과 의논하지 않잖느냐."

"폐하는 오 공공이랑 승언이한테 말할 거잖아."

그렇게 중요한 이야기는 피한 채 별거 아닌 이야기로만 투덜거리기를 며칠. 드디어 황제 하나와 황후 하나, 기타 여러 명의 후궁, 그리고 그보다 더 많은 궁인들까지 함께하는 대이동이 끝이 났다. 나와 떡돌이 사이의 보류 기간 역시도.

다른 사람들보다야 후궁들이 편하게 이동했겠지만, 아무리 그래도 몇 주에 걸친 대이동은 쉽지 않았다. 이 때문에 황후도 문안은 생략하라 했고, 각 후궁들은 모두 자기들 처소로 돌아갔다.

나 역시 오랜만에 동영궁 한편에 있는 내 전각 안으로 들어가 이젠 익숙해져 버린 침상 위에 몸을 던졌다. 자주 맡던 냄새를 맡자 저절로 몸에서 기운이 빠지면서 잠이 몰려왔다.

'안 돼. 아직 떡돌이한테 비밀을 말할지 안 할지 결정하지 않았잖아.'

침상에 엎드려 있자니 내기고 뭐고 다 집어치우고 그저 한숨 자고 싶어졌지만, 나는 억지로 상체를 일으켰다.

일단 씻자. 씻으면서 마저 생각하자.

'하지만 몇 주 동안이나 생각했는데도 결론을 못 내다니.'

역시 이 정도쯤 되면 나는 떡돌이에게 내 가장 깊은 비밀에 관해서는 이야기하고 싶지 않은 게 아닐까?

비밀을 털어놓고 시원해질 마음보다 내 비밀에 그가 질색했을 때 겪게 될 상황이 더욱 신경 쓰이고 싶은 게 아닐까?

"원웅아. 옷 갈아입는 거 도와줘."

그런데 피풍의를 벗고 갑갑한 옷을 천천히 벗고 있자니, 밖에서 "천빈 마마." 하는 소리가 들려왔다.

"오 공공 목소린데? 나가봐 부성아."

부성에게 지시하자 부성은 얼른 밖으로 나갔다. 다시 들어올 때는 역시나. 오 공공과 함께였다.

"오 공공."

내가 그를 쳐다보며 아는 척을 하자 오 공공은 가까이 다가와서 꾸벅 인사를 했다.

나는 오 공공의 뒤에서 따라온 태감이 커다란 쟁반을 들고 있는 걸 보았다. 그 쟁반 위에는 부드러워 보이는 운문비단이 보였다. 비단 한 필이 아니라 그걸로 만든 옷이.

"잠의입니다, 마마."

오 공공은 내 시선을 눈치채고는 묻기도 전에 얼른 알려주더니 뒤에 선 태감에게 눈짓했다.

태감이 원웅에게 쟁반을 건네자, 원웅은 나를 대신해 운문 비단으로 만든 잠의를 들어 보인 다음 감탄하며 내게 건넸다.

"가장자리에 아주 멋진 원앙이 수놓아져 있어요, 마마."

운문 비단의 어깨 부분을 집자 주르륵 해파리처럼 흘러 내렸다. 가볍고 보들보들한 그 잠의를 쳐다보고 있자니 원웅의 말처럼 잠의 상의 가장자리에 원앙이 수놓아진 게 보였다.

그 부분을 자세히 보고 있으려니 오 공공이 슬며시 일러주었다.

"폐하께서 직접 수놓으신 거랍니다, 마마."

"폐하께서?"

"네. 마마께서 주고 가신 원앙에 짝이 없다고 직접 수놓으셨지요. 마마께서 폐하께 주신 잠의 속 원앙와 꼭 같은 위치에 있습니다."

그 말에 원웅과 부성은 감탄사를 뱉었고 나도 기분이 좀 이상해졌다.

맞아. 그러고 보니 여길 떠날 때 신경질이 나서 원앙을 한 마리만 수놓아두고 갔지. 난 그러고서 까먹었는데. 떡돌이는 기억하고 있었구나.

싱숭생숭한 마음으로 원앙을 손가락으로 더듬고 있으려니, 오 공공이 슬쩍 내 눈치를 한 번 더 보고 알려주었다.

"그리고 폐하께서 오늘은 천빈 마마께서 시침을 들라 하셨습니다."

"알았네. 고맙네."

씻고 나오니 곧장 밤이 되었다. 부성과 원웅은 오랜만의 시침이라며 평소보다 더욱 공들여 나를 치장해주었다.

나는 머리에는 금으로 된 장식을 하고 바람이 불면 날아갈 것처럼 가벼운 옷을 입고 그 위에 보송보송한 피풍의를 걸치고서 떡돌이가 머무는 방으로 향했다.

몇 달 만에 오는 방이지만 그리 낯설지는 않았다. 떡돌이 방 앞을 지키는 태감이 문을 열어 주어서 나는 그 안으로 들어갔다.

하지만 태연한 겉과 달리 내 속은 지금 이리저리 휘청이는 중이었다.

떡돌이가 날려 보낸 원앙을 본 다음 목욕을 하면서 드디어 떡돌이의 제안에 어떻게 대답할지 답을 정했는데. 그러고서도 계속 불안이 연달아 고개를 내미는 탓이었다. 그러다 떡돌이를 보는 순간, 저절로 입 밖으로 탄식이 나갔다.

"오늘 옷이 왜 그래?"

떡돌이는 평소와 달리 편안한 차림을 하지 않고 있었다. 대신 그는 정무를 볼 때도 거의 입지 않는, 완전히 제대로 된 정복 차림으로 있었다.

보기에는 족자 속에서 금세 튀어나온 모습 같아 멋지지만, 평소와 다른 준비 자세에 덩달아 긴장이 되었다.

"이상하냐?"

"아니, 보기엔 좋은데. 갑자기 그런 옷차림으로 기다리니 그러지." 나는 떡돌이의 앞으로 걸어갔다. 그는 탁상 앞에 앉아 있었는데, 탁상 위에는 먹물과 붓, 종이 등이 있었다.

내가 마주 앉자 떡돌이는 붓 하나를 집어 물기를 빼고 먹물을 찍더니 내게 건넸다.

"자. 이제 서로 비밀을 적어서 건네자."

말로 하는 게 낫지 않을까, 싶기도 했으나 나는 떡돌이의 뜻을 따르기로 하고서 소매를 조금 걷고 붓을 쥐었다. 그리고 심호흡을 한 다음 단숨에 비밀을 적어서 종이를 접어 건넸다.

하지만 막판에 그가 쥐려던 종이를 다시 뺏고 경계하듯 쳐다보자, 떡돌이는 한숨을 내쉬더니 팔을 길게 뻗어 그 종이를 가져가며 쓸쓸하게 말했다.

"염려 마라. 네 비밀이 아주 커도 내 비밀보단 작을 테니. 게다가 사실 짐은 네 비밀을 어느 정도 짐작은 하고 있다."

"그럼 이런 걸 왜 하자고 한 거야?"

"그래야 우리가……."

떡돌이는 뒷말을 잇지 않고 종이를 바로 펼치면서, 거 보란 듯 피식 웃다가 갑자기 눈이 왕방울만 해지더니 나를 멍하게 쳐다보았다.

"네가…… 천소여가 아니라고?"

떨리는 입술이나 평소보다 더욱 커다래진 눈, 흔들리는 눈동자에는 '충격'이라고 쓰여 있는 것처럼 보였다. 아니, 왜 저렇게 놀라지?

"이미 짐작하고 있었다며."

그러면 이리 놀랄 필요가 없지 않나 싶어 묻자, 떡돌이는 연못가에서 먹이를 달라며 재촉하는 잉어들처럼 뻐끔거리다 항의했다.

"네가 무림인이란 건 짐작하고 있었다. 네가 '천년비'란 이름으로 생활한 것도 짐작하고 있었다. 하지만 그냥 입궁 전에 가명을 쓰고서 자유로운 생활을 보냈다 여겼지, 아예 천소여가 아니라니?"

마른세수를 한 떡돌이는 한참 동안 두 손으로 얼굴을 가리고 있다가 밖에서 술시를 알리는 나무패 소리가 들려오자 가까스로 손을 내리고 물었다.

"총서서나 공오부인이 너를 자기들 딸로 삼은 건가? 천소여, 그러니까 천 소저가 입궁하기 싫어한다거나 병이 있다거나 해서?"

와. 떡돌이 이 녀석. 잘난 척하더니 영혼이 바뀌었을 거란 생각은 거의 안 한 모양이구나. 내가 귀자한테 알려준 딱 그 거짓말 수준으로만 내 정체를 짐작했나 봐.

하긴. 세상에 누가 '저 사람 성격이 갑자기 바뀌다니. 영혼이 바뀌었나 본데?'라고 여기겠어.

"아니야. 내 몸은 천소여가 맞아. 총서서랑 공오부인이 혼인해서 낳은 천소여 몸이야."

"천소여 '몸'이 맞다고?"

떡돌이는 마른침을 삼키고서 다시 한 손으로 얼굴을 가렸다. 그 아래로 드러난 입술이 보기 좋게 달싹였다.

"천소여 '몸'이 맞지만 천소여가 아니라면…… 혼이 다른 사람의 혼이란 뜻인가?"

내가 고개를 끄덕이자 떡돌이는 두 손으로 아예 자기 머리 양옆을 눌렀다. 많이 놀랐구나, 떡돌이.

"그럼 반숙아. 이 일을 총서서나 공오부인은 아느냐?"

"둘 다 모를걸. 연비나 영빈도 몰라. 내 궁녀들도 모르지. 이걸 아는 건 네가……."

최초는 아니구나. 이건 빼고.

"놀랍지?"

나는 그 모습을 차분하게 지켜보다가 다시 알려주었다. 그가 이 정도로 나에 대해 모를 줄은 몰랐지만, 그래도 막상 털어놓고 나니 오히려 떨림은 가셨다. 그 전에는 떡돌이 머리를 두드리고 싶을 만큼 긴장감이 극심했는데.

"어때? 이제 날 신뢰할 수 있겠어?"

"신뢰……를 떠나서 아예 다른 사람이잖아!"

"몸은 천소여 몸이 맞다니까?"

떡돌이가 또 이마를 짚는다. 그 혼란스러워하는 모습을 보다가 나는 그가 묻지 않은 걸 하나 더 알려주었다.

"천소여가 용고를 먹고 죽었대, 폐하."

"용고?"

"물론 용고를 먹고 죽은 건 나만 알지. 그때 내가 이 몸으로 들어와 버렸으니까. 어쨌든 용고를 먹긴 했어. 그리고 나도 그걸 먹었어. 그 이유 때문인진 모르겠지만 난 천소여 몸에 들어왔고."

"용고를 먹은 그 시기가, 혹시 네가 쓰러져서 사경을 헤매던 그 시기와 같으냐? 네가 기억을 잃었다고 한……?"

"맞아. 기억을 잃은 게 아니라 그때 영혼이 바뀐 거야. 그래서 난 천소여 기억이 없어, 폐하."

"후우."

떡돌이가 이번에는 부채질을 시작했다. 아직도 혼란스러운가 봐. 슬며시 눈치를 살폈으나 다행히 화를 내는 기색은 없었다. 그저 놀랍고 놀랍고 한없이 놀라워할 뿐.

새삼 이 일이 정말 놀라운 일이긴 하단 생각이 든다. 하긴. 나도 내가 이 몸에 들어오기 전까진 이런 일이 가능한 줄도 몰랐지.

"어쨌든 내가 천소여 몸을 쓰게 되었으니, 원수라도 갚아주자 싶어서 누가 천소여에게 용고를 먹였나 알아보려 했거든? 근데 못 알아냈어."

"살해당한 건가."

떡돌이의 표정이 조금 심각해졌다. 그는 이불과 부채를 빠르게 파닥거리다가 물었다.

"네 진짜 정체가 '천년비'인 건 맞는 거지?"

"맞아."

떡돌이는 고개를 끄덕이고서 중얼거렸다.

"천소여를 죽인 범인은 꼭 찾아내야겠군. 범인이 천소여를 죽였다면 너도 죽이려 할 수도 있지 않으냐."

나는 그를 유심히 살피다가 물었다.

"내가 진짜 천소여가 아니어도 괜찮아?"

떡돌이의 입꼬리 끝이 힘없이 위로 올라갔다.

"안타깝지만 진짜 천 귀인과 짐 사이엔 이렇다 할 추억이 없어서. 말을 해본 적이 있는지도 모르겠고. 천 귀인에겐 미안한 말이지만, 짐이 아는 천 귀인은 네 모습이라 받아들이는 게 그리 어렵진 않군. 하지만……."

"하지만?"

"총서서나 공오부인이 알면 상처받겠지. 그쪽은 네가 아니라, 진짜 천 귀인을 키운 사람들이니. 이 일은 너와 나만 알고 있자."

나와 떡돌이 외에 몇몇이 더 알긴 하지만 일단 고개를 끄덕였다.

하지만 차분하게 굴려 해도 자꾸 입이 벌어지고 광대가 올라가려 해서, 나는 손을 뻗어 내 뺨을 눌러 아래로 내렸다. 떡돌이가 나를 있는 그대로 받아주려고 하는 게 좀 기분이 좋았다.

어쩌면 그의 말처럼, 그가 진짜 천 귀인과 대화를 나누던 사이가 아니었기에 가능한 것인지도 모르겠지만.

이젠 내가 떡돌이의 비밀에 대해 알 차례였다. 나는 떡돌이가 부채질을 계속하게 두고서, 그가 건넨 쪽지를 펼쳤다. 쪽지를 펼치며 보니 떡돌이는 부채를 꼭 쥐고 나를 조금 긴장해서 보고 있었다.

"놀랄 거다."

눈이 마주치자 그가 경고했다.

나는 쪽지를 내려다보았다. 쪽지에는 떡돌이에게 대역 황제가 하나 있단 내용이 쓰여 있었다. 나는 다시 떡돌이를 보았다. 떡돌이는 이제는 부채질도 멈추고서 나를 보고 있었다.

하지만 내가 쪽지를 접고는 "음." 하고 감상을 들려주자, 그는 얼굴이 구겨져서 괜히 신경질을 냈다.

"음, 이라니. 짐의 비밀을 보고 나온 감상이 '음'뿐인가?"

내가 자기 비밀을 보고 자기처럼 반응해주지 않은 게 당혹스럽단 투였다. 하지만…….

"별로 놀랍진 않아서."

"이게 안 놀랍다고?"

떡돌이가 입을 쩍 벌린다.

"이런 어마어마한 일이?"

"사실 그럴 수도 있다고 짐작해 본 일이라서."

솔직하게 털어놓자 황제는 입을 더욱 크게 벌렸고, 나는 얼른 그의 입에 손가락을 집어넣었다.

황제는 깜짝 놀라 목을 뒤로 빼다가, 내가 웃음을 터트리자 헛웃음을 뱉으며 물었다.

"어떻게 짐작해본 건데?"

"태감이 폐하한테 '폐하께서 찾으십니다, 폐하.'라고 말하는 걸 봤거든."

"그 이야기는 들었다. 아니, 정확히는 네가 그 근처에 있었다고, 어쩌면 들었을 수도 있다고 한 이야기였지만. 그 일은 잘 넘어간 줄 알았는데."

"확신한 건 아니야. 그냥 그럴 수도 있다고 생각한 거지. 그리고 만약 황제가 둘이라면, 난 당연히 네가 가짜일 거라 생각해서."

"어째서?"

"맨날 노는 거 같기에."

"!"

떡돌이는 모욕적인 이야기를 들은 것처럼 충격에 젖은 눈으로 나를 바라보았다. 아무래도 그의 비밀에 나는 별로 안 놀라고 그는 깜짝 놀란 건 단순히 떡돌이가 나보다 더 잘 놀라서 그런 것 같기도 하고?

"어쨌든 대역 황제가 있다면 둘을 구분하는 방법도 알려줘야지."

"짐이 왜 그것까지 알려주어야 하지? 우리가 약속한 건 비밀을 알려주는 것까지이니, 있단 것만 알려주면 될 텐데?"

"우리가 뜨거운 밤을 보내고 나서 내가 대역 황제한테 가서 '그날 밤 참 좋았지요, 폐하. 어제 고생한 물건의 안부를 확인해 봅시다.' 말하고 손을 뻗으면 어쩔래?"

"비밀 신호를 정하자."

떡돌이는 대번에 대답했다.

"내가 대역 황제의 물건 안부를 확인하는 건 싫구나?"

"연모하는 정인이 다른 사내 물건 안부를 확인한다는 데 좋아하는 사내가 있다면 그 사내는 변태다."

"하긴. 나도 네가 다른 사내 물건 안부를 확인하면 좀 착잡할 거 같아."

"안 해!"

"승언이가 가끔……."

"하지 않는다!"

"아하, 반대였던가."

"아니니라!"

떡돌이 얼굴이 새빨개서 참으로 귀엽다.

그는 한숨을 내쉬며 나를 째려보더니, 잠시 생각하다가 말했다.

"원앙 한 마리가 혼자 날아갔다 짝을 찾아와 지금은 둘. 이걸로 하지."

"아이 유치해."

와. 떡돌이가 노려보고 있어.

"알았어. 그걸로 해."

그가 너무 부끄러워하기에 웃으면서 대답하자, 떡돌이는 괜히 부채질을 더욱 빠르게 하며 덧붙였다.

"그리고 이 신호를 한 번이라도 연금에게 쓰게 되면 다시 정하는 것으로. 어떠하냐. 이러면 되겠지?"

"연금이가 누구야?"

"짐의 대역 이름."

"폐하랑 비슷하게 생겼어?"

"많이 닮았지. 얼굴을 보면 구분이 안 가진 않지만, 얼굴을 가렸을 때 분위기라거나 눈매, 입매, 눈동자 색이나 머리카락 색 같은 것이 많이 닮았다. 체형이라든가."

어쩐지. 그래서 면사로 눈을 가렸다 입을 가렸다 하는구나.

생각해보니 말을 하지 않고 있으면 많이 닮긴 했어. 물론 닮았으니 대역으로 뽑았겠지만.

내가 고개를 주억거리고 있으려니, 떡돌이가 아까와는 사뭇 다른 진중

한 태도로 충고했다.

"비밀을 알려주긴 하였으나 절대로 이 일이 새어나가지 않게 해야 한다, 반숙아. 이 일에 관해 아는 건 정말로 극소수니까."

"알았어. 너도 내가 천년비라는 건 아무한테도 말하면 안 돼."

"당연하지 않으냐."

얼른 대답한 떡돌이는 말을 마치더니 나를 물끄러미 보았고, 나는 심장이 좀 간질간질해서 그의 부채를 가져다가 내가 파닥거렸다. 부채를 파닥거리고 있으려니 호수를 가로지르는 한 마리 오리가 된 기분이었다.

많이 고민했지만, 그래도 솔직하게 말하길 잘한 거 같아. 이러면 우리는 서로의 비밀을 공유했으니 남들보다 좀 더 가까워지겠지. 다행히 떡돌이는 내가 무림에서 평판이 아주 나빴단 걸 모르는 눈치고. 아니, 이건 다행이 아닌 건가? 떡돌이가 뒤늦게 내 평판을 알아내면 어쩌지?

호수를 가로지르던 머릿속의 오리가 도로 헤엄을 쳐서 호숫가로 돌아오더니 꽥꽥 울어댄다. 나는 당황해서 떡돌이를 보았다.

무슨 생각을 하고 있던건지, 눈이 마주치자 떡돌이가 바로 질문했다.

"그럼 지금 돌아다니는 천년비는 누구이지?"

"모르는 사람이야."

"……이거 참. 이상한 관계로군."

"나도 천소여랑 모르는 사이였는데 이렇게 됐잖아. 그런데 일이 꼬여서 내가 천소여 몸을 쓰듯 그쪽도 내 몸을 쓰는 거지 뭐."

그 몸이 강시란 말은 해야 하나 말아야 하나. 고민하고 있자니, 떡돌이가 갑자기 내 손을 잡으며 조금 불안한 목소리로 물어왔다.

"혹시…… 나중에라도 다시 원래 몸으로 돌아갈 생각이 있느냐."

"아니."

"아니라고? 정말로?"

"난 원래 몸으로 사는 게 많이 힘들었어. 그래서 돌아가고 싶지 않아."

내 진짜 몸이 살아 있다면, 그래도 다시 돌아가 보겠지만. 지금 그 몸은 살아 있는 몸이 아니라 타천천 그놈의 손아귀에 있기도 하고. 돌아갈 이유가 없지.

떡돌이는 고개를 몇 번 끄덕이다가 내 손가락 손톱 위를 조금 묵직하게 누르며 물었다.

"어떤 게 가장 힘들었지?"

"글쎄."

"다 말해다오. 너에 대해서 많은 걸 알고 싶다."

"……너무 많아서 생각나지 않아. 일단 먹고 자는 게 제일 힘들었는데 그건 이제 해결됐잖아."

떡돌이는 내 엄지를 누르다가 내 허리를 두 손으로 감싸더니, 쭉 끌어당겨 자기 다리 위에 가뿐하게 앉히며 중얼거렸다.

"그럼 맛있는 음식을 매일매일 가져다주라 해야겠군."

"맞아."

"또 다른 건?"

"왜 물어?"

"너에 대해 많이 알고 싶다니까. 그리고 네게 아픈 기억이 있다면, 네게 짐이 없던 기억이 있다면, 그걸 전부……."

꽤 간지럽고 듣기 좋은 말을 해줄 것 같던 떡돌이의 목소리가 갑자기 뚝 멈추었다.

왜 그러나 싶어 보자 떡돌이가 내 귓가에 속삭이다가 갑자기 표정이 스산해졌다.

"왜? 왜?"

왜 갑자기 저러는가 싶어서 상체를 뒤로 빼자, 그는 나를 쭉 당겨 자기 코앞에 가져다 놓고서 한껏 낮아진 목소리로 물었다.

"천반숙. 그럼 넌 네 전 연인을 스승으로 두고 짐 앞에서……!"

"!"

떡돌이 목소리가 이렇게 날카로웠었나. 물론 예전에 내시인 척 굴 때는 지금 목소리보다 일부러 더 높게 내긴 했는데. 지금은 목소리가 낮은 상태인데도 날카롭게 여겨질 정도다.

나는 눈을 부릅뜨고 조금도 꿇릴 것이 없다는 표정으로 그를 쳐다보았다. 사실 좀 콕콕 아리는 부분이 있었으나 티 내지 않았다.

"그래, 전 연인을 스승으로 두고 짐 앞에서 애정 행각을 했다 이거지."

"뭐래. 내가 개원이를 스승으로 달랬나? 자기가 줬지?"

"짐이 알았으면 줬겠느냐? 거절했어야지!"

"거절하면 이상하잖아. 자꾸 내가 천년비인가 아닌가 떠보는 눈치인데 어떻게 거기서 거절해?"

"그래서 애정 행각을 하셨겠다?"

"애정 행각이래. 와. 내가 언제? 막 과장하고 그러지 마. 그러니까 속이 콩알에서 더 자라지 않는 거야."

"뭐라? 짐이 콩알만 하다고?"

"그래!"

"짐이 콩알만 하면? 짐보다 훨씬 작은 너는?"

"난 원래 키가 컸어. 쪼그라든 거야."

"어쨌든 지금은 콩알 아니냐."

"!"

이 떡돌이가 아주 콩자반이 되고 싶어 환장을 했나. 분위기가 좀 좋아진다 싶자마자 이렇게 조그만 속 알맹이를 보여준다 이거지?

나는 씩씩거리며 소맷자락을 걷었다.

"후궁이 여럿인 폐하가 한 명 가지고 그러면 안 되지! 안 그래?"

"그래서, 짐하고 지금 쌍바람 맞바람이라도 피워보잔 거냐?"

안쪽에서 들려오는, 사실 제대로 들리진 않지만 두런두런한 음향에 귀자와 오원요, 승언은 흐뭇하게 서로를 바라보고 있었다.

하지만 얼마 지나지 않아 두런두런하던 목소리는 싹 사라지고, 유치하게 서로를 질책하는 목소리들이 튀어나오기 시작했다.

오원요는 기겁해서 근처에 있던 궁인들을 죄다 물리고 가슴에 손을 얹었다. 저절로 볼멘소리가 나왔다.

"아니, 오늘따라 사이가 좋으신가 싶더니만 두 분은 왜 또 저러실까."

승언은 한숨을 내쉬면서 중얼거렸다.

"두 분 다 자존심이 세서 저러는 겁니다."

다들 입을 다물었으나 속으로는 그 말에 동의하고 있었다.

황제와 천빈은 둘 다 자존심이 몹시 셌다. 둘 다 진지하게 화를 내는 게 아니어서인지 저렇게 티격태격하다가도 잘 풀어서 다행이지, 아니라면 저렇게 붙어 있지 못할 것이다.

귀자는 억지로 웃으며 최대한 긍정적으로 말했다.

"그래도 이렇게 같이 붙어 계신 게 좋지요. 전처럼 따로따로 떨어져 계신 것보다는요."

맞는 말이기에, 승언과 오원요도 고개를 끄덕이고 입을 다물었다.

아직도 방 안에서는 서로가 콩알이라 주장하는 목소리가 드문드문 들려오고 있었다.

중차대한 비밀을 털어놓고 얻은 것이 '너는 콩알이다', '너야말로 콩알이다'뿐이어서 황제와 천빈이 가벼운 마음으로 씩씩거리는 한편, 궁인들은 천빈이 그새 황제의 총애를 되찾은 일을 두고 수군거렸다.

같은 동영궁에 머무는 바람에 천빈이 저녁 무렵에 황제에게 갔다가 늦은 아침이 되어서야 돌아오는 걸 본 안비는 차를 마시면서 한탄했다.

"천빈이 축비를 공격하다가 제 발에 걸려 넘어지는가 싶더니. 오래 아프고는 바로 총애를 되찾아 버리네. 참 운도 좋지."

그 말에 규빈이 한숨을 푹 내쉬면서 툴툴거렸다.

"운도 좋지요. 눈 내리는 날, 폐하께서 천빈을 방에 들여보내 주지도 않은 일로 병을 얻었다면서요? 그 때문에 사경을 헤매고 나니, 폐하께선 더욱 미안해서 잘해준다던데. 이게 무슨 일이랍니까."

천빈을 싫어하진 않지만 이 일에 호기심을 가지고 있는 남빈은, 두 사람이 주도하는 흉을 듣다가 조심스럽게 자기 의견을 내밀었다.

"혹시 천빈이 의외로 두뇌파는 아닐까요?"

그 말에 모인 후궁들이 동시에 웃음을 터트렸다.

"그건 아니에요, 남빈."

"절대 아니야, 동생."

"천빈이 멍청한 거야 유명한걸요."

"그 멍청해 보이는 것까지 머리 좋은 부분일지도 모르잖아요."

남빈은 재차 자기 의견을 내밀어보았으나, 다른 후궁들은 단호하게 부정했다.

"아니야."

남빈은 어깨를 으쓱하고서 자기 찻잔을 들어올렸다.

하지만 무조건 남빈의 의견을 웃으며 넘긴 다른 후궁들과 달리 승빈은 유심히 상황을 듣다가 그럴듯한 의견을 냈다.

"천빈은 분명 맹하지요. 하지만 천빈에겐 꽤 학식 좋은 지지자가 붙어 있잖아요. 등룡직에 있는 운월이요. 그자가 천빈에게 좋은 조언을 해준 건 아닐까요?"

"아."

"맞아요, 그 사람."

"하지만 그 사람은 청렴하기로 이름났잖아요?"

후궁들이 수군거리면서 한두 마디씩을 얹었으나, 승빈은 자기 제안에 완전히 취해서 흥분했다.

"진짜 청렴하면 천빈에게 붙지도 않았겠죠. 어쩌면 그자는 궁중 암투에 무척 능해서 천빈에게 필요한 조언을 해준 걸지도 몰라요."

그럴듯한 말에 다른 후궁들도 맞다고 맞장구를 치자, 승빈은 자신이 큰 비밀을 해쳐낸 듯 기분이 좋아져서 흐뭇하게 웃었다.

이 상황 속에서 비웃는 미소조차 짓지 못하는 건, 축비의 입궁 동기이자 절친한 친구인 혜비뿐이었다.

연달아 일주일 동안 시침을 들러 가서인가. 요즘 들어 원웅과 부성이 자꾸 내 배를 힐긋거리는 눈치다. 사실 힐긋거리기만 하는 게 아니다. 전에 혼자 비밀 연무장에 가서 훈련을 하려고 나서는데, 둘이서 이렇게 소곤거리는 것도 내가 똑똑히 들었다.

"매일 시침하러 가시는데 왜 회임하지 않으실까?"

"그러게. 회임하는 데 좋은 약재라도 먹어야 하는 거 아니야?"

"마마께 슬쩍 여쭤볼까? 약재라도 좀 써보는 게 어떨지?"

그들의 대화를 듣다가 나는 혀를 차고서 그 자리를 비켜섰다.

약재는 무슨. 하늘을 봐야 별을 따지. 내가 회임하지 못하는 건 시침하러 가서 떡돌이와 손만 잡고 자서 그렇다. 안타깝게도.

사실 안 그래도 요즘 그것 때문에 고민이다. 전에는 원래 몸으로 붙을 때도 박빙이었던 개원이에게 복수하기 위해 절대로 회임할 수 없었지.

하지만 개원이 날 죽였는지 개운호가 날 죽였는지 알 수 없게 되어서 복수 방식을 바꿨다. 그냥 통째로 개씨 집안을 잡고 흔들기로. 멸문당할 정도는 아니지만 그래도 내 속이 좀 후련해질 만큼은 흔들어야지.

어쨌든 그 복수는 둘 중 누구와도 죽여라 살려라 생사결을 펼치지 않아도 되니. 무조건 회임을 피해야 하는 건 아니다.

회임해도 된다. 되긴 되는데…….

'너무 오래 손만 잡고 잤어.'

연무장에 가서 가부좌를 틀고 운기조식을 하려고 했지만, 머릿속에 오만가지 잡생각이 떠올라서, 심마가 올까 봐 자세를 풀고 그냥 드러누워 버렸다.

슬슬 찾아오는 봄 덕에 공기는 달았고 흙에서는 조금씩 따뜻한 기운이 올라왔다. 날씨가 좋으니 싱숭생숭하고 은밀한 마음도 치솟아 오르고 있었다. 하지만 떡돌이와 몇 달째 손만 잡고 자서일까. 그냥 꼭 붙어 자는 게 익숙하다 보니, 떡돌이에게 그…… 뭐야. 그의 보물을 좀 구경시켜 달란 이야기를 하기가 애매했다.

아니, 해보긴 했다. 사흘 전쯤이었나. 그가 나를 자기 품 안에 넣더니 목덜미 향을 맡으면서 "이러고 있으니 좋다. 네 냄새가 좋다, 반숙아."라고 중얼거리길래, 마음에 좀 달아오르는 듯해 용기를 냈다.

우리는 부부고 서로의 커다란 비밀도 공유했으니, 은밀한 부분도 좀 공유해 볼 생각이었다. 그러면 더욱 가까워지지 않을까?

그런데 떡돌이는 무슨 내외하는 사이도 아니고, 내가 자기 보물을 쥐자 펄쩍 뛰더니 무슨 개구리처럼 눈 깜짝할 사이 벽 저 너머까지 달아나 버리는 게 아닌가.

그러고는 내가 칼을 자기 거시기에 가져다 대기라도 한 듯 손으로 자기 몸을 가리고서 경고했다.

"또 무슨 장난을 치려고? 이불로 둘둘 말아둘 거다, 손손숙."

그걸 보니 기가 막혀서 나는 "폐하, 내가 누구 같아?"라고 물었다. 세상에 어느 남편이 아내가 적극적으로 나온다고 저렇게 달아난단 말인가.

이혼을 앞둔 부부라면 뭐 싫어서 거절할 수도 있지만, 우린 사이도 좋은 부부인데!

게다가 우리는 평범한 남편과 아내도 아니야. 저쪽은 황제고 나는 후궁 아닌가. 진짜 후궁이라기엔 좀 애매한 입장이긴 하지만.

그러나 떡돌이는 경계심을 풀지 않고서 단호하게 대답했다.

"전에는 짐의 눈을 그윽하게 바라보다가 손가락으로 찌르려 했지. 이번엔 아예 뽑아 버리려고?"

세상에, 맙소사! 그 거대한 비밀을 공유했는데도 그는 나를 신뢰하지 못하고 불신하고 있던 것이다.

그게 기가 막혀서 "나는 목은 뽑아도 거시기는 안 뽑아, 폐하. 나는 해야 할 것과 하면 안 될 것을 구분하는 악적이었어."라고 말해주었지만 소용없었다.

"그걸 지금 안심하라 하는 말이냐?"

'후우. 생각하니 열이 받는군!'

전에 마차에서 허벅지를 조물거렸을 땐 반응이 있었지. 그땐 분위기도 날 서 있었는데. 이번에도 허벅지부터 건드려 볼까.

아니면 혹시 떡돌이, 취향이 좀 이상해서 분위기가 싸울락 말락 할 때 더 좋아하고 그런 거 아니야?

아니면…… 본인은 극구 부정하지만 진짜로 고…….

"마마."

떡돌이를 의심하고 있자니, 누가 오나 안 오나 밖에 세워둔 귀자가 작게 나를 부른다. 나는 얼른 일어나서 담벼락 뒤로 나갔다.

"왜 그래?"

하지만 무슨 일이냐고 묻자마자 무슨 일인지 바로 알아차렸다. 누군가 이쪽으로 다가오는 기척이 나고 있었다.

나는 얼른 안으로 들어가서 연무복을 벗은 다음 후궁 복장을 차려입고 머리카락을 빠르게 정돈한 뒤 다시 밖으로 나갔다. 그러고서 귀자와 나란히 서 있으려니, 잠시 뒤. 기몽 장군이 모습을 드러냈다.

전에 가출했을 때 한 짓이 있는지라 나와 귀자는 공범의 눈길로 서로를 빠르게 살핀 다음 다시 시선을 떼고 기몽 장군을 보았다.

기몽 장군은 팔짱을 낀 채 심각한 얼굴로 이동하고 있었는데, 날 찾으러 왔다기보다는 그냥 인적 드문 곳을 찾아 멍하게 걸어가는 눈치였다.

왜 저렇게 표정이 심각하지? 혹시…… 촉비 집에서 내가 심어둔 그 종이를 찾았나?

기대를 가지고 그를 빤히 보고 있으려니, 기몽 장군도 누군가 자기를 보는 걸 알아채고는 멈춰 서서 시선을 들었다.

나를 보자 그는 빠른 걸음으로 다가오더니 딱딱하게 인사를 올렸다.

"천빈 마마를 뵙습니다."

나는 고개를 끄덕이고서 슬쩍 그의 낯빛을 살폈다. 고민하는 기색인데 낯빛이 어둡진 않군. 자기 일로 이러는 건 아니야. 진짜로 내가 뿌려둔 함정을 보았나?

나는 귀자와 눈짓을 주고받은 다음 슬그머니 물어보았다.

"이런 데서 보다니 신기하고 반갑네. 그런데…… 무슨 일이 있는가? 표정이 굳어 있는데."

"별건 아닙니다."

기몽 장군은 덤덤하게 대답했지만, 그 '별거 아닌 일'이 무엇인지는 말해주지 않았다.

내가 물끄러미 쳐다보아도 마찬가지. 그는 대신 내가 들어가 있던 지붕 없는 비밀 연무장을 한 번 쳐다보기만 했다.

"사람이 잘 안 다니는 곳을 찾아왔는데. 이미 마마께서 선객으로 계실 줄은 몰랐습니다."

"나도 사람들 없는 곳을 찾아왔네. 고민할 게 있었거든."

"그렇군요."

여기서 같이 고민하긴 싫은지, 기몽 장군은 알겠다면서 돌아섰다.

하지만 몇 발자국 걸어가던 그는 잠시 우두커니 섰다가 돌아서더니, 내게로 가까이 다가와 눈을 가늘게 뜨고 물었다.

"촉비께서 혹시 마마를 저주할 만한 일이 있겠습니까?"

귀자가 기몽 장군의 뒤에서 엄지를 들었다.

'봤구나! 우리가 묻어둔 그 종이를 봤어!'

여기서 절대로 같이 엄지를 들어주면 안 된다. 나는 흥분하는 대신 아무렇지 않게 기몽 장군에게 되물었다.

"몰라서 묻는 건 아니겠지?"

말하고 나니 그러네. 떠들썩했을 텐데 기몽 장군이 모를 리 없잖아. 같이 행궁에 내려가지 않았더라도 이미 며칠이나 지났는데.

예상대로 기몽 장군은 고개를 끄덕였다.

"짐작은 하고 소문도 들었지만, 체감엔 더 작은 일일 수도 있으니까요."

"보통은 소문이 더 크지. 하지만 이번엔 소문보다 더 큰 일이었다네."

왜냐. 내가 가출했거든. 그것도 꽤 오래. 거의 몇 주간 자리를 비웠으니, 사실 진실이 다 알려진다면 지금 소문보다 훨씬 떠들썩했을 것이다.

"그렇군요."

고개를 끄덕인 기몽 장군은 잠시 생각하는 듯하더니, 나중에 또 인사드리겠다 말하고서 돌아서 걸어갔다.

나와 귀자는 멀어지는 그의 뒷모습을 보다가, 기몽 장군이 완전히 보이지 않게 되자 목소리를 낮추어 말을 주고받았다.

"본 거 같지?"

"네. 발견한 게 분명합니다. 그래도 혹시 모르니 제가 무슨 일이 있었나 좀 더 알아보겠습니다, 마마."

귀자가 사건이 어떻게 돌아가는지 알아보겠다며 간 사이.

나는 내 방으로 돌아와서 기몽이 내가 이끄는 대로 제대로 움직여줄지 생각해보았다.

머리가 좋으니 기몽과 촉비가 부딪치면 기몽이 이길 것 같은데. 문제는 너무 머리가 좋아서, 자기가 이용당하는 걸 알면 대번에 고개를 돌려 날 깨물 인간이라 찝찝하단 말이지.

어쨌든 그의 사냥개 정신이 제대로 발휘되길 기다려보자. 그리고 기몽이 사냥개 정신을 발휘할 동안, 나는 떡돌이가 어떻게 해야 나와 손만 잡고 자지 않을지 좀 고민해 봐야겠다.

24장

어떤 모습이라도 사랑해줘

오늘 밤도 당연히 떡돌이가 날 부르겠지, 생각하면서 저녁 간식 배를 조절하고 있을 때였다.

원웅은 오늘 밤에는 내가 무슨 옷을 입는 게 좋을지 고르느라 열심이었고, 부성은 맞은편에서 과일을 깎아주고 있었다. 그때 귀자가 안으로 들어오더니 내게 은근한 눈짓을 보내는 게 아닌가.

'뭔가 알아 왔구나.'

나는 원웅과 부성에게 각기 심부름을 시킨 다음, 둘이 나가자 귀자에게 앉으라 지시하고서 허리를 세웠다. 그러고는 귀자가 앉자마자 다급히 물었다.

"어떻든? 찾아봤어?"

"예. 촉비 마당에서 누가 뭘 발견했답니다. 그런데 바로 기몽 장군한테 그 이야기를 한 건 아니고요. 촉씨 집안에 기몽 장군 밑에서 일하는 수사관이 하나 있대요."

"그 사람 통해서 이야기가 흘러 들어간 거야?"

"네. 기몽 장군이 낮에 촉씨 집안에서 누구를 부르기도 하고, 오늘은 촉비를 부르기도 했다는군요."

"촉비가 뭐라 했다는데?"

"거기까진 알아내지 못했습니다."

하긴. 아무리 귀자가 조용조용히 캐고 다녀도 그런 건 알아내기 어렵겠지. 사실 이 정도로 정말로 잘 알아낸 거다.

"혹시 또 알아낸 게 있으면 알려줘."

"네, 마마."

귀자가 완전히 내 사람이 되니까 편하구나. 구해준 보람이 있다. 물론 보람 있으라고 구해준 건 아니었지만, 그래도.

그런데 그와 더 얘기를 나누려는데, 문밖에서 원웅이 "마마." 하고 조심스럽게 나를 불렀다.

"왜?"

귀자와 대화하길 멈추고서 머리만 쭉 내밀어 대답하자, 원웅이 수건을 손에 들고 총총걸음으로 다가와 알려주었다.

"황제 폐하께서 마마를 부르세요. 오 공공이 밖에서 기다리십니다."

원웅은 그렇게 말하고는 아까 자기가 고르다가 내려놓고 간 옷을 아쉽게 바라보았다.

"저걸 마저 다 골랐어야 하는데……!"

고르다가 내가 다른 심부름을 시켜서 못 고른 게 아쉬운가 보다. 나는 가장 위에 놓은 연한 회색 옷을 턱으로 가리키며 말했다.

"뭐 어때. 저거 입고 가지."

최종 결정을 내리진 못했지만 그래도 자기가 골래 놓고서 원웅은 불만스러워 보였다. 그래도 더 살펴볼 시간은 없다 여겼는지 그녀는 마지못해 그 옷을 가져오며 귀자에게 나가라 손짓했다.

귀자가 나가자 부성이 들어왔고, 그 둘은 딱딱 박자까지 맞추어가며 내게 그 옷을 입혀주었다. 옷을 다 입은 다음에는 머리카락도 한 가닥씩 나누어 맡고서 최선을 다해 땋아주었다.

준비를 끝내고 화장대에 달린 거울을 보자 제법 운치 있어 보이는 분위기가 완성되었다.

나는 고개를 끄덕이고서 밖으로 나갔다.

밖으로 나가자 떡돌이가 보내온 가마가 있어서, 나는 그 위에 앉아 몸을 옆으로 편안하게 기댔다.

그러자 자연스럽게 측비와 귀자에 대한 생각이 떡돌이에 대한 생각으로 넘어갔다. 눈치 없게도 내가 자기를 건드리면 장난을 치려는 거라 생각하는 그 황제 말이다.

대체 어떻게 해야 떡돌이에게 내가 눈을 찌르거나 거길 뽑아버릴 생각이 없단 걸 알릴 수 있을까?

그런데 또 애매한 것이, 가서 내가 열정적으로 막 달려들고 할 정도로는 나도 흥이 없거든. 그냥 좋은 게 좋은 거지, 뭐 이 정도랄까.

그러는 사이. 마침내 가마가 멈추었다. 이제는 익숙한지라 나는 가마에서 톡 튀어 나가서 얼른 떡돌이가 기다리는 침실 안으로 들어갔다.

그는 먼저 운문비단으로 만든 잠의를 입고 침상에 기대듯 누운 채 허벅지 위에 책을 올려놓고 읽고 있었다.

얼마나 깊게 집중했던지, 내가 왔는데도 고개도 들지 않고 손만 쭉 뻗는다. 다가가서 그 손을 깍지 껴 잡자 떡돌이는 내 손을 한 번 조물조물하고는 놓아주고서 다시 책을 한 장 넘겼다.

"그게 재밌어?"

불러서 왔는데도 서책만 읽은 그 태도가 황당해서 묻자, 떡돌이는 고개를 들더니 "어." 하고 대답하다 돌연 짓궂게 눈웃음을 지으며 물었다.

"우리 반숙이도 서책을 가까이하지 않던가? 영민하고?"

나는 부정했다.

"어째서 그런 오해를 하게 된 건지 모르겠지만 나는 서책을 가까이하지 않아. 나와 서책 사이엔 거리감이란 게 있거든."

"그래? 그럼 우리 무림 영웅께선 뭘 좋아하지?"

"그런 걸 왜 물어?"

"생각나서. 전엔 혼자 있을 때 춤추는 걸 좋아한다고 했지. 하지만 그게 진실인지 아닌지도 다시 확인해야 하니까."

나는 걸치고 온 겉옷을 옆에 둔 다음 떡돌이를 넘어 침상 안쪽으로 들어가다가, 도발적인 마음이 들어 그의 배 위에 올라앉았다.

웃고 있던 떡돌이는 당황해서 입가가 얼었다.

나는 아무렇지 않은 척 책을 집어다 휙 옆으로 던지고서, 그의 가슴에 귀를 대고 누우며 말했다.

"내가 좋아하는 건 선물이야. 안에 독이나 비수 안 든 것으로."

"참으로 속물적이고 솔직하구나."

얇은 운문 비단 잠의 위에 귀를 대자 평온한 말투와 달리 그의 심장이 콩닥콩닥 아주 야무지게도 뛰는 게 들려온다.

겉으로는 멀쩡한 척하지만 내가 자기 배 위에 앉아버리자 몹시 놀랐나 보다. 슬그머니 고개를 들자, 마침 떡돌이의 목울대가 꿀꺽 움직였다.

그 상태로 떡돌이를 유심히 바라보고 있으려니, 그는 두 손을 침상 바닥에 붙인 채 어색하게 누워 있다가 못 참겠던지 물었다.

"이게 뭐 하는 거지?"

"가까이서 보니까 폐하 얼굴이 참 잘났다 싶어서. 구경하고 있었어."

솔직한 대답은 아니지만 그래도 적당히 둘러대자, 떡돌이는 눈도 깜빡이지 않고 내 눈을 바라보았다.

하지만 여전히 미심쩍어하는 태도였다. 태도만 이렇지 반응이 온 건 아닐까 싶어 슬쩍 아래를 보았으나, 옷 때문에 확인이 어렵다.

나는 다시 고개를 들어 그를 보다가, 좀 가소로운 핑계를 대고 물었다.

"내가 여기 어디쯤 수놓아 준 원앙이 잘 있나 한 번 확인해봐도 될까?"

그러면서 그의 잠의 위에 손가락을 대고 동그랗게 문질러보자, 떡돌이는 아무 말도 하지 않고 고개만 살짝 끄덕였다.

나는 슬쩍 그의 상의 옷자락을 잡고 아래로 당겨보았다. 허술하게 여민 상의를 잡아당기자, 대번에 고름이 풀리면서 멀끔한 그의 상체가 일부 드러났다.

역시 얘는 무공을 익혔어. 단순히 체형을 잘 타고났다고만 할 수 없는 이 탄탄한 근육을 봐봐. 내공도 익히고 외공도 익혔을 거다.

침이 넘어가려고 해서 나는 괜히 큼큼 소리를 내면서 꼴깍 침을 삼킨 다음 슬그머니 그 위로 손을 가져가 보았다.

"원앙이 어디 날아가나……."

하지만 그의 가슴을 움켜잡기 전, 떡돌이가 내 손을 잡아 막았다. 눈살을 찌푸리고 쳐다보자 그가 불신 가득한 시선으로 알려주었다.

"원앙은 잠의 위에 그려져 있는데, 천반숙."

그 태도를 보는데 참으로 이상하게도 갑자기 얼굴에 열이 확 올라오면서 성질이 났다. 어째서인진 모르겠지만 그냥 막 성질이 나서 나는 얼른 그의 배 위에서 올라온 다음 벗었던 신발을 신고 겉옷도 도로 걸쳤다.

"반숙아?"

떡돌이가 몸을 일으키며 따라 나오려 했지만, 나는 그대로 홀랑 밖으로 나가버렸다.

"젠장, 너 또 도망!"

뒤에서 떡돌이가 뭐라 구시렁거리며 따라 나왔지만, 나는 경공을 펼쳐서 그가 절대로 따라잡지 못하도록 재빨리 뛰었다.

하지만 떡돌이는 이참에 숨겨 두었던 무공 솜씨까지 공개해주고 싶은 듯 나와 일정한 간격을 두고 완벽하게 뒤따라왔다.

힐긋 뒤를 돌아보았다가 그가 대여섯 걸음 뒤에 있는 걸 보고서, 나는 기겁해서 더욱 빠르게 경공을 펼쳤으나 떡돌이 이 자식은 집요하게도 따라붙었다.

한참을 뛰다가 다시 뒤를 돌아보아도 마찬가지.

"그만 따라와!"

그걸 보고 나는 기겁해서 그에게 따라오지 말라 외쳤다. 그런데 떡돌이는 안 따라오기는커녕 눈을 커다랗게 뜨더니 외쳤다.

"멈춰! 옆으로!"

왜 저러나 싶어 고개를 앞으로 돌리자마자, 나는 조경용으로 심어 놓은 커다란 나무에 부딪혀 뒤로 홀라당 엎어졌다.

"악!"

내 이마!

비명을 지르며 옆으로 데굴데굴 구르고 있으려니, 떡돌이가 황급히 내 옆으로 와서 나를 안아 들고 내 이마를 살폈다.

"괜찮으냐?"

이 와중에 야무지게 자기는 면사까지 챙겨 썼구나. 나는 이마가 화끈거려 죽겠는데. 떡돌이가 면사까지 반듯하게 쓰고서 걱정스럽게 날 보고 있자, 순간 뭔가가 확 치솟는다.

시침 한번 해보자고 그의 배 위에 올라타기까지 했는데, 이렇게 뭣도 모르게 구는 떡돌이가 참으로 너무하다 싶어서, 나는 목소리를 낮추어 항의했다.

"사람들은 몰라. 아무도 몰라. 폐하가 고자란 건 나만 알아. 이건 우리 사이의 비밀이야. 나는…… 나는……!"

말하다 보니 그가 다시 가슴을 못 건드리게 한 게 생각나서, 나는 이마를 부여잡고 벌떡 일어나 그를 원망했다.

“난 폐하가 내 가슴을 건드리려 하면 건드리게 해줬을 거야. 우리는 부부니까! 그런데 폐하는 내가 가슴 좀 건드리려 한다고 바로 손목이나 붙잡고. 부부면서! 그러면 내가 뭐가 돼? 내가 변태가 되잖아.”

“!”

“내가 원할 땐 언제든 시침해도 된다면서, 거기서 그렇게 딱 손목을 붙잡으면 내가 뭐가 돼? 내가 변태가 되잖아. 그러면 나는……!”

내가 뭐라 지껄이는 줄도 모르고서 더 말하려 했으나, 떡돌이가 면사를 살짝 들어올려서 입을 맞추는 바람에 더 말하지 못했다.

이마는 엄청나게 욱신거리는데 코는 그에게 눌려 찌부러졌고, 이 와중에 입안으로는 뜨거운 숨결이 차올랐다.

하지만 혓바닥을 멋대로 누르고 입안 여기저기를 깨무는 그의 주둥이는 못된 혓바닥과 달리 좋았다. 그렇다고 이마가 안 아픈 건 아니지만.

입을 맞추면서도 내가 씩씩거리며 눈을 부릅뜨고 노려보자, 떡돌이는 내 입술에서 자기 입술을 떼더니, 잠시 입술을 꽉 깨물었다가 떨리는 목소리로 말했다.

“넌 진짜 표현이…….”

“이마가 아파.”

“미안하다. 화 풀거라. 응? 네가 늘 짐을 흥분시켜 놓고 혼자 자버렸으니까. 이번에도 그러는 줄 알았다. 장난치는 줄 알았어.”

내가 노려보자 떡돌이는 내 이마에 대고 ‘호 호’ 부는 시늉을 하더니 나를 번쩍 앞으로 안아 들었다.

그의 목을 잡고 어깨에 머리를 기대자 떡돌이는 가끔씩 면사를 들썩여 가면서 나를 데리고 침전으로 돌아갔다.

우리가 난데없이 달려 나가는 바람에 이러지도 저러지도 못하고 있던 태감과 그림자들은 허리를 완전히 굽혀서 이쪽을 쳐다보지 않았다.

떡돌이는 나를 곧장 침상까지 데려와 내려놓고는 면사를 벗어 옆에 던지듯 놓으며 내 입술에 자신을 겹쳤다.

그러고는 내가 그의 옷 위에서 손을 깔짝거리자, 입술은 내게 겹친 채 자기 옷을 뒤로 벗어젖혀 던지고는 내 손을 들어다가 아까 내가 건드려 보려다 실패한 자기 상체 위에 얹어주었다.

한 번 실패한 뒤에 얻은 성과물이라서일까. 안은 단단하고 겉은 부드러운 근육 위에 손을 얹자 깊은 충족감이 느껴졌다.

힘을 주어 움켜잡자 떡돌이가 당황해서 입 맞추던 걸 멈추고 나를 멍하게 내려다보긴 했지만.

그러다 내가 계속해서 그의 근육을 만지작거리면서 "좋다 떡돌아. 좋아. 왜 맨날 떡을 먹나 했더니. 네 여기가 떡 같아. 찬바람에 하루 정도 둬서 단단해졌지만 안은 여전히 부드러운 떡."이라고 말하자, 떡돌이는 얼굴이 완전히 홍시 빛으로 변하더니 내가 베고 누운 베개에 자기 얼굴을 파묻어 버렸다.

"그런 말 좀 하지 마라."

"부끄러워?"

떡돌이는 대답도 하지 못하고서 그저 나를 꽉 끌어안고만 있었다. 나중에는 이러다 밤새우겠다 싶어서, 결국 등짝을 두드려야 할 정도였다.

"일어나. 우리에겐 해야 할 일들이 많다."

떡돌이는 자기 아랫입술을 씹으면서 나를 흘겨보더니 다시 상체를 일으키고서 이번에는 바지를 벗으려 들었다. 그러나 내가 얼른 손을 뻗어서 그의 손길을 막자, 떡돌이가 의아한 눈빛을 보냈다.

이윽고 그 눈빛은 '역시 또 날 놀리는 거지?'로 변하기에, 나는 얼른 내가 그의 손을 막은 이유를 알려주었다.

"내가 벗기게 해줘."

그 말에 떡돌이가 또다시 홍시로 변하는 바람에 아주 귀찮아졌지만.

그가 쭈뼛거리고 있는 사이, 나는 그의 손을 치우고 천천히 기대감을 잔뜩 품고서 그의 바지를 천천히 내려보았다.

바지를 벗기자 안에서 야무지게 차려입은 속곳이 나타나 입술이 히죽 벌어졌다. 떡돌이는 부담스러운지 자기 손으로 내 눈을 막으려 했지만 나는 얼른 고개를 젖혀 손길을 피해버렸다.

하지만 떡돌이는 내가 손길을 피한 위치를 따라와 다시 입을 들이밀었고, 나는 키득키득 웃으면서 그와 입을 맞추는 동안 열심히 그동안 존재감만 희미하게 보였던 숭어와 인사할 준비를 해나갔다.

입맞춤이 끝날 무렵 마침내 나는 그 눈부신 자태에 "와!" 하고 탄성을 뱉었다.

"꼭 소리 내서 탄성을 뱉어야 할까."

떡돌이는 민망한 듯 중얼거렸지만 자랑스러워 보이기도 했다. 내가 내내 내시 아니냐고 의심을 했는데 아니란 걸 증명해서 그렇겠지.

"하지만 정말 예뻐."

"예쁘다고?"

"가까이 보고 인사해도 될까?"

"!"

떡돌이가 또다시 내 눈을 가리려 드는 바람에 나는 이불 안으로 얼른 숨어 버렸다. 떡돌이가 날 이불 위에서 잡으려 들기에 이불 속에서 데굴데굴 얼마나 굴러다녔는지 모른다.

그러다가 침상에 떨어지기 직전까지 굴러간 다음 밖으로 고개를 내밀어 보니, 떡돌이는 기가 막힌 표정으로 날 보고 있었다.

내 이마를 보더니, 입술을 깨물고 웃는지 우는지 알기 힘든 표정을 지었지만.

"이마 아프지 않으냐."

"하나도 안 아파. 흥분해서 그런 거 같아."

"제발 말 좀……."

내가 다시 이불 밖으로 나와 포복 자세로 다가가자, 떡돌이는 묘한 표정으로 내 옷고름을 잡으면서 중얼거렸다.

"짐이 생각한 첫 경험은 이런 분위기가 아니었는데."

"그러면?"

"좀 더 두근거리고 초조하고……."

"지금은 안 그래?"

"두근거릴 만하면 네가 자꾸 이상한 말을 하지 않느냐. 이마엔 혹이 나와서는."

그가 내 이마 위에 다시 호호 입김을 불자 솜털이 오싹 솟으면서 웃음이 흘러나왔다. 말은 저렇게 해도 그의 손길은 다정하고 부드러워서 무척 만족스러웠다.

게다가 내가 그의 여기저기를 만져도 움찔거리기만 할 뿐 하지 말란 소리를 하지 않아서 좋았다.

"손이 너무 바쁜 거 아니냐."

작게 구시렁거리긴 했지만.

"만만치 않거든?"

그러다가 막판 고지를 앞두었을 때. 나는 떡돌이를 눕혀 놓고 위에 올라앉으면서 뿌듯하게 예고했다.

"좋아서 기절할걸?"

떡돌이는 앞선 일들로 고운 얼굴이 붉은빛으로 달아올라서는, 이마에 고인 땀을 닦으면서 나를 요염하게 바라보았다.

그가 손을 올려 내 뺨을 쓸어주었고, 나는 먼 길을 돌고 돌아와 드디어 떡돌이를 취하기 위해 자신만만하게 웃었다.

하지만 바로 그다음 순간. 나는 첫 경험을 하고 있는 건 떡돌이만이 아니란 걸 깨닫고 말았다.

"!"

'천소여의 몸'도 상황은 마찬가지였던 것이다.

신이 나서 돌진했던 터라 나는 강한 통증에 꽥 비명을 지르고서 그의 이마를 내 이마로 꽝 박았고, 떡돌이는 예고했던 대로 바로 픽 기절했다.

"아……."

이를 어째.

잠에서 깨었을 때. 나는 눈을 뜨기도 전에 코앞에서 나를 이글이글하게 노려보는 시선을 느끼고 절대 눈을 뜨지 않았다.

떡돌이가 아침 회의인지 뭔지를 하기 위해 먼저 나서면 그때서야 슬그머니 일어나서 옷을 입고 얼른 내 처소로 달아날 셈이었다. 그리고 떡돌이가 저녁에 부르면 이마가 너무 아파서 못 본다고 해야지.

"깬 거 다 아는데, 천반숙."

"……."

"깼잖아, 손손숙. 눈꺼풀이 떨리고 있다."

하지만 떡돌이는 평소처럼 나가는 대신 나를 한쪽 팔에 끌어안고서 집요하게 귓볼을 씹고 볼을 만지작거리면서 깨어나라 재촉했다.

간지러워서 몸을 이리 움찔 저리 움찔하다가 마지못해 눈을 뜨자, 떡돌이가 새파래진 눈으로 나를 뚫어져라 보고 있었다. 그 원망 가득한 시선에 나는 우물거리다가 둘러댔다.

"말했잖아. 좋아서 기절할 거라고."

"좋아서 기절한 걸까, 누가 머리를 갖다 박아서 기절한 걸까."

"당연히 좋아서 기절한 거지. 어휴."

시치미를 떼고서 웃어 봤지만 전혀 통하지 않네.

"이마가 이렇게 화끈거리고 아픈데 좋아서 기절했다고?"

젠장. 나도 잠시 잊어버렸단 말이야. 어쩌겠어.

내가 부루퉁한 표정으로 그를 쳐다보자, 떡돌이는 한숨을 내쉬더니 고개를 젓고서 일어나 내 위에 이불을 잘 덮어준 다음 바닥에 떨어진 잠옷을 한 손으로 집었다. 그러고는 두 팔로 겉옷만 걸쳐 입으면서 거울 앞으로 가더니…….

"……천반숙."

목소리가 더 낮아져서 나를 획 돌아본다. 이마 정중앙에 난 혹을 발견했나 보다. 목을 움츠리고 이불 안으로 들어갔으나, 성큼성큼 다가온 그가 나를 이불째 돌돌 말아버리는 바람에 결국 다시 밖으로 나와야 했다.

"풀어줘!"

당황해서 외치자, 그는 흐뭇하게 웃으면서 내 눈가에 입을 맞췄다.

"오랜만에 계란말이 상태인 걸 보니 너무 반갑고 그립구나."

"풀어줘. 나도 일부러 그런 건 아니란 말이야."

"다짜고짜 돌진하는가 싶더니 갑자기 때린 사람이 고의가 아니라고?"

그를 원망스레 쳐다보았으나, 떡돌이는 옷을 주섬주섬 다 입을 때까지 절대로 날 풀어주지 않았다. 옷을 다 입은 뒤에는 마지못해 이불을 풀어주고 내가 잠의를 입도록 도와주었지만.

인중 위에 가볍게 입을 맞춰주는 걸 보니 그래도 옷을 입는 사이 화가 많이 풀린 것 같았다. 나도 부드러운 잠의를 걸친 채 침상에 엎어져서, 조회를 하러 나가는 그에게 웃으며 손을 흔들어 주었다.

"아니, 폐하! 이마가 왜 그러십니까!"

문을 열자마자 오 공공이 외치는 소리에 얼른 돌아누워 버렸지만.

"대체 무슨 일이 있으셨기에 마마와 폐하가 둘 다 이마에 혹을 달고 나오십니까?"

그 이마에 대한 사연은 귀자도 궁금한지, 내가 떡돌이의 침소 밖으로 나오자 귀자도 조심스레 물었다.

"흠흠. 다 사연이 있단다."

차마 내가 너무 흥분해서 떡돌이에게 돌진하다가 벌인 일이란 말은 할 수 없어서 나는 적당히 둘러대 버렸다.

귀자는 그 사연이란 게 무엇인가 더욱 아리송해하는 눈치였으나, 내가 딴청을 부리자 더 캐묻진 않았다.

"세상에, 마마. 이마가 왜 그러세요?"

"마마. 이마에 커다란 혹이 났어요!"

돌아온 나를 보고 원웅과 부성도 한 차례 펄쩍 뛰었지만, 그래도 어찌어찌 혹에 관련된 일은 그럭저럭 넘어갔다.

늦은 아침 식사를 할 때쯤에는 기분도 한껏 좋아졌다.

'어쨌든 한 걸음, 아니, 반걸음은 뗐으니 앞으로 즐겁게 지낼 수 있겠다.'

물론 그걸 위해서는 넘어야 할 산이 좀 있긴 하지만, 그래도 천천히 가다 보면 넘어 가지겠지. 젠장. 남들은 한 번 넘으면 되는 산을 두 번이나 넘어가야 한다니!

하긴. 남들은 한 번 죽으면 끝인 삶을 두 번이나 살고 있으니, 그 정도는 감수해야겠지.

그렇게 아침 식사를 끝내고 나니, 이번에는 원웅이 떡돌이가 날 위해서 만들고 있다는 새 처소에 가보자고 제안했다.

"행궁에서 예상보다 빠르게 도착한 터라 아직 준비가 덜 되긴 했어요. 돌아온 다음에 또 할 일들이 많아서 한참 바빴잖아요. 그래도 많이 준비됐다니까 한 번 가서 봐도 될 거예요, 마마."

"가도 돼?"

"네. 오 공공이 며칠 전에 한 번 마마를 모시고 가서, 원하거나 바꾸고 싶은 부분이 있으면 빨리 알려달라 하셨어요."

나는 얼른 밝은 살구색 옷을 차려입고 앞머리도 평소보다 좀 더 내려 이마의 혹을 감춘 다음 밖으로 나갔다.

봄 날씨가 다가오면서 공기도 한창 좋아지는 터라, 내 새 처소를 보러 가는 길은 산책이나 다름없고 좋았다.

"저기야?"

"네, 마마."

"와……."

떡돌이가 새로 마련 중인 내 처소는 그의 침궁과도 가까이 있고, 내가 혼자서 수련할 만한 조용한 연무장 역시도 따로 갖추어져 있었다.

연무장 주위로 높은 담벼락이 미로처럼 세워져 있어서 함부로 안을 엿볼 수 없는 그런 연무장 말이다.

한쪽에는 꽃나무가 심어진 작은 호수도 있고, 전각 기둥도 다 튼튼하고 윤이 났다. 그리고 회랑을 따라 이어진 곳에 만들어진 커다란 목욕통까지! 모든 게 완벽했다.

"폐하께선 마마가 정말 좋으신가 봐요."

"이젠 제발 두 분이 싸우지 않으셨으면 좋겠어요."

두 궁녀의 솔직한 소원을 들으면서 나는 흐뭇하게 고개를 끄덕이다 안

쪽을 좀 더 살피기 위해 걸음을 옮겼다.

그런데 막 더 안으로 들어가려는 내게, 어디 가서 보이지 않던 귀자가 급히 다가와 불렀다.

"마마. 마마."

좀 다급한 목소리. 왜 그러나 싶어 보자, 그가 내게 조용히 둘만 얘기하자는 눈짓을 보냈다.

원웅과 부성에게 안쪽을 살피고 오라 말하고서 귀자에게 다가가자, 그는 사람이 없는 곳으로 빠르게 걸어가더니 내게 살짝 알려주었다.

"마마. 기몽 장군이 처소에 감금 중인 우 귀인을 찾아갔다고 합니다."

"그래도 되나?"

"기몽 장군이라면 허락을 받고 들어갔겠지요. 그보다 괜찮을까요?"

그 사냥개가 대체 어디까지 파고 들어가려는 건가, 좀 걱정이 되긴 했으나 나는 일단 알았다고 대답했다.

"수사하다 보니 거기까지 갔겠지. 괜찮아. 전에도 우 귀인을 수사했는데 별거 안 나왔잖아?"

하지만 말과 달리 구경할 마음이 뚝 떨어져서, 나는 건성으로 내 예비궁 주위를 서성거리다가 처소로 돌아와 버렸다.

"원래는 폐하의 별궁 중 하나였는데 이번에 새로 개조해서 마마께 주시는 거래요."

"폐하 침궁에서 가장 가까운 위치에 있대요, 마마."

"폐하께선 마마와 늘 붙어 있고 싶으신가 봐요."

내 표정이 어두워진 걸 눈치챈 궁녀들이 옆에서 재잘대며 기분 좋은 정보들을 전해주었지만, 기몽 이야기를 듣고 나니 계속 기몽만 신경 쓰였다. 나중에는 얼마나 정신이 없던지 연비가 '공부 좀 하라'면서 보내준 서책을 자발적으로 펼칠 정도였다.

이런 상황인지라, 저녁 무렵 기몽이 찾아왔을 때는 차라리 잘됐다 싶었다. 어디까지 수사가 이루어졌는지 알게 된다면 그게 덜 불안할 거 같았으니까.

"왜 왔어요?"

그래도 시치미를 떼며 묻자, 기몽은 묘한 눈길로 나를 보다가 물었다.

"잠시 얘기를 나누고 싶습니다, 천빈 마마."

"괜찮아요."

내 허락이 떨어지자 기몽은 바로 울타리 안으로 들어왔고, 나는 원웅에게 차를 가져다 달라 하고서 기몽을 데리고 방 안으로 들어갔다.

기몽은 '편찮으셨단 이야기를 들었는데 괜찮으신지' '그간 잘 지내셨는지' 등 간단하게 안부만 묻다가, 원웅이 찻잔을 내려놓고 물러나자 그제야 본론을 꺼냈다.

"제 추측이 맞다면 '천년비진쾌도래'라고 쓰인 종이는 처음에는 염 귀인이, 그다음에는 우 답응이, 세 번째는 천빈 마마께서 묻었을 겁니다. 그 경위를 자세히 이야기해 주실 수 있으시겠습니까?"

그런데 그 본론이 내가 짐작한 내용과는 너무 달랐다.

난 촉비 어쩌고 얘기를 꺼낼 줄 알았는데? 아, 물론 그 종이를 묻었으니 그 이야기도 할 거라 여기긴 했지만, 갑자기 여기서 저런 식으로 나올 줄은 몰랐는데?

촉비 어디 갔어 촉비? 나는 황당해서 입을 벌리고 그를 쳐다보았다.

맞는 순서이긴 한데, 저 사냥개가 어떻게 저 방향으로 나아간 건지 짐작도 가지 않았다.

내가 입을 뻐끔거리다가 차를 한 번에 입안에 털어넣자, 기몽은 덤덤하게 자기 추측을 들려주었다.

"이번에 촉비 마마의 사가에서 전에 수사하다가 끊어진 흔적이 다시 나왔습니다. '천년비진쾌도래'라는 글이 쓰인 종이가 파묻혀 있다가 발견되었지요."

"그런가?"

"예. 드디어 수사를 이어갈 수 있겠다 싶어 기뻤지만, 지난번에 한 번 유야무야된 일이라 이번에는 신중하게 접근하기로 했습니다."

"음. 그렇군."

나는 영혼 없이 대꾸하면서 혓바닥을 치아 뒤에 대고 눌렀다. 뜨거운 차를 한 번에 털어넣으면서 혓바닥에 약간 화상을 입은 거 같았다.

"염 귀인께서 이 종이를 파묻었을 때, 염 귀인께선 사망하셨습니다. 당시 귀인이었던 천빈 마마께서는 사망했다가 깨어나셨지요."

"음."

"다음에 천빈 마마께서 쓰러졌을 때도 근처에서 이 종이가 발견되었습니다. 종이를 파내자 천빈 마마께선 살아나셨지요."

"……."

"최근에도 천빈 마마께서는 병이 들어 몇 주나 행궁에서 두문불출하셨다 들었습니다."

나는 허벅지 위에 두 손을 내려놓고 계속해 꼼지락댔으나, 초조한 걸 감추기 위해 아무렇지 않게 고개만 끄덕였다.

"그랬지."

"천빈 마마께서는 병이 들기 전 축비를 공격하려다 실패해서, 저는 축비 마마가 천빈 마마를 공격할 계기는 충분하다고 봤습니다. 그러다가 전에 폐하께서 우 답응에 대해 해준 이야기를 떠올렸습니다."

"우 답응?"

"우 답응께선 예전에 직접 폐하를 찾아가서, 염 귀인이 비원이란 가명을 쓰는 자와 거래했고, 혜비와 관련이 있고, 소원은 들어주는 일을 하고, 그 흔적으로 나비 비녀를 둔단 이야기 등을 하였다 하셨지요."

"그런가."

"천빈 마마께서 비원과 거래해 온 귀인을 공격했단 말도 했고요."

"하지만 엉터리란 결론이 나왔지."

나는 얼른 끼어들었다.

"그랬지요."

기몽은 부정하지 않았다.

"염 귀인이 종이를 묻은 건 확실합니다. 하지만 염 귀인은 그 종이와 저주 물품 등에 대해 수사할 때, 그것들에 대해 영 모르는 눈치셨지요. 저는 그 일과 폐하께 들은 이야기를 함께 생각해 보다가, 자택에 감금된 우 답응을 찾아가 보기로 했습니다."

기몽의 말이 길어질수록 나도 점점 더 불안해진다. 왜 결론을 안 알려주고 이렇게 사근사근 추리 과정을 다 알려주는 걸까.

"저는 우 답응에게, 이번 조사를 도와준다면 폐하께서 유폐를 풀어주실지도 모른다고 설득하고 '천년비진쾌도래' 종이에 대해 물어봤습니다."

"그래서 우 답응이 뭐라 했는데?"

"그 종이를 묻은 건, 비원이란 자가 소원을 들어주는 대가로 내건 조건이었다 다더군요. 염 귀인과 거래한 자와 자신이 거래한 자가 같다는 건 인정했습니다. 그 종이가 무슨 뜻인지는 자기도 모르고, 그저 시키는 대로 했답니다. 하지만 소원이 이루어지지 않았다고, 사기 같다고 했죠. 우 답응은 여전히 비원이란 자가 혜비와 관련이 있다고 믿고 있습니다."

목이 탄다. 기몽이 무슨 말을 하는지 아직도 잘 이해가 가지 않는다.

"잠시만."

나는 기몽에게 말을 멈추게 하고서, 들어온 궁녀가 타준 차를 이번에는 반 정도 꿀꺽꿀꺽 마셨다. 탄 목은 조금 가라앉았으나 머리는 여전히 백지상태로 차분했다.

기몽은 내가 차를 홀짝거리자 다시 말을 이었다.

"여기서 염 귀인과 우 답응이 같은 종이를 묻었을 때 결과를 비교했습니다. 모두 천빈 마마께서 쓰러지셨죠. 축비 마마께서 종이를 묻었을 때 천빈 마마께서는 행궁에 계셨으니 이전처럼 사경을 헤맸는지 아닌지는 모르겠지만, 일단 같은 증세가 있었단 전제를 해보았습니다."

"……."

"그러니 이상하더군요. 다 같은 짓을 했는데, 왜 염 귀인만 죽은 걸지. 우 답응 본인의 주장에 따르면 진범하고 문제가 생긴 건 그쪽인데, 왜 우 답응은 멀쩡한 건지. 우 답응이 본인 주장처럼 진범에게 역으로 당해 유폐되었다 해도, 어쨌든 죽은 염 귀인과는 처지가 다르지 않습니까."

아이고 손바닥이 간지럽구먼.

"그러다가 염 귀인이 종이를 묻고 천빈 마마께서 쓰러졌을 때와, 우 답응이 종이를 묻고 천빈 마마께서 쓰러졌을 때 날짜 간격이 다르단 걸 알았습니다. 후자 쪽이 훨씬 멀었지요."

"!"

"게다가…… 제가 두 번째 '천년비진쾌도래'라 쓰인 종이를 파낸 곳과 우 답응이 그 종이를 묻은 곳 위치가 다르더군요."

심장이 콩닥거린다.

사실 기몽의 말을 반은 못 알아듣겠지만, 이 사냥개가 생각 이상으로 너무 잘 파고들어 가고 있단 건 알겠다.

"그렇다면 우 답응이 그 종이를 묻었는데 누군가 그걸 파내서 옮겨 묻었단 거겠지요. 당시 갑자기 숨이 멎은 천빈 마마의 손에는 흙이 묻어 있었습니다. 저는 옮겨 묻은 게 천빈 마마란 결론을 내렸습니다."

"!"

"그러면 염 귀인은 종이를 묻은 후 사망했는데, 우 답응은 결과가 달랐던 게 설명되지요. 우 답응이 묻은 종이는 바로 천빈 마마께서 한 번 파냈다가 다시 묻었단 중간 개입이 있었으니까요."

"염 귀인이 그럼 종이를 묻었을 뿐인데 사망했단 건가요? 그것도 이상하지 않아요?"

기몽이 너무 잘 파고들어 가는 것 같아서 나는 일부러 중간에 끼어들었으나 기몽은 눈 하나 깜짝하지 않았다.

"이상하지만 원인과 결과로만 묶어서 파악했습니다. 여기서 문제가 또 발생했죠. 우 답응은 천빈 마마 때문에 살았다고 쳐도. 염 귀인은 죽었는데 왜 천빈 마마는 멀쩡할까. 두 가지 가능성이 있습니다. 천빈 마마도 같은 결과로 사망했지만, 종이를 파내면서 살아나신 경우. 아니면 천빈 마마는 염 귀인이나 우 답응과 달리 비원이란 자와 거래를 해서 종이를 묻은 게 아니다 보니, 중간에 뭔가 다른 절차가 있는데 빠뜨렸을 경우. 들어보니 생각보다 절차가 복잡하더라고요."

소름이 돋는다. 하지만 이번에는 기몽이 너무 잘 맞혀서가 아니라, 그의 추측을 들으면서 나도 방금 막 깨달은 게 있어서였다.

기몽은 모르겠지만, 염 귀인이 종이를 묻었을 때 나는 원래 몸으로 잠깐 돌아갔었다. 염 귀인이 도로 파내면서 천소여 몸으로 돌아왔지만.

하지만 내가 종이를 묻었을 때 나는 원래 몸으로 돌아가지 못하고 그냥 쓰러졌다. 아마 기몽의 추측 중 후자가 맞을 거다. 내가 절차를 빠뜨린 거 말이다.

즉, 염 귀인이 갑자기 사망한 이유는…… 그녀가 비원과 거래해서 내 영혼을 움직이는 절차를 완벽하게 실행한 유일한 사람이었기 때문에.

젠장. 비원, 이 자식. 그냥 자기가 종이를 묻었다 파냈다 하면 될 걸 왜 굳이 사람들 소원까지 들어줘 가며 시키는가 했더니. 그 종이를 묻는 대가가 목숨이어서 그랬던 거야? 비원은 염 귀인이 죽을 줄 알면서 그런 걸 시킨 거고?

내 얼굴이 창백해지고 있다는 건 거울을 보지 않아도 알 수 있었다. 얼굴에서 핏기가 싹 빠져나가는 느낌이 났으니까.

기몽은 내 표정을 물끄러미 바라보며 계속해 말을 이어갔다.

"다시 이번 수사로 돌아와서. 촉비 마마는 천빈 마마를 저주할 계기도 충분히 있고 정황도 있지요. 하지만 촉비 마마께서는 염 귀인처럼 사망하지 않았습니다. 만약 촉비 마마가 종이를 묻었다면, 이번에도 저주가 완전히 시행되지 않은 거지요. 하지만 우 답응 사례처럼, 누군가 촉비 마마께서 묻은 종이를 파냈다가 다시 묻어서 실패했다고 보긴 어려웠습니다. 그 종이를 파내기 전에 천빈 마마께서는 이미 쾌차해서 본궁에 돌아와 있었으니까요."

"!"

나는 기몽의 눈치를 살폈다.

기몽은 아까와 다를 바 없는 표정이었으나, 언제 올라간 건지 한쪽 입꼬리만 위로 휘어져 있었다.

"게다가 천빈 마마는 모르고 계셨겠지만, 촉비 마마가 범인이라면 절대로 자기 친정에 그런 걸 묻진 않았을 겁니다. 촉비 마마의 친정은 촉비 마마의 적진이나 다름없거든요."

저 말. 저 '천빈 마마는 모르고 계셨겠지만' 하는 말. 꼭 내 자작극이라는 걸 알고서 말하는 거 같은데.

"그럼 이번에 촉비 마마의 사가에 종이를 묻어둔 범인은 누구일까, 고민해보니 답이 나왔습니다. 우 답응 사건을 역으로 이용한 천빈 마마의 자작극이라고요."

"아, 아닌데!"

"……저주가 어설프게 진행됐단 것도 천빈 마마께서 범인인 이유입니다. 천빈 마마는 우 답응과 달리 저주 절차를 잘 모르는 듯하니까요. 설령 비원과 거래한 또 다른 사람이 있더라도 절차는 제대로 알고 진행했을 겁니다."

이 사냥개는 촉비를 물어뜯으라고 풀어 놨더니 달려나가다가 나한테도로 오는구나! 심장이 두근두근한다.

문득 여기서 기몽을 처리하면 문제가 커질까, 하는 생각이 든다. 물론 많이 커지겠지. 기몽이 내 처소에 오는 걸 많은 사람들이 다 봤으니까.

내가 입술을 씹으며 쳐다보자, 기몽은 방긋 웃더니 다 식은 차를 처음으로 한 모금 마시고서 제안했다.

"두 분 마마가 동시에 얽힌 사건이니 어차피 함부로 발표하진 못합니다, 저도. 그냥 발표할 생각이라면 애초에 여기로 오지도 않았을 거고요."

나는 찻잔을 두 손으로 꽉 움켜잡았다.

"원하는 게 있단 거야?"

"우 답응의 주장에 따르면 이 모든 사건의 배후에 있는 자는 '비원'이란 사람이지요."

"?"

"그 사람에 대해 아는 걸 다 말해 주십시오. 그러면 이 일은 폐하께만 보고하겠습니다. 폐하는 마마를 지극히 총애하시니, 이 일도 그냥 넘어가주실지도 모르지요."

"나는 그 자랑 거래한 적이 없다면서 왜 그걸 나한테 묻는데?"

"마마는 그자와 목숨을 건 거래는 하지 않았지만, 그자와 손을 잡고 우 답응을 유폐시키긴 하셨으니까요."

"!"

물어 오라고 저 너머로 공을 던졌더니, 사냥개가 공을 물고 와서 내 머리에 내다 꽂아버린 기분이다. 역시 이 사냥개는 내가 다루긴 힘든가 봐.

하지만 별개로 비원에게는 화가 났다. 염 귀인이 죽은 게 비원의 저주 때문이라니. 너무 어이가 없어서.

염 귀인은 내가 여기 와서 처음으로 사귄 후궁 친구였다. 그녀는 엉터리지만 내게 수 놓는 법도 가르쳐 주었지. 내 몸과 이름을 사용해 멋대로 행패를 부리는 것도 싫은데, 그 과정에서 염 귀인을 죽이기까지 하다니. 사하비단에 완전히 정이 떨어진다.

원래도 좋아한 건 아니지만, 그래도 타천천이 날 구해주었다기에 거슬리는 모든 행동을 넘어가 주었는데. 어떻게 이럴 수가 있을까.

기몽은 나를 재촉하는 대신 다 식었을 게 틀림없을 차를 느리게 마시며 내 반응을 하나하나 살폈다.

나는 '후'하고 소리 내어 바람을 뱉었다. 속마음이야 비원에 대해서 기몽에게 다 던져줘 버리고 싶다. 하지만…… 비원에 대해 말하면 기몽이 내 비밀까지 알게 될 거야. 기몽 머리 돌아가는 걸 보니 충분히 그러고도 남을 인간이라.

아니, 보통은 '종이를 묻어서 사람이 죽었다'는 데서 더 나아가지 못한다고. 특히 저렇게 수사하는 사람들은 그런 데서 말도 안 된다고 포기한단 말이야.

다른 일로 잡히게 되면 비원은 내 이름을 안 팔지도 몰라. 하지만 내가 비원을 팔아넘겨서 잡히게 되면, 같이 죽자고 나올지도 모르지.

"난 모르겠는데."

결국 나는 비원을 위해서가 아니라 나를 위해서, 기몽에게 딱 잡아뗐다. 그리고 기몽이 우 답응이 유폐된 일을 왜 나와 연관 지었는지는 조목조목 설명하지 않고 두루뭉술 넘어간 일을 떠올리고서, 일부러 그 부분을 파고들었다.

"우 답응이 유폐된 건 날 독살하려다가 걸려서지. 내가 뭘 어떻게 한 게 아니지 않은가."

"그럴까요?"

"그럼. 게다가 장군 말대로라면, 비원 그자는 날 계속 죽이려 한 자인데. 내가 어떻게 그자와 손을 잡겠는가?"

"……."

기몽의 눈이 가느스름해진다. 그러지 마. 너는 그러면 무서워.

"내가 우 답응이 파묻은 종이를 꺼냈다가 도로 파묻은 건 맞지만, 그땐 우 답응을 공격하기 위해서가 아니라 자결하기 위해서였네. 이번에 촉비를 공격한 것도 그쪽이 나를 선황제 서신과 엮어서 이상하게 몰아가려 하니까, 방어하려고 한 거지. 자기에게 관심이 집중되면 헛된 짓은 못할 테니까."

내 말에 기몽은 인상을 찌푸렸고 입가에는 미소를 띠었다. 그럭저럭 넘어가겠단 걸까, 아니면 '헛소리'라고 생각하고 있을까?

슬쩍 그의 얼굴을 살폈다. 다행히 전자에 가까웠다.

"그렇군요."

덤덤히 수긍한 그는 고개를 끄덕이고서 몸을 일으켰다.

"그럼 이 일은 우선 이렇게만 보고 올리겠습니다."

나도 태연한 척 고개를 끄덕였다. 하지만 기몽이 밖으로 나가 보이지 않게 되자마자, 나는 얼른 지름길로 떡돌이가 있으리라 짐작되는 곳에 먼저 달려갔다.

'이런 건 선빵이 중요해!'

기몽이 보고하기 전에 나한테 유리하게 먼저 말해 놔야 한다. 나를 변호해야지!

"반숙아?"

마침 떡돌이는 회의 중이 아니어서 바로 만날 수 있었다.

"지금 얘기해도 괜찮아요, 폐하?"

내가 소곤소곤 묻자, 떡돌이는 영 어리둥절한 얼굴이었으나 고개를 끄덕이고 근처에 있던 대신들을 내보냈다.

그런데…… 뭐야, 저 아저씨는? 왜 나를 저렇게 무섭게 쳐다봐?

어쨌든 대신들이 나가자, 오 공공이 직접 내가 마실 찻잔을 가져와 놓아주었다.

나는 떡돌이 곁으로 다가가서 기몽과 나눈 이야기를 이실직고했다.

떡돌이는 오 공공이 나한테 주고 간 차를 자기가 마시면서, 내가 잠깐 말을 멈추고 눈치를 볼 때마다 심각한 표정으로 고개를 끄덕였다. 무의식중에 저러는 것 같았다.

나는 귀자가 같이 파묻었단 것만 빼고 다 털어놓은 다음, 떡돌이의 표정에 변화가 일어나기 전에 황급히 변명했다.

"그땐 너무 화가 났단 말이야. 촉비가 내 궁녀들을 공격해서 복수하려 했는데, 복수는 하지도 못했지. 너는 내가 하지도 않은 일로 화를 내고 얼굴도 안 만나주지. 있는 줄도 몰랐던 선황제 폐하 서신 가지고 이상하게 몰렸지. 노리던 필첩은 사라졌지. 복수하고 싶었어."

떡돌이는 내 말에 입을 다물고는 한숨을 내쉬고서 찻잔을 내려놓았다. 그의 이마에 올라온 파란 멍을 힐긋대다가, 나는 기죽은 척 중얼거렸다.

"너도 내 소문을 들어서 알겠지만…… 난 먼저 때리진 않거든? 그런데 누가 날 때리면 절대 참진 못해. 날 때리면 나도 때려야 해. 네가 내 이런 점이 싫어도 어쩔 수 없어."

떡돌이는 손가락으로 책상을 두드리다가 또 한숨을 내쉬며 물었다.

"그럼 누가 널 공격한다면 너는 또다시 이런 일을 하겠군?"

"주먹으로 안 싸우고 머리로 싸우는 게 내 나름의 양보야."

"주먹……."

떡돌이는 세 번째로 한숨을 내쉬면서 자기 이마를 짚다가, 뒤늦게 자기가 내 차를 다 마셨단 걸 깨달았는지 머쓱하게 찻잔에서 손을 뗐다.

나는 몸을 웅크리고서 그의 눈치를 살폈다. 다행히 떡돌이는 화를 내는 얼굴은 아니었다.

"다른 후궁들도 다 암투를 하잖아. 떡돌이 너도 그런 비슷한 얘기를 한 적도 있잖아."

거기에 용기를 얻어서 다시 말해보자, 떡돌이는 몇 번 입술을 달싹이긴 했으나 마지못해 인정했다.

"그렇지."

"나도 그런 거야. 단지 익숙하지 않아서 드러날 뿐이지."

"그래. 그렇겠지. 그래서 지금 화를 안 내고 있지 않으냐."

화는 안 내고 있지만 계속 입 밖으로 한숨이 나오니까 그렇지.

책상에 기댄 채 그의 눈치를 보다가 슬쩍 책상 위에 걸터앉아 그를 살폈다. 떡돌이는 본인 말처럼 화는 내지 않았다. 생각에 잠긴 얼굴로 있을 뿐. 실망인가? 실망하고 있나?

촉비를 역모죄로 넣으려 했던 건 누명이었는데, 촉비를 다른 후궁을 저주한 일로 넣으려 한 게 드러나서 어이가 없나?

그러다가 눈이 마주치자 그가 미안해하는 건지 신경질을 내는 건지 알기 힘든 목소리로 말했다.

"궁중 암투가 계속되고 있단 건 짐도 안다. 하지만 보통은 그런 이야기를 짐에게 하진 않아."

"나도 몰래 하려 했어!"

밝게 웃으니 떡돌이의 표정이 굳어서, 나는 다시 뉘우치는 시늉을 했다. 물론 전혀 뉘우치지 않았지만.

나는 주저하다가 말했다.

"다음에는 안 걸리고 할게."

하지만 떡돌이의 표정은 여전히 풀리지 않아서, 조금 시무룩해졌다.

서로 비밀을 털어놓고 잠자리에 든지 얼마나 지났다고 다시 이렇게 되어 버리다니. 떡돌이가 이런 걸 좋아하지 않는단 걸 알다 보니 콩만큼 신경이 쓰였다.

그의 총애가 없어도 후궁으로 잘살 수 있긴 하지만, 그래도 떡돌이가 날 보면서 이전처럼 웃고, 그와 꼭 끌어안고 있는 건 좋으니까.

그렇지만 이젠 안 그러겠다고 하기엔 안 그럴 것 같지도 않고, 사과하기에는 별로 사과할 마음도 없는지라, 나는 슬쩍 책상에서 도로 일어섰다.

"지금은 내 얼굴 안 보고 싶지? 그냥 갈게."

돌아서려는 나를 떡돌이는 손을 뻗어 잡았다. 돌아서다 말고서 다시 그를 보자, 떡돌이는 엉거주춤 몸을 일으킨 채로 말문을 열었다.

"일단……."

"응."

"반숙아. 짐은 정말로 화가 난 게 아니야. 짐이 아무 말도 못 하는 건 화가 나서가 아니라, 네가 말한 그 종이로 영혼을 부르는 일 때문이다."

"그게 왜?"

떡돌이가 네 번째로 한숨을 내쉬었다.

"넌 원래 몸으로 돌아가고 싶지 않아 계속 지금처럼 있을 거라 하였지."

"응."

"그런데 네 말을 들어보니, 네 의지와 상관없이 네 영혼을 도로 원래 몸에 넣을 수 있는 거 같아서 그런다. 그 '비원'이란 가명을 쓰는 자가 네 영혼을 마음대로 조정할 수 있는 건가?"

비원은 끄나풀이고 실제로 이런저런 걸 하는 건 타천천 같았지. 나도 자세히는 모르지만, 비원이 내가 천소여 영혼 행방에 물었을 때 타천천에게 물어보라 했어. 하지만 그건 그거고, 아마…….

"굳이 안 그러지 않을까?"

"왜 그렇게 생각하지?"

"지금은 내 몸에 다른 사람이 있잖아."

타천천은 내 이름을 사용하고 싶어 하는데. 내가 원래 몸으로 돌아가면 절대로 사용하지 못하게 할 테니, 굳이 내 영혼을 돌아오게 하진 않을 거 같다. 그럴 마음이 있었더라면 진즉에 바꾸지 않았을까, 싶기도 하고.

게다가 타천천이 지금 내 몸 안에 집어넣은 그 영혼. 누군지는 모르겠지만 타천천을 잘 따르는 것 같았는걸. 그가 내 명성을 노리는 거라면 자기 말을 잘 따르는 영혼을 내 몸에 넣어 이름을 쓰는 게 낫지, 굳이 내 영혼을 도로 가져가려 할까?

하지만 내 마음과 달리 떡돌이는 그 부분이 가장 심각해 보였다.

혹시…….

"떡돌이 너는. 내가 갑자기 사라지면 싫을 거 같아?"

슬그머니 그가 기분 나쁜 부분을 유추해 묻자, 떡돌이는 기분이 상한 듯 인상을 구겼다.

아, 뭐. 아닌가. 아니면 아닌 거고.

그 반응에 웃으면서 "아니면 말고."라고 중얼거리자, 떡돌이는 다섯 번째 한숨을 내쉬더니 내 손을 꽉 잡아다가 손등 위에 가져다 댔다.

얇은 면사 너머로 그의 입술이 느껴져 등이 움찔했다. 멍하게 입을 벌리고 그 모습을 바라보자, 떡돌이는 면사를 벗더니 내 맨손 위에다 다시 입을 맞추고서 손바닥을 엄지로 누르며 잔소리했다.

"넌 짐이 널 생각하는 만큼 짐을 생각하진 않는 거 같군."

"왜 그렇게 생각해?"

"그렇게 큰 비밀까지 짐과 나누어 놓고서. 짐을 대할 때 늘 '아니면 말고' 하는 태도로 대하니까. 심지어 자기만 그러는 것도 아니야. 짐도 그럴 거라 생각하지 않느냐."

"내가 언제?"

"이실직고하러 들어와서부터 쭉. 넌 짐과 대화를 해서 풀 생각보단, 짐이 화를 내면 '어쩔 수 없지' 하고 돌아서서 갈 생각만 하지 않느냐."

아니라고 말하려다 보니 맞는 말이다.

입을 우물거리려니, 떡돌이는 아예 내 손을 놓고 자리에서 일어나서 내 앞으로 다가왔다. 얼결에 뒤로 물러나다가 도로 책상에 앉게 되자, 그가 허리를 조금 굽혀서 내 얼굴을 뚫어져라 바라보다가 손을 올렸다.

얼굴을 가만가만 만져보는 손길은 느릿하지만, 열감이 있었다.

"왜 그래?"

갑자기 왜 이러는지 이해가 가지 않아 묻자, 떡돌이는 내 눈가와 코 근처, 입가를 찬찬히 어루만지다가 말했다.

"무슨 생각을 하는지 도무지 알 수 없는 이 눈. 화나면 콧잔등을 잔뜩 찌푸리는 이 코. 어디로 굴러갈지 모르겠는 이 입. 네가 없으면 짐이 어떤 기분일까 생각해 보았다."

"어떨 거 같은데……?"

떡돌이는 대답 대신 오히려 질문했다.

"넌 짐이 없으면 어떨 거 같으냐?"

"아, 나야 뭐."

서운하겠지만 그래도 어찌어찌 살지 않을까 싶은데. 아무리 나라도 지금은 이 말을 하면 안 된단 건 안다.

"많이 섭섭할 거 같아."

어찌어찌 산다는 말은 빼고 솔직하게 말하며 그의 눈치를 살폈다.

떡돌이는 도끼눈을 뜨며 웃었다.

"거봐. 넌 짐이 널 생각하는 만큼 짐을 생각하지 않는다니까?"

"그럼 넌? 내가 없으면 못 살기라도 한단 거야?"

내가 가출했을 때 너도 잘살았잖아. 속으로 구시렁거렸으나 그 불만이 입 밖으로 나오진 않았다.

떡돌이가 내 입에 입을 맞춰버린 탓이다. 한참 만에야 그는 내 입에서 자기 입술을 떼더니, 느리게 숨을 쉬면서 눈살을 찌푸렸다.

"아니, 왜 입을 맞추고서 눈썹을 찡그리고 그래?"

"무서워서."

"뭐가."

"네가 가출한 거면 어디 있는지라도 알지. 네가 원래 몸에 돌아가면…… 그것도 놀랍지만 그래, 그래도 어디 있는지 알 수는 있지. 그런데 네가 갑자기 또 다른 몸에 들어가면? 넌 그런 생각 한 번도 안 해보았느냐? 짐은 네 말을 듣자마자 그것부터 무서워지는데?"

이럴 수가.

"생각해본 적이 없어……."

근데 듣고 보니 나도 무섭다. 타천천 그놈, 나한테 화가 나면 혹시 내 영혼을 천소여 몸에서 다른 데로도 옮길 수 있나? 물고기라거나 거북이라거나……!

충격에 빠져 있자니, 문밖에서 오 공공의 목소리가 들려왔다.

"폐하. 기몽 장군께서 오셨습니다."

기몽 장군이 내 일을 보고하러 왔나 봐.

떡돌이가 나를 놀리듯 쳐다본다. 네가 한발 앞서 왔네, 하는 표정.

나는 거만하게 웃다가, 곧 지금 이럴 때가 아니란 걸 깨닫고 얼른 책상에서 내려왔다.

"나는 이만 가볼게. 나도 고민을 좀 해봐야겠어. 그 문제에 대해서."

그러고서 밖으로 나오자, 문 앞에 서 있는 기몽 장군이 보인다. 그는 우두커니 서서 들어오란 말을 기다리다가, 나를 발견하자 미심쩍은 표정을 지었다.

자기에게 이런 거 저런 거 죄다 걸렸으니 지금쯤 웅크리고서 달달 떨어야 하는데. 설마 내가 지름길로 와서 먼저 떡돌이에게 이실직고할 줄 몰랐나 보다.

그는 내게 무어라 말하려 했으나, 안에서 "들어오라 하라."라는 떡돌이의 목소리가 들려오자, 도로 입을 닫고 꾸벅 인사만 올렸다.

이윽고 기몽은 안으로 들어갔고, 나는 얼른 그 자리를 빠져나왔다.

하지만 나는 곧장 내 처소로 돌아가진 않았다. 떡돌이의 말을 듣고 났더니, 이미 불안이 싹터버린 탓이었다. 비원을 찾아가서 떡돌이가 말한 상황이 진짜로 벌어질 수 있는지 확인해야 했다. 마음 같아서는 꼴도 보기 싫지만.

황궁에 소속된 학사들이 자주 오가는 곳으로 가서 여기저기 돌아다니자, 비원이 먼저 알고서 내 쪽으로 찾아왔다.

하지만 명목상 황후의 지지자이기 때문인지, 그는 바로 내 곁에 오는 대신 멀찍이서 '이리로 오라'는 신호를 보냈다. 그 신호를 따라 사람들이 오가지 않는 구석진 후원으로 가자, 비원은 높은 수풀에 둘러싸인 곳에서 나를 불렀다.

"이쪽으로 오시지요."

그곳으로 가자, 비원은 한숨을 내뱉으며 나를 질책했다.

"너무 대놓고 찾아오시는 거 아닙니까."

이전이라면 그에게 미안하다고 할 테지만, 지금 나는 비원에게 화가 많이 나 있었다. 비원이 염 귀인이 죽는 데 일조한 사람이란 걸 아니까.

물론 비원이 염 귀인을 칼로 찔렀다거나 한 건 아니지만, 염 귀인이 위험한 저주에 손대게 한 사람은 맞잖아?

그가 염 귀인에게 '이런 걸 하면 그쪽도 죽는데, 그래도 할 거냐'라고 물어봤다면 모를까. 아니라면 비원은 염 귀인 죽음에 7할은 책임이 있다.

"물어볼 게 있어서 왔어."

어쨌든 비원에게 이런 이야기를 다 할 수는 없기에, 나는 그를 무섭게 노려보는 대신 팔짱을 끼고 딱딱하게 물었다.

이 정도는 불만을 드러내도 된다. 그와 손을 잡고서 촉비의 필첩을 드러나게 하려다가 실패한 전적이 있으니.

"네. 물어보시지요."

"나 말이야."

"예."

"내 영혼."

"예."

"혹시 내 원래 몸이나 지금 몸 말고. 다른 몸에 들어갈 수도 있어?"

"다른 몸이요?"

"다른 사람 몸이라거나, 운 나쁘면 아예 동물 몸이라거나. 거북이 같은 거 있잖아."

비원은 입을 벌리고 나를 멀뚱히 보았다. 그도 이런 부분에 대해서는 큰 생각을 안 해본 것 같았다.

"글쎄요. 그렇게까지 생각해보진 않아서 뭐라 말씀드려야 할지 모르겠습니다. 왜 그런 생각을 하신 겁니까?"

"그냥."

떡돌이가 내가 다른 몸에서 깨어나면 어쩌냐고 무서워하기에. 하지만 이들은 떡돌이가 진실을 안다는 걸 모르지. 말해주지 말자.

"그런 상상이 들었어."

솔직하게 말하자, 비원은 고개를 끄덕이다가 작고 빠르게 대답했다.

"혼령술에 대한 건 타천천 님께 물어보는 게 가장 빠릅니다. 말씀드렸다시피 타천천 님께서 일임하고 있으니까요."

"타천천이."

"예. 하지만 제 생각엔 아마 안 되지 않을까, 싶습니다. 애초에 천빈 마마의 몸으로 깨어난 것도 변칙 같은 상황이었는걸요."

그런가. 하긴. 영혼이 이리저리 아무 데나 튄다면 '천년비진쾌도래'라 쓴 쪽지를 파냈을 때 내가 다시 이 몸에서 깨어나진 않았겠지. 근처 어디 몸에서 깨어났을 거야.

"알았다."

나는 중얼거리고서 돌아섰다.

비원은 의아한 듯 내 옆모습을 보았지만, 얼른 돌아가야 하는 듯 더 말을 섞지 않고 다른 방향으로 급히 걸어갔다.

"기몽이 천빈에게 갔다 바로 폐하께 갔다. 폐하께 갔단 건 보고할 게 있단 거지. 내 사가에 그 괴상한 종이를 묻어둔 이는 천빈이 분명해."

그 시각. 촉비는 자신의 방에 앉아 손톱을 물어뜯으며 불쑥불쑥 치솟는 분노를 삼키려 애썼다.

기몽은 황제가 진실을 편들 거라 여기고 갔는지 모르겠으나, 촉비는 황제가 지금은 천빈을 편들 거라 확신했다.

이번에도 처음에는 목격자가 수두룩한 자신을 믿었으면서. 천빈이 몸이 아프다고 두문불출하고 꾀병을 부려대자 결국 그녀를 편들지 않았던가. 게다가 맡겨둔 선황제의 서찰까지 전부 다 가져가고.

"마마. 그렇게 손톱을 물어뜯으면 손톱이 다 망가집니다."

궁녀가 옆에서 걱정스럽게 말하자, 촉비는 그제야 물던 손톱을 놓았다. 촉비의 손을 가져간 궁녀는 얼른 그 위에 약을 바르고 부채를 건네주었다. 혹시 촉비가 또 손톱을 물지 모르니 일단 뭐든 움직일 만한 걸 쥐여준 것이다.

촉비는 초조하게 부채질을 하면서 천빈에 대해 생각했다.

"마마. 고정하시지요. 기몽 장군께서 마마의 누명을 벗겨 주셨으니 별일 없을 거예요. 기몽 장군은 남에게 뭘 덮어씌우는 성정이 아니잖아요."

"기몽은 아니지. 하지만 천빈은 아니야."

"천빈이 마마께 또 해코지를 할 거라 생각하시나요?"

"벌써 두 번이나 시도했다. 세 번은 시도하지 못할까, 과연?"

"마마……."

촉비는 황제와 사랑을 나눌 거란 기대는 하지도 못했기에, 그저 그의 신임을 얻으면서 평화롭게 지내고 싶었다. 지금까지는 이 모든 게 가능했다. 그녀는 혜비와 친했고, 황후와도 사이가 나쁘지 않았으며, 황제의 신뢰를 얻었으니까.

그녀를 고약하게 대한 친정 식구들은 이젠 촉비가 자신들에게 복수라도 할까 봐 설설 기었고, 뻔뻔한 이들은 촉비가 당연히 자기들을 도와야 한다고 주장하기도 했다.

하지만 그 식구들은 촉비가 힘을 잃게 되면, 가장 앞에서 칼을 들고 달려들어 그녀를 내치고 그 자리에 자기 여식을 올리려 할 것이다. 촉비는 절대로 무너질 수 없었다.

"마마. 천빈과 화해해 보면 어떨까요? 원래 마마께선 천빈과 사이가 나쁘지 않으셨잖아요. 천빈이 마마의 필첩을 보지만 않았더라면……."

"이미 우리는 여러 번 서로를 공격했어. 어떻게 화해한단 말이냐. 화해하더라도 우리가 서로를 믿을 수 있을까?"

코웃음을 친 촉비는 부채를 탕 하고 내려놓으며 단호하게 말했다.

"나와 천빈, 둘 중 하나는 사라져야 한다. 이미 그렇게 되어 버렸어."

쓸쓸하게 중얼거린 촉비는 잠시 생각하다가 자신이 데리고 있긴 하지만 평소에는 일부러 거의 부리지 않는, 비장의 힘처럼 아껴둔 그림자를 불러 지시했다.

"훨아."

이름이 불리자 창밖에서 덜컹대는 소리가 나더니, 머리카락을 길게 내려 거의 얼굴이 드러나지 않는 사람이 안으로 들어왔다.

"네, 마마."

'훨'이란 불린 이가 촉비의 앞에 무릎을 꿇었다.

부채를 들어 몇 번 바람을 일으킨 촉비가 차갑게 지시했다.

"오늘 기몽이 다녀갔으니, 천빈은 분명 내 이야기를 할 거다. 너는 천빈의 처소로 가서, 그 여자가 무슨 이야기를 하는지 듣고 와라."

저녁 식사를 하려고 자리에 앉아 몇 숟가락 먹고 있자니, 떡돌이가 찾아와서 함께 식사하자고 한다.

마침 몇 술 뜨지 않았을 때라 나는 떡돌이가 먹을 음식을 더 가져오게 하고서 같이 식사하면서 우리의 걱정거리에 관해 이야기했다.

“네가 그 얘길 하고 나니 나도 자꾸 그 생각만 들어, 떡돌아. 어쩌지?”

“이렇게 하지. 네가 만약 다른 몸으로 들어가게 된다면 짐에게 신호를 보내라. 우리 둘만 알아볼 신호를 정하자.”

“신호?”

“그래.”

떡돌이는 자기 제안이 퍽 마음에 드는지 숟가락을 내려놓고 벗어둔 면사를 만지작거렸다. 하지만 나는 그 말에 동의할 수 없었다.

“안 돼. 전에 폐하가 알려준 원앙 어쩌구 한 것도 다 까먹었단 말이야.”

“뭐라고? 벌써?”

“기억에 남는 건 원앙이 하나둘…… 밖에 없어.”

“내용이 다른데?”

“그러니까.”

떡돌이가 나를 일자무식처럼 쳐다보는 바람에 좀 부끄러워져서 나는 정색하고 그를 쳐다보았다.

나는 일자무식이 아니야. 나는 머리가 나쁘지 않아. 나는 공부를 못할 뿐이야.

내가 눈을 부릅뜨고 쳐다보자, 떡돌이는 자기 이마에 손을 올리고서 어쩔 줄 몰라 했다.

그 표정이 마치 ‘상대가 바보가 아니면 바보라 놀리겠는데, 진짜 바보 같아서 바보라 놀리질 못하겠다’로 보여서 나는 발끈해 그의 손가락을 톡 두드렸다.

“내가 진짜 멍청이 같아서 멍청이라 못 부르겠다 이거야?”

목소리를 낮추어 항의하자, 떡돌이는 이마에서 손을 떼더니 기가 막혀 물었다.

"왜 욕만 잘 알아듣는 거지? 욕 알아듣는 것만 보면 정말로 영리한데."

내가 팔짱을 끼고서 가자미눈을 하고 보자, 떡돌이는 고개를 저으면서 다시 숟가락을 쥐었다. 그 모습을 보다가, 나는 조금이라도 똑똑해 보이기 위해, 지금 우리에겐 암호를 외우는 게 문제가 아니란 걸 알려주었다.

"그리고 내가 암호를 외워도 소용없어. 내가 암호를 외웠는데 거북이나 물고기 몸에 들어가면 어쩔래?"

'다른 몸에 들어가면 어떡하냐'는 의견은 자기가 먼저 냈으면서. 거북이 생각은 하지 못했던 것인지 떡돌이는 입을 벌리고 숟가락을 내려놓았다. 충격 받은 얼굴을 보고 있자니 불안해져서 나는 슬며시 물었다.

"내가 거북이가 돼도 폐하는 날 사랑할 거지?"

"……."

대답해 자식아.

"왜 말이 없어?"

"……."

"폐하. 날 사랑할 거지?"

어라? 진짜 말이 없네?

"안 사랑하겠다는 거야?"

내가 도끼눈을 뜨고 묻자, 떡돌이는 주저하다가 중얼거렸다.

"잠시만. 생각을 좀……."

"폐하는 내 몸을 노린 거야? 내가 거북이가 되면 날 사랑할 수 없어?"

"아니, 평생 길러주긴 하겠지. 하지만 거기에 사랑을 담기는 좀……."

"너무해! 입도 맞춰주고 안고 자고 하지 않을 거야?"

자기가 궁지에 몰렸다 싶던지, 떡돌이는 갑자기 발끈해서 반박했다.

"너는? 너는 짐이 거북이가 되어도 사랑할 수 있느냐?"

"물론 그건 아냐."

이번에는 떡돌이가 도끼눈을 뜬다. 쪼잔한 황제가 신경질을 낼 거 같아서, 나는 얼른 예시를 바꾸었다.

"좋아. 동물이나 물고기 같은 건 말을 못 하니까 넘어가자. 그럼 사람으로. 예를 들어서…… 승언이. 내가 승언이 몸에 들어가면? 그땐 날 사랑해줄래?"

우리의 비밀스러운 대화를 지키기 위해 직접 음식을 들고 가져오던 오 공공이, 마침 그 소리를 듣고 다리에 힘이 풀려 주저앉았다. 물론 음식도 다 엎어졌다.

떡돌이는 오 공공에게 괜찮냐고 물어본 뒤, 그가 괜찮다면서 황급히 몸을 일으키자 내게 짜증을 냈다.

"넌 왜 맨날 승언이 가지고……."

"폐하는 진짜 내 몸만 사랑하는구나."

"이럴 때 쓰는 말이 아니지 않느냐."

"아니야. 맞아. 왜냐. 나는 폐하가 촉비 몸에 들어가도 폐하를 사랑할 수 있거든."

오 공공은 엎어진 음식을 치우기 위해 밖으로 나갔고, 나는 그에게 단호하게 말했다.

"난 사랑할 수 있어."

"글쎄."

"진짜야. 난 촉비가 미워. 하지만 촉비랑 입을 맞출 수 있어. 끌어안을 수도 있어. 사랑한다고 말할 수도 있어. 아니, 정말로 사랑해."

"하."

"내 마음이 폐하보다 더 큰가 보다."

떡돌이는 코웃음을 쳤다.

그리고 오원요가 음식을 엎으면서 생긴 소란을 틈타 천빈의 처소 가까이 다가온 촉비의 그림자는 두 손으로 입을 막고 눈을 부릅떴다.

'애증!'

촉비는 훨이 돌아오자마자 물었다.

"알아보았느냐?"

훨은 촉비의 앞에 한쪽 무릎을 꿇고 앉아 잠시 주저했다. 이 말을 해도 될지 말지 망설이는 모습이었다. 촉비가 그걸 보며 눈살을 구기자, 훨은 조심스럽게 말문을 열었다.

"천빈 마마께서는 촉비 마마를 연모하십니다."

예상치 못한 보고에 촉비의 이마가 대번에 찌푸려졌다.

"뭐라?"

촉비가 되물었다. 그녀는 자신이 무언가를 잘못 들었다고 여겼다.

훨은 촉비의 안색을 살피며 다시 말했다.

"천빈 마마께서는 촉비 마마를 연모하십니다."

"지금 그걸, 보고라도 하는 것이냐."

"분명 그렇게 말씀하셨습니다. 폐하께서도 이미 알고 계십니다. 천빈 마마께서 폐하께 말씀하신 거니까요."

"!"

"천빈 마마는 촉비 마마가 밉지만, 그래도 사랑한다고 하셨습니다."

촉비는 눈을 깜빡이다가 어이가 없어 고개를 저었다. 그녀는 딱 잘라 부정했다.

"연모가 아니라 그냥 좋다는 뜻으로 한 말이겠지. 폐하 앞에서 착한 척을 하려고."

"그게…… 아닙니다. 절대로 그건 아닙니다."

휠의 얼굴이 붉어졌다. 천빈의 입에서 나온 '입을 맞추고 끌어안다'라는 표현이 떠오른 탓이다.

천년비는 떡돌이가 촉비의 몸 안에 들어갔을 경우를 가정하다 허풍 친 것이지만, 휠은 이 부분은 듣지 못했다. 하지만 이런 말을 촉비에게 바로 전해도 될지 몰라 그는 빨개진 얼굴로 자기 옷자락 끝만 만지작거렸다.

"왜 그렇게 생각하지?"

"그게……."

"더 들은 게 있다면 똑바로 말하거라."

그 태도를 눈치챈 촉비가 단호하게 말하자, 휠은 어렵게 말을 꺼냈다.

"천빈 마마께서는 폐하께, 촉비 마마와 끌어안고 싶다 하셨습니다."

"!"

촉비는 목을 축이기 위해 들었던 찻잔을 떨어뜨렸다. 바닥에 떨어진 잔이 쨍그랑 소리와 함께 부서졌지만, 그녀는 너무 놀라 그 소리도 제대로 듣지 못했다.

"괜찮으십니까, 마마?"

바닥에 떨어져 깨진 잔을 치운 촉비의 측근 궁녀는 막 데워와 뽀얗게 김을 내는 뜨거운 차를 건네며 물었다.

촉비는 뚜껑을 열어 올라오는 김을 후 후 불어 식히다가 중얼거렸다.

"괜찮고 뭐고 할 게 있느냐. 놀랐을 뿐이지."

"저도 정말 놀랐습니다. 설마 천빈이 마마를 연모할 줄은……."

"……."

"게다가 그걸 폐하께서 이미 아시다니요. 폐하께서 대체 무슨 생각이신 걸까요?"

"어쩌면 그 때문에 폐하께서 천빈의 말을 믿은 걸지도 모르지."

"네?"

"천빈이 날 연모하니까, 날 두고 거짓말할 리가 없다고 믿으셨을 수도 있다 말이다."

"아! 정말 그렇습니다, 마마."

궁녀는 고개를 빠르게 끄덕거렸다.

새로운 사랑일수록 더욱 빠르게 달아오른다지만, 그렇다고 함께한 시간이 아예 사라지는 건 아닐 텐데. 몇 년이나 신뢰했던 촉비를 황제가 한순간 져버린 게 이상하다 싶더라니. 황제가 천빈의 마음을 안다면 이 일에 천빈을 더 믿은 것도 어렵게 납득할 수는 있었다.

촉비가 뜨거운 차를 마시며 놀란 마음을 누를 동안, 궁녀는 그녀에게 조심스레 부채질을 해주다 물었다.

"그럼 이제 어찌하실 건가요, 마마?"

"어쩌다니?"

"천빈이 마마를 좋아하는 것이 사실이라면…… 관계를 좋게 바꿀 수 있지 않을까요? 마마께서도 천빈과 싸우는 건 서로에게 악영향뿐이라 하셨잖아요."

"그랬지."

촉비는 찻잔을 내려놓고서 시름에 잠긴 눈으로 어두컴컴해진 창밖을 보았다. 짝 없는 새가 푸드덕 날아가는 소리와 구애하는 풀벌레 울음소리가 들려왔다.

"그러고 보니 천빈은 내 필첩을 보고도 처음엔 아무 움직임이 없었지."
"네. 마마께선 천빈이 마마를 협박하러 올 거라 예상했는데, 아예 안 오니 더 수상하게 여기셨지요."
"그래. 너무 조용하기에 뒤에서 날 공격할 준비를 한다 여겼다. 아니라도 내 비밀을 알았으니, 언제든 써먹을 거라 여겼지. 하지만 천빈이 날 사모해서 입을 다물었던 거라면……."
"한번 잘 말해보세요, 마마."

날이 밝자, 촉비는 당장 천빈을 불러서 '진짜로 날 사모하느냐'라고 묻고 싶었으나 꿋꿋하게 그 마음을 눌렀다.
이른 시간부터 상대를 보려고 하는 건 자신의 초조함을 드러낼 뿐이다. 대화를 할 때는 자기가 느긋한 입장임을 밝히는 게 좋았다. 그녀는 차를 연거푸 다섯 잔 마시면서 시간이 지나가기를 기다렸다.
하지만 점심 식사를 하고 나자, 더는 참지 못하고 궁녀에게 천빈을 불러오라 지시했다.
"만약 안 올 거라 하면 어쩌지요, 마마?"
"정말로 날 좋아한다면 오겠지."
다행이라 해야 할지 어처구니없다 해야 할지, 천빈은 부르자마자 왔다. 여전히 눈썹이 축 내려가 순하고 맹한 표정이었다. 이렇게 보아서는 천빈이 자신을 짝사랑하는 것처럼은 보이지 않는다.
하지만 훨은 거짓말할 이가 아니었다.
"안녕하세요, 촉비 마마. 날 왜 불렀어요?"
마음이 조급해서인가, 천빈의 어설픈 존대도 오늘은 그리 거슬리지 않는다. 촉비는 천빈이 자리를 잡고 앉자, 약간 노골적으로 물어보았다.

"천빈. 그대는 혹시 나와 가깝게 지내고 싶나요?"

그 말에 천년비는 고개를 기웃하다 대답했다.

"그럼요."

싸우는 것보다야 가깝게 지내는 게 나으니까.

촉비가 다시 물었다.

"나와 싸우고 싶지 않다는 거죠?"

천년비는 동그란 눈을 깜빡거리다 대답했다.

"그렇죠? 먼저 시비 안 걸었으면 나도 안 공격했어요."

겉보기엔 멍한 얼굴이었으나, 사실은 '촉비가 왜 날 불러서 이런 말을 하나' 생각하는 중이었다. 어쨌든 지금 한 말은 모두 사실이기도 했다. 천년비가 원하는 건 느긋하고 평화롭고 편안한 궁중 생활이지, 싸움이 아니니 말이다.

하지만 천년비의 대답에 촉비는 반쯤 확신을 가졌다. 천빈이 정말 날 좋아하는구나! 싸우기까지 했는데 이렇게 대놓고 말하다니.

촉비의 머릿속에 천빈과 싸우기 전들의 일이 떠올랐다. 대체 언제부터 자신을 흠모한 걸까? 짐작가는 건 별달리 없었다. 촉비는 좀 더 생각하다가 이번에는 좀 더 조심스럽게 물었다.

"……그럼 안 싸운다면. 나와 어디까지 가깝게 지내고 싶은가요?"

천년비는 멀뚱히 대답했다.

"가까워질수록 좋죠."

진짜 날 좋아하나 봐! 촉비는 더욱 확신했다. 그러고 보니 천빈이 그녀를 볼 때마다 좀 남다른 시선을 보낸 것도 같았다.

"혹시…… 나와 가깝게 지내는 그 이상을 바란다거나……."

"그 이상이 뭔데요?"

"손을 잡는다거나……."

"아 손잡으면 좋죠."

마음을 숨기려 들지도 않는구나!

촉비는 당황스러워서 눈동자를 굴렸다. 그녀는 황제를 사랑하진 않았지만, 그렇다고 천빈을 사랑할 수도 없었다.

그 태도를 보며 천년비는 고개를 기우뚱했다.

촉비는 부채를 꺼내 빠르게 부치다 한층 작아진 목소리로 중얼거렸다.

"미안해요. 솔직히 좀 부담스럽네요."

천년비의 고개가 더 기울어졌다. 뭐가?

"하지만 친구까지라면. 노력해볼게요."

"?"

천년비는 목을 뒤로 빼고서 촉비를 이상하게 쳐다보았다.

갑자기 촉비가 왜 저러는지도 모르겠고, 자신과 친구가 되기 위해서 노력이 필요하다는 말도 영 당황스러웠다.

'아니, 내가 언제 친구 하자고 했나.'

"이 정도가 내가 그대에게 줄 수 있는 최선의 마음이에요."

'뭐야 저 비싼 우정은.'

천년비는 인상을 찌푸렸다. 자신이 촉비에게 우정을 베풂 받는 느낌이라 황당했다. 게다가 너무 뜬금없고.

그 표정을 본 촉비가 걱정스레 물었다.

"싫어요?"

천년비는 떨떠름해서 대답했다.

"아니…… 뭐 싫은 건 아니지만. 왜 갑자기 입장을 바꿨어요?"

대화를 엿들었단 말은 할 수 없어서 촉비가 대답에 뜸을 들이자, 천년비는 눈을 더욱 가늘게 떴다.

'뭐지. 이래 놓고 뒤통수 치려는 거 아냐?'

"촉비랑 화해했어."

떡돌이는 이틀간 잠행을 다녀오자마자 나부터 찾아왔고, 나는 그가 오자마자 촉비 이야기를 해주었다.

떡돌이는 잠행할 때 입은 옷을 벗다가 의아한 표정으로 날 보았다. 알아. 너무 빠르지?

"갑자기?"

"응."

"너무 뜬금없이 화해한 거 같은데."

떡돌이는 겉옷을 벗어 내 옆에 앉더니, 부성이 반 시진에 걸쳐 다듬어 준 머리카락을 만지작거렸다.

"짐이 떠나기 전만 해도 서로 칼을 갈더니. 다녀오니 화해했다고? 정말 화해한 게 맞긴 한가?"

"모르겠어. 부르더니 나랑 화해하고 싶대. 심지어 그걸 되게 베풀듯이 말해. 사람들이 다 자길 좋아할 거라 생각하나 봐. 하긴. 후궁들이 촉비를 많이 좋아하긴 해. 그래서 그런가."

내가 툴툴거리자 떡돌이는 픽 웃으며 아는 척을 했다.

"거절했겠군."

내가 단호하게 "아니." 하고 대답하자 떡돌이는 인상을 찡그렸다.

"받아들였어. 친구 하기로 했어."

떡돌이는 떨떠름하게 물었다.

"왜?"

왜기는.

“촉비는 후궁들 사이에서 인기가 많잖아. 인기 많은 사람이랑 친구 하면 나도 인기 많은 사람이 될 거 같아서.”

왜 떡돌이가 나를 저렇게 가엾게 바라보는지 모르겠다. 내 나름대로는 이것저것 재보고 결정을 내린 건데. 그 눈길 치우라.

“왜 이래. 촉비가 나더러 먼저 친구 하자 했어.”

하지만 떡돌이는 의심이 많았다.

“그러니 더 이상하단 거지. 방심하게 해놓고 공격하려는 거 아니냐?”

나도 딱 저 생각을 하긴 했지만.

“서로 한 번씩 주고받았는데, 마지막으로 공격한 게 너 아니냐. 그런데 자기 차례에서 화해하자 한다고?”

“나도 마음으로 화해한 건 아냐. 의심하고 있어. 그래서 일단 공격은 안 해도 주시는 하려고.”

“그러면 다행이지만…….”

“걱정 마. 감시한다고 얼마나 자주 찾아가고 있는데? 오늘 아침에도 가고 어젯밤에도 가고 어제 저녁에도 가고 어제 낮에도 가고 어제 아침에도 갔어.”

떡돌이는 질색하는 표정으로 나를 더 이상하게 보았다.

“온종일 갔단 말 아니냐?”

“마마께서 허락해주시자마자 시도 때도 없이 찾아오다니. 천빈 마마는 정말로 마마가 많이 좋으신가 봐요.”

황제가 자신이 자리를 비운 이틀간 천년비의 행적을 듣고 혀를 차는 동안, 촉비의 궁녀는 그녀의 머리를 빗겨주며 혀를 차고 있었다.

휠의 보고를 믿었고, 천빈에게서 직접 촉비를 향한 마음을 듣긴 했지만 '그래도 그래도' 하는 마음이 있었는데.

촉비가 아주 조금 곁을 주자마자 기뻐서 하루종일 곁에 있으려 드는 천빈을 보자 기가 막혔다.

"대체 폐하는 천빈의 어디가 그리 좋은가 모르겠어요. 천빈은 마마한테 완전히 빠졌는데. 다른 사람에게 마음이 있는 후궁이 왜 좋으시지?"

"우리는 폐하의 마음을 알 수 없지."

촉비는 쓸쓸히 중얼거리고서 말끔히 가라앉은 거울 속 머리를 비춰보다 어설피 웃었다.

"어쨌든 확실한 건 폐하께서 천빈을 총애한단 거니까. 굳이 둘 중 하나가 죽는 싸움을 계속할 필요는 없지."

"그렇죠."

"그리고 천빈은 나와 친해지고 싶어할 뿐이었는데, 휠이 천빈이 말한 걸 오해한 건지도 몰라. 날 찾아와도 그 애는 평소처럼 맹한 소리만 하다 갈 뿐이지, 다른 점은 안 보이거든."

"생각보다 천빈의 수완이 대단합니다, 황후 마마. 대체 무슨 수를 쓴 건지, 촉비는 그렇게 천빈을 못 죽여 안달이었는데. 지금은 죽고 못 산답니다. 며칠 새에 이게 가능할까요?"

늦은 밤, 황후의 침실을 밝히는 건 촛불 단 하나뿐이었다. 이 때문에 상궁녀가 소곤거리는 목소리는 더욱 걱정스럽고 음침하게 들려와 황후의 마음을 수란스럽게 했다.

"그래. 네 말이 맞다."

황후는 거추장스럽게 옆으로 흘러내리는 머리카락을 뒤로 넘기면서 작게 중얼거렸다.

"어쩌면 천빈은 보이는 만큼 멍청하지 않을지도 모르겠어."

상궁녀는 입술을 삐죽이다 물었다.

"아니면 다른 사람들 말처럼, 운월이 뒤에서 조언을 해주는 걸까요?"

"그자는 머리가 좋지. 하지만 지지자라고는 해도, 천빈을 거의 찾아가지 않아."

황후도 천빈의 지지자인 등룡 운월에 대해 알아보고 한때는 주시도 했다. 하지만 그자는 천빈을 만나지 않고 뒤에서 일한다고 했다. 대게 대신들이 모여 회의를 할 때 천빈에 대해 나쁜 말이 나오면 교묘히 맥을 끊어버리는 식으로.

그러니 천빈에게 촉비와 가까워질 계책을 세워주진 않았을 터. 황후는 생각에 잠겨 관자놀이를 눌렀다.

상궁녀는 초조함을 감추지 못하고 계속 말했다.

"수를 내야 하지 않을까요, 마마? 온 귀인이나 개 답응이야 품계가 낮으니 그렇다 쳐도, 촉비가 천빈과 가까워지는 건 좌시하기 어렵잖아요."

다른 궁녀도 옆에서 말을 거들었다.

"촉비가 촉씨 가문에서 냉대받는다지만 그래도 혈족이니, 어떻게 관계가 변할지 모릅니다. 촉비도 1공 3귀의 대가 출신이고 천빈은 1공 6귀의 대가 가문이지요. 둘이 힘을 합치는 건 위험해요."

상궁녀가 빠르게 고개를 끄덕이고서 한 번 더 말했다.

"게다가 혜비는 촉비와 친하니, 촉비가 천빈과 잘 지내면 혜비까지 친해질지도 몰라요."

두 궁녀가 양옆에서 부정적인 걱정을 거듭해대자, 황후의 표정도 점점 어두워졌다.

촉비는 자발적으로 몸을 숙이고 황후와 잘 지내려 들던 인물이기에 두 사람은 촉비와 천빈이 가까워진 데 희미한 배신감마저 느끼는 듯했다.

황후가 탁상을 손가락으로 툭 툭 두드리자, 촛대가 흔들리면서 방 전체의 그림자까지 같이 움직였다. 그 바람에 분위기는 더욱 스산해졌으나 황후는 홀로 골똘히 생각하느라 눈 하나 깜빡이지 않았다.

한참을 그렇게 있고 난 후에야 황후는 몸을 일으켜 겉옷을 벗고 침상으로 걸어갔다. 열심히 뭔가를 생각하는 눈치더니. 별말을 하지 않고 이대로 자려는 듯했다.

두 궁녀가 서로를 곁눈질하다 황후를 보자, 황후는 이불 안에 들어가 몸을 누이며 건조하게 중얼거렸다.

"함부로 움직이면 실수하기 쉽지. 우선 가만히 사태를 지켜봐라."

"하지만, 마마……."

"일이 계속해서 잘 풀리면 누군가는 방심하고 실수하기 마련이다. 연비는 절대 녹지 않는 얼음처럼 침착하니 절대로 방심하지 않겠지만, 밑의 두 동생은 다르지."

황후의 입꼬리가 올라갔다.

"영빈은 양처럼 굴지만 사실은 늑대지. 우직한 산 같지만 안을 들여다보면 펄펄 끓는 용암이 가득하니, 한 번 폭발하면 큰 실수를 할 거다. 천빈이야 원래 침착과는 거리가 멀고. 그뿐일까. 세 자매가 모두 잘나가는데, 그 많은 가문 사람 모두가 침착하고 겸손하게 굴려고."

"아!"

"누구든 실수를 할 거다. 우리는 때를 기다리면 돼."

"촉비 마마는 왜 갑자기 마음을 바꾸신 걸까요?"

간식으로 설탕을 뿌린 연한 분홍색의 과자를 먹고 있자니, 원웅이 차를 따라주며 물었다.

촉비가 베풀 듯 친구가 되어주겠다고 한 지도 어느새 보름이 지났다.

나는 매일같이 촉비를 찾아가 그녀가 언제 내 뒤통수를 때릴까 살폈지만, 놀랍게도 아직 그런 내색은 없었다. 가끔가다 아리송한 눈으로 날 보며 고개를 젓긴 했지만, 그럴 때조차 적의는 없어 보였다. 희미하게 동정심이 보일 뿐.

"모르겠어."

"진짜로 무슨 꿍꿍이가 있는 건 아닐까요?"

"나한테 물어도 모르지. 계속 조심하는 수밖에."

잔에 물 떨어지는 소리가 듣기 좋게 울린다. 오래간만에 평화로워진 기분으로, 나는 팔을 괴고 원웅이 차 따르는 모습을 지켜보다 중얼거렸다.

"어쨌든 이렇게 평화롭게 지내는 게 좋아."

황궁에 돌아오면서, 나는 두 가지 목표를 세웠다. 하나는 촉비에게 복수하는 것이고, 하나는 개씨 집안에 복수하는 것이지. 하지만 그중 하나는 이룰 필요도 없게 되었으니, 이제 남은 일은 하나뿐이었다.

개씨 집안에 복수하는 것. 그러면 난 마음 편하게 궁전에서 무위도식하며 살 수 있어.

염 귀인에 대한 일을 떠올리면 비원이나 타천천에게 화가 나지만, 그들이 내 생명을 구해준 일이 있으니 죽이려 할 수도 없었다. 그쪽과는 아예 연을 끊어버리고 지내는 수밖에.

그렇게 편히 살다가 아이가 태어난다면, 내게도 처음으로 피붙이가 생기는 거구나. 내게도 가족이 생기게 돼.

'가족?'

뜻밖에 떠오른 단어에 멍하게 앉아 있는데, 국수를 만들겠다며 밀가루를 받으러 내무부에 갔던 부성이 "마마! 마마!" 하고 뛰어 들어왔다.

그 뒤로는 귀자가 밀가루를 채운 커다란 종이 포대를 들고서 같이 뛰고 있었다.

쳐다보자, 부성은 신이 나서 외쳤다.

"마마, 폐하께서 마마께 주신다고 준비한 궁이 완성되었다고 그쪽으로 옮기라십니다!"

"지금?"

"네. 이사 준비할까요?"

내가 살던 곳은 그리 큰 방이 아니니 이삿짐도 쌀 게 별로 없는 줄 알았는데. 막상 아예 거처를 옮긴다고 짐을 싸기 시작하자 생각보다 쌀 짐이 많았다.

"귀자, 침상은 그대로 둬. 그쪽에 폐하가 준비해두신 침상이 있대."

"다른 가구는요?"

"작은 가구만 챙기고 큰 건 그대로 둬. 가서 보고 없는 것만 가지러 오면 되니까."

"보석함은 커도 가져가야겠죠?"

"당연하지!"

큰 가구를 가져가지 않아도 그 안에 든 물건을 빼내서 가져가야 하기에 손이 은근히 많이 갔다.

떡돌이가 내게 추가 녹봉을 주진 않았지만 소소한 선물은 자주 보내는 편이다 보니, 챙겨가야 할 패물도 꽤 많은 편이었다.

나는 평상에 앉아 궁인들이 바쁘게 움직이는 모습을 지켜보면서, 나중에 내 아이가 태어나면 지금 이사하는 궁에서 계속 같이 지내려나, 생각해보았다.

혹시 모르니 아이 방을 만들라고 할까? 방이 여러 개 남는 거 같던데.

"아, 귀자! 귀자!"

"네, 마마."

"오늘부터 나도 그 본궁 그거 써도 되나?"

"되지 않을까요?"

내가 기뻐서 두 팔을 올리자 귀자가 얼결에 같이 팔을 올렸고, 우리가 마주 보고 두 팔을 올리자 다른 궁인들도 일단 같이 만세를 불러준다.

우리는 신이 나서 만세를 부르면서 여기저기 뛰어다니며 놀았다.

새로 받을 궁전을 구경하고 왔을 때는 기몽이 내 자작극을 눈치채는 바람에 기뻐하고 뭐고 할 틈이 없었는데. 이제 이사를 간다고 하자 갑자기 기쁜 마음이 휘몰아치고 있었다.

그런데 한창 좋아서 뛰어다니고 있자니, 그 소란을 들었나. 안비가 가장 커다란 방에서 나오더니, 팔짱을 끼고 울타리 너머에서 우리를 빤히 쳐다보기 시작했다.

만세 부르던 걸 멈추고 그녀를 보며 방긋 웃자, 안비는 코웃음을 쳤다.

"안비 마마. 배웅하러 왔어요?"

내가 반갑게 인사하자마자 표정이 도로 굳었지만.

"아니. 이 귀찮은 팔자 눈썹을 더 안 보게 된 걸 기념하러 온 거예요."

"그게 배웅 아니에요?"

"전혀 달라요. 난 배웅해줄 마음 없어요."

"내가 가니 싫어요? 배웅하기 싫을 정도로?"

"아니라니까!"

딱 잘라 끊어버린 안비는 눈썹을 구기고 나를 쳐다보더니, 다시 픽 웃으면서 나한테 하는 말인지 자기 옆에 서 있는 궁녀에게 하는 말인지 알아듣기 힘든 말을 했다.

"하긴. 더이상 천빈을 안 봐도 되는 건 좋긴 한데. 천빈이 좋아하는 모습을 보니 그것도 싫긴 하네요."

"내가 떠나니 아쉽단 거죠?"

"아니라고!"

혼자서 버럭 소리 지른 안비는 갑자기 자기 쇄골 위에 손을 올리더니 호흡을 고르면서, 나랑 대화를 나누면 심장이 두근거린다느니 기가 막혀서 숨을 못 쉬겠다느니 하면서 구시렁거렸다.

아무리 봐도 좋아하는 사람을 볼 때 나오는 증세 아닌가.

"안비 마마. 내가 좋아요?"

"꺅!"

당황해서 묻자 안비는 질색하며 비명을 지르더니, "빨리 떠나!" 하고 외치고는 얼굴이 벌게져서 획 돌아가 버렸다.

그 뒷모습을 멍하게 보고 있자니, 원웅이 입을 가리고 키득키득 웃다가 말했다.

"안비 마마가 혼자 시비 걸다가 혼자 화내는 모습을 못 본다니, 저도 아쉽긴 하네요, 마마."

"안비랑 있고 싶어, 원웅?"

"……."

"안비는 사람이 좀 이상해."

새 궁전에 도착해 새 침실 안에 들어가 새 잠옷을 입고서 과일을 먹고 있자니, 떡돌이가 안으로 들어온다.

나는 떡돌이가 문을 닫자마자 이사에 대한 내 소감을 알려주었다.

떡돌이는 어리둥절한 얼굴로 나를 보다가, 내가 집은 과일을 입을 벌려 자기가 먹으며 웃었다.

"안비도 그렇게 말하던데."

"소 눈에는 다 소밖에 안 보인다잖아. 안비가 이상한 사람이니 날 이상하게 보는 거야."

"그렇군. 이게 괴짜의 시선인가."

"뭐가?"

떡돌이는 설명하는 대신 빙그레 웃더니, 무거워 보이는 겉옷을 벗어 옆에 놓았다.

목욕을 하고 왔나? 그의 피부가 평소보다 유달리 촉촉해 보이고 몸에서는 희미한 꽃향기가 났다. 꽃잎을 띄워 놓고 목욕한 게 분명해.

무슨 꽃인지 냄새를 맡으려 코를 킁킁대자, 떡돌이는 내 이마에 자기 이마를 한 번 비비더니 내 허리를 안고 침상으로 가 제 무릎에 앉히고서 물었다.

"새 궁에는 무슨 이름을 붙이고 싶으냐?"

"천빈궁 하면 되지."

"……성의를 가지고."

"천씨궁은?"

"앞날이 잘 풀리도록 상서로운 이름을 써야지."

"내 성이 안 상스럽단 거야?"

"물론 상스럽지 않지. 좋은 성씨니까."

"무슨 소리야? 안 상스러운데 좋은 성씨라니?"

떡돌이는 입술을 깨물었다 풀더니, 내 입술을 잠시 매만지다가 웃었다.

"우리 천빈은 항상 씩씩해서 좋아. 몰라도 당당해서 좋고."

"?"

무슨 소리를 하는 건지 모르겠네. 내가 인상을 구기고서 보자, 떡돌이는 나를 옆자리에 내려주며 말했다.

"생각나는 이름이 없거든 한 글자만 골라라. 짐도 한 글자 고를 테니 하나씩 골라서 합치자."

"그래! 내일 밤까지."

"좋아."

떡돌이는 흐뭇하게 웃더니 안에 입은 옷을 마저 벗었다. 옷을 벗다가 내 눈치를 보고 잠시 주춤하긴 했으나, 그래도 꿋꿋이 벗긴 했다.

나는 그 모습을 열렬히 바라보다가, 문득 낮에 하던 생각이 다시 떠올라 그에게 신이 나서 알려주었다.

"있지, 폐하. 떡돌아. 내가 오늘 생각해봤는데. 나한테 아이가 태어나면 그 아이는 내 첫 혈육이야."

떡돌이는 옷을 벗다가 내 말을 듣더니 미묘한 표정으로 나를 보았다.

"그렇군. 그런가."

"전에는 별로 의미를 안 뒀는데. 잘 생각해보니 내 아이가 태어나면 우리 둘은 아무도 침범하지 못하는 가족이 되는 거잖아."

"……."

"나는 내 아이를 세상에서 가장 사랑해줄 거고, 그 애도 나를 세상에서 가장 사랑할 거야. 그 생각을 하니까 너무 좋아졌어!"

내 말을 흐뭇하게 듣던 떡돌이는 촉촉한 눈으로 고개를 끄덕였다. 그러고는 무어라 말하려다가, 갑자기 흠칫하고서 떨떠름하게 물었다.

"짐은?"

"뭐가."

"너랑 네 아이가 뗄 수 없는 가족이면. 짐은?"

"아."

"아? 설마. 그 머릿속 가족계획에 짐은 아예 존재하지도 않았느냐? 듣고서야 '아' 하는 수준이라고?"

"설마 그 정도겠어."

내가 얼른 둘러댔으나 떡돌이는 전혀 믿는 기색이 아니었다.

"그 정도로 들렸는데."

사실 맞는 말이다. 떡돌이에 대해서는 전혀 생각하지 못했다.

내가 머리가 나빠서 그런 것도 아니고, 떡돌이를 싫어해서 그런 것도 아니다. 내가 떡돌이에 대해 잊어버린 이유는 꽤 논리적이었다.

"내 아이가 생긴다고 폐하랑 내 피가 섞이진 않잖아."

방금 내가 말한 가족은 따지자면 그런 뜻에서 나온 말이었다. 혈육. 물론 세상엔 피 안 섞이고도 친부모자식보다 더욱 가까운 이들도 많지만.

하지만 떡돌이는 조금도 물러서지 않았다.

"우리 아이야말로 우리 피가 섞인 증거 아닌가?"

"음……."

"어떻게 우리 아이 일에 짐을 쏙 빼놓을 수 있는지, 너무 황당하군."

"너무 새겨듣지 마, 떡돌아."

"네가 그런 말을 하면 우리 아이가 들을 거다. 듣고서, 아 아빠 별거 없네? 하고서 짐은 신경도 안 쓰게 되겠지."

"아기가 그럴까?"

아긴데?

"그럼. 당연하지 않으냐."

아기가 하는 일은 먹고 자는 거밖에 없을 텐데. 하지만 모르지. 황족 아기는 좀 더 똑똑할지도. 황족들은 죄다 똑똑하니 말이다.

그런데 타고나기를 황족 아기들이 더 똑똑하다면, 왜 다 커서는 이리 비슷한 걸까?

나는 떡돌이의 반질반질한 이마를 의심스레 쳐다보았다.

어쨌든 이 일은 내 말실수다. 떡돌이가 섭섭할 법도 해.

"좋아. 너도 새 식구에 끼워줄게."

떡돌이는 내 말을 듣고서 흐뭇하게 웃다가, 뭔가 이상하다 싶은지 고개를 기웃했다.

"왜?"

문밖에서 대화를 듣고 있던 오원요는 한숨을 내쉬었다. 아이는커녕 회임도 한 적 없는 분들이 가상의 아이를 두고 부부싸움을 하시다니…….

두 사람 하는 모습을 보아하니, 나중에 진짜 아이가 생기면 얼마나 의견이 충돌할지 벌써부터 눈에 선했다.

게다가 천빈이 회임하게 된다면 그 아이가 누구인가. 황제가 처음으로 보게 되는 첫 아이다. 몇 년 만에 가까스로 태어나는 황제의 첫째 아이.

태후도 그 아이에게 온갖 좋은 것을 해주려 할 테고, 태후뿐만인가. 친자매인 연비와 영빈은 물론, 황후며 온 대신들까지 다 그 아이의 양육에 입을 댈 것이다.

아이의 옷부터 교육까지 온 나라가 들썩일 게 눈에 벌써부터 훤해서 오원요는 치를 떨었다.

"왜 그러십니까, 오 공공?"

"왜 그렇기는. 생각해보게. 천빈 마마는 아이가 태어나면 셋이서만 가족이라고 저렇게 좋아하시는데. 우리 아기씨는 몇 년 만에 가까스로 태어난 폐하의 첫째 아닌가. 어디 열 번째 자식이거나 해야 셋이서만 가족이지, 가장 첫째를 두고서는……."

혀를 차는 오원요를 보며, 승언은 눈을 끔뻑거렸다.

천빈은 아직 회임도 안 했는데요?

26장

가짜일까 진짜일까

밤늦은 시간까지 떡돌이와 우리 아이에 대해 이것저것 말한 건 기억나는데, 눈을 떠보니 떡돌이는 이미 조회를 하러 떠났고, 나는 혼자 새로운 궁 침상에 엎드려 자고 있었다.

황급히 상체를 일으키고서 "몇 시야?"하고 묻자, 부성이 얼른 창문을 활짝 열며 알려주었다.

"아침 문안은 폐하께서 가지 말라고 하셨어요. 늦게 주무셔서 피곤하시다고요."

말을 하는 부성은 얼굴이 벌겋고 입꼬리가 흐뭇하게 올라가 있었다. 나와 황제가 말다툼하느라 늦게 잤다고는 생각하지 않는구나.

하긴, 부성에게 우리가 아이 이름과 아명을 가지고 밤새 논의했단 건 굳이 말할 필요 없겠지.

"얼른 씻고 아침 드셔야지요, 마마. 문안은 안 가셔도 아침 식사를 제때 하셔야 위가 건강해요."

"응. 그러자."

하품을 하면서 기다리자니, 원웅이 세숫물을 받아왔다.

세수를 하고 난 다음에는 하늘거리는 보라색 차림을 하고서 내 새로운 거처를 살펴보기 위해 밖으로 나갔다.

"이 안을 한 바퀴 천천히 돌아보자. 폐하께서 궁 이름을 지어야 한다고, 나한테 글자를 하나 생각해보라 하셨거든."

"외자로 짓나요?"

"아니. 한 글자씩 지어서 합치기로 했어."

"와!"

원웅과 부성은 낭만적이라면서 좋아하더니, 여러 가지 좋은 글자를 마구 제안했다.

하지만 사실 나는 어떤 글자를 쓸지 이미 다 정한 상태다. 처음에는 '천' 자로 하려 했는데. 그건 내 봉호랑 똑같아서 하지 않기로 했다. 같은 글자만 쓰면 재미없으니까.

대신 내 이름인 '년'과 '비' 둘 중 하나를 쓰기로 했는데, 최종적으로 정한 건 '비' 자였다. '년' 자는 받침이 있어서 '비' 자가 발음하기 쉬우니까.

이제 남은 건 떡돌이가 '비' 자와 어울릴 글자를 구해오는 것뿐인데……. 알아서 잘 골라오겠지. 떡돌이는 똑똑하니까.

황제가 종이에 '대' 자를 커다랗게 쓰자, 오원요가 막 데워온 찻잔에 차를 따르면서 아부했다.

"폐하는 어쩌면 글씨도 이리 잘 쓰십니까."

월요는 '아부하기는' 하는 눈으로 오원요를 보았으나, 기분 나쁘진 않은지 가볍게 웃으면서 종이에 손부채질을 했다.

"반숙이가 쓸 궁에 붙일 이름이다."

"예? 외자로 쓰시려고요?"

"아니. 한 글자씩 골라오기로 하였지."

뿌듯하게 말한 월요는 먹물이 다 말랐다 싶자, 종이가 구겨지지 않게 접어 옆으로 두었다.

"보나 마나 천빈이야 또 '천'자를 고르겠지만."

오원요는 월요의 밝은 모습에 덩달아 흐뭇하게 웃다가, 문득 떠오른 생각에 걱정스레 물었다.

"너무 좋은 글자를 썼다가 괜히 시비가 붙진 않을까요, 폐하?"

황제의 말대로 천빈이 '천' 자를 고른다면 '대천'이란 이름을 쓰게 될 텐데. 커다란 하늘이라니. 너무 어마어마한 뜻이 아니던가. 혹시라도 그 이름을 가지고서, 역심이 있니 어쩌니 시비가 붙을까 염려되었다.

"짐이 직접 준 이름에 누가 감히."

"그렇다면 다행이지만…… 폐하께서 천빈 마마를 눈에 띄게 총애하시니, 온 승상 쪽 움직임이 심상치가 않다고 합니다."

"온 승상은 야심이 크지. 큰 뜻을 품고 들여보낸 온 귀인이 천빈과 친해지는 바람에 내분이 일어나 버렸지만."

평화롭고 즐겁게 보내다 보면 시간이 훌쩍 빠르게 지나가나 보다.

새로운 궁을 몇 바퀴 돌면서 흐뭇해하다가, 축비에게 찾아가서 새 궁이 어떤지 자랑하다가, 온 귀인을 만나서 식사를 하고, 떡돌이가 마련해 준 새 연무장에서 훈련을 하고 나니 어느새 하루가 다 지나가고 하늘색이 변하고 있었다.

나는 새 목욕탕에서 깨끗하게 씻은 다음, 구름으로 짠 것처럼 보드라운 잠옷으로 갈아입고서 내 방으로 가 침상에 드러누웠다.

훈련을 하고 막 씻은 탓인지, 아직 식사를 하지 않았는데도 피로가 몰려오면서 눈꺼풀이 무거웠다.

그러다가 문득 좋은 생각이 들었다. 좋은 생각이라고는 해도 별생각은 아니지만. 그냥, 우리가 밤새 아기 이야기를 나누었는데. 생각해보니 우리는 아기는 고사하고 아기가 생길 만한 거사도 안 치렀다.

나는 비몽사몽한 정신을 억지로 물리면서, 잠옷을 다 벗은 다음 이불을 덮고 고개만 삐죽 내밀었다.

그러고서 얼마나 있었을까. 평소처럼 떡돌이가 들어왔다. 목욕을 하고 왔는지 오늘도 피부에서 뽀얗게 물기가 나고 있었다. 게다가 옷 역시도 황제의 예복이 아니어서, 그는 간단하게 한 손으로 웃옷을 풀어 옆으로 툭 치우고는 자연스럽게 내 옆으로 다가왔다.

하지만 이렇게까지 왔는데도 내가 이불 안에서 나가지 않고 그를 보기만 하자, 떡돌이는 웃으면서 내 뺨을 아프지 않게 당겼다.

"오늘은 아예 이불 밖으로 나오려 하질 않는군."

그러다 떡돌이의 시선이 내 발치로 내려가 있는 잠옷에 닿았다. 그는 잠옷을 한 번 나를 한 번 바라보다가 흠칫하더니, 두려운 듯 내 몸을 다 덮은 이불을 보았다.

'거기서 두려운 눈은 왜 하는 건데?'

좀 황당하긴 했지만, 어쨌든 나는 평소보다 좀 더 새침한 표정을 지으려고 노력하며 그를 향해 눈을 깜빡거렸다.

떡돌이는 당황한 얼굴로 다시 내가 벗은 잠옷과 이불을 번갈아 보더니, 입을 뻐끔거리다 물었다.

"혹시 이 아래에, 짐이 생각하는, 그런 상황일까?"

"무슨 생각 하고 있는데?"

"……."

말로 하기 어려운지 떡돌이는 귓가가 붉어졌다.

목이 타는지 마른침을 삼키다가 입술을 깨물다가, 아예 자기 입술을 혀로 문지른다. 그의 시선이 갈 곳을 찾지 못하고 주저하기 시작했다.

나는 이불을 꽉 끌어안은 채 머리만 꿈틀꿈틀 움직여 침상에 걸터앉은 그의 허벅지를 베고 최대한 또렷한 눈으로 그를 바라보았다.

떡돌이는 내 시선을 피하며 중얼거렸다.

"오늘은 궁 이름을 짓기로 했는데."

"이름 짓는 데 시간 얼마나 걸린다고. 난 '비' 자를 정했어."

"짐은 '대' 자를 지어 왔다."

중얼거린 떡돌이는 이름을 합치려다 흠칫하더니 나를 쳐다보았다. 대비궁은 내가 쓰면 안 될 궁 이름 같고, 비대궁도 뜻이 좀 그렇다.

"폐하가 이름을 다시 지어 와."

"네가 다시 지어도 되지 않느냐."

"내 이름에서 딴 거란 말이야. 폐하는 폐하 이름에서 딴 거 아니잖아."

떡돌이는 항의하려 했으나, 내가 더워서 이불을 확 내려 버리자 다시 입을 꾹 닫고서 고개를 끄덕였다.

눈동자는 어느새 다시 옆으로 향해 있고, 절대로 내 쪽을 쳐다보려고도 하지 않은 모양새가, 어느새 첫날밤 전으로 돌아간 것 같았다.

물론 우리의 첫날밤…… 그걸 첫날밤이라고 해야 할지 좀 애매하긴 했지만. 어쨌든 영 내 몸을 보려고 하지 않기에, 나는 손을 뻗어 그의 턱을 쥐고 내 쪽으로 고개를 돌려주었다.

눈이 마주치자 그의 눈가가 그새 붉어진 게 들어왔다. 떡돌이는 마른침을 삼키다가 물었다.

"오늘도 짐을 때려서 기절시키진 않겠지?"

"그땐 내가 너무 놀라서 그래. 조심조심하면 안 그래."

떡돌이는 내 말을 따라서 '조심조심' 하고 같이 중얼거리다가 한숨을 내쉬더니 한 손으로 자기 상의를 벗어 옆으로 치웠다. 표정과 달리 조급한 손놀림이었다.

끈이 잘 풀리지 않는 듯 잠시 애먹긴 했으나, 마침내 상의를 다 벗자마자 그는 이제야 내 몸을 제대로 보고서 숨을 들이쉬었다. 몸이라고는 해도 상체뿐이지만.

그는 나조차 민망할 정도로 빤히 내 몸을 바라보다가, 아주 조심스럽게 손을 움직였다. 귓가를 만지작거리더니 목에서부터 시작해 더 아래로 내려왔다.

나는 일부러 반대쪽 손으로 그가 하는 행동을 똑같이 따라 했다. 떡돌이는 손을 긴장해서 움직여보다가, 내 손이 자신을 따라 하자 웃긴지 그제야 긴장이 조금 풀려서 따라 웃었다.

"이런 데서까지 장난이라니."

중얼거린 떡돌이는 내 눈치를 보다가 조심스럽게 피부 위에 입술을 가져다 대었고, 천천히 몸이 아래로 내려갔다.

나는 그의 머리카락 사이에 두 손가락을 묻고서, 그가 조금이라도 세게 물라치면 머리카락을 쥐었다.

덕분에 떡돌이는 머리가 산발이 되긴 했지만 아프지도 간지럽지도 않게 내게 다가올 방법을 몸으로 깨달은 듯했다.

마침내 그는 배로 내려오다가, 내가 몇 개월을 열심히 운동해 만든 근육을 만져보더니 미묘하게 웃었다.

이윽고 그의 손이 아래쪽 이불을 걷자, 따뜻한 공기가 물러나며 조금 추워 소름이 돋았다.

떡돌이의 유별나게 긴장하는 태도는 나까지 덩달아 긴장되게 만들었다. 그가 넋을 놓고 바라보는 바람에, 나중에는 슬금슬금 발로 찼던 이불을 도로 회수해 덮게 되었다.

두 손을 들어 그의 눈을 가리려 하자, 떡돌이는 내 손바닥 위에 입을 맞추면서 조심스럽게 내 팔 사이로 들어왔다. 내가 마치 그의 머리를 끌어안고 있는 모양처럼.

내게 자기 머리를 쥐여준 떡돌이는 손에 자유를 얻어 여기저기 움직이기 시작했다. 그의 기막힌 탐구열은 내가 깨알 같은 글씨로 쓰인 서책이라도 된다 여기는 듯했다.

옆구리부터 배, 허리, 모두 다 자기에게도 있는 부분인데도 떡돌이는 생전 처음 본다는 것처럼 굴었다.

어느새 그의 하의도 옆으로 굴러다니고 있었다. 찬찬히 손을 내리다가 아주 살짝 닿았을 뿐인데, 그가 견디기 힘들다는 듯 입술을 깨물었다.

"반숙아. 천빈."

그가 평소보다 더욱 낮아진 목소리로 속삭였다.

나는 손을 돌려 그를 꽉 끌어안고서 내게로 잡아당겼다.

다음날. 온몸이 무리해서 무공을 연마한 것처럼 욱신거린다. 무공을 연마할 때와 차이점이 있다면, 안 쓰던 근육까지 욱신거린단 데 있겠다.

눈을 뜨긴 했으나 꼼짝도 할 수 없어 축 늘어져 있자니, 어느새 눈을 뜬 떡돌이가 한 손을 자연스럽게 내 허리에 감고서 잡아당겼다.

데굴 굴러서 그의 몸 위에 올라가게 되자, 떡돌이는 만족스럽게 웃으면서 나를 올려다보았다. 표정을 보니 한껏 겨울잠 잘 준비를 만족스럽게 해낸 곰 같았다.

"반숙아."

"응."

"반숙아."

"왜."

"반숙아."

왜 자꾸 부르는 거래? 그의 가슴 위에서 손가락을 움직이며 놀다가 힐긋 고개를 들자, 떡돌이는 취한 사람처럼 웃으면서 내 머리카락 사이에 제 손을 묻고 만지작거렸다.

"어젯밤이 무척 마음에 들었나 봐?"

"마음에 들었지. 오늘 새벽도. 오늘 아침도."

코웃음을 치고 있자니, 떡돌이가 나를 다시 꽉 안고 있다가 조금 긴장된 목소리로 물었다.

"너는?"

"뭐가."

"너는 마음에 들었느냐? 우리 밤도. 새벽도…… 아침도?"

솔직히 나는 떡돌이가 너무 조급했다고 생각한다. 물론 하면 할수록 좀 느는 티가 났지만. 그러니까 솔직하게 말하자면, 밤은 '노력은 가상. 그래도 귀여워' 새벽은 '열심히 하네' 아침은 '오 좀 괜찮아' 되시겠다.

"반숙아? 대답이 없는데."

내가 대답을 미루고 그의 머리카락만 가지고 놀자, 떡돌이가 걱정스럽게 물었다.

"별로였느냐?"

좋았다고 말하면 그가 이대로 안주할까 봐 염려스럽고. 별로였다고 말하면 그가 기가 죽어버릴까 봐 염려스럽네.

거짓과 진실 사이에서 망설이다가 힐긋 고개를 들어 보니, 떡돌이의 턱이 긴장으로 빳빳하게 굳은 게 보였다. 그 모습을 보다가 나는 진실 한 조각을 가르쳐주기로 했다.

"위에서 봐도 아래에서 봐도 옆에서 봐도, 떡돌이 너는 참 보기 좋아."

"!"

그의 뺨이 조금씩 위로 솟아오르는 걸 보니 내 대답이 마음에 들지 않나 보다. 그의 눈동자가 새파랗게 나를 향했지만, 나는 진실을 사수하기 위해 그의 몸에서 내려와 이불 아래로 파고들어 갔다.

"천빈. 나오지 그래?"

"나는 한 입으로 두말하지 않소."

"천반숙."

"나는 빈말을 하지 않소."

"손손숙."

"나는 거짓은 말하지 않을 거요."

"!"

평소에는 황제가 먼저 조례를 보러 가면 천빈은 방 안에서 뒹굴뒹굴하다 일어나서 돌아가곤 했는데. 오늘은 천빈이 먼저 일어나 씻고 산책을 가버렸다. 게다가 어쩐 일인지 '요 앞에' 산책하러 간다던 천빈은 시간이 지나도 돌아오지 않는다.

오원요는 의아하게 여기며 황제의 옷시중을 들러 방 안에 들어왔다가 주군의 맨몸을 보고 당황해 엉덩방아를 찧었다.

"폐, 폐하, 살이! 살이……!"

피부가 옥처럼 매끄럽고 흠 하나 없던 그의 주군의 몸 여기저기가 거대한 육식동물에 물어뜯긴 흔적으로 가득했던 것이다. 살이 뜯겨 나간 곳은 없지만, 잘근잘근 씹었다가 푼 흔적으로 가득해서, 얼핏 보면 늑대가 먹을까 말까 고민하다 침만 발라놓고 간 것처럼 보였다.

오원요의 놀라워하는 시선에 아직도 월요는 그제야 제 몸 상태를 확인하고서 민망해 얼굴을 붉혔다. 아까까지는 천빈이 묘한 말을 하고서 달아나버린 게 분해서 몸 상태를 신경 쓸 여력도 없던 것이다.

"어, 어의한테 좀 봐달라고 할까요? 너무 많이 물린……."

"천빈이 짐승인 줄 아느냐. 되었다."

"세상에. 천빈 마마 작품입니까."

"그럼, 천빈이 밤새 늑대를 가져와 풀어 놨겠느냐?"

"그건 그렇지만……."

오원요는 황제의 눈치를 보면서, 얼른 깨끗한 물을 가져오게 해서 커다란 수건에 물을 묻힌 다음 황제의 얼굴과 몸을 닦아 주었다.

등을 얼마나 야무지게 여기저기 물어 놨는지, 천으로 살살 닦으면서도 황제가 쓰리고 아플 것 같아 염려되었으나 다행히 보기만큼 세게 문 건 아닌 듯 월요는 우두커니 시중을 받기만 했다.

이후 오원요는 미리 준비해 둔 의복을 미루고, 목 위까지 다 가려질 만한 새로운 의복을 가져오게 해 황제가 입도록 도왔다.

"가자."

거울에 이리저리 자신을 비춰본 황제는 평소처럼 말끔한 차림새인 걸 확인하자 궁인들을 데리고 밖으로 나갔다.

오원요는 황제가 옷이 몸에 닿으면 쓰리지 않을까 싶어 연신 눈치를 살폈으나, 황제가 인상을 찡그리기는커녕 입가에 미소를 짓고 걷자 안도해 한숨을 내쉬었다.

그러나 내내 희미하게 미소를 짓고 있던 월요는 집무실 앞에서 그를 기다리고 있던 기몽 장군을 보자 표정이 바로 굳었다.

기몽이 무슨 일로 왔는지 알기 때문이었다. 며칠 전, 그가 보고한 촉비와 천빈에 대한 일 때문일 것이다.

이미 천빈에게 전후 사정을 들은 후 보고를 받은지라, 황제는 이 일을 어떻게 해결할지는 자신이 생각해보겠다 둘러대고서 기몽을 내보냈다. 그러나 시일이 지나도 황제가 그 일을 거론하지 않자, 기다리다 못한 기몽이 다시 찾아온 게 분명했다.

"폐하께 인사 올립니다."

언제든 사람을 물 준비를 한 커다란 사냥개처럼 인사하는 기몽에게, 황제는 손을 저어 일어나라 손짓하고 물었다.

"천빈과 촉비 일로 왔느냐."

"예. 폐하께서 답을 주시지 않으니, 어떻게 처리해야 할지 몰라 더 일을 진행하지 못하고 있습니다."

월요는 이미 답을 내린 일이었으나, 잠시 생각하는 척 시간을 끌다가 말했다.

"이번 일로 촉비와 천빈 모두 해를 입지 않았지. 장군이 중간에서 제대로 상황을 파악한 덕이다."

"송구합니다. 그럼 천빈 마마는……."

"그 일은 촉비와 천빈이 평화로이 화해를 하였으니 넘어가도록 하지."

기몽은 눈살을 찌푸렸다. 그지 않아도 촉비와 천빈이 갑자기 사이가 좋아졌단 소문을 듣기는 했다. 믿진 않았지만. 그런데 황제가 직접 거론하는 걸 보니, 정말로 어찌어찌 화해가 된 모양이었다.

불만족스러웠으나 기몽은 순순히 고개를 끄덕였다.

"예."

사실 황제가 대답에 시간을 끌고, 천빈이 먼저 황제에게 이 일을 보고하고, 천빈과 촉비가 갑자기 가깝게 지낸다는 소문을 들었을 때부터 일이 이렇게 풀리지 않을까, 짐작은 하고 있었다.

행궁에서 이미 한바탕 소란이 일어났다고 하니, 얼마 지나지 않아 황제가 또다시 천빈과 싸우고 싶어 하진 않을 테니까. 황제가 천빈을 지극히 아끼는 건 이미 궁중에서 모르는 사람이 없지 않던가.

그리고 애초에 기몽이 이 일로 노린 건 천빈도 아니었다.

“하면 폐하. 천빈 마마에 대한 건 축비 마마와 화해해 넘어갔다고 해도, 비원이란 자는 어떻게 하실 겁니까?”

그 이름이 나오자 황제도 표정이 어두워졌다.

“폐하. 염 귀인은 그자로 인해 사망했고, 우 귀인도 그자와 안 좋게 얽혔습니다. 그자가 궁궐에서 활동하고 다니면 피해자도 계속해 생기게 됩니다. 어떤 사특한 말로 다른 사람을 현혹할지 모르니, 반드시 잡아내야 합니다.”

기몽의 보고에 황제도 고개를 끄덕였다.

떡돌이가 일하러 갔단 보고를 받고서야 나는 내 처소로 돌아와서 침상에 누워 하루 종일 뒹굴거렸다. 떡돌이가 경험이 미숙하다 보니 아무래도 서툴긴 했지만, 체력은 경험과 그리 관련이 크지 않았다.

떡돌이는 태어나서부터 지금까지 그 몸으로 훈련을 했으니 체력이 아주 강하겠지만, 나는 다르다. 나는 한 번 다른 몸으로 이동을 했고, 내가 이동해 온 천소여의 몸은 그냥 평범한 귀족들처럼 연약했다.

몇 달간 열심히 운동해서 희미하게 근육이 잡히고는 있지만, 고작 몇 달 만에 갑자기 체력이 이전만큼 늘 수는 없는 법. 당연히 떡돌이의 체력에 비하면 내 체력은 반딧불…… 반딧불…… 뭐더라. 하여튼 그거밖에 되지 않았다.

'앞으로는 체력을 좀 잘 길러야겠어.'

그래도 오늘은 푹 쉬고.

새로운 처소로 이사 온 지도 어느덧 보름 정도가 지나갔고, 처음에는 들떠서 춤추듯 걸어 다니던 궁인들도 이젠 발걸음이 차분해졌다.

여전히 나는 평화롭고, 측비도 아주 조용하다. 뭘 계기로 내 친구가 되고 싶다고 한 건지는 모르겠지만 지금으로서는 별 움직임이 없었다.

그걸 두고서 부성은 이렇게 말했다.

"마마께서 폐하께 총애를 받으니 줄을 타려는 거지요. 마마랑 싸워 봐야 남는 게 없으니까요."

"그럴까?"

"그럼요!"

그러면 오히려 나은 거지.

황후에게는 다시 문안을 가기 시작했고, 가끔은 태후마마도 뵈러 가고 있다. 이 좋은 소식 가운데 마음에 안 드는 소식이 하나 있다면, 자기 처소에 감금되었던 우 귀인, 아니, 우 답응이 기몽 장군의 수사에 협조한 공 덕에 드디어 감금에서 풀려났단 것이었다.

처음에는 또다시 나한테 시비를 걸까 싶어 유심히 보았지만, 이젠 품계 차이가 너무 나기 때문인지 그러지는 않았다.

게다가 막상 풀려난 우 답응은, 나보다는 자기가 한때 가장 친하게 지냈던 온 귀인 쪽을 더욱 신경 쓰는 것 같았다. 온 귀인은 이젠 나와 더 친해져 버렸으니까.

한때 며칠에 한 번씩 술을 들고 날 찾아오던 연얼 군주를 보기가 힘들어졌지만, 눈에서 멀어지면 마음에서도 멀어진다고 했던가. 내가 그녀를 찾아갈 방법은 아예 없는 거나 마찬가지다 보니, 차츰 그녀가 오지 않게 되자 나 역시 연얼 군주에 대해 까맣게 잊어버리게 되었다.

그녀의 이름을 다시 듣게 된 건 태후마마와 식사하던 도중이었다.

"그러고 보니 천빈이 연얼과 가깝게 지냈었지?"

태후마마께서 다른 후궁은 부르지 않고 나만 불렀기에, 이 자리에는 나와 태후마마 둘뿐이었다.

나는 태후궁에 소속된 숙수만 만들 수 있는 간식을 열심히 먹다가, 태후마마의 말에 아주 오랜만에 그녀를 떠올리고서 고개를 끄덕였다. 그러다가 태후마마께 이렇게 대답하면 안 된다는 게 떠올라서 다시 간식을 삼킨 다음 "네." 하고 대답했다.

그러자 태후마마께서 한숨을 내쉬더니 내게 뜻밖의 부탁을 했다.

"그럼 천빈, 네가 연얼을 좀 설득해보겠니?"

"뭐를요?"

"서천의 황제가 황태자일 때, 금슬 좋던 황태자비가 병으로 사망했어."

"?"

그게 연얼 군주랑 무슨 상관이지?

"이후 황태자는 후궁도 들이지 않고 재혼하지도 않고 홀로 지내다, 즉위하고서도 10년이 지나서야 후계자 문제로 다시 황후를 들이려 한단다."

"아…… 네."

근데 그게 연얼 군주랑 무슨 상관이지?

"황후 자리라지만, 15년 가까이 다른 여인에게 시선 한 번 안 주던 황제잖니. 이미 죽은 사람을 연모하는 사람이야. 이번에 혼인하려는 것도 후계자 때문이고. 혼인하게 된다면 그야말로 빛 좋은 개살구 자리에 앉는 거지. 사이가 안 좋을 게 뻔한데 얼마나 마음고생을 할까."

"네에……."

"그런데 연얼이 그 자리에 자기가 가겠다 고집을 부리는구나. 아니, 그 애가 뭐가 아쉬워서 그런 자리에 간다고."

태후마마는 연얼 군주와 그리 친해 보이지 않았는데. 그래도 이상한 자리에 결혼하러 간다고 하니 걱정이 되나 보다.

하지만 설득해보는 것뿐이라면 어려운 일은 아니어서, 나는 그러겠다고 했고, 태후마마는 곧장 다음날 연얼 군주와 나를 약간의 시간차를 두고 불러 우연인 척 만나게 해주었다. 그러고서 자리를 비워준 덕에 순식간에 나는 연얼 군주와 둘만 있게 되었다.

그 빠른 진행에 아직도 얼떨떨해 있자니, 연얼 군주는 어떻게 된 일인지 알겠다는 듯 픽 웃고서 물었다.

"태후마마께서 날 설득하라고 한 모양이죠, 천빈?"

고개를 끄덕이자, 연얼 군주는 그럴 줄 알았다는 듯 가볍게 말했다.

"설득할 필요 없어요, 천빈. 뭐라 해도 난 설득되지 않을 테니까. 태후마마께는 설득했는데 내가 안 들었다고 해요."

내가 고개를 끄덕이자, 연얼 군주는 밝게 웃다가 어쩐지 쓸쓸해 보이는 눈으로 나를 보며 중얼거렸다

"전에 천빈이 나한테 한 말. 기억해요?"

"뭐가요?"

"내가 원하는 대로 하라고. 그게 내 선택이라고. 내가 원하는 걸 남한테 묻지 말라고."

그렇게 길게 말한 것 같진 않지만 비슷하게 한 것 같긴 하다. 내가 고개를 끄덕이자, 연얼 군주는 아프게 웃으며 중얼거렸다.

"그러려고 가는 거예요. 그러니까…… 설득할 필요 없어요."

"무슨 소리예요?"

"사랑하러 가는 것도 사랑받으러 가는 것도 아니에요. 복수하러 가는 거예요. 칼이 필요해서."

"?"

"그러니까 설득하지 않아도 된다고요. 가서 애정을 못 받니 어쩌니 하는 건 애초에 염두에 두지도 않은 내용이니까."

내가 여전히 잘 알아듣지 못하고 멍하게 바라보자, 연얼 군주는 몸을 일으키더니 나를 빤히 바라보다가 물었다.

"천빈. 난 서천에 가서, 월요 황제를 죽일 거예요."

나는 눈을 끔뻑이다가 뒤늦게 놀라 벌떡 일어났다.

연얼은 나를 시험하듯 바라보다 물었다.

"그대가 이 이야기를 폐하께 알려도 나는…… 벌 받아 죽진 않겠죠. 아직 뭘 하진 않았으니. 하지만 살해당하겠죠. 내 오라버니처럼."

"!"

"말할 건가요?"

말할 거냐고? 나는 입을 벌리고 연얼을 빤히 보았다. 연얼은 농담하는 눈치가 아니었다. 하긴. 누가 이런 거로 농담하겠어.

나는 한숨을 내쉬고서 그녀를 원망했다.

"전하는 자꾸 제게 대답을 미루시네요."

연얼 군주가 고개를 갸웃했다.

나는 너무 툴툴거리는 것처럼 들리지 않게 발음을 일부러 조금 뭉개며 중얼거렸다.

"제가 전하 이야기를 폐하께 하면 먼저 우정을 배신한 게 되잖아요. 그러면 전하는 폐하께 복수하러 가면서, 우리 우정에 죄책감을 느낄 필요 없게 되겠죠. 제가 먼저 배신했다 생각하면 되니까."

"그렇게 생각해요?"

"네. 그리고 폐하가 전하를 못 가게 막으면, 전하는 갈까 말까 고민할 필요도 없어지겠죠. 그러면 이 일을 못 하게 되어도 그냥 나나 폐하를 탓하면 되고요."

"……."

"내가 전하에 대해 함구하면, 내가 전하 처지를 이해해준다 생각하고서 넘어갈 거고. 아니에요?"

나는 사람에 대해서는 일단 안 좋게 추측해본다. 그게 좋다. 나중에 믿다가 배신당하는 것보다는.

연얼 군주는 내 말에 고개를 끄덕이며 중얼거렸다.

"그렇군요."

하지만 수긍한다기에는 애매한 대답이었다. 이윽고 그녀의 입가에는 내 안 좋은 추측들에도 불구하고 미소가 올라왔다.

왜 웃지? 의아해서 쳐다보자, 연얼 군주가 말했다.

"천빈은 좋은 사람이지만, 난 폐하가 왜 천빈을 좋아하는지 가끔 궁금했어요. 천빈은 궁에서는 보기 힘든 사람이니까요."

갑자기 칭찬부터 말하는 게 이상한데? 내가 눈을 가늘게 뜨고 보자 연얼은 진심이라는 듯 고개를 설레설레 젓고서 말을 이었다.

"난 폐하가 천빈을 좋아하는 건, 둘이 정 반대되는 사람이라 그런 줄 알았거든요. 그런데 이제 보니 그 반대네요."

"뭐가요?"

연얼 군주의 입꼬리가 올라갔다.

"두 사람은 흡사한 점이 있어요."

나랑 떡돌이가 흡사한 점이 있다고? 어디가?

떡돌이는 머리가 좋고 나는 머리가…… 머리가 나쁘진 않지. 공부는 못하지만 그래도 머리가 나쁘진 않아. 하지만 떡돌이만큼 좋진 않아.

떡돌이는 속이 콩알만 하지만 나는 아주 넓은 대인이다. 대인의 풍모를 갖추고 있어. 떡돌이는 온실 속 화초이지만 나는 밖에서 핀 잡초, 아니 그냥 돌멩이라는 것도 다르다.

역시 나와 떡돌이 사이의 공통점은 모르겠어.

"천빈도 사람을 믿지 않아요."

그러다 연얼 군주가 뱉은 말은 의외였다. 인정하자니 떨떠름하고 아니라고 하자니 그런 것도 같은 말.

가만히 있으면 중간은 간다. 내가 물끄러미 바라보자, 연얼 군주는 쓸쓸해 보이는 미소를 지었다.

"천빈 말처럼 해석할 수도 있지만, 다른 식으로 해석할 수도 있어요. 예를 들어…… 내가 적이 되더라도, 날 동정할 필요 없다고, 미리 알려준단 식으로."

그런가?

"난 천빈이 폐하를 연모한단 걸 알면서도 죽이기로 결심했으니, 천빈도 천빈이 하고 싶은 걸 하란 뜻이라고."

연얼 군주가 다시 덧붙였다. 밖에서는 봄 냄새가 물씬 들어오는데, 연얼 군주의 표정은 황량했다. 늘 슬픔에 젖어 있지만 그렇지 않을 때는 화통하던 연얼 군주가, 지금은 몹시 괴로워 보였다.

"내 오라비를 암살한 게 폐하란 걸 알게 됐어요, 천빈."

"확실한 거예요?"

"확실해요. 그리고 알아버린 이상, 나는 여기서 오라비를 죽인 사람을 보며 웃을 수 없어요."

"!"

"다섯 개의 황제국이 있고, 각 황제국은 문화와 세력이 다 비등해 균형을 맞추고 있죠. 알아요, 서천 황제는 쉽게 볼 수 없는 사람이에요. 내가 갈 황후 자리는 이름뿐인 자리이니, 난 거기서 힘을 가지지 못할 수도 있어요. 그래도 가볼 거예요. 이곳에서, 폐하의 손아귀 위에선 그조차도 해볼 수 없으니까."

연얼 군주는 나를 물끄러미 바라보다가 고개를 젓고 몸을 돌렸다. 그러고는 뒤를 돌아보지 않고 나가버렸다.

갑자기 그녀가 내려놓고 간 진실들이 너무 무거워서 나는 한동안 일어나지 못하고 있었다.

금룡궁 밖으로 나온 내가 멍하니 앞만 보며 걸어가자, 뒤를 따라오던 귀자가 의아해 물었다.

"마마. 괜찮으십니까? 혹시 태후마마께 혼나셨습니까?"

나는 고개를 저었다.

"아니."

그래도 귀자는 여전히 걱정스러운 눈치였다.

"연얼 군주께서 다녀가신 걸 보았습니다. 군주 전하도 안색이 어두우셨는데. 혹여 관련이 있는지요?"

내가 휙 쳐다보자 귀자가 소 같은 눈으로 나를 쳐다보았다.

귀자가 분명 떡돌이 사람이었지? 이젠 내 사람이기도 하지만 기본적으론 떡돌이 사람이야. 내 명령에 다 따르겠지만 떡돌이에게 피해를 주는 명령은 안 따른다잖아.

나는 망설이다가 귀자의 팔을 두드렸다.

"폐하한테 같이 식사하자고 전해줘."

귀자가 눈을 동그랗게 뜨고 금룡궁 쪽을 힐긋 보았다. 아까 저 안에서 먹고 오지 않았냐고 묻는 눈치였지만, 그래도 나는 그를 두드렸다.

"얼른."

귀자를 보긴 했지만, 혼자 방 안에 돌아온 후에도 나는 제자리에 있지 못하고 방 안을 빙글빙글 맴돌았다.

"마마, 눈이 어지러워요."

보다 못한 원웅이 자기 이마를 감싸 쥐고서 애원할 정도였다.

"태후마마께서 마마께 무어라 하시던가요?"

부성도 염려하며 물었지만 나는 차마 두 사람에게 연얼 군주에 대해 털어놓을 수가 없었다. 어떤 진실은 알고 있는 것만으로도 괴로울 때가 있으니까.

얼마나 그렇게 기다렸을까. 마침내 밖에서 "황제 폐하 납시오!" 하고 오공공이 외치는 소리가 났다.

나는 얼른 밖으로 나갔다. 떡돌이는 위풍당당하게 걸어오다가 내가 톡 튀어나오자 눈썹을 치켜올렸다. 면사 위로 드러난 그의 눈동자가 상황도 모르고 장난스레 빛났다.

"우리 천빈이 웬일로 여기까지 나왔을까."

그 흐뭇해하는 표정을 보니 어이구 어이구 소리가 절로 나온다.

너 지금 이럴 때가 아니야!

떡돌이가 방 안에 들어오고 궁녀들이 음식을 내려놓고 물러가자, 나는

다 들으란 듯이 떡돌이에게 말했다.

"폐하. 폐하께만 알려드려야 하는 아주 신중하고 조심스러운 내용이 있습니다."

그 말에 떡돌이가 "오원요." 하고 오 공공을 부르자 오 공공이 얼른 손을 저어 궁인들을 내보냈다. 순식간에 방 안이 조용해지자 떡돌이가 승언이 숨은 쪽을 쳐다보았다.

"승언인 괜찮아. 아마."

그래도 떡돌이는 승언이까지 물렸다. 완전히 우리 둘만이 남자 나는 그에게 연얼 군주의 이야기를 해주었다.

"태후마마가 연얼 군주가 서천으로 가지 않게 설득해달라 하셔서 아까 봤는데. 그래도 갈 거래."

떡돌이는 미간을 찌푸렸다.

"그리 비밀스러운 이야기는 아닌 거 같은데."

"가서 널 죽인대."

떡돌이는 차를 마시다가 사레가 걸려서 콜록거렸다.

내가 손수건을 꺼내 내밀자, 그는 입가를 닦고서도 자기 가슴을 한참 두드리다가 가까스로 진정해서 나를 멍하게 쳐다보았다.

"뭐라고?"

"연얼 군주는 네가 자기 오라비를 죽였다 믿고 있어."

"……."

"진짜인진 안 물을게. 진짜든 아니든 나한테 중요한 내용은 아니기도 하고. 하여튼 그렇대. 서천에 황후가 되어서 네게 복수할 거래."

떡돌이는 한결 진지해진 눈으로 나를 보다가 손수건을 내려놓았다. 그러고는 다시 나를 살피더니 입꼬리를 올리며 물었다.

"이걸 왜 짐에게 얘기해주지? 넌 연얼 군주와 친한 줄 알았는데."

"그냥. 얘기해줘야 할 거 같아서."

"군주가 서운해하지 않을까?"

"말하고 싶으면 말하래. 그리고 아마, 내가 말할 거라 생각하고 말해줬을 거야."

떡돌이는 이번에는 한쪽 입가를 비딱하게 올렸다.

"그렇다면 군주는 이미 서천 황제와 이야기가 끝난 일인가 보군."

그 부분은 생각지도 못하고 있던지라 나는 멍청하게 되물었다.

"어?"

목을 거북이처럼 빼고 그를 보자 떡돌이가 태연히 말했다.

"목숨이 걸린 일을 쉽게 할 리가 있나. 아마 서천 황제와 이야기가 진전되어 있을 거다. 혼담을 우리가 넣지 않으면 황제가 넣을 거고, 받지 않으면 자기들끼리 얘기가 되어 있다 할 거고, 혼담을 거절하면 이미 한 약조를 엎으려 하니 서천을 무시하는 거냐 화를 내겠지. 사람을 바꿔치기하거나 죽이지 못하도록 이미 준비도 되어 있을 거고. 아마 내일쯤. 아니면 오늘 저녁이라도 서천에서 왔다며 사절이 도착하겠군."

듣고 있자니 눈이 핑핑 돌고 머리가 아프다.

이게 무슨 소린지 모르겠어.

"너무 앞서나가는 거 아니야?"

하지만 떡돌이의 말은 그대로 되어서, 정말로 저녁이 되자 서천 사절단이 찾아왔다. 서천 사절단의 말도 거의 떡돌이가 알려준 그대로였다.

내가 직접 본 건 아니고 오 공공에게 물어서 들은 거지만.

'이쪽 세계는 진짜 정신없구나. 그냥 비무첩 날리고 비무하고, 원한이

생기면 복수하고, 이런 무림인들 세상이랑은 전혀 달라.'

하긴. 무림도 문파나 세가 쪽 일로 가면 여러 가지 머리를 쓴다지만…… 나는 뭐. 그렇게 엮어 본 적이 없으니.

몇 주 후. 빨리 피는 봄꽃이 다 지고 여름 잎들이 조금씩 보이기 시작할 무렵, 연얼 군주는 서천에서 온 행렬을 따라 그곳으로 가게 되었다.

연얼 군주는 화려한 마차에 타기 전 나를 잠시 돌아보았다. 나는 그녀의 미묘한 시선을 받다가 우리가 친하게 지낼 때처럼 웃어 보였다. 그녀 역시 고개를 끄덕이고서 웃었다.

그녀의 복수가 성공할지, 아니면 흐지부지될지 모르겠지만 어쨌든 기분이 이상했다. 그러다가 옆에서 훌쩍이는 소리가 나서 보니 사자 친왕이 손수건으로 눈가를 콕콕 훔치고 있었다.

입을 벌리고 쳐다보자, 사자 친왕은 울먹이다가 나를 보며 더욱 슬픈 척 말했다.

"천빈 마마. 이 친우를 좀 위로해 주시지요."

"왜 우십니까?"

황당해서 묻자 사자 친왕은 당연하다는 투로 말했다.

"우리 연얼이 저렇게 다 커서 떠나는 걸 보니……."

자기가 키우지도 않았으면서. 아니, 그리 친하지도 않았으면서. 별로 접점도 없지 않나? 의아해서 쳐다보았으나, 사자 친왕은 계속 눈가를 콕콕 찍어댈 뿐이었다.

그게 신기해서 계속 보자 사자 친왕이 손수건을 내리며 내게 물었다.

"마음에 몹시 아픈데. 오래간만에 친구끼리 차라도 한잔할까요?"

내가 대답하기도 전. 떡돌이의 손이 내 옆으로 쓱 다가오더니 자연스럽게 내 몸을 자기에게 끌어당겼다. 얼결에 그의 가슴에 등이 붙었다.

"미안하지만, 사자 친왕. 천빈은 나와 선약이 있어서."

떡돌이는 자연스럽게 거짓말하며 웃고는 이제 들어가자면서 나를 두 팔로 감싸고 안쪽으로 밀어붙였다.

"친우끼리 대화도 못 하게 하다니."

사자 친왕이 뒤에서 한숨 섞어 뱉었지만 전혀 개의치 않았다.

잠시 뒤. 연얼 군주를 배웅하기 위해 나온 사람들이 모두 다 안으로 들어가자 남은 건 사자 친왕과 그의 심복들뿐이었다.

갑자기 쓸쓸해진 곳에 홀로 남은 채, 사자 친왕은 이제는 보이지도 않는 마차를 바라보다가 천천히 몸을 돌렸다.

화려한 부채와 손수건을 내린 그는 평소처럼 웃고 있지만, 눈빛이 어둡고 안색이 좀 초췌했다. 하지만 이를 눈치채고 위로해 줄 이는 주위에 아무도 없었다.

그런데 걸어가려는 사자 친왕의 곁을 누군가 스치듯 지나갔다.

사자 친왕은 멈추어 서서 손바닥을 펴보았다. 닿을락 말락 빠르게 지나간 사람은 그 짧은 순간에 그의 손바닥에 서신을 놓고 갔다.

사자 친왕은 자신의 마차에 올라탄 후에야 그 서신을 펼쳐보았다.

연얼 군주는 결심을 끝내고 행동을 시작했습니다.

이젠 전하께서 결단을 내려주실 때입니다.

사자 친왕은 한숨을 내쉬고서 쪽지를 잘게 찢으며 투덜거렸다.

"연얼은 월요가 원수이니 결정을 내렸지. 하지만 나는……."

연얼 군주가 떠난 뒤, 황제는 측근들을 불러 모아 말했다.

"연얼 군주가 아무리 현명하다 해도, 혼자서 비밀리에 서천 황제와 연락을 주고받긴 힘들지. 분명 도와준 사람이 있을 것이다."

서천의 황후 자리는 영광된 것처럼 보이지만, 실상은 그렇지 못했다. 서천의 황제는 죽은 연인을 잊지 못해 늘 슬퍼했고, 정무는 살뜰히 보살폈으나 일하는 시간 외에는 몹시 차갑다고 했다. 황제가 마음 한 자락 주지 않는 외국 출신 황후에게 진심으로 충성을 바칠 이가 몇이나 될까.

황후 자리에 이름이 오르내릴 정도면 다들 잘사는 집의 고귀한 귀족 자제들이었다. 혼인을 하지 않아도 편안히 놀고먹으며 살 수 있는 이들에겐, 그 자리는 한 줌 명예 외엔 아무것도 없는 자리였다.

하지만 앞으로의 마음고생 따위는 상관없다는 듯 연얼 군주는 서천의 황제와 손을 잡았다.

그만큼 복수심이 크다는 것일 터. 미리 대비해두어야 했다.

기몽 장군이 먼저 조심스럽게 입을 열었다.

"수오부 군왕이 손잡으려 했던 세력이 아닐까 싶습니다."

흑합도 기몽 쪽을 힐긋 보고서 그의 의견에 동의했다.

"신도 같은 생각입니다, 폐하. 연얼 군주는 암투를 싫어하고 사람들이 무리 짓는 걸 좋아하지 않아 따로 모은 세력이 없습니다. 그런데 갑자기 서천 황제와 비밀리에 연락을 맡아 주는 이라면 다른 사람에게서 온 세력일 것입니다."

기몽은 눈살을 찌푸리고서 흑합을 노려보았다. 그가 자신의 의견에 한 발을 걸치고 따라가는 듯해 기분이 나빴다.

흑합도 기몽과 같은 의견이긴 싫었으나, 그런 이유로 이 일에 엉터리 의견을 낼 수는 없기에 모른 척 황제만 바라보았다.

월요는 고개를 끄덕였다.

"짐의 생각도 같다."

월요는 흑합과 기몽보다 한 가지 정보를 더 알고 있었다. 바로 연얼의 오라비인 수오부 군왕을 암살한 게 자기라는 것.

수오부 군왕과 손을 잡으려 한 세력은, 이 사실을 연얼 군주에게 알리는 것만으로도 그녀의 마음을 차지할 수 있을 터. 지금 상황에서는, 연얼이 수오부 군왕 패거리 외의 이들과 손을 잡았다면 그게 더 신기할 지경이었다.

황제는 생각에 잠겨 잠시 의자 손잡이를 손가락으로 두드리다가 흑합을 불렀다.

"흑합."

"예, 폐하."

"은밀히 사하비단의 죄에 대해 알아내라 했지. 성과는?"

"생각보다 교묘한 이들입니다. 노출된 이들은 수뇌부 몇을 제외하곤 강하지도 않을뿐더러, 흑도방파들과 말을 나누긴 했으나 현재 대외적으로 저지른 짓은 길을 헤집는 것뿐입니다. 그조차도 목적이 불분명하고요."

"눈 가리기인가."

"예. 게다가 무림인이 워낙 관부를 멀리하다 보니, 사하비단과 사이가 틀어진 자들도 그들을 배척하면서도 관부가 끼어들 여지를 주려 하지 않습니다."

"여러 가지로 곤란하군."

황제가 생각에 잠긴 동안, 흑합과 기몽은 다시 한 번 서로를 탐탁지 않게 여기는 눈짓을 주고받았다. 기몽은 흑합이 말을 너무 많이 해서 싫었고, 흑합은 기몽 앞에서 별 성과가 없단 보고를 하는 게 싫었다.

하지만 황제가 생각에 잠겨 조용히 있으니, 그들이 여기서 말다툼을 할 수는 없었다.

얼마나 오랫동안 생각에 잠겨 있었을까. 마침내 그가 의자 손잡이를 두드리던 걸 멈추었다. 집무실 안을 반복적으로 울리던 '똑똑' 하는 소리가 사라지자, 두 손을 모으고 선 대신들이 모두 긴장해 황제를 보았다.

"무림인들이 관부의 개입을 싫어한다면 그걸 이용해야겠군."

"이용하다니요?"

"말 그대로. 정파 무림인들이 사하비단과 싸우게 하지."

"!"

"무림인들이 수시로 잘 하는 거 아니었나. 툭하면 싸워대는 거."

기몽이 조심스럽게 이의를 제기했다.

"하오나 폐하. 조금이라도 말이 새어 나간다면 계획은 엎어집니다."

"그러니 말이 새어나가지 않게 잘 해야지."

단호하게 말한 황제는 흑합과 기몽을 번갈아 보았다. 둘 다 젊은 나이에 높은 자리에 올라 그의 신임을 얻는 인재들이었다. 성격은 전혀 달랐지만. 그러나 분명한 건 둘 다 입이 무겁고 재주 있단 점이었다. 그렇기에 황제는 이 일을 누구에게 맡겨야 할지 바로 떠오르지 않았다.

한참 후. 황제가 말했다.

"사하비단과 사이가 나쁜 정파를 골라서 당근과 채찍을 골고루 주어라. 뜻에 따른다면 비밀리에 후원을 할 거라 이르고, 따르지 않는다면 이 일이 무림인들의 손을 떠나 관부를 거쳐 황실까지 올 거라 하라."

황제는 이 일을 누구에게 맡길 건지는 말하지 않은 채 기몽과 흑합을 번갈아 보다 물었다.

"기몽. 흑합. 그대들은 이 일을 어느 정파 무림인에게 맡기면 된다고 생각하지?"

둘 중 만족스러운 대답을 하는 쪽이 이 일을 맡으리란 신호나 다름없었다. 하지만 이건 쉬이 대답할 수 없는 일이라 기몽도 흑합도 바로 말하지 못했다. 대신 내내 조용히 있던 대신이 슬며시 손을 들고 물었다.

"폐하. 정명검 개원이란 자는 어떨까요? 개 답응과 같은 가문 사람이기도 하고, 또 그쪽에서 정직하기로 이름난……"

황제가 인상을 구기자, 용기를 냈던 대신은 얼른 입을 다물고 뒤로 물러났다. 황제는 모여선 측근들을 번갈아 보았으나, 그들 중 누구도 제대로 된 의견을 내지 못했다.

대신들이 대답하기를 한참 기다린 후. 황제는 덤덤하게 지시했다.

"적절하다 생각되는 이나 문파를 적어 가져오라. 확인 후 정하겠다."

"……."

처음에는 또렷하던 글자가 흐릿해지는가 싶더니, 정신을 차렸을 땐 내가 책에 얼굴을 박고 있다. 황급히 고개를 들고서 입가의 침을 닦으며 보니, 원웅과 부성은 자기들 할 일을 하느라 바빴다.

다행이야. 내가 존 거 못 봤나 봐.

"염려 마세요, 마마. 한두 번 보는 게 아닌걸요."

아니구나. 다 봤나 봐.

부성이가 웃으면서 하는 말에 조금 부끄러운 마음이 들었지만, 나는 곧 그런 마음을 눌렀다. 졸 수도 있지. 봄이잖아.

"봄이라 춘공증이 왔나 봐."

"춘곤증이요?"

"그래 그거."

말을 마치자마자 하품이 나온다. 나는 얼른 책을 덮고서 그 위에 엎드렸다가, 온 정신력을 발휘해 다시 책을 들고 일어났다.

이 책은 내 일기장이었다. 일기장을 놔두고 잠들면 누군가 이걸 볼 수도 있으니, 안 볼 땐 감추어야 했다.

하지만 참. 큰일이야. 예전에 그…… 이름도 까먹었네. 하여튼 이름이 길고 이상한 후궁 기본 서책을 읽을 때도 이 정도로 잠이 오지는 않았는데. 하필 봄 날씨여서일까. 내 일기장을 읽으려는데도 요즘은 툭하면 잠이 와서 견디기가 힘들다.

자리에서 일어나며 주르륵 일기장을 훑어 확인해보니, 오늘 내가 읽은 게 여기서 딱 두 장이었다. 두 장.

"원웅. 부성. 가서 간식 좀 가져다줘."

"네, 마마."

핑계를 대고서 둘을 보내자마자, 나는 겉옷을 벗고 치마를 돌돌 말아 옆에 단단히 묶은 다음 벽을 타고 천장으로 올라갔다.

그곳 대들보 위에 일기장을 올려놓고 아래로 훌쩍 내려가서 치마를 원래 상태로 되돌리고 의자에 앉아 있으려니, 얼마 지나지 않아 원웅이 과일 튀김을 들고 와 내밀었다.

"전에 이걸 잘 드시길래 가져왔어요, 마마."

"부성이는?"

"간식이 거의 다 떨어져 가서요. 새로 재료를 받아다가 미리 만들어 둬야겠다고 귀자 데리고 내무부로 갔어요."

"응."

나는 얼른 과일을 하나 집어 든 다음 입에 넣고서, 원웅에게도 하나 먹으라고 손짓했다. 그러나 원웅은 과일을 먹는 대신 나를 물끄러미 보기만 했다. 왜. 내가 너무 많이 먹나.

아삭거리는 튀긴 과일을 씹으면서 같이 빤히 쳐다보자, 원웅은 쑥스럽게 웃으면서 사과했다.

"죄송합니다, 마마. 요즘 마마께서 너무 많이 주무시고 많이 드시고…… 물론 이전에도 많이 주무시고 많이 드셨지만…… 그래서요."

"그래? 먹는 건 항상 이 정도였던 거 같은데. 잠은 늘긴 했어."

"춘곤증이 심하신가 봐요, 마마."

"그런가 봐."

과일 튀김은 금세 동이 났다. 그래도 덕분에 잠도 완전히 깨어서, 나는 원웅에게 빈 그릇을 건넨 다음 창가에 의자를 가져다 두고 앉았다.

책을 펼치기만 해도 잠이 오니, 봄바람을 받으면서 개씨 집안에 복수할 방법이나 탐색할 셈이었다.

연얼 군주는 복수를 위해 서천까지 갔지.

나도 뭔가…… 뭔가 해야 하는데.

눈을 뜨니 촛불이 일렁거리고 주위는 캄캄하다. 얼른 발을 내리고 일어나자, 황제가 맞은편에서 책상에 기대 책을 읽다가 나를 보며 웃었다.

"다 잤느냐?"

"언제 왔어?"

"온 지 조금 됐지."

뻐근한 목을 주무르자, 떡돌이가 자연스럽게 와서 내 목 뒤를 문질러 주었다.

요즘 얘가 이렇다. 이렇게 자연스럽게 나를 막 만져대고 그래. 하지만 시원해서 그의 손에 멍하게 매달려 있자니, 떡돌이가 충분히 내 목을 주무른 다음 물었다.

"어떠하냐? 괜찮으냐?"

"응."

"네 궁녀가 요즘 네가 시시때때로 잔다던데. 제대로 잠은 자고 있고?"

"밤에 다른 거 하느라 바빠 못 자긴 해."

내 말에 떡돌이가 씩 웃더니 괜히 내 탁상 위에 놓인 내 손가락을 자기 손가락으로 툭 두드렸다.

"보약이라도 먹을까?"

"싫어. 쓰잖아."

"어린아이도 아니고. 약이 쓰다고 안 먹으면 쓰나."

"크면서 혓바닥을 교체한 것도 아닌데. 어린아이한테 맛없는 건 다 큰 사람한테도 맛없어."

떡돌이는 걱정스럽게 나를 보다가, 궁의를 보내는 게 좋을 것 같다고 했지만 나는 고개를 젓고서 침상으로 비틀비틀 걸어가 드러누웠다.

방금 전까지 잔 것 같은데. 또 잠이 왔다.

다음날. 봄 같은 연한 녹색 옷을 차려입고 황후에게 문안을 갔다.

시침을 드는 날에는 떡돌이가 해둔 말이 있어서 문안을 가지 않아도 되는데, 어제는 떠돌이가 내 방에 왔다가 일찍 돌아갔다. 내가 너무 피곤해 보이다 보니, 옆에서 자는 것도 방해가 될까 봐 돌아가서.

어쨌건 그런 까닭에 오늘은 문안을 피할 수 없었다. 하지만 떡돌이와 얘기할 때도 수시로 잠이 찾아오는데. 황후의 나지막한 목소리를 들으면서 잠이 안 올 리가 없었다.

나는 최대한 자지 않으려 애썼지만, 결국 황후가 무어라 말하는 걸 보다가 꾸벅꾸벅 졸고 말았다.

"천빈."

촉비가 슬쩍 내 팔을 두드려 깨워 주었지만, 일어났을 땐 이미 황후가 나를 물끄러미 보고 있었다. 황후가 말을 멈추고 나를 보자 다른 후궁들 역시 말하던 걸 멈추고 모두 내 쪽을 본다.

순식간에 후궁들의 시선이 나 한사람에게 몰린 것이다. 이거 참. 졸았다고 구경거리가 될 줄이야. 나는 머쓱하게 웃고서 얼른 눈에 힘을 주고 자세를 바로 했다.

다행히 황후도 넘어가 줄 생각인지 다시 아까 하던 말을 계속하려 했다. 그런데 황후가 무어라 말하기 전, 내 맞은편 의자에 앉아 있던 규빈이 갑자기 톡 끼어들었다.

"천빈, 올 때부터 계속 졸던데. 혹시 회임한 거 아니에요?"

어? 회임? 이게 무슨 소리야? 잠이 갑자기 확 달아나서 나는 목에 힘을 줬다. 웬 회임?

놀란 건 나뿐만이 아니었다. 이미 조용했는데, 아까보다 더 조용해졌다. 신기할 정도로.

아니, 갑자기 회임이라니. 이게 무슨 소리야? 나는 황당해서 부정했다.

"아니요. 충공증인데요."

"……천빈. 춘곤증. 춘곤증."

촉비가 옆에서 아주 작게 알려주어서 얼른 정정도 했다.

"춘곤증이랍니다, 규빈."

그러나 규빈은 내 말을 딱 잘라 부정했다.

"아니에요."

아니긴 뭐가 아니야 이 사람아. 이거 당신 몸 아니잖아. 물론 나도 내 몸은 아니지만.

어쨌든 규빈이 남의 몸을 가지고 딱 잘라 저렇게 나오니 아주 기가 막힌다. 황당해서 쳐다보고 있자니, 규빈이 부채로 자기 입가를 반만 가리고서 황후에게 물었다.

"황후 마마. 황후 마마께선 어찌 보십니까?"

황후에게 물었지만 대답은 연비가 했다.

"헛소리."

아주 짧고 굵게.

규빈은 인상을 찡그리고서 연비를 보았으나, 연비가 눈 하나 깜빡이지 않고 자신을 쳐다보자 얼른 눈을 내리깔았다.

연비는 황후에게 부드러운 목소리로 말했다.

"동생이 많이 피곤한가 봅니다. 행궁에서 오래 병을 앓았으니, 아직 체력이 이전만 하지 못할 겁니다."

그러고서 연비는 내 쪽을 향해 무언가 눈으로 신호를 보냈다.

안타까운 건 나는 연비의 친동생이 아니라 그 신호를 전혀 해석할 수 없단 것이다.

그래도 일단 맞장구치자. 연비가 늘 나를 돕는 건 아니지만, 최소한 나를 안 도울 때도 괴롭히진 않으니까.

"맞아요. 피곤합니다, 황후 마마."

"글쎄."

그러나 황후는 나와 연비보다 규빈을 편들었다.

"확실히 해서 나쁜 건 없지. 규빈의 말도 일리는 있다."

규빈의 입꼬리가 올라간 반면 연비는 인상을 찌푸렸다. 황후와 규빈 쪽을 번갈아 보면서 고개를 기웃하는데, 그 모습이 서늘했다.

연비는 이 상황이 언짢은가 봐. 어째서인진 모르겠지만.

"영영."

"예, 황후 마마."

"탕 궁의를 불러와라."

"예."

황후의 상궁녀가 밖으로 나가자 방 안은 순식간에 조용해졌다.

후궁들은 말을 아끼고서 친한 이들끼리 곁눈질을 주고받다가 이따금 내 쪽을 힐긋거렸다

개 답응은 눈을 내리깔고서 바닥만 바라보았고, 우 답응은 못마땅한 표정을 지었지만 내 쪽으로는 고개도 돌리지 않는다.

연비 역시 상황이 마땅치 않다는 듯 입가에 서늘한 미소를 띠고서 맞은편 족자만 바라보았다.

얼마나 그러고 있었을까. 황후의 상궁녀가 후궁들을 진맥하는 탕 궁의를 데리고 돌아왔다.

탕 궁의는 아무 언질도 듣지 못하고 왔는지, 자기가 문안 자리에 왜 온 건가 영 어리둥절해 있었다.

"천빈이 너무 많이 자는데. 혹시라도 회임하진 않았는지 확인하라."

그러다 황후가 지시하자, 탕 궁의는 눈이 휘둥그레져 나를 쳐다보았다.

하지만 그는 곧 표정을 빠르게 수습하고 내 앞으로 다가와 진료 가방에서 흰 천을 꺼냈다.

내 손목 위에 천을 얹고 거기에 손가락을 얹은 탕 궁의가 눈을 감고 진맥하는 동안. 나는 긴장감에 발가락을 오므렸다.

좀 무서워졌다. 아니, 물론 아이가 생기면 내게도 처음으로 피를 나눈 가족이 생기는 거니까 좋긴 한데…….

좋다고 생각은 했지만 진짜로 아이가 생겼을지도 모른다고 하자 막막하고 두려웠다.

선녀가 날개옷을 입고 날아다니기에 “정말 예뻐요!” 하고 소리쳤더니 내려와서 날개옷을 입혀준 느낌. 그러고서 높은 절벽 앞에 데려간 다음 입고 비행해보라 툭 떠미는 느낌. 연습 비행도 안 해 봤는데.

정말 어쩌지? 난 아직 개씨 가문에 복수도 안 했는데. 아이를 가지면 좋은 생각만 하고 살아야 한다는데, 내가 개씨 가문에 복수할 계략을 꾸미고 있으면 아이 성격이 무서워지지 않을까?

떡돌이 말처럼, 내가 갑자기 다른 사람 몸으로 들어가게 되면 그건 또 어쩌지? 갑자기 이 몸에서 내 영혼이 빠져나가 버리면?

기쁜 마음보다 무서운 마음만 연달아 치밀어서, 자꾸 심장이 빠르게 뛰었다. 진맥하면 아기 심장이 아니라 내 심장 소리만 들릴 게 틀림없었다. 게다가 탕 궁의, 왜 이렇게 오래 손을 대고 있어?

얼마나 그리 초조하게 있었을까. 마침내 탕 궁의가 내 손목에서 손을 떼고는 흰 천을 가져가 돌돌 말아 의료 상자 안에 도로 담았다. 그가 아무 말도 하지 않고 이 모든 일을 해버리는 바람에, 나는 물론 다른 후궁들까지도 다들 긴장해서 그를 쳐다보았다.

“어떤가.”

결국 보다 못한 황후가 대놓고 물었다.

“회임하였나?”

탕 궁의는 천천히 몸을 일으키더니 두 손을 모으고서 황후에게 깊숙이 허리를 숙였다.

“감축드리옵니다, 황후 마마. 천빈 마마께서 회임하셨습니다.”

이어서 탕 궁의는 내 쪽을 보더니 또 깊숙이 허리 숙여 인사했다.

“감축드리옵니다, 천빈 마마. 회임하셨습니다. 아기씨도 건강하십니다.”

말이 끝나자마자, 순식간이 사방이 소란스러워졌다.

“축하해요 천빈!”

촉비는 씩 웃으면서 내 어깨를 쳤고, 연비는 미묘한 표정으로 황후를 보았다.

황후는 입꼬리를 올리고 있었지만 그리 즐거워 보이진 않았다.

반면 우 답응은 대놓고 싫은 표정이었고, 규빈은 미소를 짓고 있었지만 축하한단 말은 없다.

영빈은 아예 내 쪽에 관심이 없단 얼굴로 연비만 보고 있고. 개시시는 조용히 말했다.

"축하드립니다, 천빈 마마."

각기 다른 표정과 감정으로 소란스러운 가운데, 나는 아직도 혼란에 차서 내 배만 빤히 바라보았다.

공포심이 더욱 거세졌다.

진짜…… 이 상태로 내가 다른 몸에 들어간다거나 하면 어쩌지?

문안이 끝난 뒤. 막막한 기분으로 황후궁을 나서는데, 온 귀인이 폴짝거리면서 다가오더니 울먹이기 시작했다.

왜 우는가 싶었지만 일단 달래주자, 온 귀인은 손수건을 꺼내 자기 눈가를 닦으며 당부했다.

"미안해요. 좋은 일에 울어서. 천빈 마마께서 회임했단 이야기를 들으니 죽은 내 아이가 생각나서요."

아…….

"천빈 마마는 아기가 태어날 때까진 절대로 밖에 돌아다니지 말고 처소 안에만 있어요. 밖은 너무 위험해요. 나쁜 사람들도 많고요."

그렇구나. 나는 내 영혼이 다른 몸에 갈 경우만 생각했지, 거기까지는 생각해보지도 못했네. 고개를 끄덕이고 있자니, 개 답응이 지나가다가 다시 한번 어색하게 인사했다.

"회임한 걸 축하드립니다, 천빈 마마."

"고마워요."

개시시는 그러고서 잠시 주저했으나, 곧 인사를 하고 먼저 가버렸다.

전에 촉비와 싸울 때, 기몽에게 개시시의 이름을 말한 적이 있다. 그때 나와 개시시 사이가 좀 어색해졌는데. 아직도 그런 감정이 풀리지 않은 듯했다.

웃기지. 한바탕 싸운 촉비와는 오히려 가까워졌는데. 촉비 때문에 틀어질 뻔했던 개시시와는 이렇게 어정쩡해져 버리고.

"사람과 사람 일은 정말 모르네요."

같은 생각이라도 한 건지 온 귀인도 개시시의 뒷모습을 보며 중얼거린다. 하긴. 내가 온 귀인이랑 친해질 줄도 누가 알았겠어?

하지만 온 귀인 역시 얼마 지나지 않아 내 곁을 떠나야 했다.

"소여."

연비가 등장해서.

입궁했을 때부터 연비와 영빈을 무서워했던 온 귀인은, 그 둘이 오자마자 얼른 인사만 올리고 먼저 가버렸다.

온 귀인이 멀어지자, 연비는 내 옆자리로 다가와 서며 혀를 찼다.

"회임은 되도록 초기에는 감추는 게 좋은데. 아쉽게 됐구나."

영빈은 내 옆에 서는 대신, 나와 나란히 서지 않은 연비의 옆자리로 가 선다. 내가 회임을 하건 말건 여전히 내가 싫은가 봐.

나도 영빈 쪽에 굳이 시선을 주는 대신 연비를 보며 물었다.

"그래서 아까 표정이 안 좋았던 거야? 계속 황후 마마를 쳐다봤잖아."

"회임은 되도록 늦게까지 감추는 게 좋으니까."

"왜?"

"초기엔 유산하기 쉬우니 조심하는 게 좋지. 온 귀인도 결국 유산했고."

슬그머니 배 위에 손을 올려 보았다. 느껴지는 건 근육뿐인데. 다시 생각해도 믿기지가 않아.

연비는 은근슬쩍 내 배 위에 같이 손을 올려 보고는, 신기한지 살짝 눌러보고서 손을 뗐다.

"안 그래도 우리 가문 세 자매가 잘 나가서 사람들이 모두 우리 연씨 가문을 주목하고 있다. 특히 온씨 가문에서는 더하지. 온 귀인이 네게 호의적이라지만, 온 귀인은 방계라 그 가문 내에서 힘이 세지 않아."

"그래?"

"온씨 뿐만 아니라 규빈이나 안비 같은 사람들도 너와 사이가 좋지 않지. 그러니 조심해야 한다. 다들 네가 아이 낳는 걸 원하지 않을 테니, 무슨 수를 쓸지 몰라."

후궁들이 암살자를 단체로 보내도 그건 문제없어. 내가 알아서 처리할 수 있으니. 내게 가장 중요한 건 후궁들이 보낼 암살자가 아니라, 내 영혼을 어디로 움직일지 모를 타천천이지.

……앞으론 사하비단과 연을 끊고 살려 했는데. 역시 사하비단을 다시 한 번 만나볼 수밖에 없는 건가.

멍하니 배를 문지르고 있자니, 내내 조용히 가던 영빈이 연비 옆에서 딱따구리처럼 끼어들었다.

"아이를 낳은 후에도 조심해야 해. 널 죽이고 아이만 뺏어가려 할 수도 있어. 조심해. 멍청이처럼 굴지 말고."

"우여야. 말. 잘해야지?"

연비가 작게 다그치자 영빈은 얼른 입을 다물었지만, 나름대로는 자기 조언이 현실적이라고 생각하는 눈치였다.

그래도 언니에게 꾸중을 듣자 바로 조용해지는 걸 보니, 얘는 재수 없지만 연비에겐 참 좋은 동생이구나 싶어서 나도 슬쩍 연비가 하듯 영빈의 머리를 쓰다듬어 보았다.

"악!"

하지만 영빈은 내 손길이 닿자마자, 내가 뭐 주먹으로 자기 뒤통수를 치기라도 한 것처럼 비명을 지르며 달아나버렸다.

멍하게 그 뒷모습을 보고 있자니 연비가 가볍게 웃었다.

"우여는 내가 싫은가 봐, 언니."

머쓱해서 중얼거리자, 연비는 당연하다는 투로 대답했다.

"너도 우여를 좋아하지 않았으니까."

"그랬어?"

연비가 고개를 끄덕인다. 진짜인가 봐.

하긴. 전에 내가 말실수를 하기 전부터 영빈이 나를 안 좋아하는 것 같아서, 짐작을 하기는 했지. 원래도 사이가 나빴을 거라고. 쌍방이었구나.

시무룩해 하는 사이, 어느새 내 새로운 처소 근처에 다 도착했다.

그러고 보니 연비가 일부러 여기까지 같이 와 줬구나. 연비가 머무는 오월궁은 이미 지나쳤는데. 천소여와 천우여의 관계를 생각하느라 알아차리지 못했어.

"미안. 언니 집 지나친 줄 몰랐어."

"들어가 쉬렴."

"언니도 같이 들어가지. 한 번도 여기 안 놀러 왔잖아. 뭐 먹고 갈래?"

나는 바래다준 게 고마워서 물었지만 연비는 고개를 젓더니 드물게도 장난치듯 웃었다.

"네가 회임했단 소식이 곧 폐하의 귀에도 들어가겠지. 얼마 가지 않아 바쁘게 달려오실 텐데. 내가 있으면 솔직하게 좋아하시겠어?"

말을 마친 연비는, 할 말이 가득 쌓인 얼굴로 나를 따라온 원웅에게 눈짓을 보내고서 돌아서서 왔던 길을 다시 갔다.

연비가 멀어지자마자 원웅은 소리 없이 비명을 몇 번 지른 다음, 처소 안으로 들어가며 다급히 물었다.

"이게 무슨 소리예요, 마마? 문안 끝내고 나오셨는데, 온 귀인부터 시작해서 다들 마마가 회임을 했다고 조심해야 한다고 그러니까 지금 정신이 하나도 없어요! 아까 탕 궁의가 들어갔다가 놀라서 나오던데. 진짜로 마마께서 회임하신 거예요?"

"그런가 봐."

별로 실감은 안 나지만.

다시 배를 내려보자 원웅은 또 소리 없이 하늘을 보며 비명을 질렀다.

"회, 회임이라니?"

부성은 지나가다가 이 소리를 용케도 듣고는 돌아와 물었고, 얼마 지나지 않아 나는 궁인들에게 둘러싸였다. 다들 원웅처럼 소리 없이 비명을 질러댔다.

"왜 그렇게 이상하게 소리쳐?"

"큰 소리를 냈다가 아기씨가 놀라면 어떡해요, 마마."

그런가. 뭐 아는 게 있어야지. 회임에 대해 제대로 아는 것도 없는데 갑자기 회임을 해버렸으니 이거 참.

어색하게 배를 보고 있자니, 원웅이 조심스럽게 내 등을 부축했다.

"일단 들어가서 누우세요, 마마."

"허리 안 다쳤어. 그렇게 안 해도 돼."

"그래도요."

결국 그들의 야단법석에 동참해주려 하는데, 뒤에서 낮은 목소리가 들려왔다.

"짐이 하마."

뒤를 돌아보지 않아도 누구 목소리인지 알 수 있었다.

궁인들이 동시에 무릎을 굽혔다. 고개를 돌리는 것과 거의 동시에 길고 커다란 팔이 내 등과 허리를 감싸 안았다.

"들어가자."

아이구 세상에. 누가 생각이나 했을까. 무림악적 천년비가 사람들 앞에서 남사스럽게 황제에게 안겨서 걸어 다니게 될 거라고?

평생 나는 애정을 주고받는 사람 없이 살 거라 저주를 퍼붓던 이에게 이 모습을 보여주고 싶다. 떡돌이의 손을 보여주고서 자랑하고 싶다.

"반숙아. 혼자 우두커니 서서 그렇게 웃으면 사람이 이상해 보인다."

떡돌이가 내 귀에 대고 속삭인 후에야 나는 얼른 내 방으로 걸어갔다.

방 안에 들어가자 떡돌이는 내가 의자에 앉을 수 있도록 조심조심 도와주었다. 내가 실을 뭉쳐 만든 사람이어서, 조금만 잘못해도 스르륵 무너질 것처럼.

하지만 나는 회임을 했으니까 좀 조심하는 게 좋겠지! 나는 강하지만 내 아기는 아직 근육도 제대로 없을 테니까.

나도 온 정성을 다해서 아주 조심조심 느리게 의자에 앉았다.

떡돌이는 그 모습을 물끄러미 보면서 고개를 기웃하다가, 내가 자리에 앉아 편안하게 등받이에 몸을 기대자 웃으며 말했다.

"피가 섞인 아기를 만들 거라고 그렇게 말해대더니. 드디어 만들었군."

"들었어?"

"탕 궁의가 바로 짐에게 전해 주었다."

역시. 그럴 줄 알았어.

다시 내 배를 보고 있자니, 떡돌이는 뭔가 떠오른 듯 픽 웃으며 말했다.

"다들 난리가 났지. 어전에서 들었거든."

"정말?"

"그래. 모후께서도 듣고 많이 놀라셨다. 바로 오고 싶어하셨지."

"같이 오지 그랬어."

"한꺼번에 사람들이 몰려들면 네가 피로할 거라고, 내일이나 모레쯤에 상황을 보고 오신다더라."

태후 마마는 나한테 올 때 분명 맛있는 간식을 가져오실 거다. 내가 문안을 갈 때도 늘 주던 그 간식. 태후 마마의 솜수만 만들 수 있는 간식.

그 생각을 하자 기분이 좋아져서 나는 흐뭇하게 고개를 끄덕였다. 그러다가 떡돌이를 보니, 떡돌이는 복잡한 얼굴이었다.

"왜 그래?"

그 표정이 심란해 보여서 묻자, 떡돌이는 쑥스럽게 웃으며 중얼거렸다.

"아니. 처음이라. 기쁜데 뭘 어떻게 해야 할지 모르겠다."

"뭘 어떻게 해?"

"먹을 거라던가. 입는 거라던가. 하면 안 되는 거라던가 조심해야 하는 거라던가."

"그런 게 있어?"

"있지."

떡돌이는 초조하게 나를 바라보더니, 마른세수를 하고 파리처럼 손바닥을 비볐다. 한참을 그러던 떡돌이는 결국 머리를 붙잡으며 중얼거렸다.

"아무것도 생각나지 않아."

"넌 황제잖아. 온 귀인 땐 뭘 어떻게 했는데?"

떡돌이는 입만 뻐끔거리다 털어놓았다.

"'잘 챙겨라'라고 지시했다."

"나한테도 그러면 되잖아."

"네 남편은 짐인데, 짐이 짐의 아내를 두고 '잘 챙겨라' 한마디만 하고 손을 뗄 수는 없지 않으냐."

떡돌이는 다시 처음으로 돌아가서 나를 초조하게 바라보다 말했다.

"옷. 그래. 옷부터 바꾸자."

"옷을 왜?"

"전부 다 운문비단으로 만드는 게 낫겠다. 잠옷 말고 일상복들도."

"비단이 남아 있긴 해?"

"구해봐야지."

떡돌이는 다시 나를 또 빤히 보다가 말했다.

"수련은 좀 줄이자."

"뭐? 안 돼!"

"의자에 앉을 때도 그리 주춤주춤 앉으면서. 게다가 너는 수련도 아주 거칠게 하지 않느냐."

"하지만 수련을 덜 하면 다시 몸이 약해질 텐데!"

"몇 개월 수련하지 않는다고 약해지진 않아."

내가 항의하려 하자, 떡돌이는 결국 두 손을 들었다.

"알았다. 그럼 어의에게 물어보자. 어느 정도까지 훈련이 가능한지."

"알았어."

"먹으면 안 될 음식과 먹어야 할 음식도 알려달라 해야겠고……."

그런 식으로 말을 주고받다 보니 눈앞이 깜깜해졌다. 아니, 대체 해야 할 게 왜 이렇게 많은 거지? 제약은 또 뭐 이렇게 많고?

기가 막혀서 탁자를 탕탕 두드리는데, 내 손 아래로 떡돌이의 손이 들어왔다. 얼결에 떡돌이를 찰싹찰싹 두드리게 되어서 보자, 그가 난처한 얼굴로 말했다.

"내 생각인데, 반숙아. 딱딱한 걸 두드리면 몸에 타격이 갈 것 같다."

"그럼 난 뭘 때려?"

"보통 사람들은 아무것도 때리지 않고 살아가지."

"말도 안 돼! 그럼 내가 갑갑하잖아!"

"짐이 솜을 넣어서 네가 두드릴 수 있는 커다란 인형을 만들어주마. 뭘 두드리고 싶거든 그걸 두드리거라. 어때?"

세상에. 무림악적 천년비 무림영웅 천반숙이 솜인형을 두드리고 있으란 말인가! 이건 마마가 할 일이 아닌데!

하지만…… 진짜로 단단한 물건을 두드리면 아기에게 해가 될까?

"지금 아기 크기는 어느 정도야, 떡돌아?"

떡돌이는 옆으로 건너와 내 배를 유심히 살피면서 이리저리 재어 보더니, 손가락을 아주 조금 내밀었다.

"네 배가 어제보다 이 정도 부푼 것 같은데, 이 정도 크기가 아닐까?"

"아기가 어제 생기진 않았을 건데 말이 돼?"

"하지만……."

"지금 나온 배는 문안 때 먹은 찹쌀떡이야. 아이가 아니라."

내가 단호하게 부정하게 떡돌이는 손을 내리며 중얼거렸다.

"하여튼 아주 작지 않을까? 탕 궁의 말로는 아직 초기라 하던데. 한데 그건 왜 묻는 게냐?"

"탁자도 못 두드리게 하니까, 크기를 짐작해 보는 거지."

나는 양손을 어깨너비 정도로 벌렸다.

"이 정도로 커다래지면 마음 놓아도 될까?"

떡돌이는 심각하게 고민하다가 고개를 끄덕였다.

"그렇게 크면 괜찮을 것 같다."

이에 안심해서 떡돌이와 마주 보고 웃고 있자니, 따뜻한 차를 가져온 오 공공이 찻잔을 내려놓으며 조심스레 알려주었다.

"폐하. 마마. 그렇게 커다래졌을 즈음이면 아기씨는 복중에 계시지 않을 겁니다."

"어? 그럼 어디 있는가?"

오 공공은 미묘한 시선으로 나를 보다가 눈을 내리깔고 알려주었다.

"예쁜 포대기에 안겨 계시겠지요."

아! 그렇구나.

"난 아기를 본 적이 없어 몰랐네."

하지만 떡돌이는 봤을 거 같은데? 휙 고개를 돌려 떡돌이를 보자, 떡돌이가 얌체같이 혼자 영리한 척 말했다.

"짐은 알고 있었다."

며칠에 걸려서 내 비연궁은 몹시 바빴다.

아, 비연궁은 내 이름 천년비에서 '비'를, 떡돌이가 인연에서 '연'을 가져와서 지은 이름이다.

하여튼 바빴다. 떡돌이는 본인이 한 말처럼 운문비단을 여기저기서 구해다가 내게 주었고, 내무부 관리들은 그걸로 내가 입을 일상복을 새로 만들기 시작했다.

봄이 끝나가고 날씨가 더워지고 있어서 되도록 시원하게 만들었다. 추울 때 입을 옷은 아직 시간이 좀 있으니, 나중에 새로이 운문비단이 구해지면 그때 만들기로 했다.

이불도 좀 더 부드럽고 보송한 것으로 바꾸었고, 내 의자 방석 역시도 모두 푹신하게 바꾸었다.

혹시 독이 섞여 나올까 봐 식사 시간에는 늘 궁의가 따라 들어와 은침으로 음식을 다 확인하는 건 물론, 몸을 건강하게 해준다는 약재는 아예 은그릇에 넣어 나왔다.

무리하면 안 된다는 명령에 따라 안정기에 접어들 때까지는 문안과 훈련 역시도 모두 접기로 했다.

대신 느릿느릿 거북이 같은 산책은 해도 된다고 해서, 나는 심심할 때마다 밖으로 나가 후원을 돌아다녔다.

그건 정말로 이상한 기분이었다. 수많은 사람들이 나를 무슨 갓 태어난 강아지처럼 대하고 있었다.

동시에 한 번도 본 적 없는 부모님이 생각났다. 내 어머니도 날 가졌을 때 이렇게 했을까? 내 아버지는 내 어머니를 이렇게 보살펴주었을까?

어쨌든 내가 회임하면서 덕을 보게 된 건 개씨 집안도 포함이었다. 최대한 좋은 생각만 하고 좋은 것만 보고 좋은 이야기만 들으라는 조언에 따르느라, 당분간은 복수를 미루게 생겼으니까.

문제는…….

"반숙아?"

내가 편하게 침상에 앉아 팔을 괴고 있자니, 맞은편에서 시를 읽어 주던 떡돌이가 책을 내리고서 불렀다.

"졸리느냐? 그만 자겠느냐?"

나는 다른 생각에 빠져 있다가, 그 말을 듣고서야 퍼뜩 정신을 차리고서 고개를 저었다.

"아니. 다 듣고 있었어. 물이 맑다면서. 새도 나오고 그랬잖아."

떡돌이는 자기가 든 서책과 나를 번갈아 보더니 웃으면서 "그래." 하고 고개를 끄덕이다가 물었다.

"한데 무슨 생각을 하기에 눈동자가 사방으로 움직이느냐?"

"내 눈이 그랬어?"

"쉴 새 없이 움직이던데. 눈 뜨고 꿈꾸는 줄 알았다."

"그냥. 생각 좀 하느라."

"생각?"

"응."

떡돌이는 내가 무슨 생각을 하고 있었는지 알려주길 원하는 듯했다. 그러다가 내가 '말을 할까 말까' 망설이고 있자니, 서책을 덮어 옆에 내려놓으며 말했다.

"무슨 생각을 했는데? 고민이 있으면 짐에게도 말하거라. 같이 의논하면 좋지."

잠시 고민이 들었다.

내가 방금 전까지 하던 생각은 내 몸이 계속 무사히 이 몸으로 있을 수 있을까, 이거였다. 하지만 떡돌이에게 이 말을 하고 나면 떡돌이도 뚜렷한 해결책 없이 불안해지기만 할 것 같아서…….

"반숙아."

내가 주저하자 떡돌이가 손을 뻗더니 내 발목과 발바닥을 주물러주며 불렀다. 이건 요즘 들어 내 발이 계속 부어서, 그가 시시때때로 해주는 것이다.

"가장 중요한 비밀도 나눈 사이인데. 이제 더 못 할 말이 무엇이라고."

그런가. 듣고 보니 맞는 말 같아서, 나는 회임을 하자마자 시작된 고민에 대해 털어놓았다.

"전에 우리끼리 한 말 기억나? 내 영혼이 갑자기 다른 데 들어가면 어떻게 하냐는 말."

여기까지 말했을 뿐인데 떡돌이는 바로 알아듣고서 얼굴이 굳었다.

그는 내 발을 주무르길 멈추고서, 자리에서 일어나 옆으로 다가와 나란히 앉았다.

"혹시 전조 증상이라도 나오고 있느냐?"

"그런 건 아니야. 그냥. 회임 얘기를 들었을 때부터 그게 불안해서."

"……."

"전에는 나 혼자 거북이가 되면 그냥 혼자 거북이가 되는 거라 생각했거든. 떡돌이 네가 날 발견하고서 잘 키워줘야 하겠지만. 그런데 이젠 나 혼자 거북이가 되는 문제가 아니잖아."

내가 거북이가 되면 내 배 속의 아기는 거북이알이 되는 걸까, 아니면 천소여 몸에 홀로 남게 될까? 천소여 몸은 내 영혼이 나가버리면 죽어버리는 걸까, 아니면…… 어떻게 되지?

말하다 보니 다시 막막해져서 떡돌이를 쳐다보자, 그는 부드럽게 웃고서 손을 뻗어 내 손을 꽉 쥐었다.

"그런 일은 없을 거다. 절대로. 그러니 염려하지 마라. 괜히 사서 걱정할 필요는 없지."

"그래도……."

"우리 반숙이는 의외로 안 해도 되는 고민을 많이 하는데?"

놀리는 투로 말하는 떡돌이는 정말로 이전에 같이 걱정할 때와 달리 아주 멀쩡해 보였다.

그 모습을 바라보다가, 나는 고개를 끄덕이고 안심한 것처럼 웃으면서 떡돌이의 어깨에 머리를 기댔다.

떡돌이는 안심하라고 했지만 안심이 될 리가 없지. 그렇다고 떡돌이에게 타천천이나 비원에 관해 알려줄 수도 없다.

떡돌이가 황실의 힘으로 타천천을 압박했다가, 타천천이 나와 동귀어진이라도 하려고 나오면 안 되니까. 하지만 이렇게 고민만 한다고 뭐가 해결되지도 않을 거야. 역시 대책을 세워야겠어.

다음날. 나는 떡돌이가 조례에 가자마자, 귀자를 불러다 지시했다.

"귀자야. 어디에 심부름 좀 다녀와 줬으면 하는데."

"네, 마마. 어디 다녀올까요?"

"태안루."

타천천은 행방이 교묘해서, 어디에서 지내는지 원래도 알기 힘들었다. 그런데 지금은 사하비단 전체가 여기저기 돌아다니며 길을 뒤집으니 더욱 알기 힘들겠지. 며칠 전에 확인해보니, 비원은 일 때문에 며칠간 아예 자리를 비웠다 하고.

하지만 예전에 행궁에 갈 때 41천도 부근에서, 그와 태안루주가 나란히 걸어가는 걸 봤어.

'어쩌면 태안루주는 타천천의 행방을 알지도 몰라.'

아니, 잠시만. 태안루주를 통해 말을 전하는 게 안전하긴 한가? 역시 비원이 돌아오기를 기다릴까? 태안루주는 내 정체를 모르는데, 괜히 알게 되면 어떡해? 비밀을 아는 사람은 적을수록 좋은데.

"마마?"

내가 지시를 하다 말고 말을 멈추자 귀자가 어리둥절해 물었다.

그때였다. 밖에서 한바탕 소란이 일더니 무언가 박살 나는 소리가 났다. 뭔가 싶어 고개를 기웃거리고 있자니, 원웅이 사색이 되어 들어왔다.

내가 회임한 뒤로 원웅도 '아기씨 놀라신다'면서 같이 거북이처럼 느리게 다녔는데. 평소답지 않은 모습이었다.

"왜 그래?"

그 모습에 무슨 일이 있구나 싶어 묻자, 원웅이 재빨리 말했다.

“마마. 공주님, 공주님이요. 돌아가신 장공주님이요.”

“어. 공주가 왜?”

“돌아오셨어요!”

“무슨 소리야? 갑자기 장공주가 돌아오다니? 죽었잖아.”말하고 나니 나도 죽었다 깨어났구나. 남들도 가능하겠지. 죽었다 깨어났단 이유로 말도 안 된다고 하긴 좀 그래.

하지만…… 사정이 좀 다르긴 해. 장공주는 죽은 지 오래됐잖아? 나는 시체가 부패할 틈도 없이 천소여 몸에 들어온 거고.

“원웅 소저, 이상한 소문 들은 거 아니에요?”

귀자도 떨떠름해서 물었다. 하도 기가 막혀서 농담 취급하는 듯했다.

원웅은 딱 잘라 말했다.

“무슨 소리야? 지금 궁 전체가 난린데.”

어쩔 수 없지. 이런 건 직접 확인해야지.

“귀자야. 나가보자.”

나는 얼른 일어나서 밖으로 나가보았다. 어디로 가야 확인할 수 있는지는 모르겠지만 일단 나가보면 알겠지.

확실히. 밖에 나가보니 이미 난리가 나 있었다.

다른 후궁들도 모두 거리로 나와 서성이고 있었는데, 여기저기서 ‘장공주’란 이야기가 튀어나왔다.

하지만 다들 소문을 들은 건 맞는데, 그게 어디서 난 소문인지는 모르는 듯 나처럼 주위를 두리번거리고만 있었다. 모두 같은 생각을 하고 나왔나 봐.

“언니!”

온 귀인도 마찬가지.

며칠 전부터 언니 동생 하기로 한 온 귀인은 나를 부르면서 얼른 곁으로 다가와서는, 소리를 낮추지도 않고 다급히 물었다.

"언니도 그…… 장공주 전하께서…… 맞죠? 듣고 나온 거죠?"

"어."

"진짜예요?"

"나도 모르지. 나도 방금 듣고 나왔는걸."

"아닐 거 같아요. 말이 안 되지 않아요? 죽은 지 몇 해가 지났는데 돌아오다니요. 분명 가짜일 거예요!"

"음."

"아니, 언니는 이런 일 생각할 때가 아니지. 일단 들어가요. 너무 머리 아픈 생각 하면 안 좋대요."

온 귀인이 아주 살짝 내 배에 손을 얹고 반대 손으로는 등을 밀었다.

어차피 지금은 소문만 돌지, 다들 이렇다 할 정보가 없는 듯해서 나는 순순히 방 안으로 도로 들어갔다.

하지만 정말 무슨 일일까?

어디서 시작된지 모를 소식에 후궁들은 다들 진위여부를 두고서 수군거리고 있었다. 사방이 소란스럽고 들떠서, 이게 좋은 일인지 아닌지도 구분하지 못할 지경이었다.

그러나 같은 소식을 두고도 심궁은 분위기가 전혀 달랐다. 평소에도 조용한 심궁 내부는 오늘은 더욱 조용해서, 달팽이가 기어가는 소리조차 들릴 정도로 적막했다.

심궁의 어전 안, 주위에 늘어선 대신들은 모두 한 곳을 바라보고 있었다. 대전의 가장 가운데에 서 있는 여자 쪽을.

여자는 눈썹이 짙고 길었으며, 커다란 눈동자는 움푹 들어가 깊고 그윽해 보이는 얼굴이었다. 오뚝한 콧날에 콧방울이 작고 입술은 도톰해서 화려한 작약 같은 인상이었다.

그녀는 궁궐에서 가장 아름답다는 연비와 비견될 만큼 아름다웠으나 이곳에 모인 사람들 그 누구도 여자의 아름다움을 보고 있지 않았다. 그들의 눈에는 경악만 차올라 있었다.

그럴 수밖에 없었다. 이 화사하게 아름다운 여자가 바로 황제의 죽은 누이인 화연 장공주였으니까. 병사한 거다 자결한 거다 등의 소문이 무성했으나, 확실한 건 그녀는 이미 죽은 사람이었고, 선황제는 가장 아끼던 딸이 죽자 몹시 상심했단 점이었다.

그녀는 몇 해 전 6월에 사망했고 모두가 그걸 알았다. 그런데 그 죽은 여인이 뜬금없이 멀쩡히 돌아오다니. 다들 혼란스럽기 그지없을 수밖에 없었다.

진짜다 가짜다 각자 마음속에 품은 생각은 달랐으나 아무도 입을 열지 못했다. 이 중에서도 가장 혼란스러워 보이는 월요 황제 때문에.

입가를 면사로 가린 황제는 눈만 드러내고 있었지만, 눈동자만으로도 그가 몹시 충격을 받았다는 걸 온 대신이 알아차릴 정도였다.

얼마나 그러고 있었을까. 장공주를 닮은 여자가 물끄러미 월요를 보더니, 먼저 입을 열어 부드러운 목소리로 물었다.

"면사는 갑자기 왜 하고 계십니까."

황제가 대답하지 않고 보기만 하자, 장공주 닮은 여자는 짐짓 서운한 척 말했다.

"폐하께선 이 누이를 보고도 반기지 않는군요. 섭섭합니다."

그래도 황제는 대답하지 않고 뚫어져라 그 여자만 보았다. 그녀는 황제가 쳐다보는데도 눈길을 피하지 않고 담대하게 마주 보기만 했고, 이런 모습은 월요에게 어릴 적 총명한 누이의 모습을 떠올리게 했다.

한참 동안 여인을 보던 황제가 마침내 입을 열었다.

"오원요."

"네, 폐하."

"……데려가 쉬게 해라."

그렇게 내린 지시에는 호칭이 생략되어 있었다. 그 지시 안에는 저 여자를 어떻게 대해야 할지 모르겠다는 월요 황제의 심정이 배어 있었다.

"네, 폐하."

황제가 자신의 말은 죄다 무시하고 명령만 내리자 잠시 마음이 아픈 듯 인상을 찌푸리던 여자는, 순순히 황제의 명령을 따랐다.

그녀가 깔끔하게 황제에게 인사를 하고서 오원요를 따라 나가자, 대신들은 반쯤 한숨을 내쉬었다.

떠나는 여자는 뒷모습과 걸음걸이에서조차 기품이 흘렀지만, 대신들은 그조차 지금은 무섭게 여겨졌다.

장공주를 닮은 여자가 떠나자, 사람들은 제대로 말도 못 하다가 그제야 한두 마디씩 말을 얹기 시작했다.

"폐하. 소신도 장공주님의 용모를 알고 있사옵니다. 아까의 그 낭자는 장공주님과 흡사합니다. 하지만 절대로 장공주님일 수가 없습니다."

"소신 역시 마찬가지입니다, 그 낭자가 장공주님과 놀랍도록 닮은 외양이지만, 죽은 사람은 살아 돌아올 수 없습니다."

"누군가 장공주님 닮은 사람을 발견하고 일부러 폐하를 자극하려는 겁니다. 꾀를 부리는 거지요."

장공주가 살아있을 때부터 보아온 대신들은, 아까의 여자가 장공주와 닮았다는 건 인정하면서도 다들 장공주는 아닐 거라고 확신했다. 그도 그럴게, 몇 해가 지났는데, 죽은 사람이 저리 멀쩡한 모습으로 나타난 게 이상했다.

"몇 달 전에 누군가 장공주님의 시신을 파헤쳐 갔습니다. 어쩌면 이런 일을 꾸미느라 그런 건지도 모릅니다, 폐하. 닮은 사람을 찾기 위해서요."

"폐하를 혼란스럽게 하려는 음모입니다."

"하지만 닮은 정도가 아니오. 저 모습은 분명 장공주님이오. 돌아가시기 전 모습 그대로란 말이오."

"맞습니다, 목소리까지 똑같은걸요."

반면 장공주를 본 적이 없는 사람들은 본 적이 없으니 입을 다물고 말을 섞지 못했다.

사방 여러 곳에서 가짜다 진짜다 말이 오갔고, 그때마다 월요는 눈빛이 어두워졌다. 일단 가짜란 의견이 훨씬 더 많기는 했으나, 가짜라 주장하는 이들도 혹시나 싶은지 말을 심하게 하지는 못했다.

천소여와 천년비의 일을 모르는 대신들이 이 정도이니, 한 차례 사람의 영혼이 바뀌는 걸 본 월요는 더욱 혼란스러울 수밖에 없었다.

늦은 오후. 태교를 위해 원웅이 가져다준 책자를 들고 노려볼 때였다.

"마마. 책을 읽으셔야지요…… 눈싸움하지 마시고요."

원웅이 지다가다가 참다 못 참고 책으로 잔소리를 시도했다.

"읽어보려 했는데 아이가 내용을 거부해."

"아기씨가 아니라 마마께서 거부하시는 거 아닐까요?"

"아이가 좋아하면 내게도 재밌겠지. 하지만 책을 보자마자 울렁이는 게, 애가 거부하는 거야. 후우. 내 아이도 서책과는 인연이 없나 봐."

한숨을 내쉬며 원웅을 놀리자니, 원웅은 끔찍한 소리 마시라고 두 손을 저었다.

"안 돼요 마마. 아기씨는 폐하의 장자이실 텐데, 서책을 가까이하셔야 한단 말이에요!"

"꼭 그래야 해?"

"그럼요. 억지로라도 책을 읽으라 해보세요."

그 말에 마지못해 다시 '으으' 소리를 내며 서책을 다시 펼치려는데, 뒤에서 떡돌이가 들어오며 얼른 허리를 굽혔다.

"이게 무슨 소리지?"

돌아보자, 떡돌이가 무슨 술을 이렇게 많이 마신 건지, 평소보다 좀 비몽사몽 한 모습으로 들어오고 있었다.

"괜찮아요?"

평소답지 않은 모습에 의아해 묻자, 원웅이 뜨거운 물을 가져오겠다면서 밖으로 나갔다.

나는 책을 두고 얼른 그를 부축해주었다. 온몸에서부터 술 냄새가 독하게 나고 있었다. 대체 얼마나 마신 거지? 인상을 찡그리고서 서책을 옆으로 밀어두자니, 월요는 내 옆에 나란히 앉으며 말했다.

"싫으면 읽지 않아도 된다, 반숙아. 나중에 아이가 직접 읽으면 되지."

"그럴까? 좋은 생각 같긴 해. 그렇지. 내가 읽으면 무슨 소용이야. 직접 읽어야지. 그런데 그…… 떡돌아? 괜찮아?"

떡돌이는 아까 내내 내가 읽던 서책을 짚고서 펼치더니, 심도 깊은 연구를 하는 척하면서 "진짜지." 하고 대답했다.

딱 취한 사람이 부리는 허세다. 괜찮냐고 묻는데 '진짜지'는 무슨 답이래. 지금 제정신은 맞나?

"네 누이가 돌아왔다던 소문 이야기야. 정말이야?"

떡돌이는 서책을 옆에 탁 내려놓으면서 웃었다.

"소문이 여기까지 났나?"

"모르는 사람이 없을걸. 사방이 죄다 그 이야기야."

"……."

"진짜야?"

"모르겠다."

"모르겠다니?"

"있을 수 없는 일인데. 있을 수 없는 사례를 먼저 봤으니."

그 사례가 나구나.

"외양은 누이와 같다. 목소리도. 말하는 방식도."

"그럼 진짜 아니야?"

"가능한 걸까?"

"아깐 내 사례가 있다면서."

"너는 천소여가 죽자 그 몸에 들어왔지. 네 몸도 비슷하지 않으냐. 하지만 누이는…… 죽은 지 몇 해나 지났는데. 게다가……."

그는 말을 멈추더니 걱정스럽게 나를 보며 물었다.

"살아 돌아온 게 누이의 몸이 맞다 해도, 그 안에 든 게 누이가 아니라면? 그건 내 누이일까 아닐까."

"!"

"우선 저녁에 대화를 좀 나누어 볼 생각이다. 모후와 같이. 오늘은 기다리지 말고 먼저 자거라."

밤이 깊었지만 잠이 오지 않아서, 나는 혼자 뜰에 나와 서성였다.

떡돌이가 걱정하는 부분을 듣고 조금 충격이기도 하고…….

그래. 떡돌이는 애초에 천소여와 인연이 깊지 않았으니 내가 천소여가 아니란 걸 알고서도 쉽게 받아들였지. 하지만 누이와는 친했으니, 그 누이 몸에 다른 사람이 들어와 나타난다면 그건…… 대체 어떤 기분일까?

그렇게 멍하게 있자니, 다시 타천천 생각이 난다. 안 그래도 몸이 다시 바뀔 일은 없는지 물어보기 위해 한 번 보러 갈까 생각했는데. 일이 이렇게 되고 보니 더욱 가보고 싶었다.

타천천이라면 장공주가 어떻게 된 건지 알 수 있지 않을까? 아니면 타천천이 이 공주와 관련이 있을 수 있나?

타천천과 장공주라니, 전혀 관련 없어 보이긴 하는데. 그렇게 생각에 잠겨 뒷짐을 지고서 계속 돌아다니고 있자니, 나중에는 비연궁 밖으로까지 나오게 되었다.

그런데 혼자 멍하게 엉뚱한 생각을 하며 걸어가고 있자니, 누군가 쫓아오는 기척이 났다. 걷다가 우뚝 멈추면 기척도 같이 멈추었고, 다시 걸어가면 기척도 따라왔다.

'뭐지? 혹시 암살자 그런 건가? 내가 회임해서 누가 암살자를 보냈나?'

그 생각을 하자 심장이 두근거려 온다. 안 그래도 여러 가지로 마음이 불편한데. 이참에 몸을 좀 움직이는 것도 괜찮을 것 같고.

하지만 사냥감이 달아나면 안 되지. 나는 흥분한 표정을 감추기 위해 일부러 고개를 숙이고 뒷짐을 푼 다음 인적 드문 곳으로 걸어갔다.

너무 신이 난 티가 안 나도록 총총 걸어가다가, 따라오는 사람이 날 따라 골목길에 접어들 즈음.

나는 일부러 담을 넘어가 다른 곳에 숨었다가, 그 사람의 뒤쪽으로 이동한 다음 이번에는 내가 인기척을 줄여서 따라온 사람을 향해 살금살금 다가갔다.

따라온 사람은 갑자기 내가 사라진 게 의아한 듯 제자리에서 고개를 기웃거리고 있었다.

신이 나서 일단 내려치자, 상대는 어깨를 얻어맞고 작게 비명을 지르며 몸을 돌렸는데…… 아는 얼굴이었다.

"비원?"

놀라서 이름을 부르자 그가 목소리를 죽여서 항의했다.

"왜 다짜고짜 때리십니까!"

하지만 염 귀인 사건 이후 비원을 아니꼽게 보던 중이라, 좋은 소리가 나가지 않았다.

"안 죽이고 때린 데 감사해라. 뒤에서 살금살금 따라오길래 암살자인 줄 알았다."

비원은 어깨를 문지르다가 슬쩍 옷을 들쳐 피부를 보더니 탄식했다.

"아…… 멍. 아. 진짜."

"아파?"

"안 아프겠습니까? 그 무식한 힘으로 때렸는데요?"

"무식?"

"강한 힘이요."

더 말을 주고받으려는데, 태감들이 지나가는 소리가 들려왔다. 나는 비원을 골목길 안쪽으로 끌어당긴 다음 태감들이 지나가기를 기다렸다가 다시 물었다.

"여긴 왜 왔어?"

"장공주 일로 왔습니다."

뭐야. 그러면 와도 된다.

"나도 안 그래도 궁금했는데. 장공주도 타천천이 살렸어?"

"제가 알기론 아닐걸요."

"네가 알기론? 맞을 수도 있단 거야?"
"혼령술은 제가 다루지 않습니다. 그러니 혼령술에 대한 것은 저도 잘 모릅니다."
"그런가. 어쨌든, 장공주가 맞아?"
"제가 엮인 일이 아니니 저도 모르지요."
이놈은 죄다 모른대. 아는 게 뭐야?
"그럼 왜 왔는데?"
"말씀드렸잖아요. 장공주님 일로 왔다고."
"아는 거 없다며."
"그래도 혹시나 해서 와 봤습니다."
도움이라고는 조금도 안 되는구나. 아는 것도 없는데 혹시나 싶은 마음은 왜 가지는 건지 모르겠다. 어쨌든 이 현상이나 내 몸에 대해 물어볼 만한 건 타천천뿐이란 거 아닌가.
"타천천은 지금 어디 있어?"
"원래는 본타에 있었는데, 요즘은 여기저기 이동하셔서. 저도 잘 모르겠습니다."
"대체 아는 게 뭐야?"
안 그래도 염 귀인 건 때문에 얼굴을 보면 화가 나는데. 아까부터 자꾸 모른단 소리만 해대자 어이가 없다. 나는 발끈해서 물었지만, 비원은 전혀 반응하지 않았다.
그래, 아는 게 없어도 지내는 데 문제없다 이거구나.
"장공주 얼굴은 봤어? 어떻게 행동하던데?"
"저는 직접 보지 못했지만, 듣기론 장공주님처럼 행동한답니다. 그건 왜 묻습니까?"
"나처럼 다른 몸에 들어온 거라면 어설프게 실수할 거잖아. 그런데 침착하다니. 진짜 장공주인가."

비원은 어깨를 으쓱하고서 돌아섰다.

"전 모르겠습니다."

저놈이 모르겠다고 말한 게 몇 번이지? 세어 둘 걸 그랬다.

"어쨌든 멀쩡한 걸 봤으니 됐습니다."

그러고서 가려는 그를, 이번에는 내가 붙잡았다.

"잠깐. 타천천이랑 연락 닿으면 좀 만나자고 전해줘."

약속을 지킬지는 모르겠지만 비원은 그러겠다며 돌아갔다.

순식간에 그의 등장으로 소란스러워졌던 정신머리가 다시 가라앉았다. 천천히 처소로 돌아와 넓은 평상에 앉자, 다시 한번 심각해졌다.

'장공주가 살아 돌아온 일…… 나와는 관련 없겠지?'

지금까지는 천소여 가족들의 입장에서 생각해 본 적이 없는데. 떡돌이가 살아 돌아온 장공주를 두고서 '진짜 누이'일지 가짜일지에 대해 고민하는 걸 보니. 여러모로 생각이 깊어진다.

천소여 가족들도 지금 이 몸을 차지한 게 자기들 식구가 아니란 걸 알면 여러모로 싫어하겠지? 거기에 내 의지가 있었는지 없었는지는 그 식구들에겐 중요한 문제가 아닐지도 몰라. 중요한 건 남이란 거니까.

날이 밝았지만 어제 떡돌이의 위태로운 모습이 머리에 남아서인가, 내내 이런 생각이 들어서 결국 비연궁 가장 멀리로 산책하러 나갔다. 초여름이라지만 날씨도 선선하니 좀 신선한 공기를 맡으면서 머리에 안정을 주어야 했다.

그런데 잘 가다 보니 또 바스락 소리가 나는 게 아닌가. 비연궁은 내 허락 없이 아무도 들어올 수 없는데 산책로에서 소리가 난다는 건…….

비원이겠지. 아는 것도 없는 그와 더 마주하고 싶지 않았기에, 나는 살기를 섞어서 짜증스럽게 말했다.

"쫓아다니지 말고 그냥 나와. 어차피 걸릴 거."

그런데 대답이 없었다. 비원이 수풀 더미에서 나와 이런저런 말을 할 줄 알았는데. 대신 누군가 나오기는 했다. 처음 보는 사람이.

'누구지?'

생판 처음 보는 얼굴에 멀뚱히 쳐다보다가, 나는 떨떠름해서 물었다.

"누구세요?"

그 사람은 덩달아 나를 보다가 꾸벅 허리를 숙였다.

"아. 죄송합니다. 나오라길래. 쫓아다닌 건 절대 아니에요."

눈썹을 찌푸리고 눈에 힘을 줘서 다시 봐도 모르는 사람이었고 처음 보는 얼굴이었다. 그럼 몰래 들어온 비원이 아니면 누구지? 옷차림을 보니 궁녀……는 아닌데. 태감도 아니고.

잠시 '장공주?' 하는 의심이 들었지만, 그 의심은 저 여자가 허리 숙여 인사했었단 걸 떠올리자 싹 사라졌다.

그래, 장공주는 아닐 거야. 살기에 놀랐다고 해도 바로 허리가 숙여질 리가 있나.

그럼 누굴까?

"진짜 누구세요?"

영 짐작이 가지 않아서, 나는 다시 한번 물었다. 여자는 어정쩡하게 서 있다가 두 손을 모으고서 대답했다.

"저는 장공주라고 합니다. 이름은 아마 화연……."

그 대답에 놀라려는 찰나. 여자는 갑자기 허리를 세우더니 정색하며 말투를 바꿨다.

"장공주다. 그대는 누구인가."

그 돌변한 태도에 더욱 놀라 빤히 쳐다보자, 여자는 처음엔 눈싸움이라도 하듯 같이 보았지만 나중에는 표정이 점점 무너지다가, 결국 눈동자를 옆으로 돌렸다.

그러더니, 내가 자신을 장공주라 칭하는 여자의 주장에 반응하기도 전. 이번에는 나이 많아 보이는 궁녀들이 내 궁녀들에게 둘러싸인 채 황급히 가까이로 다가왔다.

태후 마마를 뵈러 갔을 때 얼핏 보았던 얼굴들이었는데, 그들은 우르르 내 앞까지 다가와서는 앞다투어 설명했다.

"죄송합니다, 천빈 마마."

"이분은 장공주 전하이십니다. 산책하다 갑자기 사라지셔서…… 이곳에 오실 줄 몰랐습니다."

장공주의 궁녀라는 이들은 내가 다른 사람의 출입이 금지된 구역에 침입한 장공주에게 화를 낼까 염려되는지, 멍하게 서 있는 장공주를 대신해 변명했다. 그러고는 장공주에게 얼른 돌아가시자고 설득하는데…….

저 여자가 장공주가 맞구나. 무슨 수로 몸을 회복시켰는지, 진짜인지 가짜인지는 모르겠지만.

어쨌든 돌아가자는 말에 장공주는 얼른 그들을 따라갔고, 나는 먼발치서 그 모습을 지켜보다가 한 가지 깨달음을 얻었다.

'저 사람, 장공주 아닌 거 같은데?'

아무리 생각해도 수상쩍단 말이지. 곰곰이 생각보다가, 나는 일단 떡돌이와 이 문제를 토론해보기로 했다. 떡돌이 가족이니까 말해보는 게 좋을 거야.

그런데 저녁때까지 떡돌이를 기다렸지만, 떡돌이는 장공주, 태후 마마와 식사한다고 올 수 없단 소식을 전해왔다.

이 이야기를 전하며 귀자는 조금 불쾌한 듯 내내 인상을 쓰고 있었다.

그래도 괜찮았다. 밤에 만나서 얘기하면 되지.

그러나 밤이 되자, 이번에는 오 공공이 찾아와서 말을 전했다.

"마마. 폐하께서 장공주님과 대화를 하고 싶으시다고, 기다리지 말고 먼저 주무시라 하셨습니다."

오 공공은 그렇게 물러났지만 원웅은 오 공공이 가자 분을 토했다.

"장공주인지 뭔지 진짜 짜증 나요. 마마께선 회임하셨다고요! 지금 폐하께선 마마를 금처럼 옥처럼 대해주셔야 하는데, 이게 뭐래요?"

"쉿."

부성이 입가에 손을 대고 말렸지만, 원웅은 멈추지 않았다.

"맞는 말이잖아. 장공주가 나타나기 전엔 마마를 살뜰하게 챙겨주시더니. 장공주가 오고 나니 제대로 보러 오지도 않으셔."

"딱 이틀 그랬어. 내일은 오시겠지."

부성이 그렇게 위로했지만, 전혀 효과가 없었다.

원웅이 골이 나서 세숫물을 들고 나가자, 부성은 맞은편에 앉아 머리를 풀고 빗질을 해주며 달래주었다.

"걱정하지 마세요, 마마. 워낙 사이좋은 오누이셔서, 지금은 좀 혼란스러워서 그러시는 거예요."

전혀 걱정하고 있지 않았다. 그저 아무리 봐도 장공주란 여자 몸 속에 든 게 장공주가 아닌 것 같을 뿐. 장공주인 척 흉내를 내고는 있는데, 얼핏얼핏 나오는 게 장공주가 아니었어.

살기 섞어서 나오라고 하니까 나와서 허리 숙여 인사하는 거나, 자기소개를 이상하게 하다가 갑자기 정색하는 거나, 궁녀들이 좀 더듬거리면서 내게 인사시키는 거나 전부다.

뭔가 있어. 분명 알맹이가 달라. 경험자라 확신이 간다.

장공주가 찾아와 아무리 기쁘다고 해도 밤새 곁에 있진 않겠지.

"폐하께서는 주무시러 들어가셨다 합니다."

그날 밤. 나는 귀자에게 말을 전달받자마자 얼른 야행복으로 갈아입고서 밖으로 나갔다. 나 말고 영혼이 바뀐 사람은 처음 보는 거라, 그녀를 한 번 더 살펴보고 싶었다.

"회임하셨는데. 너무 무리하시는 거 아니실까요?"

"괜찮아. 확인 안 하면 신경 쓰여서 머리에 무리가 가."

귀자는 내가 담을 타고 이동하는 게 걱정되는 듯했지만, 아직은 배가 나온 것도 아니라 움직이는 데 별 지장은 없었다.

"괜찮아. 망만 잘 봐."

나는 걱정하는 귀자에게 당부하고서, 얼른 비연궁을 빠져나가 장공주가 머물고 있다는 금룡궁으로 가보았다.

낮에 놀러 온 축비에게 듣자 하니 장공주 곁에는, 살아 있을 적 곁에 있던 궁녀들이 다시 가 있댔지. 그들이 보필하고 있는 데다 태후의 궁에서 같이 지내고 있다 했어. 그쪽으로 가면 볼 수 있을 거야.

회임한 뒤 며칠 무공 훈련을 놓긴 했지만, 전에 먹은 영약은 내공으로 잘 흡수한 상태라 경공을 쓰는 데 아무런 문제도 없었다.

나는 어렵지 않게 사람들의 시선을 피해 금룡궁 안에 들어간 다음, 시위들 숫자를 보고서 장공주의 방을 추정해 이동했다.

그런데 장공주가 머무는 전각 근처에 가보니, 명당자리에 이미 선객이 와서 전각을 보고 있지 뭔가.

일부러 그 곁으로 가지 않고 거리를 두고 서서 보니, 그자는 야행을 하면서 얼굴도 제대로 가리지 않고 있었다. 그래도 몸을 숨긴 탓에 어두워서 이목구비는 잘 보이지 않지만, 어쩐지 좀 슬퍼 보였다.

'누구지?'

그러다 그 사람이 갑자기 전각으로 이동하길래 나도 일단 따라가 보았다. 최대한 인기척을 죽여서 따라가 보니, 그 남자는 장공주가 머무는 전각 마당으로 가고 있었다.

담벼락 나무 아래에 모습 감춘 채 살펴보자, 놀랍게도 마당에는 장공주가 혼자 나와 있었는데, 남자는 마당에 있는 게 장공주뿐이자 더 숨지 않고 그쪽으로 들어갔다.

장공주 역시 배회하다가 남자를 보자 황급히 달려가 외쳤다.

"왜 이제야 왔어요?"

말하는 걸 보니 남자와 아는 사이 같았다. 남자는 낮고 무거운 목소리로 작게 대답했다.

"송구합니다."

그러나 장공주는 사과는 안중에도 없다는 듯이 겁먹은 목소리로 재차 물었다.

"같이 있어 주면 안 돼요? 왜 자꾸 다른 데 가는 거예요? 난 그쪽밖에 모르는데, 그쪽이 날 여기 두고 다니면 뭘 어떻게 해야 할지 모르겠어요."

"편안히 계시면 됩니다. ……이곳은 공주님의 집입니다."

그 말에 장공주는 한숨을 내뱉으며 아주 작게 말했다.

"다시 말하지만, 난 장공주가 아니에요. 다른 사람은 몰라도 그쪽은 알잖아요."

아주 작은 목소리였지만 내가 듣는 데 아무 무리 없을 정도였다.

그보다…… 이게 무슨 소리야? 장공주가 아닌 건 짐작했지만, '다른 사람은 몰라도 그쪽은 알잖아요'라니?

그럼 저 남자가 장공주 시신을 부활시킨 사람이야? 타천천이 아니고?

너무 놀라서 작게 소리가 난 걸까.

내내 장공주와 대화하던 남자가, 찰나의 기척을 잡아냈는지 바로 이쪽을 쳐다보며 "누구냐." 하고 물었다.

평소라면 떠났을 텐데. 하필 뒤쪽에 순찰하는 태감들이 지나가고 있어서 나는 바로 비키지 못했다. 그 와중에도 남자는 계속 다가오고 있었기에, 나는 어쩔 수 없이 단도를 꺼냈고 남자도 나를 향해 검을 휘둘렀다.

그러느라 드디어 남자의 얼굴을 정면으로 보게 되었는데…… 뜻밖에도 아는 얼굴이었다.

"용화노?"

친한 사이는 아니지만, 그래도 분명 아는 얼굴이다. 저자도 무림 사적 중 하나니까. 하찮은 접점이 두어 번 있었지.

아니, 그런데 왜 그자가 여기에?

하지만 상대는 내가 자기를 알아볼 줄 몰랐던지, 이름이 불리자마자 표정이 더욱 굳어 눈이 흉흉해졌다.

아니 그럼 복면을 쓰고 있던가.

치솟는 불만은 삼켰다. 목소리를 여러 번 들려주는 건, 복면 차림을 한 사람에겐 좋지 못한 행동이니까.

그때. 이번에는 뒤에서 장공주가, 정확히는 장공주 몸에 들어간 누군가가 용화노를 불렀다.

"아는 사람이에요, 고궐?"

'고궐'이라고.

세상에. 깜짝이야. 용화노가 고궐이었다고? 나와 함께 무림 사적에 이름을 올린 악명 넘치는 무림인 용화노가 고궐이라고? 맙소사. 용화노와 고궐 사이의 공통점이라곤 악명 넘치는 것뿐인데?

아니…… 분명 떡돌이가 고궐이 무림인일 거라 하긴 했어. 전혀 안 잡히는 걸 보면 무림인이 틀림없다고.

세상에. 생각해보니 공통점이 여러 개잖아. 무림인이고, 악명 넘치고. 아니, 아무리 그래도 그렇지 고궐이 용화노였다니.

"쥐새끼 같군."

차분하게 생각하는 것 같지만, 나는 계속 용화노와 싸우는 중이다. 그리고 용화노는 내가 자기 검을 쏙쏙 피하는 게 싫은 모양이지.

내가 그와 세 번 붙어 세 번 다 이긴 천년비란 걸 알게 된다면, 자존심이 좀 덜 상하지 않을까 싶긴 한데. 어쨌든…….

벽 너머 태감들의 인기척이 사라지자마자 나는 그를 걷어차고 담벼락 위로 뛰어 바로 달아났다.

용화노는 장공주가 신경 쓰여서인지, 잠시 쫓아오긴 했지만 얼마 지나지 않아 멈추어 섰다. 돌아보니 그가 죽일 듯한 시선으로 나를 노려보고 있었다.

웃으면서 손가락 욕을 해준 다음, 나는 얼른 내 처소로 돌아갔다.

어쨌든 성과가 있었네. 장공주는 가짜였어. 나 같은.

침입자를 쫓는가 싶던 고궐이 돌아오자, 우두커니 서 있던 장공주가 황급히 그쪽으로 달려가며 물었다.

"방금 뭐였어요? 괜찮은 거예요?"

장공주가 초조하게 그의 팔을 붙잡자 고궐은 움찔하다가, 슬그머니 그 손에서 옷을 빼냈다. 마치 닿아선 안 될 게 닿은 것처럼.

"내가 혹시 말실수를 한 거예요?"

그녀가 걱정스레 묻는 목소리에 고궐은 고개를 저었다.

"아닙니다."

장공주는 자신의 두 손을 모아 쥐고서 가냘픈 눈으로 그를 바라보았다. 그 익숙하면서도 낯선 눈길에 고궐은 마음이 아릿해졌다.

장공주는 다시 걱정스레 물었다.

"저기. 우리, 여기 꼭 있어야 하는 거예요? 난 정말 장공주란 사람이 아닌데. 여기서 이러고 있으려니 너무 무서워요."

"공주님은 공주님이십니다. 여긴 공주님의 집이고, 태후마마는 공주님의 친모이십니다. 폐하는 공주님과 동복형제이니, 공주님은 손꼽히게 귀한 분이십니다. 당당하게 계세요."

그래도 장공주의 표정에선 조금도 걱정이 가시지 않았다.

"난 장공주가 아니라니까……. 그거야 그렇다 쳐도. 그쪽이 장공주를 다시 부활시킨 거라면 목적이 있을 거 아니에요. 혹시 날 이용해서 뭔가를 하려는 거예요?"

"아닙니다."

"정말, 정말 이렇게 있기만 하면 된다고요?"

"네. 그냥 이렇게. 잃었던 시간만큼 행복하게 지내시면 됩니다."

봄기운이 거의 다 빠진 달빛 아래에서 고궐의 모습은 한 폭의 그림처럼 아름다웠다.

장공주는 긴장했던 어깨를 떨어뜨리고서 중얼거렸다.

"난 장공주가 아니라니까……. 공주 행세하다 걸리는 거 아니냐고요."

사실 먼저 후궁 몸을 차지하고 살고 있는 입장인지라, 장공주에 대해 떡돌이에게 말하는 게 나을지 아닐지 좀 고민을 하긴 했다. 솔직히 이 상황에서 제일 혼란스러운 건 장공주 몸에 들어간 본인일 테고.

그런데 고궐, 용화노를 보고 나니 말하는 게 낫겠다 싶다. 고궐이라면 떡돌이가 미워하다 못해 이를 박박 가는 새끼 아니던가. 장공주의 뒤통수를 치고 간 놈. 그런데 장공주를 부활시킨 게 그놈이라고? 분명 꿍꿍이가 있다. 없을 리가 없어.

떡돌이에게 얘기하고서 잘 대처하라 해야겠다. 그러면서 장공주 몸속에 들어가게 된 사람 입장에서도 좀 변호를 해주면 되겠지. 그 사람은 그냥 자기도 모르게 벌어진 일이니, 그런 건 염두에 두어 대처하라고.

"마마, 괜찮으세요?"

"응? 왜 그래?"

"계속 주먹을 쥐셔서……."

"아아. 별거 아니다. 그냥 생각을 좀 하느라."

"폐하께 화가 나서 그러시는 거죠?"

"아니라니까."

자꾸 내 모든 행동을 떡돌이랑 연결 지어 해석하는 원웅을 달래느라 진이 빠져서, 어떻게 잔 건 줄도 모르고 잠들었다.

그리고 다음 날 아침.

나는 식사를 한 다음 떡돌이에게 직접 찾아가기 위해, 일어나자마자 세수를 하고 옷부터 갈아입었다. 그런데 막 식사를 하려고 할 때, 오 공공이 찾아오더니 내게 웃는 얼굴로 이렇게 말하는 게 아닌가.

"마마. 폐하께옵서, 점심때 마마와 식사하고 싶으니 심궁으로 오라 하십니다. 소인이 와서 다시 안내해드리겠습니다."

그 말 한마디에 원웅의 뾰족했던 표정이 바로 풀어졌다. 오 공공이 돌아가자, 부성은 그런 원웅을 놀렸고, 원웅은 민망해하며 말했다.

"하지만 폐하께는 장공주님이 세상에 단 하나밖에 없는 동복 누이잖아. 심지어 슬프게 돌아가셔서 마음에 완전히 박혀버린 누이. 두 분이 따로 산 후라면 모를까, 늘 곁에 있다가 돌아가셨고."

원웅은 말을 하다 잠시 내 눈치를 보았지만 빠르게 마저 말했다.

"죽은 사람은 못 이긴다고, 죽은 줄 알았던 누이가 돌아왔으니 폐하도 한동안 장공주님만 챙기실 것 같았는걸. 마마께선 회임 초기라 아주 조심해야 하는데, 폐하께서 장공주님만 살피느라 여기에 소홀해진 틈을 나쁜 사람이 노리면 어떡해."

부성도 원웅이 이렇게까지 말하자 더 놀리지 못하고 괜히 눈시울을 붉혔다. 울 정도는 아닌 거 같지만.

어쨌든 원웅이 기분이 풀린 거 같으니 다행이야. 하는 말이 잘 이해가 가진 않지만.

점심시간까지는 시간이 좀 있으니, 아침 식사를 한 후에 산책하면서 찌뿌둥한 몸을 풀려 했는데. 원웅은 떡돌이에게 보여주어야 한다면서, 식사를 마치자마자 나를 치장해주기 시작했다.

회임했기 때문에 무거운 장신구를 하거나 몸을 꽉 조이진 않았지만, 그러면서도 평소보다는 좀 더 공을 들인 티가 났다. 선녀 옷은 아니지만 선녀 잠옷 정도는 될 정도로.

이후에는 머리를 잘 매만진 다음, 가마를 타고 오 공공의 안내를 받아

심궁으로 들어갔다.

그런데 집무실 너머로 가는가 싶더니, 오 공공이 안내해 준 곳은 처음 와 보는 넓은 방이었다. 방 가운데에는 길쭉한 식탁이 벽 모서리 당 하나씩 해서 세 개가 놓여 있었는데, 떡돌이는 이미 상석에 와 있었다.

그리고 다른 한쪽에…….

"장공주님이십니다, 마마."

장공주가 있었다.

이건 또 뜻밖인지라 잠시 우두커니 있자니, 떡돌이가 장공주가 나를 보며 희미하게 미소 지었다.

"구면이로군."

힐긋 떡돌이를 보자, 그가 면사를 벗고 있는 게 눈에 들어온다. 장공주 앞에서는 굳이 면사를 쓸 필요가 없단 거구나.

떡돌이는 나와 눈이 마주치자, 내가 회임한 걸 알게 되었을 때만큼 활짝 웃으면서 자신의 옆자리를 가리켰다.

"앉거라, 반숙아."

"이쪽으로 오시지요. 마마."

오 공공의 부축을 받아 빈자리에 가서 앉자, 곧 궁녀들이 들어와 탁상에 음식을 한가득 차려놓고 갔다. 궁녀들이 모두 물러나자 떡돌이는 "반숙아. 천빈." 하고 나를 다정하게 부르더니, 한 손을 장공주 쪽을 향해 뻗으며 말했다.

"네게는 꼭 누이를 소개해주고 싶었다. 화연 누이다. 누이, 내가 어제 내내 말했던 천빈입니다."

그 말에 어정쩡하게 다시 장공주를 보자, 장공주는 빙그레 웃더니 술이 들었으리라 예상되는 작은 잔을 한 손으로 들어 보이며 인사했다.

"어제 종일 천빈에 대한 이야기를 들었네. 만나서 반갑군."

인사를 한 그녀는 술을 한 번에 털어놓더니, 시원스레 탁상에 내려놓았다. 떡돌이는 싱글벙글 웃으면서 물었다.

"한데 누이, 구면이라니 무슨 소리입니까? 천빈을 본 적이 있습니까?"

"어제 여기저기 돌아다녀 보다가, 못 보던 궁이 있길래 들어가 보았습니다. 거기서 천빈을 보았지요."

장공주는 자신이 어제 한 말실수를 들킬까 봐 염려되지도 않는지 아주 태연하게 굴었다. 어젯밤에 고궐과 대화하는 걸 듣지 않았더라면, 어제 낮에 본 일조차 두루뭉술하게 넘어가게 될 정도로.

나는 다시 떡돌이를 보았다. 떡돌이는 여전히 입이 귀에 걸려 있었다.

"천빈은 지금 회임 중입니다, 누이. 원래 천빈은 산책을 아주 좋아하는데, 만일을 대비해서 요즘은 비연궁 안에서만 산책하고 있지요."

장공주는 놀란 듯 축하한다고 말했고, 떡돌이는 웃음을 터트렸다.

"천빈이 회임하자마자 누이가 돌아오다니. 좋은 일이 연달아 벌어져 너무 좋습니다."

"돌아오자마자 조카를 보게 된다니. 좋구나. 내 기억엔 아직 너도 어린 아이인데, 네게 벌써 아이가 생기다니……."

잠시 슬픈 듯 중얼거린 장공주는 고개를 젓더니 다시 나를 보았다. 그러고는 환한 햇살처럼 웃으면서 물었다.

"어젯밤 폐하께서 그러셨네. 천빈은 폐하가 정말, 정말로 많이 좋아하는 사람이라고. 폐하가 천빈이 좋다면 나도 천빈이 좋다네."

"감사합니다?"

"나도 천빈에게 선물을 주고 싶은데. 가지고 싶은 게 없는가?"

줄 수 있는 건 이미 떡돌이가 다 줘서……. 딱히 생각나는 게 없어서 고개를 설레설레 젓자, 장공주는 잠시 생각에 잠겨 있더니 곧 자신의 팔에서 팔찌를 빼냈다. 커다란 보석이 주렁주렁 박힌 것이, 딱 보기에도 '나는 비싸다. 나를 모셔라'라고 주장하는 듯한 팔찌였다.

장공주는 직접 일어나 내게 다가오더니, 직접 내 손에 팔찌를 끼워 주고서 손을 꼭 잡고서 슬프게 웃었다.

"나 때문에 폐하께서 많이 울었다 들었네. 당시에 나는 내가 아파서…… 나보다 어린 월요를 보듬지 못했어. 못난 누이이지만, 그래도 지금 행복해진 모습을 보아서 좋네. 이건 전부 다 천빈, 그대 덕이겠지."

……이상해. 분명 본인 입으로 가짜라고 했는데. 저렇게 말하는 걸 보면 꼭 진짜 같다. 저 슬픈 눈동자라니. 하긴. 그러니 장공주와 동복 남매인 떡돌이도 진짜라고 믿고 있는 거겠지만.

혼란스러운 마음에 잠시 팔찌를 멍하게 보고 있자니, 떡돌이가 놀라워하는 목소리로 장공주에게 말하는 소리가 들렸다.

"누이. 그 팔찌는 부황께서 누이께 선물한 거 아닙니까?"

장공주는 고개를 끄덕이더니 나를 보며 생긋 웃었다.

"웬만한 독은 그걸로 막아 준다고 들었네. 어릴 때 한 번 독살당할 뻔한 적이 있는데, 그때 부황께서 내게 주셨지. 하지만 이제 와 누가 나를 독살하려 하겠나. 지금은 나보다 천빈에게 더 필요할 거야."

힐긋 떡돌이를 보자, 떡돌이가 나를 보면서 그거 진짜 좋은 거니까 얼른 챙기라고 눈짓했다. 얼결에 고개를 끄덕이고 장공주에게 감사 인사를 하자, 그녀는 밝게 웃으면서 손을 내밀었다.

"얼른 드시게. 나 때문에 못 먹고 있잖나."

식사하는 내내, 떡돌이와 장공주는 열심히 대화를 주고받았다.

장공주는 내게도 조심스레 말을 걸었지만, 나는 마음이 복잡해서 제대로 대답하지 못했다.

나는 깨작깨작 밥을 먹으면서 장공주와 떡돌이를 번갈아 바라보았다.

이를 어쩐다.

떡돌이는…… 아무래도 장공주가 진짜라고 믿는 모양인데.

식사가 끝난 뒤, 나는 속이 좋지 않다고 둘러대고서 먼저 처소로 돌아왔다. 실제로도 속이 조금 안 좋긴 했지만, 그보다는 떡돌이가 장공주에게 보내는 애정이 너무 커 보여서 곤혹스러웠다.

저렇게 좋아하는데, 내가 장공주가 가짜라고, 심지어 장공주를 부활시켜 여기 데려온 게 고궐이라고 말하면…… 젠장. 어떻게 되는 거야?

장공주에 대해 말하기 위해 얼른 떡돌이를 보고 싶었는데. 장공주가 돌아온 걸 저렇게 기뻐하는 걸 보고 나니, 목구멍이 턱 막힌다. 이제는 떡돌이를 보기가 힘들어졌다. 그런데…….

"마마. 폐하께서 오고 계신답니다."

떡돌이 얘는 청개구리인가. 기다릴 때는 안 오더니, 왜 오늘은 또 오는 거야? 헤어진 지 한 시진도 안 지났는데!

"폐하께서 마마를 보고 나니 다시 그리워지셨나 봐요. 오늘 잘 차려입고 간 보람이 있어요, 마마!"

나는 괴로워서 몸을 비틀었지만, 원웅과 부성은 신이 나서 머리를 다시 빗니 어쩌니 야단법석을 부렸다.

다행히 두 사람이 내 머리를 다시 풀기 전에 떡돌이가 도착했다. 안 되겠다 싶어서, 나는 얼른 침상에 누워 안쪽으로 들어간 다음 눈을 감고 자는 척을 했다.

아프다고 상황을 외면해 버리는 건 좋지 않단 걸 알지만, 지금 당장 떡돌이 얼굴을 보고 '누이 보니까 좋아? 그런데 그 누이 네 누이 아닌데!'라고 말하기 어려운걸.

뒤에서 누군가 들어오는 소리와 바스락대는 소리, 발소리가 가까워졌지만 나는 절대로 눈을 뜨지 않고 버텼다.

"송구하옵니다, 폐하. 마마께서 폐하를 기다리다 잠드셨나 봅니다."

"며칠 동안 내내 폐하를 기다리셨어요."

다행히 원웅과 부성은 내 편이었다.

"폐하, 마마를 잘 챙겨주세요. 마마는 처음 회임하셔서 지금 겁에 질려 계세요."

"폐하, 마마는 폐하가 옆에 없으면 제대로 잠도 못 주무세요. 아니, 숨도 못 쉬세요."

"폐하, 마마를 지켜주셔야 해요. 마마는 폐하만 믿고 살아가는걸요."

"폐하께서 안 계시면 제대로 뭘 드시지도 못하세요."

나를 너무 떡돌이에게 안달 난 사람으로 표현하긴 했지만.

그리고 부성아. 과장을 해도 좀 그럴듯하게 해야지. 내가 지금 자는 척하고 있는데 네가 '마마는 폐하 없인 잠도 못 잔다'고 말하면 우리 둘 중 하나는 거짓말쟁이가 된다고.

그보다 어쩐다. 떡돌이가 속아줄까? 은근히 눈치가 좋아서 말이지. 심장이 두근거린다.

"그래. ……알았다. 나가들 보아라."

그래도 계속 자는 척 버티고 있자니, 떡돌이가 나지막한 목소리로 말했다. 이윽고 두 사람의 발소리가 물러났고 문 닫히는 소리가 났다.

"……."

그리고 정적. 떡돌이, 뭘 하길래 이리 소리가 없어?

돌아간 건 아닌데. 나가는 발소리에 떡돌이 발소리는 없었어.

하지만 움직이지도 않고 있다. 움직이면 기척이 있어야 할 건데, 기척이 없어. 그렇지만 떡돌이는 기척 없이 잘 움직이긴 해.

'뭘 하는 거지?'

나는 슬그머니 실눈을 떠보았다.

"!"

아이고야! 실눈을 뜨자마자 보인 건 내 코앞에 와 있는 떡돌이의 얼굴이었다. 나를 물끄러미 바라보던 눈동자가 꼭 대나무 이슬처럼 맑다.

그는 나와 눈이 마주치자 눈꼬리가 휘어지도록 웃더니, 내 미간 사이에 입을 가까이 대고서 놀렸다.

"넌 자는 척을 못하더라."

"어떻게 알았어?"

"자는 척을 못하니까."

"아니, 내가 안 자고 있던 거 어떻게 알았냐고."

"자는 척을 못하니까."

눈에 힘을 주고 째려보자, 떡돌이는 내 옆에 눕더니 눈을 감고서 눈꺼풀을 마구 떨기 시작했다. 그러다가 몇 번 호흡을 크게 해 가슴을 들썩거리게 하더니, 뭐가 그리 재밌는지 혼자 배를 쥐고 굴러다녔다.

"채신머리 없다."

그 모습이 얄미워서 찰싹찰싹 허벅지를 두드리자, 떡돌이는 내 손을 가져다가 열 손가락을 한 번씩 입에 넣으면서 아프지 않게 우물거렸다.

"우리 예쁜 반숙이."

"실컷 놀려 놓고선 이쁘대."

"그럼 안 이쁜가?"

"당연히 이뻐. 근데 당연한 거라 그런 말엔 기뻐하지 않아."

"이런. 그런 건가?"

"그럼!"

"그럼 평소에 안 듣는 말을 해줘야 좋아하나?"

"암!"

"똑똑하다던가?"

"암!"

뭐라고?

내가 도끼눈을 뜨고 보자, 떡돌이가 황급히 베개를 가져다 방패처럼 자신을 방어했다.

베개에 얼굴을 가져다 대고서 마구 밀자 그는 웃음을 터트리면서 나를 꽉 끌어안았다.

"우리 반숙이는 똑똑하지. 짐은 아는걸. 우리 이쁘고 똑똑한 반숙이."

"흥. 나는 사탕발림엔 넘어가지 않아."

"도도하기도 하지."

"흥흥."

"여기 이만큼 올라간 입꼬리만 솔직하구나."

그가 한쪽 손으로 내 뺨을 쓸며 하는 말에, 나는 얼른 다른 쪽 뺨에 손을 대보았다.

정말로 내 광대가 높이 올라가 있었다. 세상에. 몸 주인은 지금 체면을 차리고 있는데, 입꼬리가 혼자 올라가다니!

황급히 입꼬리를 내려 보았지만, 떡돌이는 이미 자신의 아부가 내게 잘 통했다 여기는지 흐뭇하게 웃고 있었다.

그래도 그 모습이 귀여워서 한 번 봐주기로 했다. 나는 때로는 대범한 고수니까. 강한 자는 강한 자의 풍모가 있는 법이다.

"자, 자세. 편하게 등을 기대고 누워야지."

티격태격하던 분위기는, 떡돌이가 내가 앉은 방향을 돌려주면서 잠시 끊어졌다.

침상 등받이에 푹신한 베개를 겹쳐 앉자, 떡돌이는 그제야 웃고서 내 배 위에 손을 올리고 아주 소중한 유리를 만지듯 살살 문질렀다.

"조심해야지. 배에 힘을 가하면 안 되지 않느냐."

"내 아기는 강할 거야."

"음. 강하겠지. 태어난 다음 좀 성장한 후에는."

"내 아기는 무림 고수가 될 테니, 강해야지."

"무림 고수?"

"그럼. 내가 어릴 때부터 조기 교육을 시킬 거야. 나는 조기를 못 먹고 자랐지만 우리 애는 조기를 많이 먹일 수 있잖아? 배부르게 먹여서 강하고 똑똑하게 만들 거야."

"!"

"나도 어릴 때 조기를 많이 먹었으면 더 튼튼했을 텐데. 그래도 이젠 황제 아빠가 있으니 괜찮아."

말하다 보니 조기가 먹고 싶다. 내일 원웅에게 말해서 조기를 가져다 달라 해야겠어. 괜히 침이 넘어가서, 나는 배 위에 두 손을 올리고 계속 조기 생각을 하지 않기로 했다.

그런데 중얼거리다가 옆을 보니, 떡돌이가 슬픈 눈에 진동하는 입을 하고서 나를 이상하게 쳐다보고 있었다.

"웃는 거야 우는 거야?"

그 표정이 너무 이상해서 묻자, 떡돌이는 내 어깨에 한 번 자기 이마를 댔다가 올리며 중얼거렸다.

"모르겠다. 울고 싶은 건지 웃고 싶은 건지."

"왜?"

"슬픈 이야기를 들은 거 같은데. 네 오해가……."

"오해라니?"

"조기 교육의 조기는 생선 이름이 아닐 거다, 반숙아."

"뭐? 그럼?"

"빨리, 일찍 이런 뜻인데……."

내가 멍하게 입을 벌리고 보자, 떡돌이는 얼른 덧붙였다.

"짐도 알게 된 지 얼마 안 되었다. 모른다고 민망해 할 필요 없어."

"아니, 그게 문제가 아니라."

"그럼?"

"난 내가 기억력이 나쁜 게 조기를 못 먹어서 그런 줄 알았는데. 그러면 내가 타고나길 기억력이 나쁘단 거야?"

"픕!"

떡돌이가 이상한 소리를 내며 날 끌어안는 바람에, 눈가가 뜨끈해졌다.

나는 후천적으로 머리가 나쁜 거지, 선천적으로 머리가 나쁜 건 아니라 믿었는데. 떡돌이가 지금 내 믿음을 박살 냈어!

충격에 젖어 몸에 힘을 빼고 있자니, 떡돌이는 나를 다시 베개에 미역처럼 널어 주고서 배를 토닥거렸다.

"걱정 마라. 우리 반숙이는 짐이 본 누구보다 똑똑하니까. 짐은 아이가 널 닮았으면 좋겠는걸? 얼마나 사랑스러울까."

"아기가 내 머리를 닮으면 어쩌지?"

"머리만 날 닮으면 되지."

"머리만 날 닮고 모두 널 닮으면?"

"……굉장한 조합이로군."

침울하게 떡돌이를 보고 있자니, 그는 농담이라 말했지만 자꾸 내 머리를 힐긋거리는 게, 생각하니 좀 염려가 되는 것도 같았다.

"나는 머리가 나쁘지 않아. 공부를 못할 뿐이야."

그게 기분 나빠서 허벅지를 두드리며 항의하자, 떡돌이는 내 어깨를 쓸면서 사과했다.

"그럼. 네 머리가 나쁘다 한 적 없다. 네가 아까 한 말을 생각한 거지."

"내가 아까 한 말?"

"아이를 무림 고수로 만들 거라면서."

"맞아. 그게 왜?"

의아해서 바라보자, 떡돌이는 잠시 난감한 미소를 짓다가 내 배 위에 손을 가볍게 올리고서 물었다.

"짐의 생각엔, 황제 아빠를 둔 아이는 조기를 많이 먹고 자라서 황제가 될 거 같은데."

"무림 고수는?"

"음…… 엄마가 무림 고수이니 만족하지 않을까?"

나는 멍하게 내 배를 쳐다보다가 다시 떡돌이를 보다가, 다시 내 배를 보았다. 피가 쭉 빠져나가는 느낌이 나며 갑자기 공포가 밀려왔다.

"내 새끼가 황제가 된다고?"

"쉿. 이건 우리만의 비밀로 하자. 이런 이야긴 잘못 흘러나가면 일이 커지니까."

내가 목소리를 낮추고 재차 "우리 아이가 황제가 된다고?"하고 묻자, 떡돌이는 고개를 끄덕이더니 나를 몹시 불신하는 눈으로 보았다.

"그럼 누가 황태자가 될 거라 생각했느냐? 다른 후보라도 있었느냐?"

그게…… 아니. 그건 아니다. 하지만…….

"황후가 낳은 아이가 될 거라 생각했어."

떡돌이의 인상이 더욱 구겨졌다.

"황후는 누구랑 아이를 낳는데?"

"너랑……?"

떡돌이의 인상이 조금 더 구겨졌다. 좀 기분이 나쁜 표정이어서 눈치를 보고 있자니, 그는 눈을 반쯤 감고 관자놀이를 누르며 물었다.

"짐이 황후랑 아이를 만들 거라 생각했다고?"

"그게…… 아니, 그렇게 구체적으로 생각해 본 적은 없어. 그냥 막연히 황후가 낳은 아이가 황제가 될 거라 생각한 거지."

얼른 변명해보았지만, 떡돌이는 표정이 펴지지 않았다. 그는 연신 관자놀이를 누르더니, 아까보다 조금 차가워진 목소리로 중얼거렸다.

"네가 짐이 널 사랑하는 만큼 날 사랑하지 않는 건 알지만. 이렇게 확인받는 건 그리 좋지 않군."

그 말에 '너도 나를 막 엄청나게 연모하는 건 아니잖아'라는 말이 목구멍 끝까지 올라왔다. 하지만 내가 이 말을 하면 순식간에 말다툼으로 변할 것 같아서, 그냥 입을 다물어버렸다.

가만히 배 위에 손을 대고서 정면을 보고 있자니, 떡돌이는 한숨을 내쉬고서 내 목덜미와 어깨를 주물러주었다.

"화내지 마라. 응?"

"화 안 났어."

"화난 얼굴인데. 입이 댓 발은 나왔는걸."

"정말로 화나지 않았어."

그리고 아까 떡돌이랑 아기 이야기를 하느라 잠시 잊어버렸는데. 나는 떡돌이한테 해야 할 다른 중요한 말이 있었다. 장공주 이야기.

젠장. 그러고 보니 장공주 이야기를 피하려고 자는 척했던 건데. 왜 갑자기 아기 이야기를 하게 되었는지 모르겠어.

시선을 내리자, 장공주가 내게 준 팔찌가 보인다. 딱 보기에도 귀해 보이는 팔찌. 파독 효과가 있다고 하는 정말 귀한 팔찌.

좋은 사람 같아. 마음이 불편하다. 좋은 사람 같은데 이런 이야기를 해도 될까? 천소여 몸에 들어온 상황이면서, 같은 처지인 장공주한테?

장공주, 그러니까 가짜 장공주가 얼마나 불안할지 나는 누구보다 잘 알잖아. 심장이 조마조마하고 혼란스러울 텐데.

하지만…… 문제는 고궐이다. 지금 장공주를 데려오고 부활시킨 게, 그녀를 배반했고, 결국 떡돌이에게도 큰 상처를 준 고궐이라는 것. 그가 어떤 목적으로 장공주를 데려왔든, 좋은 목적은 아닐 게 뻔했다.

"반숙아. 화가 많이 났느냐?"

내가 생각에 잠긴 걸 보고 화가 났다 오해한 건지, 떡돌이가 기죽은 목소리로 내 귀에 속삭이며 귓불을 물었다.

"화내지 마라. 응? 짐은 네가 화내면 어떻게 해야 할지 모르겠어."

"폐하."

"응?"

"장공주 전하 말이야. 폐하는 진짜라 생각해? 몸 말고. 안에 든 영혼."

떡돌이는 내 귓불을 이로 아프지 않게 잘근거리다 "응?"하고 되물었다.

"누님?"

"응."

그의 손을 내 손 안에 품고 조몰락거리면서 고개를 위로 들자, 쭉 뻗은 긴 목덜미가 보였다.

"어떻게 생각해?"

떡돌이는 대답하는 대신 내 귀에서 입을 떼고 되물었다.

"너는?"

"내가 먼저 물었잖아."

"하고 싶은 말이 있어 보여서."

맞아. 많지. 그런데 이 말을 떡돌이가 기분 나쁘게 받아들이진 않아야 할 텐데.

주저했지만 솔직하게 털어놓았다.

"내 생각엔 장공주 전하가 가짜 같아."

떡돌이는 내 말에 눈썹을 치켜뜨더니, 나지막하게 웃음을 터트렸다.

그는 고개를 가로저었다.

"말하는 걸 보면 진짜인지 가짜인지 알 수 있지. '천소여'와는 제대로 대화해 본 적이 없었지만, 누님과는 어린 시절부터 같이 자라왔으니까."

"넌 전하가 진짜라 생각한단 거야?"

"그래."

떡돌이는 한 치의 망설임도 없이 대답했다.

"누님은 진짜야."

- ≪고수, 후궁으로 깨어나다≫ 5권에서 계속

고수, 후궁으로 깨어나다 4

초판 1쇄 인쇄 2023년 10월 16일
초판 1쇄 발행 2023년 11월 1일

지은이 코양희
펴낸이 김선식

경영총괄 김은영
제품개발 신효정, 윤세미
웹소설1팀 최수아, 김현미, 심미리, 여인우, 장기호
웹소설2팀 윤보라, 이연수, 주소영, 주은영
웹툰팀 이주연, 김호애, 변지호, 안은주, 임지은, 채수아
IP제품팀 윤세미, 신효정, 정예현, 정지혜
디지털마케팅팀 김국현, 김희정, 신혜인, 이소영
디자인팀 김선민, 김그린
해외사업파트 최하은
저작권팀 한승빈, 윤제희, 이슬
재무관리팀 하미선, 김재경, 윤이경, 이보람, 임혜정
제작관리팀 이소현, 김소영, 김진경, 박예찬, 이지우, 최완규
인사총무팀 강미숙, 김혜진, 지석배, 황종원
물류관리팀 김형기, 김선진, 양문현, 이민운, 전태연, 전태환, 최창우, 한유현
외부스태프 gnoey(디자인)

펴낸곳 다산북스 **출판등록** 2005년 12월 23일 제313-2005-00277호
주소 경기도 파주시 회동길 490
전화 02-704-1724 **팩스** 02-703-2219 **이메일** dasanbooks@dasanbooks.com
홈페이지 www.dasan.group **블로그** blog.naver.com/dasan_books
종이 아이피피 **출력·인쇄** 한영문화사 **코팅 및 후가공** 평창피앤지 **제본** 한영문화사

ISBN 979-11-306-4586-5(04810)
ISBN 979-11-306-4582-7(SET)